Meurtres et pépites de chocolat

Née en 1943, Joanne Fluke vit dans le Minnesota, confectionne des cookies délicieux et écrit des livres : la saga d'Hannah Swensen est déjà traduite dans quinze langues.

DU MÊME AUTEUR

Les enquêtes d'Hannah Swensen

1. Meurtres et pépites de chocolat
Le cherche midi, 2021
et « Points Cosy Mystery », n° P5926

2. Meurtres et charlotte aux fraises
Le cherche midi, 2021
et « Points Cosy Mystery », n° P5927

3. Meurtres et muffins aux myrtilles
Le cherche midi, 2021

4. Meurtres et tarte au citron meringuée
Le cherche midi, 2021

5. Meurtres et cupcakes au caramel
Le cherche midi, 2022

6. Meurtres et biscuits au sucre
Le cherche midi, 2022

7. Meurtres et cheesecake aux cerises
Le cherche midi, 2023

8. Meurtres et tarte au citron vert
Le cherche midi, 2023

JOANNE FLUKE

Meurtres et pépites de chocolat

Les enquêtes d'Hannah Swensen : 1

TRADUIT DE L'ANGLAIS (ÉTATS-UNIS)
PAR FLORIANNE VIDAL

Le cherche midi

ISBN 979-10-414-1211-2

TITRE ORIGINAL
Chocolate Chip Cookie Murder (A Hannah Swensen Mystery)

ÉDITEUR ORIGINAL
Kensington Publishing Corp.

CHAPITRE 1

Hannah Swensen enfila son blouson de cuir acheté d'occasion chez Helping Hands et se baissa pour attraper le gros matou orange qui se frottait contre ses chevilles. « D'accord, Moshe. Je veux bien te donner du rab mais ce sera tout jusqu'à ce soir. »

Le temps qu'elle regagne la cuisine et le dépose près de sa gamelle, les circonstances de leur rencontre lui revinrent en mémoire. Elle l'avait trouvé un beau jour sur son paillasson, le poil hirsute, sale comme un peigne et, malgré cela, l'avait accueilli chez elle sans hésitation. À part Hannah Swensen, qui aurait eu l'idée d'adopter un chat de douze kilos affligé d'une oreille déchirée et d'un œil crevé ? Elle l'avait baptisé Moshe et, même s'il risquait de finir bon dernier au concours de beauté féline de Lake Eden, s'était vite attachée à lui. Et lui à elle. À cause d'un point commun, peut-être. Ils étaient des guerriers l'un et l'autre, chacun dans son genre bien sûr. Lui avait dû se battre pour survivre dans les rues, elle pour sortir indemne de ses dîners hebdomadaires avec sa mère.

Moshe ronronnait de bonheur en regardant Hannah remplir sa gamelle. Il lui était si reconnaissant de n'avoir plus à quémander le gite et le couvert qu'en retour il cherchait constamment à lui faire plaisir. Le matin même, Hannah avait trouvé l'arrière-train d'une souris sur la table de la cuisine, posé à côté du pot de violettes africaines qui avaient tendance à piquer du nez parce qu'elle oubliait systématiquement de les arroser. La plupart de ses amies auraient poussé les hauts cris et demandé à leur mari de faire disparaître cette abjection. Hannah, elle, avait soulevé la moitié de carcasse entre le pouce et l'index en remerciant Moshe de contribuer si efficacement à l'éradication des rongeurs qui squattaient leur appartement.

« À ce soir, Moshe. » Hannah lui fit une petite caresse en guise d'au revoir puis se releva et attrapa ses clés de voiture. Elle enfilait ses gants de cuir quand le téléphone sonna.

Hannah jeta un œil sur la pendule murale en forme de pomme qu'elle avait chinée dans un vide-greniers. Il n'était que 6 heures du matin. Sa mère n'avait pas coutume d'appeler si tôt !

Moshe leva le nez de sa gamelle et considéra sa maîtresse d'un air empreint de compassion. Delores Swensen, la mère de Hannah, lui déplaisait au plus haut point. D'ailleurs, il le lui avait fait clairement sentir à l'époque où elle débarquait encore à l'improviste. Quant à Delores, après avoir subi la perte de plusieurs paires de collants, elle avait jugé prudent de modifier ses habitudes et de ne voir sa fille qu'en lieu sûr. D'où le dîner rituel qu'elle avait institué chez elle chaque mardi soir.

Hannah décrocha, ce qui interrompit le message d'absence qui commençait à défiler, et soupira en reconnaissant la voix de sa mère. « Bonjour, maman.

J'allais partir. On va faire court, OK ? Je suis déjà en retard. »

Moshe leva sa queue touffue et l'agita en tournant ostensiblement son postérieur vers le téléphone. Hannah étouffa un éclat de rire et lui adressa un clin d'œil complice. « Non, maman, je n'ai pas donné mon numéro à Norman. S'il veut m'appeler, il devra le chercher dans l'annuaire. »

Hannah fronça les sourcils en écoutant Delores débiter ses sempiternelles recommandations en matière de chasse au mari. Le dîner de la veille, elle l'avait vécu comme un épouvantable pensum. En arrivant chez sa mère, elle était tombée sur deux invités surprise : Mme Carrie Rhodes, une voisine qui venait de perdre son mari, et son fils Norman auquel Hannah avait dû faire la conversation tout en s'efforçant d'avaler un rôti hawaïen trop sucré et le gâteau aux noisettes nappé de chocolat que Delores avait acheté chez Red Owl Grocery. Tout cela sous le regard attendri des deux matrones qui les observaient en répétant qu'ils formaient un couple charmant.

« Écoute, maman, il faut vraiment que… » Découragée, Hannah leva les yeux au ciel. Quand Delores enfourchait son cheval de bataille, impossible d'en placer une. Elle n'arrivait pas à concevoir qu'une femme aux abords de la trentaine n'ait pas encore la bague au doigt et, bien que Hannah lui ait maintes fois expliqué qu'elle était heureuse ainsi, Delores persistait à lui présenter tous les hommes célibataires, veufs ou divorcés qui passaient par Lake Eden.

« Oui, maman. J'ai trouvé Norman très gentil, mais… » Hannah grimaça. Sa mère s'était remise à encenser le fils de son amie. Mais comment pouvait-elle imaginer une seule seconde que sa fille aînée puisse éprouver un quelconque intérêt pour un dentiste à moitié chauve, plus âgé qu'elle et tellement passionné par les gingivites qu'il était capable d'en parler des heures durant ? « Excuse-moi, maman, mais là, je suis vraiment en retard et... »

Moshe dut sentir qu'il était temps d'intervenir car il avança l'une de ses pattes orange et renversa sa gamelle. D'abord, Hannah le considéra avec stupeur puis son visage se fendit d'un grand sourire.

« Il faut que j'y aille, maman. Moshe vient de répandre sa pâtée sur le carrelage de la cuisine », lâcha-t-elle sans attendre que Delores termine son laïus sur les revenus confortables auxquels Norman Rhodes était en droit d'aspirer. Elle raccrocha et s'accroupit pour réparer les dégâts. Ayant tout nettoyé, elle versa de la nourriture fraîche dans la gamelle de son sauveur, ajouta deux friandises et tourna les talons en laissant Moshe, le chat le plus intelligent du monde, savourer sa récompense amplement méritée.

Hannah dévala les marches jusqu'au garage en sous-sol, déverrouilla la portière de son break et s'installa au volant. Quand elle avait ouvert sa pâtisserie, elle s'était mise en quête d'un véhicule utilitaire et l'avait trouvé d'occasion chez Cyril Murphy, le garagiste du coin. C'était un gros break Chevrolet qu'elle avait repeint en rouge cerise pour qu'il ne passe pas inaperçu. Le nom de sa boutique – Le Cookie Jar – figurait en lettres d'or sur les deux portières avant et elle avait fait inscrire « COOKIES » sur sa plaque d'immatriculation.

Elle montait la rampe en colimaçon qui débouchait sur la rue quand la voiture de Phil Plotnik, le voisin du rez-de-chaussée apparut devant elle. Phil travaillait de nuit à l'usine DelRay. Hannah baissa sa vitre le temps de lui annoncer que l'eau serait coupée dans l'immeuble entre dix heures et midi. Puis elle ouvrit le portail avec sa carte magnétique et s'engagea sur Old Lake Road.

L'Interstate desservait Lake Eden mais, pour se rendre en ville, la plupart des gens préféraient emprunter Old Lake Road et profiter de la vue splendide sur le lac. Chaque été, quand les touristes débarquaient, on devait leur expliquer que « Eden Lake » était le nom du lac et « Lake Eden » celui de la bourgade nichée sur sa rive. Cela afin d'éviter les quiproquos. Hannah s'acquittait de cette tâche avec une certaine patience.

Il faisait frisquet ce matin-là, mais après tout, on était déjà mi-octobre. Dans le Minnesota, l'automne se réduisait à presque rien. Dès les premiers signes avant-coureurs, les photographes amateurs devaient se hâter d'immortaliser les rouges sombres, les orange vifs et les jaunes dorés parsemant les ramures, car très vite les feuilles se mettaient à tomber et les arbres à ressembler à des squelettes noirâtres se profilant sur un ciel de plomb malmené par la bise. Après quoi arrivaient les premières neiges, lesquelles faisaient la joie des enfants et le malheur des adultes. Pour les petits, la venue de l'hiver était synonyme de luge, de patinage, de batailles de boules de neige alors que, pour les grands, elle évoquait davantage les heures incalculables passées à déblayer les issues, mais aussi les routes bloquées, le confinement et les engelures. Les températures descendaient fréquemment jusqu'à trente voire quarante en dessous de zéro.

Début septembre, après le Labor Day, les estivants regagnaient la ville et leurs appartements douillets, abandonnant leurs cabanes en bois jusqu'aux prochains beaux jours. Avant de partir, ils protégeaient leurs canalisations et barricadaient leurs fenêtres contre le gel et le blizzard qui, tout l'hiver, balayait la surface solide du lac. Les autochtones se retrouvaient entre eux et la population de Lake Eden passait brusquement de douze mille à trois mille habitants.

Parvenue au croisement entre Old Lake Road et Dairy Avenue, Hannah ralentit, s'arrêta au feu et laissa errer son regard. Comme tous les matins à la même heure, la camionnette de livraison de Ron LaSalle était garée derrière la laiterie Cozy Cow. Ron était en train de recharger en prévision de sa deuxième tournée, celle des commerces et des collectivités. Il commençait toujours par les particuliers, s'arrêtant devant chaque maison pour déposer les produits commandés dans des boîtes étanches fournies par la laiterie, conçues pour protéger le lait, la crème et les œufs du froid aussi bien que de la chaleur, ce qui était bien appréciable dans le Minnesota.

Ron semblait pensif, ce matin-là. Il se tenait le menton comme si quelque chose le préoccupait. Sachant qu'elle le reverrait un peu plus tard, lorsqu'il lui apporterait sa commande quotidienne, Hannah se promit de l'interroger. Ron était la ponctualité incarnée ; sa camionnette marquée Cozy Cow s'arrêterait derrière Le Cookie Jar à 7 h 35 précises. Il entrerait, empilerait les marchandises dans un coin du laboratoire et passerait ensuite côté boutique pour déguster un café bien chaud et grignoter un cookie tout juste sorti du four. Puis, à 3 heures de l'après-midi, c'est-à-dire à la fin de son service, il reviendrait prendre la demi-douzaine de cookies qu'il lui achetait chaque jour et gardait dans son véhicule pour le petit déjeuner du lendemain matin.

Ron leva les yeux et, la voyant arrêtée au carrefour, lui fit un signe de la main. Hannah lui rendit son salut d'un coup de klaxon. Le feu passa au vert. Elle démarra. Avec ses cheveux bruns ondulés et son physique d'athlète, Ron n'était pas désagréable à regarder. Michelle, la plus jeune sœur de Hannah, lui trouvait une ressemblance avec Tom Cruise. Michelle et Ron avaient fait le lycée ensemble et, à l'époque, elle aurait bien aimé sortir avec lui. Aujourd'hui encore, quand elle revenait de Macalester pour les vacances universitaires, elle ne manquait jamais de prendre des nouvelles de Ron.

Trois ans auparavant, tout le monde s'attendait à ce que le célèbre quarterback des Lake Eden Gulls passe professionnel. Malheureusement, Ron s'était déchiré un ligament au cours de son dernier match scolaire et avait dû renoncer à intégrer les Minnesota Vikings. Hannah avait de la peine pour lui. Comparé à l'avenir glorieux qu'il aurait pu espérer, ce boulot de livreur tenait de la punition. Ron avait toutefois conservé son statut de héros local. À Lake Eden, nul n'avait oublié l'essai d'anthologie qui avait permis à son équipe de remporter le championnat du Minnesota. Le trophée était toujours exposé dans les locaux du lycée où Ron entraînait bénévolement les Lake Eden Gulls. Peut-être valait-il mieux être un gros poisson dans un petit étang qu'un quarterback de troisième zone sur le banc de touche des Vikings.

Aucun autre véhicule ne circulait à cette heure matinale mais Hannah surveillait quand même son compteur. Mieux valait respecter la limite des quarante kilomètres à l'heure. Herb Beeseman, le fonctionnaire chargé de faire respecter le code de la route dans la ville, était toujours à l'affût d'éventuels contrevenants. Hannah n'avait jamais été verbalisée, contrairement à sa mère qui n'avait toujours pas avalé l'amende pour excès de vitesse que le fils cadet de Marge Beeseman lui avait collée quelque temps auparavant.

Hannah tourna au coin de Main et de la 4e puis s'engagea dans la ruelle qui passait derrière sa pâtisserie. Le bâtiment carré peint en blanc disposait de deux places de parking, dont l'une était réservée au break de Hannah. Elle jugea inutile de dérouler le câble noué autour de son pare-chocs avant et de le brancher sur l'une des prises fichées dans le mur. Le soleil brillait et, d'après la radio, les températures atteindraient les dix degrés en milieu de journée. Pas besoin de chauffe-moteur avant plusieurs semaines, songea-t-elle. En revanche, quand l'hiver se pointerait pour de bon et que le mercure dégringolerait en dessous de zéro, elle devrait faire en sorte que son break démarre tous les matins sans exception.

Elle descendit et prit soin de verrouiller les portières avec son bip. À Lake Eden, le taux de criminalité était proche de zéro mais Herb Beeseman distribuait quand même des PV aux conducteurs qui laissaient leur véhicule ouvert. Elle avait à peine fait deux pas que Claire Rodgers apparut au volant de sa petite Toyota bleue et se gara derrière le bâtiment ocre, mitoyen du sien.

Hannah attendit que Claire s'extirpe de sa voiture. Elle l'aimait bien et refusait d'ajouter foi aux commérages qui lui prêtaient une liaison avec le maire.

« Bonjour, Claire. Tu es bien matinale, aujourd'hui.

– J'ai reçu une livraison, hier. Des robes de cocktail. Maintenant je dois les étiqueter. » Un sourire illumina le beau visage de Claire. « C'est bientôt les fêtes, tu sais ! »

Hannah hocha la tête. Elle se serait bien passée de célébrer Thanksgiving et Noël avec sa mère et ses sœurs et pourtant elle s'y collerait, comme chaque année. C'était une épreuve qu'elle s'imposait afin de préserver la paix familiale.

« Tu devrais venir me voir, à l'occasion, Hannah, dit Claire en examinant d'un œil critique le blouson de cuir râpé et le vieux bonnet de laine que sa voisine portait enfoncé sur ses boucles rousses. J'ai une petite robe de soie noire absolument délicieuse. Elle t'irait à ravir », ajouta-t-elle en ouvrant la porte arrière de sa boutique de prêt-à-porter, Le Beau Monde, avant de disparaître à l'intérieur.

Hannah hocha la tête pour mieux cacher son amusement. À quoi lui servirait une robe de cocktail ? À Lake Eden, les cocktails se comptaient sur les doigts d'une main amputée et l'unique restaurant chic n'ouvrait que pour la saison touristique. Hannah ne se souvenait même pas de la dernière fois où elle était sortie dîner. D'ailleurs, depuis qu'elle vivait à Lake Eden, personne ne l'invitait plus à dîner, que ce soit dans un restaurant chic ou pas.

Hannah poussa la porte du fournil. Les odeurs de cannelle et de mélasse qui l'accueillirent lui arrachèrent un sourire. Elle avait préparé de la pâte à cookies la veille au soir et le parfum flottait encore dans l'air. Elle alluma les lumières, suspendit son blouson à la patère près de la porte, se dirigea vers les deux fours à gaz industriels qui tenaient tout le mur du fond et les mit à préchauffer. Son assistante, Lisa Herman, arriverait à 7 h 30 pour lancer la cuisson.

Les trente minutes suivantes passèrent en un clin d'œil. Hannah les consacra à couper, mesurer, mixer les ingrédients. Ayant appris de ses erreurs, elle ne préparait qu'une petite quantité de pâte à la fois et toujours à la main. Ses recettes étaient toutes des créations originales, dont la plupart avaient été mises au point à l'époque où Hannah était adolescente et que sa mère lui abandonnait la cuisine familiale pour mieux se consacrer à sa collection d'antiquités.

Il était 7 h 10 lorsque Hannah déposa le dernier bol de pâte dans la chambre froide. Puis elle ouvrit son gros lave-vaisselle, y rangea les ustensiles qu'elle venait d'utiliser, raccrocha son tablier, retira son calot en papier et passa dans la boutique pour mettre le café en route.

Comme dans certains restaurants, une porte battante séparait le laboratoire, ou fournil, de l'espace réservé à la clientèle. Hannah appuya sur un interrupteur et les appliques murales, des globes de verre récupérés chez un glacier de la région ayant fait faillite, s'illuminèrent. Elle marcha jusqu'à la vitrine, écarta les rideaux en chintz et jeta un œil dehors. C'était le désert sur Main Street. Mais Hannah savait que dans moins d'une heure ses petites tables de bistrot seraient toutes occupées. Le Cookie Jar était devenu le lieu de rencontre préféré des citoyens de Lake Eden. On s'y retrouvait pour échanger les derniers potins ou réfléchir à son planning de la journée devant un mug de café bien fort et une assiette de cookies encore tièdes.

Le percolateur en inox brillait de mille feux. Hannah ne put s'empêcher de l'admirer tout en remplissant le réservoir et en mesurant les doses de café moulu. Depuis que Lisa l'avait astiqué, la veille, il avait retrouvé toute sa splendeur. Lisa était une vraie fée ; elle n'avait pas sa pareille pour entretenir la boutique et servir les clients. Elle voyait tout et intervenait à point nommé sans qu'on n'ait rien à lui dire. Elle avait même glissé dans leur commune escarcelle quelques recettes personnelles pas mauvaises du tout. Lauréate d'une bourse d'études, Lisa aurait pu entreprendre des études universitaires mais elle avait choisi de rester à Lake Eden pour s'occuper de son père, Jack Herman, touché par la maladie d'Alzheimer.

Hannah sortit trois œufs du frigo, les jeta tels quels dans le bol où elle avait mis le café moulu, brisa leurs coquilles avec une grosse cuiller et ajouta une pincée de sel. Quand elle eut bien mélangé jaunes, blancs, coquilles et café, Hannah versa la mixture dans le percolateur et pressa le bouton.

Quelques minutes plus tard, un arôme inimitable se diffusait à travers la boutique. Hannah renifla avec délice. Rien ne sentait aussi bon que le café au sortir de la machine. À Lake Eden, tout le monde s'accordait à dire que le sien était exceptionnel. Hannah noua le joli tablier en chintz qu'elle portait pour le service en salle et franchit la porte battante dans l'autre sens pour rejoindre Lisa.

« Commence par les croquants aux pépites de chocolat, s'il te plaît, Lisa, lança-t-elle avec un sourire de bienvenue.

– Ils sont déjà au four. »

Lisa leva les yeux du plan de travail en inox où elle était occupée à prélever de petites boules de pâte au moyen d'une cuiller à melon avant de les déposer dans un bol de sucre. Elle n'avait que dix-neuf ans, soit dix de moins que Hannah, et elle était si menue que son ample tablier blanc l'enveloppait comme une chrysalide. « Maintenant, je m'occupe des croustillants à la mélasse. Pour le banquet des scouts. »

Hannah l'avait embauchée en tant que serveuse à mi-temps mais s'était vite aperçue qu'elle savait faire bien plus que remplir des tasses et distribuer des assiettes de cookies. À l'issue de la première semaine, elle l'avait passée à temps complet et s'était mise à lui enseigner l'art de la pâtisserie. Désormais, elles se relayaient devant les fourneaux et au comptoir, comme deux associées.

« Comment va ton père, ce matin ? demanda Hannah d'une voix chargée de sympathie.

– Il est dans un jour faste. »

Lisa posa le plateau de croustillants à la mélasse sur l'échelle pâtissière en attendant de l'enfourner.

« M. Drevlow l'emmène au club des seniors, à l'église luthérienne du Saint-Rédempteur.

– Mais je croyais que vous étiez catholiques dans ta famille ?

– Oui, mais papa ne s'en souvient pas. Et je ne vois pas ce qu'il y a de mal à déjeuner avec des luthériens.

– Moi non plus. C'est bien qu'il puisse sortir et voir ses amis.

– C'est exactement ce que j'ai dit au père Coultas. Si Dieu lui a donné la maladie d'Alzheimer, Il doit aussi se montrer indulgent quand il oublie à quelle Église il appartient. »

Lisa se dirigea vers le four, coupa le minuteur et sortit une plaque de croquants aux pépites de chocolat.

« J'attends qu'ils refroidissent et je te les apporte.

– Merci. »

Hannah repassa dans la boutique, déverrouilla la porte principale, tourna du côté marqué « OUVERT » l'écriteau suspendu à la vitre puis alla vérifier son fonds de caisse. Elle finissait de disposer les sachets de sucre et d'édulcorant dans les petits paniers prévus à cet effet quand une Volvo vert foncé dernier modèle s'arrêta le long du trottoir. Hannah fronça les sourcils.

La portière avant gauche s'ouvrit et sa sœur cadette, Andrea, posa le pied sur le bitume. Andrea avait beaucoup d'allure avec sa veste en tweed vert ornée d'un col en fausse fourrure politiquement correcte et ses cheveux blond doré relevés en chignon. On l'aurait cru sortie d'un magazine de mode. Hannah s'estimait relativement jolie – du moins si elle en croyait ses amis –, mais à côté de sa sœur, elle avait l'impression d'être quelconque et toujours mal fagotée.

Peu après le bac, Andrea avait épousé Bill Todd, shérif adjoint du comté de Winnetka. Leur fille Tracey avait fêté ses quatre ans le mois précédent. Bill s'occupait bien de la petite quand il n'était pas de service. Andrea, pour sa part, n'avait rien d'une mère au foyer. Dès que Tracey avait atteint l'âge de six mois, décidant qu'un seul salaire ne suffirait pas, Andrea s'était trouvé un poste à l'agence immobilière Lake Eden Realty.

La clochette sur la porte carillonna. Andrea s'engouffra dans la boutique, suivie par une rafale de vent glacé et Tracey qu'elle tirait par la main.

« Hannah ! Dieu merci, tu es là ! J'ai une visite ce matin et je suis déjà en retard pour mon rendez-vous chez Cut'n Curl.

– Il est à peine 8 heures, Andrea », fit remarquer Hannah.

Cette dernière jucha Tracey sur l'un des tabourets alignés devant le comptoir et alla lui chercher du lait dans le frigo.

« Le salon de coiffure n'ouvre qu'à 9 heures.

– Je sais mais Bertie a promis d'arriver plus tôt, rien que pour moi. Je dois faire visiter l'ancienne ferme Peterson, ce matin. Si j'arrive à la vendre, je pourrai changer la moquette de notre chambre.

– La ferme Peterson ? répéta Hannah, stupéfaite. Qui aurait l'idée d'acheter une telle ruine ?

– Ce n'est pas une ruine, Hannah. C'est une maison à rénover. Et mon client potentiel, M. Harris, a les moyens d'en faire un vrai palais.

– Mais pourquoi ? »

Hannah n'en revenait pas. La ferme Peterson était inoccupée depuis vingt ans. D'ailleurs, elle ne se rappelait pas l'avoir connue autrement. Enfant, quand elle allait se promener à vélo près de la laiterie Cozy Cow, ce n'était déjà plus qu'une méchante bicoque perdue au milieu d'un vaste terrain envahi de mauvaises herbes.

« Ton M. Harris a sûrement perdu la raison. La terre n'est même pas cultivable. Le vieux Peterson a tout essayé pendant des années mais n'a jamais rien pu faire pousser, hormis des cailloux. »

Andrea releva le col de sa veste.

« M. Harris le sait pertinemment mais il s'en fiche. Il ne s'intéresse qu'à la maison en elle-même. Sa structure est saine et elle bénéficie d'une belle vue sur le lac.

– Tu plaisantes ? Cette baraque est nichée au creux d'un vallon, Andrea. Pour voir le lac, il faut monter sur le toit. Qu'est-ce que compte faire ton M. Harris ? Aller chercher une échelle chaque fois qu'il voudra profiter du panorama ?

– Pas exactement, mais il y a de çà. Il veut construire un deuxième étage et transformer la propriété en ferme d'agrément.

– C'est quoi une ferme d'agrément ?

– Une maison secondaire avec tous les avantages d'une vraie ferme mais pas les inconvénients. Il paraît que c'est la mode en ville. M. Harris souhaite engager un paysan de la région pour s'occuper des animaux et entretenir les plantations.

– Je vois le tableau », fit Hannah en essayant de garder son sérieux.

Pour filer la comparaison, Andrea aurait pu se définir elle-même comme une « épouse d'agrément » et une « mère d'agrément » puisqu'elle recourait à une employée de maison pour faire le ménage et la cuisine et à des baby-sitters pour s'occuper de sa fille.

« Tu veux bien surveiller Tracey en mon absence, Hannah ? demanda Andrea d'un air anxieux. Je sais qu'elle est embêtante parfois mais ce ne sera pas très long. Kiddie Korner ouvre à 9 heures. »

Hannah fut tentée de lui dire le fond de sa pensée, à savoir qu'elle tenait un commerce et pas une garderie, mais l'expression ravie qui s'épanouit sur le visage de la petite Tracey l'en dissuada.

« C'est bon, Andrea. Tracey travaillera pour moi jusqu'à l'ouverture de l'école maternelle.

– Merci, Hannah. »

Andrea fit volte-face et se dirigea vers la sortie.

« Je savais que je pouvais compter sur toi.

– Vraiment, j'ai le droit de travailler pour toi, tante Hannah ? » demanda Tracey de sa petite voix douce.

Hannah la rassura d'un sourire.

« Mais oui, bien sûr. J'ai besoin d'une personne de confiance pour goûter mes cookies. Lisa a préparé des croquants aux pépites de chocolat et je dois vérifier s'ils sont assez bons pour mes clients.

– Tu as dit *chocolat* ? »

Andrea se retourna brusquement, le front soucieux.

« Tracey ne doit pas manger de chocolat. Ça la rend hyperactive. »

Hannah hocha la tête et adressa un clin d'œil discret à sa nièce.

« Je m'en souviendrai, promit-elle.

– À plus tard, Tracey, lança Andrea en soufflant un baiser à sa fille. Sois sage et surtout n'ennuie pas ta tante, d'accord ? »

Tracey attendit que la porte se referme pour se tourner vers Hannah.

« Ça veut dire quoi, hyperactive ?

– C'est un mot qu'on emploie pour dire qu'un enfant s'amuse. » Hannah repassa devant le comptoir, saisit Tracey par la taille et la déposa au pied du tabouret. « Viens, mon cœur. Allons voir si ces croquants aux pépites de chocolat sont à bonne température. »

En entrant dans le laboratoire, Hannah et Tracey virent Lisa enfourner une nouvelle plaque de cookies. La jeune femme serra Tracey contre son cœur, prit un biscuit parmi ceux qui refroidissaient sur une étagère et le lui tendit. Puis, s'adressant à Hannah :

« Ron n'est pas passé. Tu crois qu'il est malade ?

– Non, du moins il ne l'était pas tout à l'heure. »

Hannah jeta un coup d'œil à la pendule murale. Il était 8 h 15. Ron avait presque quarante-cinq minutes de retard.

« Je l'ai aperçu voilà deux heures, quand je suis passée en voiture devant la laiterie. Il m'avait l'air en forme.

– Moi aussi je l'ai vu, tante Hannah, dit Tracey en la tirant par le bras.

– C'est vrai ? Quand cela ?

– Le camion des vaches est passé quand j'attendais Andrea devant son travail. J'ai fait coucou à M. LaSalle. Il m'a fait un sourire drôle. Et après, Andrea est ressortie et on est venues chez toi.

– Andrea ? bredouilla Hannah en baissant les yeux vers sa nièce.

– Elle ne veut plus que je l'appelle maman. Elle dit que c'est une étiquette et qu'elle déteste les étiquettes, tenta d'expliquer Tracey. Je dois l'appeler Andrea, comme tout le monde. »

Hannah soupira. Un jour ou l'autre, elle allait devoir prendre sa sœur entre quat'z-yeux.

« Tu es sûre d'avoir vu la camionnette Cozy Cow, Tracey ?

– Oui, tante Hannah. » Tracey hocha sa tête blonde avec toute la détermination dont elle était capable. « Il a tourné au coin et il s'est garé derrière ta boutique. Ensuite, il a fait un grand boum, comme la voiture de papa. C'est le camion des vaches qui a fait ce bruit parce qu'il n'y avait personne d'autre dans la rue. »

Hannah avait saisi la comparaison. La vieille Ford de Bill pétaradait chaque fois qu'on appuyait sur l'accélérateur.

« J'imagine que Ron est dehors en train de réparer son moteur. Je vais aller voir.

– Je peux venir avec toi, tante Hannah ?

– J'ai besoin de toi, Tracey, intervint Lisa avant que Hannah n'ouvre la bouche pour répondre. Écoute bien, et si tu entends la clochette de la porte d'entrée, préviens-moi. Je ne voudrais pas rater des clients. »

Cette mission de confiance sembla convenir à Tracey.

« J'aurai le droit de leur apporter des cookies, Lisa ? Comme une vraie serveuse ?

– Absolument. Mais tu dois me promettre de ne rien dire à ton père. J'aurais peur qu'il nous coffre pour infraction à la loi sur le travail des mineurs.

– Ça veut dire quoi "coffre", Lisa ? Et pourquoi mon papa ferait ça ? »

Hannah sourit de toutes ses dents en enfilant son blouson. Tracey posait des questions à tort et à travers, ce qui rendait Andrea complètement dingue. Hannah avait pourtant tenté de lui expliquer que la curiosité était une preuve d'intelligence. Seulement voilà, Andrea n'avait pas assez de patience pour apprécier l'intelligence de sa fille.

Quand Hannah ouvrit la porte de derrière, une bourrasque manqua la déséquilibrer. Elle repoussa le battant dans son dos et se protégea les yeux avec la main. La fourgonnette de Ron était bien là, garée au beau milieu de la ruelle, coupant le passage dans les deux sens. La portière côté chauffeur était entrouverte et les jambes de Ron pendaient à l'extérieur.

Hannah s'avança. Ron avait dû s'allonger en travers des sièges pour accéder plus facilement aux câbles sous le tableau de bord, supposa-t-elle. Redoutant de le faire sursauter en surgissant près de lui, elle s'arrêta à deux mètres de la camionnette et cria : « Bonjour, Ron. Tu veux que j'appelle une dépanneuse ? »

Pas de réponse. Le vent qui sifflait dans la ruelle agitait les couvercles des poubelles métalliques. Peut-être n'avait-il pas entendu, avec tout ce bruit. Hannah se rapprocha, l'appela de nouveau puis contourna la portière pour voir ce qui se passait dans la cabine.

La scène qu'elle découvrit lui causa une telle frayeur qu'elle bondit en arrière et faillit s'étrangler avec sa salive. Ron LaSalle, le héros local, le footballeur le plus titré de Lake Eden, gisait sur le dos, immobile. Son calot blanc traînait par terre. Ses bordereaux de commande voletaient sur l'écritoire à pinces. Hannah vit un sachet de cookies, les siens, ouvert sur le siège, près du corps. Des croquants aux pépites de chocolat étaient répandus un peu partout dans l'habitacle. Elle écarquilla les yeux. Ron en avait encore un dans la main.

Quand son regard passa de la main du cadavre à son torse, Hannah comprit de quoi il retournait. La chemise Cozy Cow que Ron portait pour faire ses livraisons était percée au niveau de la poitrine et la déchirure présentait des traces de brûlé sur le pourtour. Ron LaSalle avait été tué avec une arme à feu.

CHAPITRE 2

Hannah aurait préféré attirer la clientèle d'une autre manière mais force était de constater que la découverte du cadavre de Ron avait un effet positif sur ses affaires. Le Cookie Jar était bourré à craquer. Faute de chaises disponibles, certains n'hésitaient pas à manger debout. En fait, tous ces gens étaient là pour connaître son opinion sur la mort prématurée de Ron LaSalle.

La sonnette tinta une fois de plus, Hannah leva les yeux, vit entrer sa sœur et soupira. Andrea était rouge de colère.

« Il faut qu'on parle ! » Andrea passa derrière le comptoir et la prit par le bras. « Tout de suite !

– Impossible. J'ai des clients.

– Des clients ? Moi j'appelle ça des vampires ! » marmonna Andrea en observant les regards curieux tournés vers elles.

Pour la galerie, elle afficha un petit sourire hypocrite, puis serra encore plus fort le bras de sa sœur.

« Dis à Lisa de te remplacer. C'est important ! »

Hannah hocha la tête. Andrea semblait très affectée.

« D'accord. Je vais lui demander. On se retrouve dans le fournil. »

Lisa prit le relais au comptoir, Hannah franchit la porte battante et trouva sa sœur sur un tabouret, accoudée à l'îlot central. Les yeux écarquillés, Andrea fixait les deux fours comme si elle venait de croiser un grizzli en hibernation. Hannah s'inquiéta.

« Il y a un problème avec les fours ?

– Pas vraiment. Lisa m'a dit de surveiller le minuteur parce que les cookies seront bientôt cuits et qu'il va falloir les sortir. Et tu sais que je ne connais rien à la pâtisserie.

– Je m'en occupe. »

Hannah sourit et lui tendit une petite brique de jus d'orange. Sa sœur était plus à son aise dans une ville inconnue que dans une cuisine. Elle avait pourtant essayé de s'y mettre mais ses rares tentatives s'étaient soldées par des échecs retentissants. Jusqu'à ce qu'Andrea recommence à travailler et embauche une employée de maison, la famille Todd avait dû se contenter de plats surgelés.

Hannah prit une paire de maniques, retira les croquants aux pépites de chocolat et les remplaça par les deux plaques de cookies aux raisins et aux flocons d'avoine que Lisa avait préparées. Après quoi, elle tira un deuxième tabouret et s'assit près de sa sœur.

« Qu'est-ce qui cloche, Andrea ?

– C'est Tracey. Janice Cox de Kiddie Korner m'a laissé un message. Il paraît que Tracey raconte à tous ses camarades qu'elle a vu le cadavre de Ron.

– C'est exact… elle l'a vu.

– Comment as-tu pu faire ça, Hannah ? » À l'entendre, on aurait cru que Hannah elle-même avait appuyé sur la détente. « Tracey est impressionnable, moi tout craché. Cette scène atroce va la poursuivre durant toute son existence ! »

Hannah prit la brique de jus d'orange et brisa l'opercule avec la petite paille en plastique.

« Bois une gorgée, Andrea. Tu m'as l'air épuisée. Essaye de te détendre.

– Comment puis-je me détendre alors que tu as laissé ma fille assister à cette horreur ?

– Je n'y suis pour rien. Bill était avec elle à ce moment-là. Il l'emmenait à la maternelle. Et elle n'a rien vu à part le sac mortuaire que la police chargeait dans la fourgonnette du coroner.

– Donc elle n'a pas *vu* Ron.

– Non, à moins qu'elle ait des rayons laser à la place des yeux. Si tu ne me crois pas, demande à Bill. Il est encore là, dans la ruelle.

– Je lui parlerai plus tard. »

Andrea aspira une gorgée de jus d'orange et ses joues reprirent des couleurs.

« Pardonne-moi, Hannah. Je sais bien que tu ne ferais jamais de mal à Tracey. Parfois, je me dis que tu serais une meilleure mère que moi. »

Hannah se mordit la langue. Le moment était mal choisi pour lui faire la leçon.

« Tracey t'aime, Andrea.

– Je sais, mais je n'arrive pas à m'y faire. Je n'ai pas la fibre maternelle. C'est pour ça que j'ai engagé la crème des baby-sitters et que j'ai repris une activité professionnelle. Je me suis dit que si je me bâtissais une carrière, Bill et Tracey seraient fiers de moi. Mais ce n'est pas si simple, apparemment. »

Hannah hocha la tête. Elle venait de comprendre la raison de cette confession pour le moins inhabituelle.

« Ta vente est tombée à l'eau ?

– Oui. M. Harris n'est plus intéressé par la ferme des Peterson. J'ai proposé de lui faire visiter d'autres biens mais il n'a même pas daigné ouvrir le catalogue. J'avais tellement envie de cette nouvelle moquette, Hannah. Elle était magnifique. Notre chambre aurait été métamorphosée.

– Ce sera pour la prochaine fois, répondit Hannah avec un sourire encourageant. Tu es une bonne vendeuse.

– Pas assez bonne pour convaincre M. Harris. Je commence à croire qu'il n'a jamais eu l'intention d'acheter cette propriété. Pourtant, d'habitude, je repère les faux clients à des kilomètres. »

Hannah alla lui chercher un croquant aux pépites de chocolat parmi ceux qui refroidissaient sur les plaques. Il était encore tiède. Andrea avait toujours aimé les croquants aux pépites de chocolat. Hannah se rappela subitement que Ron en avait mangé un peu avant de mourir et se promit d'en toucher un mot à Bill.

« Avale ça. Avec un peu de chocolat dans l'organisme, on se sent tout de suite mieux.

– Si tu le dis. »

Andrea prit une bouchée et se dérida immédiatement.

« Franchement, j'adore ces cookies, Hannah. Je n'oublierai jamais le jour où tu me les as fait découvrir.

– Moi non plus », répondit Hannah dans un sourire.

C'était plusieurs années auparavant, au mois de septembre, il pleuvait et Andrea était restée après les cours pour un casting de pom-pom girls. Comme l'équipe universitaire n'en recrutait jamais parmi les étudiantes de première année, Hannah redoutait fort que sa cadette n'essuie un refus. Elle s'était donc précipitée à la maison pour préparer une fournée de cookies à la farine d'avoine et aux pépites de chocolat, dans l'espoir d'adoucir un peu sa déception. Mais comme il n'y avait plus de farine d'avoine dans les placards, elle avait dû improviser en mettant à la place des cornflakes broyés. Le résultat avait dépassé ses plus folles espérances, Andrea avait intégré l'équipe de pom-pom girls et, depuis lors, ne jurait que par les croquants aux pépites de chocolat de sa sœur Hannah.

« Après tout, n'importe qui serait tombé dans le panneau. Comment deviner que ce type faisait juste du lèche-vitrines ? » Andrea reprit une bouchée et soupira. « Il avait vraiment l'air emballé. Même Al Percy s'est laissé avoir. Je veux dire, personne n'est allé le chercher. Il s'est présenté spontanément ! »

Hannah comprit que sa sœur avait besoin de tout déballer.

« Ah oui ! Ça remonte à quand ?

– Ça fera trois semaines mardi. Il avait soi-disant flashé sur la maison, il disait qu'elle avait une âme. Et après être entré, il m'a paru encore plus enthousiaste.

– Mais il n'a pas été jusqu'à faire une offre ?

– Non, il voulait réfléchir à certains détails d'abord. J'ai pris ça pour un refus poli et j'ai tiré un trait sur lui. Il y a des gens qui ne savent pas dire non, qui se croient obligés d'inventer des excuses pitoyables. Franchement, je l'avais presque oublié quand il m'a rappelée la semaine dernière pour m'annoncer qu'il était toujours partant. »

Hannah essaya de la réconforter :

« Peut-être voulait-il réellement l'acquérir mais qu'il n'en avait pas les moyens ?

– Je ne crois pas. Il a dit que l'argent n'était pas le problème, qu'il avait juste changé d'avis. Après quoi, il est monté dans sa voiture de location et il est parti.

– Il conduisait une voiture de location ?

– Oui. Il craignait d'abîmer sa Jaguar sur les routes de campagne. Enfin, c'est ce qu'il a dit mais, si ça se trouve, il n'a même pas de Jaguar. La prochaine fois que je tombe sur un vieux beau à moumoute, j'y regarderai à deux fois. Un type qui ment sur ses cheveux est capable de mentir sur tout. »

Hannah éclata de rire et alla sortir les cookies aux raisins et aux flocons d'avoine. Quand elle se retourna, sa sœur s'apprêtait à partir.

« Faut que je file, annonça Andrea. Maman m'a dit que Mme Robbins comptait emménager dans la résidence pour seniors de Lakeview. Je vais lui rendre une petite visite. On ne sait jamais, elle pourrait me confier la vente de sa maison. »

Hannah se sentit soulagée. Andrea avait retrouvé son entrain.

« Je vais juste embrasser Bill et lui demander de récupérer Tracey à la sortie de l'école. Et je ferais bien de chercher un petit cadeau pour Mme Robbins. Ce n'est pas très poli d'arriver les mains vides.

– Tiens, prends ça. Ce sont ses préférés. »

Hannah choisit une demi-douzaine de croustillants à la mélasse et les déposa au fond d'une poche spéciale qui ressemblait à s'y méprendre à ces sacs semi-rigides qu'on donne aux clients dans les boutiques de prêt-à-porter, mais en plus petit bien sûr. À l'imprimeur, elle avait demandé d'ajouter des anses rouges et de graver « Le Cookie Jar » en lettres d'or sur le devant.

« C'est vraiment trop chou, s'écria Andrea, les yeux débordant de reconnaissance. Je ne le dirai jamais assez, tu es une sœur formidable. Je ne sais pas ce que j'aurais fait si tu n'étais pas rentrée au pays après la mort de papa. Maman était ingérable et Michelle ne savait pas s'y prendre avec elle. Je courais dans tous les sens mais Tracey venait de naître et je ne m'en sortais pas… Il a bien fallu que je t'appelle pour te supplier de venir nous sauver toutes les trois. »

Hannah la serra dans ses bras.

« Tu as fait ce qu'il fallait. Je suis l'aînée. C'était à moi de prendre les choses en main.

– Oui, mais parfois je m'en veux. Tu avais ta vie là-bas et tu as tout laissé tomber. »

Hannah détourna la tête pour mieux dissimuler les larmes qui lui montaient aux yeux. Andrea ne lui avait jamais parlé avec une telle sincérité. Était-ce dû à cette vente ratée ? Le sentiment d'échec l'aidait-il à se remettre en question ? À devenir plus sensible, plus empathique ?

« Tu aurais tort de culpabiliser, Andrea. Je ne me suis pas sacrifiée en revenant à Lake Eden. Je n'étais plus très sûre de vouloir enseigner. Pour tout dire, j'avais déjà l'intention de m'orienter vers autre chose.

– Mais tu étais sur le point de décrocher ton doctorat. Aujourd'hui, tu serais peut-être professeur dans une grande université.

– Peut-être, concéda Hannah en haussant les épaules. Mais fabriquer des cookies est mille fois plus amusant que donner des cours sur le pentamètre iambique ou assister à des réunions interminables entre profs. Et tu sais combien je suis fière d'avoir créé Le Cookie Jar.

– Alors, tu es heureuse ici ?

– Mes affaires marchent bien, je dirige ma propre entreprise et je n'habite pas chez maman. Le pied, non ? »

Andrea sourit.

« Il y a du vrai dans ce que tu dis, surtout en ce qui concerne maman. Mais que fais-tu de l'amour ?

– Non. Tu ne vas pas t'y mettre aussi, répliqua Hannah en fronçant les sourcils. Si l'homme idéal se pointe, tant mieux. S'il ne se pointe pas, tant mieux aussi. Je m'entends très bien avec moi-même.

– OK, puisque tu en es sûre. »

Andrea semblait soulagée d'un poids quand elle s'avança vers la sortie.

« Tu peux me croire, lui lança Hannah. Et bonne chance avec Mme Robbins.

– J'en aurai besoin. » Andrea fit volte-face et lui sourit. « Cela dit, si elle recommence à me prendre la tête avec son fils, le grand médecin, je crains de partir en courant. »

Hannah voyait parfaitement de quoi elle parlait. La semaine précédente, Mme Robbins lui avait tenu la jambe pendant des heures. À l'entendre, elle avait enfanté un génie. La preuve, le fameux Dr Jerry Robbins était en passe de découvrir un médicament capable de guérir à la fois la sclérose en plaques, le cancer et le rhume.

« Je peux te poser deux ou trois questions, Hannah ? demanda Bill en entrant dans la boutique.

– Bien sûr, Bill. »

Hannah tendit son tablier à Lisa, attrapa au passage deux mugs de café noir bien corsé et suivit Bill qui se dirigeait vers le fournil. Tout en marchant, elle ne put s'empêcher d'admirer ses larges épaules sous sa chemise kaki bien ajustée. Il avait pratiqué le football au lycée, pas au même niveau que Ron LaSalle évidemment, mais son équipe avait remporté quelques victoires grâce à lui. Depuis, il avait un peu grossi, surtout au niveau de la taille, sans doute à cause des beignets au chocolat qu'il achetait au Quick Stop en se rendant au travail. Mais c'était encore un bel homme.

« Merci pour le café, Hannah. » Bill se posa sur un tabouret et prit son mug à deux mains comme pour se réchauffer. « Ça commence à cailler, dehors.

– C'est ce que je vois. Tu m'as l'air transi. Tu as trouvé quelque chose ?

– Quasiment rien. La vitre côté chauffeur était baissée. Je suppose que Ron s'est arrêté et qu'il l'a descendue pour parler à son assassin. »

Hannah réfléchit un instant.

« Il n'aurait pas descendu sa vitre s'il s'était senti menacé.

– Sans doute que non, abonda Bill. On l'a abattu par surprise, c'est certain.

– Des suspects ?

– Pas encore. Et si aucun témoin ne se présente, on devra se contenter de la balle pour démarrer l'enquête. On l'enverra au service balistique après l'autopsie. »

Hannah frémit en entendant le mot « autopsie ». Elle passa vite à un autre sujet dans l'espoir d'oublier ce que le Dr Knight allait infliger au cadavre de Ron.

« Dis-moi, dans ton rapport, tu n'es pas obligé de signaler qu'il mangeait un de mes cookies au moment de sa mort, n'est-ce pas ? Je crains la réaction de mes clients, si tu vois ce que je veux dire.

– Pas de panique. »

Bill se décrispa pour la première fois de la matinée.

« Tes cookies n'y sont pour rien puisque Ron s'est fait tirer dessus.

– Je regrette de ne pas l'avoir trouvé plus tôt. J'aurais pu appeler une ambulance.

– Ça ne l'aurait pas aidé. Apparemment, la balle a touché le cœur. Il faut attendre le rapport du légiste pour en être sûr mais, personnellement, je crois qu'il est mort sur le coup.

– Tant mieux. » Hannah hocha la tête puis réalisa ce qu'elle venait de répondre. « Enfin, je veux dire, tant mieux qu'il n'ait pas souffert. »

Bill sortit son calepin.

« Je voudrais que tu me racontes ce qui s'est passé ce matin, Hannah, même les petits détails qui te paraissent sans importance.

– Pas de problème. »

Hannah attendit que Bill prenne son stylo puis lui relata ses moindres faits et gestes, à partir de l'instant où elle avait aperçu Ron devant la laiterie jusqu'à la découverte de son cadavre dans la ruelle. Elle lui donna même l'heure précise où elle était sortie du fournil et celle où elle avait téléphoné à la police.

« Tu fais un excellent témoin, la complimenta Bill. C'est tout ?

– D'après moi, Tracey est sans doute la dernière personne à avoir vu Ron vivant. Elle se trouvait devant l'agence immobilière où Andrea venait d'entrer pour prendre des papiers quand Ron est passé dans la rue au volant de sa camionnette. Elle lui a fait signe, il a répondu et elle l'a suivi du regard jusqu'à ce qu'il s'engage dans ma ruelle. Il devait être pas loin de 8 heures parce que Andrea et Tracey sont arrivées ici peu après que j'ai ouvert et… »

Hannah s'interrompit comme si une idée venait de germer dans sa tête.

« Qu'y a-t-il, Hannah ? » Bill reprit le stylo qu'il venait de poser. « Tu penses à quelque chose ?

– Oui. Si Tracey a vu Ron vers 8 heures, ça veut dire qu'il était en retard de vingt-cinq minutes.

– Comment peux-tu l'affirmer ?

– Ron passe chez moi tous les jours à 7 h 35. Invariablement. Il commence par la cantine du lycée, et après il vient directement ici. Je suis cliente chez Cozy Cow depuis que je tiens ce commerce et Ron n'a jamais eu plus d'une minute de retard.

– C'est pour le guetter que tu es sortie dans la ruelle ?

– Pas exactement. Je craignais qu'il soit en panne de moteur. Tracey avait entendu sa camionnette pétarader après avoir tourné dans… » Hannah s'arrêta au milieu de sa phrase, les yeux écarquillés. « Tracey l'a entendu, Bill. Elle a cru que c'était un bruit de moteur mais, en fait, elle a entendu le coup de feu qui a tué Ron ! »

Bill pinça les lèvres, signe d'une intense concentration. C'était terrifiant quand on y pensait ; Tracey avait failli assister à un meurtre.

« Je vais faire un saut à la laiterie et dire à Max Turner ce qui vient d'arriver.

– Tu ne le trouveras pas. Il est parti pour la convention des fabricants de beurre ce matin même. C'est Ron qui me l'a dit. Cette convention a lieu chaque année dans le Wisconsin et dure une semaine, je crois. Si j'étais toi, j'irais voir Betty Jackson, la secrétaire de Max. Elle saura comment le joindre.

– Bonne idée. »

Bill but les dernières gouttes de café et posa son mug.

« Cette enquête revêt une grande importance pour ma carrière, Hannah. J'ai passé le concours d'inspecteur la semaine dernière et le shérif Grant m'a confié l'affaire.

– Alors, tu as été promu ? s'écria Hannah.

– Pas encore. Le shérif Grant doit donner son feu vert et, si je me débrouille bien, il le fera, j'en suis presque certain. Cette promotion sera la bienvenue. Je gagnerai plus d'argent et Andrea ne sera plus obligée de travailler.

– C'est merveilleux, Bill. »

Hannah était sincèrement ravie pour lui.

« Tu crois que c'est mal d'utiliser le meurtre de Ron pour monter en grade ?

– Pas du tout, répondit Hannah en secouant la tête. Il faut bien que quelqu'un attrape son meurtrier. Si tu y arrives et que tu obtiens de l'avancement grâce à cela, ce ne sera que justice.

– Tu ne cherches pas juste à me rassurer ?

– Moi ? Je dis toujours ce que je pense, sur les sujets importants du moins. Tu devrais le savoir depuis le temps ! »

Bill esquissa un sourire.

« C'est bien vrai. D'ailleurs, Andrea dit souvent que le tact n'est pas la première de tes qualités.

– Elle n'a pas tort », admit-elle du bout des lèvres.

C'était quand même un peu fort de la part d'Andrea qui usait et abusait de sa patience depuis des années. Si elle n'avait pas eu de tact, sa sœur serait déjà morte étranglée.

« Encore une chose, Hannah. » Bill s'éclaircit la gorge. « Je m'en veux de te demander ça mais… voilà, les gens ont tendance à se confier à toi. Du coup, tu es au courant de tout ce qui se passe en ville. Si tu apprends un truc susceptible de m'intéresser, tu veux bien m'appeler ?

– Bien sûr, compte sur moi.

– Merci. Ouvre bien tes yeux et tes oreilles. Si le meurtrier de Ron habite dans le coin, il pourrait se trahir en parlant ou en faisant quelque chose. Encore faudra-t-il le remarquer. »

Hannah hocha la tête. Puis elle suivit le regard que Bill venait de poser sur les cookies aux raisins et aux flocons d'avoine. Elle se leva et remplit un petit sac qu'elle lui tendit.

« Ne mange pas tout d'un coup, Bill. Tu commences à t'épaissir au niveau de la taille. »

Après le départ de son beau-frère, Hannah repensa à ce qu'elle lui avait dit. Andrea avait raison. Le tact n'était pas son fort. Sinon elle se serait abstenue d'un tel commentaire. De quel droit critiquait-elle le mari de sa sœur ?

En reprenant sa place derrière le comptoir, Hannah comprit qu'en plus de s'être montrée désagréable avec Bill elle venait de trahir la confiance d'Andrea en promettant à son mari de l'aider sur une enquête qui, si elle aboutissait, risquait de la priver du travail qu'elle aimait tant.

Croquants aux pépites de chocolat

Préchauffer le four à 190°,
la grille en position médiane.

1 tasse de beurre (2 plaquettes)
1 tasse de sucre blanc
1 tasse de sucre roux
2 cuillerées à thé de bicarbonate de soude
1 cuillerée à thé de sel
2 cuillerées à thé de vanille
2 œufs battus (à la fourchette)
2 ½ tasses de farine (non tamisée)
2 tasses de corn-flakes broyés (à la main)
1 ou 2 tasses de pépites de chocolat

Faire fondre le beurre, ajouter les sucres et mélanger. Verser le bicarbonate, le sel, la vanille et les œufs battus. Bien mélanger. Incorporer la farine sans cesser de remuer. Ajouter les corn-flakes broyés, les pépites de chocolat et tourner jusqu'à ce que la pâte soit homogène.

Du bout des doigts, confectionner des boules de la taille d'une noix et les disposer sur une plaque à pâtisserie préalablement enduite de matière grasse.

Douze boulettes pour une plaque standard. Les écraser délicatement avec une spatule enduite de farine ou de matière grasse.

Cuire à 190° durant huit à dix minutes. Laisser refroidir sur la plaque pendant deux minutes puis transférer les cookies sur une grille jusqu'à complet refroidissement. (La grille est un accessoire essentiel si l'on veut des cookies bien croustillants.)

Rendement : six à huit douzaines, en fonction de la taille des cookies.

(Ce sont les préférés d'Andrea depuis le lycée.)

Note : si vos cookies ont tendance à s'étaler sur la plaque, ne pas les écraser avant la cuisson et réduire la température à 175°.

CHAPITRE 3

« C'est bon, Lisa. J'y vais. » Hannah claqua la porte arrière de son break, fit le tour et s'installa au volant. « Je reviens vers 16 heures au plus tard. »

Lisa opina et lui tendit un panier rempli de citrons qu'elle avait lavés et astiqués jusqu'à ce que les microbes les plus courageux s'enfuient terrorisés.

« Tu devrais prendre plus de sucre au cas où la limonade viendrait à manquer.

– J'en trouverai dans les cuisines du lycée. Edna ne rentre chez elle qu'à 15 h 30. »

Quand Lisa eut refermé la porte du fournil, Hannah démarra, sortit de la ruelle en marche arrière et mit le cap sur le lycée Jordan. L'établissement devait son nom au premier maire de Lake Eden, Ezechiel Jordan, mais elle aurait parié que la grande majorité des élèves s'enorgueillissaient d'étudier dans un lycée construit à la gloire d'un joueur de basket mondialement connu.

Le lycée Jordan et l'école primaire Washington constituaient deux entités indépendantes mais reliées par un corridor moquetté et doté de fenêtres à double vitrage donnant sur leurs cours respectives. Dans un souci d'économie, les deux entités partageaient le même auditorium et le même directeur. La maintenance était assurée par quatre personnes ; deux s'occupaient d'entretenir les locaux, les deux autres les cours de récréation et le terrain de sport attenant au lycée.

Le complexe scolaire de Lake Eden fonctionnait à merveille. Depuis qu'on avait relié l'école primaire au lycée, les aînés pouvaient facilement raccompagner à la maison leurs jeunes frères et sœurs en cas de maladie, ou les consoler quand ils réclamaient papa et maman. Ce dispositif offrait d'autres avantages encore. Durant leur temps libre, les élèves de terminale qui se destinaient au professorat étaient encouragés à participer aux cours des petits en tant qu'assistants d'éducation. Cette formation précoce avait porté ses fruits. Nombre d'anciens lycéens étaient revenus enseigner à Lake Eden après avoir décroché leur diplôme.

Quand elle tourna au coin de la 3e Rue et dépassa la structure que la ville réservait aux loisirs familiaux, Hannah vit que le parc était désert. Les chaînes des balançoires ne bougeaient pas, le manège était enseveli sous les feuilles tombées dans la matinée et, bien que le mercure ait grimpé jusqu'aux dix degrés promis par les services météo, pas un tricycle ne roulait sur l'allée entourant le terrain de jeux.

Hannah ne comprit pas tout de suite. D'habitude, avec un temps pareil, les jeunes mamans de Lake Eden n'auraient pas hésité à venir aérer leurs bambins. Puis elle se rappela les tristes événements de la matinée. Un meurtrier circulait en liberté dans les rues de la ville. Il n'était pas question de laisser sortir les enfants.

En revanche, sur Gull Avenue où se trouvait le groupe scolaire, des dizaines de véhicules étaient arrêtés le long du trottoir, bloquant l'accès aux maisons particulières et aux bornes d'incendie, ceci en parfaite violation des règles de stationnement. Hannah passa au ralenti devant des parents inquiets qui attendaient la sonnerie annonçant la fin des cours. Puis, enfin, elle aperçut Herb Beeseman dans sa voiture de patrouille parfaitement astiquée, garée en travers du portail comme pour le protéger. Comme il ne distribuait pas de contraventions, Hannah supposa qu'il plaçait la sécurité des enfants au-dessus des intérêts financiers de la municipalité.

Hannah glissa son bras entre les sièges et attrapa le sac de croustillants à la mélasse posé sur la banquette arrière. Elle ne sortait jamais sans emporter quelques cookies de secours. Après quoi, elle se rangea près du véhicule de patrouille et descendit sa vitre.

« Bonjour, Herb. Je dois m'occuper du banquet des scouts. Je peux accéder au parking ?

– Pas de problème, Hannah, répondit Herb, le regard braqué sur le sac qu'elle tenait à la main. Tant que tu te gares correctement. C'est pour moi ? »

Hannah lui tendit les croustillants à la mélasse.

« Tu fais du bon boulot, Herb. Grâce à toi, les gosses sont en sécurité. Je suis sûre que les parents apprécient tes efforts.

– Merci. »

Herb se rengorgea.

« Est-ce que ta mère est toujours furieuse contre moi ? rembraya-t-il.

– Furieuse, non, pas vraiment. »

Hannah aurait pu lui dire par quel nom d'oiseau Delores l'avait appelé dernièrement mais le moment était mal choisi.

« Disons qu'elle est encore un peu contrariée.

– Je suis désolé, Hannah, je n'avais pas le choix. J'aime bien ta mère mais je suis censé punir les gens qui roulent à tombeau ouvert en pleine ville.

– Je comprends et je crois qu'elle aussi. C'est juste qu'elle a du mal à reconnaître ses torts. »

Hannah esquissa un sourire.

« Au moins, cette amende aura eu un effet positif.

– Lequel ?

– Elle a renoncé à me caser avec toi. »

Hannah démarra en gloussant. À en juger par la surprise peinte sur son visage, Herb ignorait que Delores l'avait envisagé comme gendre potentiel.

Le large portail séparant le parking des professeurs des cours de récréation était grand ouvert. Hannah le franchit et, tandis qu'elle cherchait une place libre, remarqua l'absence flagrante de véhicules récents et de modèles de luxe. Avec leur maigre salaire, les enseignants pouvaient difficilement s'offrir de belles voitures. Hannah trouvait honteux qu'un professeur gagne moins qu'un vendeur de fast-food. C'était bien la preuve qu'il y avait un gros défaut dans le système.

Plusieurs panneaux d'avertissement ponctuaient la bande de bitume derrière le réfectoire. Hannah s'arrêta et lut sur l'un d'entre eux : « STATIONNEMENT INTERDIT SUR ORDRE DE L'AUTORITÉ MUNICIPALE EN CHARGE DU STATIONNEMENT ». Les sanctions encourues figuraient en dessous, en plus petits caractères. Mais Hannah n'en avait cure. Herb était l'unique membre de ladite autorité et pour l'instant il surveillait l'entrée de l'établissement. Elle se gara donc devant la porte sans une once de culpabilité. Elle était en retard et c'était l'endroit le plus pratique pour décharger sa marchandise. Dans moins de dix minutes, une horde de boy-scouts affamés réclameraient à cor et à cri leur ration de cookies arrosés de limonade.

À la seconde où elle coupa son moteur, Edna Ferguson apparut à l'entrée des cuisines avec un sourire de bienvenue. C'était une femme d'une cinquantaine d'années, frêle comme un moineau.

« Bonjour, Hannah. Je commençais à me demander si tu ne t'étais pas perdue. Tu as besoin d'un coup de main ?

– Oui, merci, Edna. » Hannah lui tendit une caisse. « Les scouts ne sont pas encore là, j'espère ? »

Edna la rassura d'un signe de tête.

« M. Purvis a rassemblé tous les élèves dans l'auditorium. Ils y sont encore. Ceux dont les parents sont indisponibles devront rentrer chez eux par groupes. Pour veiller les uns sur les autres. »

Hannah acquiesça, souleva la grosse boîte de cookies que Lisa avait préparée et suivit Edna dans la cuisine, une pièce immense avec des comptoirs en inox le long des murs et de gigantesques appareils électroménagers. En entrant, elle songea qu'elle n'aimerait pas être à la place du dernier élève du groupe au moment où il se retrouverait seul, après que ses camarades auraient rejoint leurs foyers respectifs. Elle l'imagina poursuivant son chemin en priant le ciel pour que le meurtrier ne l'attende pas, caché derrière un buisson.

« Il n'a pas souffert, dis, Hannah ? »

Hannah posa la boîte et se tourna vers Edna.

« Pardon ?

– Ron. J'y ai pensé toute la journée. C'était un si gentil garçon. J'imagine que son heure était venue, mais au moins j'espère que ça s'est fait rapidement et sans douleur. »

Pour sa part, Hannah doutait que la durée de vie de chaque individu soit calculée d'avance.

« D'après Bill, il est mort sur le coup.

– Eh bien, tant mieux pour lui. Quand je pense qu'il était ici quelques minutes avant qu'on l'assassine ! J'en ai la chair de poule ! »

Hannah disposa ses citrons sur des planches à découper et se mit au travail. Les tranches devaient être fines comme du papier à cigarette.

« Donc Ron est bien passé par le lycée ce matin ?

– Évidemment. Ce garçon ne ratait jamais un jour. Il était vraiment consciencieux. Et fier de son travail, avec ça. »

Hannah ajouta l'info à la liste qu'elle gardait en tête.

« Tu l'as vu ?

– Non. Je ne le vois jamais. Quand je prends mon service à 8 heures, il est parti depuis longtemps. Mais il y a tout ce qu'il faut dans la chambre froide. »

Hannah déballa son bol à punch en plastique et le tendit à Edna. Elle n'utilisait le bol en verre que pour les mariages ou les bals de fin d'année. Puis elle souleva d'une main la grosse thermos de limonade, prit de l'autre le saladier contenant les tranches de citron et passa dans la salle de réfectoire. Une table couverte d'une nappe en papier bleu était prête à accueillir les rafraîchissements. Sur une autre pareillement décorée, Hannah aperçut un carton d'archives.

« Gil est en congé mais il est quand même passé pour tout installer, commenta Edna. Il m'a dit de te dire qu'il apporterait des ballons pour garnir le buffet.

– OK, je lui laisserai la place nécessaire. »

Hannah lui montra où poser le bol à punch puis dévissa le couvercle de la thermos et versa la limonade.

« Tu n'as rien remarqué de bizarre ? La cuisine était dans le même état que d'habitude ?

– Non, rien de particulier. Qu'y a-t-il dans ces glaçons, Hannah ? Ils sont opaques.

– De la limonade congelée. En fondant, ils rafraîchiront la boisson sans la diluer. J'utilise la même méthode pour tous mes punchs. »

Hannah finit de verser la limonade dans le bol puis dispersa les tranches de citron à la surface. En reculant pour admirer son œuvre, elle vit Edna plisser le front.

« Tu crois qu'il faut rajouter des tranches ?

– Non. C'est très bien comme ça. J'étais en train de penser à Ron.

– Comme tout le monde dans cette ville. Allez viens, Edna. On va déballer les cookies. »

Edna la suivit dans la cuisine et poussa une petite exclamation en la voyant soulever le couvercle de la boîte.

« Regardez-moi ça ! Ils sont trop jolis.

– Oui, je suis d'accord, répondit Hannah en constatant, ravie, que Lisa les avait ornés d'un glaçage jaune et bleu rappelant l'écusson des boy-scouts. C'est l'œuvre de Lisa Herman, ajouta-t-elle en les disposant sur un plateau. Elle manie la poche à pâtisserie comme une vraie pro, maintenant.

– Lisa est une fille bourrée de talents. Elle réussit tout ce qu'elle entreprend. C'est vraiment dommage qu'elle ait dû renoncer à ses études pour s'occuper de son père.

– Oui. Ses frères et sœurs voulaient le placer dans une maison de retraite médicalisée mais Lisa s'y est opposée. »

Hannah désigna une caisse contenant des assiettes bleues en carton, des serviettes dorées et des gobelets en plastique bleu.

« Emporte tout ça, veux-tu ? J'arrive avec les cookies. »

Assiettes, gobelets et serviettes furent rapidement répartis sur la surface de la table. Quand tout fut prêt, les deux femmes regagnèrent la cuisine et s'installèrent dans un coin pour boire un café en attendant l'arrivée des scouts. Edna poussa un soupir à fendre l'âme.

« Quelle pitié, je te jure !

– Tu veux parler de Ron ?

– Oui. Ce pauvre garçon se donnait tellement de mal. Il lui arrivait de travailler soixante heures par semaine et Max ne lui a jamais filé un centime de plus. C'était de l'exploitation.

– C'est Ron qui te l'a dit ? »

Edna fit non de la tête.

« Betty Jackson. Elle était présente le jour où Ron a demandé qu'on embauche quelqu'un pour l'aider. Mais Max était trop radin pour payer une personne supplémentaire. »

Hannah connaissait la réputation de Max Turner. Le patron de la laiterie Cozy Cow avait des oursins dans les poches, disait-on. Pour un homme riche, il vivait bien modestement. Sa voiture neuve était son seul luxe. Il habitait derrière la laiterie dans la vieille maison familiale qu'il avait retapée juste ce qu'il fallait pour ne pas la recevoir sur la tête.

« Et finalement, le jour où Max lui accorde enfin l'aide qu'il demandait, voilà qu'il meurt. C'est trop injuste.

– Ron avait un assistant ? s'écria Hannah. Comment le sais-tu ?

– Je laisse toujours un bocal de café soluble à l'intention de Ron. Il aimait boire un truc chaud quand il sortait de la chambre froide. En arrivant ce matin, j'ai vu *deux* tasses sur le comptoir. J'en ai conclu que Max avait fini par céder. Cela dit, ça m'a étonnée que Max embauche une femme. »

Hannah sentit l'adrénaline fuser dans ses veines. La nouvelle collègue de Ron avait peut-être assisté au meurtre.

« Tu es sûre que c'était une femme ?

– Il y avait une marque de rouge à lèvres sur l'une des tasses. Rose vif. Sûrement une jeunette, je me suis dit, vu qu'à nos âges cette teinte n'est pas très recommandée. »

Hannah se hérissa. Edna avait facilement vingt ans de plus qu'elle. Révoltée qu'on puisse la classer dans la même tranche d'âge, Hannah fut un moment tentée de rétablir la vérité. Mais une telle interruption risquait de tarir les confidences de son interlocutrice.

« Ces tasses, tu les as lavées ?

– Non, non. Je les ai jetées à la poubelle.

– À la *poubelle* ? »

Edna éclata de rire devant son air ahuri.

« C'étaient des tasses en plastique.

– Des pièces à conviction, tu veux dire, répliqua sèchement Hannah. Bill est chargé de l'enquête. Il en aura besoin. »

Hannah se précipita vers la corbeille à papier posée près de l'évier, mais Edna l'arrêta avant qu'elle fouille dedans.

« M. Hodges a vidé mes poubelles juste après le déjeuner. Je suis vraiment désolée, Hannah. J'ignorais que c'était si important. »

Hannah regretta sa brusquerie.

« Ça ira, ne t'inquiète pas. Dis-moi juste ce que M. Hodges fait des ordures.

– Il les balance dans cette grosse benne orange qu'il y a sur le parking. Si tu veux les retrouver, il va falloir te dépêcher avant l'arrivée des éboueurs.

– À quelle heure passent-ils ?

– Vers 17 heures. »

Hannah jura entre ses dents. Elle ne pouvait décemment pas attendre les bras croisés que le camion à ordures emporte une pièce à conviction de première importance. Elle essaierait de joindre Bill mais s'il n'arrivait pas à temps, c'est-à-dire avant la fin du banquet des scouts, elle n'aurait d'autre solution que se retrousser les manches.

« Un grand bravo, Hannah ! » Gil Surma, maître scout et psychologue du lycée Jordan, accompagna ses paroles d'une petite tape sur l'épaule. « Vous avez eu raison de prévoir large. Je n'aurais jamais cru que ces dix-huit gamins seraient capables d'avaler sept douzaines de cookies.

– Ça représente moins de cinq par personne et ils sont en pleine croissance. Je me suis dit qu'étant donné le contexte je devais faire mienne la célèbre devise des scouts. »

Gil réfléchit quelques secondes, puis il plissa les yeux et partit d'un petit rire.

« Ah oui, pigé ! "Toujours prêt", gloussa-t-il. Très drôle ! »

Hannah le gratifia d'un sourire et rapporta le bol à punch dans la cuisine. Quand elle revint, Gil était toujours là.

« Vous n'êtes pas obligé de rester, Gil. Je me charge du nettoyage.

– Non, je vais vous aider. »

Gil entreprit de ramasser gobelets et assiettes pour les jeter à la poubelle.

« Hannah ?

– Oui, Gil. »

Hannah s'arrêta et le regarda attentivement.

« C'est vous qui avez trouvé Ron, n'est-ce pas ? » demanda Gil, sérieux comme un pape.

Hannah soupira. Depuis le matin, tout le monde lui posait la même question. Accéder au vedettariat grâce à la mort de Ron la contrariait énormément.

« Oui, Gil. C'est moi qui l'ai trouvé.

– Ça vous a fait un choc, j'imagine.

– J'ai connu des expériences plus agréables.

– Je me disais juste… c'est une terrible épreuve. Vous avez peut-être envie d'en parler à quelqu'un. Sachez que la porte de mon bureau est toujours ouverte, Hannah. Je ferai de mon mieux pour vous aider à surmonter cela. »

Hannah aurait pu lui rétorquer qu'elle n'avait pas besoin d'un psy. Et que, dans le cas contraire, elle n'irait pas raconter sa vie à un type dont les compétences se limitaient à consoler des adolescents boutonneux qui venaient de se faire plaquer par leur copine.

Mais se rappelant opportunément la résolution qu'elle avait prise, Hannah respira un bon coup et répondit avec tact :

« C'est très aimable de votre part, Gil. Si j'ai besoin de parler à quelqu'un, c'est à vous que je m'adresserai. »

Edna était partie. Hannah remballa ses ustensiles, les entassa sur un chariot et les transporta jusqu'à son break. Elle avait tenté de joindre Bill à plusieurs reprises mais s'était entendu répondre qu'il était sur le terrain et qu'on ne pouvait pas le contacter. Hannah jeta un coup d'œil à sa montre. Elle avait promis à Lisa de rentrer pour 16 heures. Il ne lui restait que cinq minutes. Elle détestait être en retard, mais le gobelet taché de rouge à lèvres était plus important que tout.

Hannah baissa les yeux sur ses vêtements. Elle avait mis son bel ensemble pantalon blanc cassé car le soir même elle organisait un buffet pour le maire.

Heureusement, il passait à la machine. En gémissant à l'idée de la corvée de lessive qui l'attendait, Hannah remonta les manches de sa veste et s'avança vers la benne à ordures, déterminée à se battre courageusement contre les déchets venant du réfectoire.

Le conteneur en métal était immense. L'odeur qui en émanait lui fit plisser le nez. Elle poussa un juron. Le couvercle lui arrivait aux épaules. Même en se mettant sur la pointe des pieds, elle ne pourrait pas atteindre les sacs et encore moins les extraire pour en examiner le contenu. Son deuxième juron fut plus salé que le précédent. Elle regagna son véhicule, se mit au volant et roula jusqu'à ce que le capot touche la benne. Après quoi, elle grimpa sur le toit rouge cerise, se pencha et saisit le premier sac.

Elle y trouva des serviettes en papier, des restes de pudding au caramel et des bouts de viande marron, comme du bœuf en daube. Au moins, elle savait ce que les élèves avaient mangé le midi. Hannah allait retourner à la pêche quand elle se rappela un détail fort utile : les sacs de la corbeille à papier étaient plus petits que les autres, et surtout ils étaient verts. S'étirant au maximum, elle repoussa les plastiques noirs sur un côté de la benne et finit par apercevoir tout au fond – comme de bien entendu – un unique sac vert.

Mais rien n'était encore gagné. Hannah avait beau se plier en deux au risque de basculer tête la première dans les ordures, le fameux sac restait hors de portée, à cinq bons centimètres de ses doigts tendus. Alors, avec un grand soupir, elle fit ce que toute détective en herbe et belle-sœur digne de ce nom aurait fait à sa place. Elle se redressa, passa une jambe, puis l'autre et, quand elle fut assise sur le rebord, respira un bon coup et disparut dans le ventre de la benne.

Maintenant, plus de problème pour attraper le sac vert. En revanche, remonter à l'air libre était une autre affaire. Hannah essaya d'empiler les gros sacs noirs pour créer un genre d'escalier. L'un d'eux se déchira sous son poids. Elle gémit d'horreur : ses chaussures baignaient dans la daube. Quand elle finit par émerger des abysses pestilentiels et poser le pied sur le toit de son break, Hannah sentait aussi mauvais que ses vêtements étaient sales.

« Bill me sera redevable jusqu'à la fin de ses jours », grommela Hannah en dénouant le lien fermant le sac en plastique vert. Elle trouva d'abord des étuis à pain froissés et, quelques mégots plus tard, les deux gobelets qu'elle cherchait.

« Bingo ! » beugla-t-elle en plongeant la main pour les attraper. Puis elle se souvint que, dans les films, les détectives enfilaient des gants de protection et rangeaient les indices dans des pochettes spéciales. Si le gobelet taché de rouge à lèvres recelait des empreintes digitales, il fallait les préserver. Comme Hannah n'avait à sa disposition ni gants ni pochettes à indices, elle glissa la main à l'intérieur d'un étui à pain, pinça le premier gobelet, le déposa dans un autre étui à pain et recommença la manœuvre pour le second.

Une fois les indices en sécurité, Hannah descendit du toit de son break, s'installa au volant et démarra. En quittant le parking du lycée, elle se sentait un peu stupide. Toutes ces précautions étaient-elles vraiment utiles ou n'avaient-elles d'intérêt que pour les gogos qui s'abreuvaient de séries policières ?

CHAPITRE 4

Lisa remplissait un sac de fondants au beurre de cacahuète quand Hannah fit irruption par la porte de derrière.

« Hannah ! Que… ? balbutia-t-elle, éberluée.

– Ne dis rien. Je file sous la douche.

– Mais Bill est ici. Il veut te parler. »

Hannah, qui avait déjà disparu dans le cabinet de toilette, repassa la tête par la porte.

« Où est-il ?

– Dans la boutique. Il tient la caisse pendant que j'emballe la commande de Mme Jessup.

– Fais-lui un café et dis-lui de m'attendre ici. Je sortirai dès que je serai présentable. »

À peine eut-elle refermé la porte que Hannah retira ses vêtements souillés et les enfonça dans le panier à linge. Puis elle grimpa dans le minuscule bac métallique qu'Al Percy avait désigné sous le terme de « bonus » le jour où il lui avait fait visiter le local, et tourna le robinet. Elle s'était servie de cette douche seulement une fois auparavant, le jour où un sac de farine de vingt kilos avait explosé entre ses bras alors qu'elle le soulevait pour le déposer sur le plan de travail. Ce n'était pas le grand luxe mais ça fonctionnait. Hannah se frictionna de la tête aux pieds et quand elle s'estima propre coupa l'eau, sortit du bac et s'épongea en deux temps trois mouvements.

Après quoi, elle enfila les vêtements de rechange qu'elle conservait dans un placard en cas d'urgence : un vieux jean usé jusqu'à la corde au niveau des fesses et un sweat des Minnesota Vikings qui, au fil des ans, était passé du violet flamboyant au rose cracra et dont les lettres d'or floquées n'étaient plus qu'un amas de croûtes jaunâtres. Au moins, ces fringues sentaient la lessive et non la bouffe avariée. Après quoi, elle démêla ses boucles rousses avec un peigne à dents larges, chaussa les super baskets de cross qui moisissaient sous le lavabo depuis qu'elle avait cessé de croire aux effets bénéfiques du jogging sur la santé, et ouvrit la porte.

Bill était assis sur un tabouret devant l'îlot en inox. Des miettes de cookies parsemaient la surface étincelante. Lisa lui avait sans doute offert de quoi soigner son impatience, supposa-t-elle.

« Enfin, te voilà ! s'écria Bill en la voyant. Il paraît que tu sentais encore plus mauvais que le clochard qui traîne près du Red Owl. Qu'est-ce qui s'est passé ?

– J'essayais seulement de t'aider. J'ai appris par Edna Ferguson que Max avait engagé une femme pour seconder Ron, alors j'ai voulu récupérer les gobelets dans lesquels ils ont bu ce matin. »

Bill semblait perdu.

« Mais Ron n'a jamais eu d'assistante. J'ai posé la question à Betty, tout à l'heure. Il y avait peut-être une femme avec Ron ce matin, mais elle ne travaillait pas pour la laiterie. Edna l'a reconnue ?

– Edna ne l'a pas vue. Ron et cette personne étaient déjà partis quand elle a pris son service.

– Attends un peu. »

Bill leva les mains.

« Si Edna n'a pas vu cette femme, comment sait-elle qu'elle existe ?

– À cause des gobelets. Edna laisse toujours un bocal de café soluble à la disposition de Ron, et ce matin, en arrivant, elle a trouvé deux gobelets sales. L'un d'eux portait une marque de rouge à lèvres et elle en a déduit que Ron était venu avec une femme. Ils sont là-bas, près du lave-vaisselle, dans les étuis à pain.

– Pourquoi Edna les a-t-elle gardés ? s'étonna Bill en se levant pour aller les chercher.

– Elle ne les a pas gardés. C'est moi qui les ai repêchés dans la benne à ordures du réfectoire. J'ai même dû sauter dedans, vu qu'ils étaient au fond.

– Et c'est pour ça que tu puais ?

– Tu as tout compris. »

Hannah retint un petit cri en voyant Bill plonger la main dans l'un des étuis à pain.

« N'y touche pas, Bill ! Je me suis donné un mal de chien pour préserver les empreintes digitales. »

Bill leva les sourcils, resta figé une seconde puis se mit à rire.

« On ne trouve pas d'empreintes sur ce genre de gobelets. La surface est trop rugueuse.

– Je savais que j'avais tort de me démener ainsi ! grommela Hannah. Et le rouge à lèvres ? Le labo peut l'analyser et en déduire quelque chose, non ?

– Possible, à moins qu'il s'agisse d'une teinte courante, portée par la moitié des femmes de la ville.

– Ce n'est pas le cas, répliqua-t-elle. La plupart évitent le rose vif. Ça fait hyper moche.

– Tu es bien renseignée pour quelqu'un qui ne met jamais de rouge à lèvres.

– Certes, mais Andrea a essayé cette teinte une fois et ça faisait horrible sur elle. Et comme elle possède toutes les nuances possibles et imaginables, j'en conclus que le rose vif est tout sauf courant.

– Bien raisonné. » Bill esquissa un sourire. « Bon travail, Hannah. »

Hannah se rengorgea et, juste après, se demanda comment faire pour trouver la femme portant ce type de rouge à lèvres.

« Qu'est-ce que tu comptes faire, Bill ? Le tour des toilettes pour dames ?

– Ce ne sera pas indispensable, j'espère. Je vais commencer par les boutiques de cosmétiques. Il faut bien qu'elle se procure ce truc quelque part. Mais ça suppose pas mal de démarches. Je vais avoir besoin de ton aide, Hannah. Tu n'es peut-être pas experte en maquillage mais tu en sais forcément plus que moi. »

Hannah soupira. Elle n'éprouvait aucun intérêt pour le sujet. En plus, faire du porte-à-porte n'avait rien d'exaltant.

« Tu veux bien m'aider, dis, Hannah ?

– Oui, bon, d'accord. Désolée de ne pas sauter de joie mais patauger dans la daube m'a filé un petit coup de mou.

– La prochaine fois, appelle-moi. J'ai des combinaisons étanches dans ma voiture et depuis le temps que je fais ce métier je n'ai plus peur de me salir.

– Mais je t'ai appelé ! J'ai même laissé un message mais, comme tu n'arrivais pas, il a bien fallu que je m'y colle. Je savais par Edna que les éboueurs passaient à 17 heures. Je n'avais pas le choix. »

Bill lui donna une petite tape dans le dos.

« Tu ferais une excellente détective, Hannah. Grâce à ton dévouement, nous tenons notre premier indice. »

* * *

Rhonda Scharf, la quarantaine grassouillette, moulée dans un pull angora bleu layette qui avait dû lui aller treize kilos auparavant, se tenait penchée sur le comptoir du rayon cosmétiques du Drugstore Central. Plus elle examinait la tache rose vif imprimée sur le gobelet blanc plus son visage se crispait. Sa bouche carmin formait un arc pointé vers le bas ; ses cils exagérément longs et touffus papillonnaient de dégoût.

« Ce rouge à lèvres ne vient pas de chez moi. Je préférerais mourir que vendre une telle horreur à mes clientes ! »

Bill rapprocha d'elle la pochette contenant le gobelet.

« Regardez mieux. Nous devons en avoir le cœur net.

– J'ai déjà regardé. »

Rhonda repoussa sa main.

« C'est moi qui passe les commandes et je peux vous certifier que je n'ai jamais acheté cette marque et encore moins cette teinte.

– Vous n'avez absolument aucun doute ? »

Rhonda fit non de la tête, ce qui eut pour effet d'agiter sa chevelure noir corbeau. Les mèches bougeaient ensemble, comme si elles étaient collées les unes aux autres. L'esthéticienne devait bénéficier d'une grosse remise sur la laque, se dit Hannah.

« Vous voyez comme ça bave ? » Rhonda posa le bout d'un ongle parfaitement manucuré sur le plastique transparent. « Mes produits ne laissent pas ce genre de traces. Et cette couleur ! Vous ne la trouverez chez aucun de mes fournisseurs. »

Hannah leva les yeux des nuanciers que Rhonda lui avait fournis à titre d'exemple et décida de mettre en pratique la vieille devise de sa grand-mère, à savoir qu'on attrapait plus de mouches avec du miel qu'avec du vinaigre.

« Nous avons besoin de votre aide, Rhonda. À Lake Eden, vous êtes la seule personne vraiment compétente.

– Dans ce cas, pourquoi êtes-vous passés chez CostMart avant de venir ici ? Ne dites pas le contraire, Hannah. Cheryl Coombs m'a appelée tout à l'heure.

– Oui, c'est vrai, nous sommes passés chez CostMart, reconnut Hannah. Comme chez tous les autres revendeurs de cette ville. Mais j'ai conseillé à Bill de vous garder pour la fin parce que vous en savez plus long que n'importe qui sur le sujet. Vous êtes toujours si bien maquillée. »

Rhonda s'illumina le temps de lancer à Bill une œillade parfaitement explicite. Comme Rhonda frôlait les cinquante ans et que Bill n'en avait pas encore trente, Hannah songea que la rumeur lui prêtant une aventure avec un chauffeur UPS n'était peut-être pas si délirante. Quand sa mère lui en avait parlé, elle n'y avait pas cru, mais tout compte fait…

« Je vous aiderai de mon mieux, roucoula Rhonda en fixant ses lentilles violettes sur le fringant adjoint du shérif. Que voulez-vous savoir ? »

Hannah soupira et ressortit le pot de miel.

« Si vous vouliez acheter un rouge à lèvres comme celui-ci… je sais que c'est impossible, vous avez trop bon goût, mais imaginez que vous êtes quelqu'un d'autre… où iriez-vous ?

– Laissez-moi réfléchir. » Rhonda pinça ses lèvres redessinées. « Comme il n'existe dans aucune boutique de cette ville, je serais obligée de l'acheter ailleurs. Ce n'est bien sûr qu'une supposition. »

Hannah la rassura :

« Bien sûr. Une simple supposition. Voyez-vous, Rhonda, cette enquête revêt une grande importance pour Bill. Et je sais qu'il apprécie énormément votre collaboration.

– Attendez une seconde. » Rhonda plissa les yeux. « Il n'y aurait pas un rapport avec le meurtre de Ron LaSalle ? »

Bill interpréta correctement le coup de pied que venait de lui décocher Hannah. Il se pencha davantage et murmura à l'oreille de l'esthéticienne :

« L'affaire est confidentielle, Rhonda. Si nous avons choisi de vous interroger c'est parce que vous êtes une personne discrète.

– Je vois. » Rhonda lui tapota la main.

« Si je voulais acheter cet horrible rouge à lèvres, je m'adresserais à Luanne Hanks.

– Luanne Hanks ? » s'étonna Hannah.

Luanne était une ancienne camarade de lycée de sa sœur Michelle. Elle avait abandonné ses études après être tombée enceinte.

« Je pensais que Luanne travaillait au Hal and Rose's Café.

– C'est le cas.
– Hal et Rose vendent du maquillage ? demanda Bill.
– Mais non, gros bêta. » Rhonda agita ses cils artificiels. « Luanne travaille dans ce café durant la semaine, et le week-end elle vend des cosmétiques Pretty Girl. Je l'ai vue se trimballer en ville avec sa valise à échantillons. »
Bill fit le geste de partir.
« Merci, Rhonda. Vous nous avez grandement aidés.
– Encore une petite chose, insista Hannah, la mine grave. Bill a oublié de vous prévenir. »
Bill se tourna vers elle, sans comprendre. Au risque de marcher sur ses plates-bandes, Hannah poursuivit dans le même registre :
« Écoutez, Rhonda. Bill préfère que cette conversation reste entre nous. Si jamais le meurtrier de Ron découvrait que vous nous avez aidés, il pourrait s'en prendre à vous. C'est bien cela, Bill ?
– Euh… Tout à fait ! » bredouilla-t-il.
Hannah le trouvait un peu long à la détente. Peut-être ne s'était-il pas encore remis des avances de Rhonda.
« Motus et bouche cousue. N'oubliez pas que cet assassin n'a plus grand-chose à perdre. Il a déjà commis le pire. »
Rhonda devint blême au point qu'on vit nettement la démarcation entre sa couche de fond de teint et la peau de son cou. Hannah n'était pas mécontente d'avoir douché son insupportable vanité mais redoutait qu'elle s'évanouisse sur le comptoir en verre.

« Ne vous inquiétez pas trop, Rhonda, reprit Hannah en lui tapotant le bras, histoire de rétablir la circulation du sang. Personne ne nous a entendus parler et nous sommes passés chez toutes vos consœurs. Vous nous avez juste dit que vous ne vendiez pas ce type de rouge à lèvres. Point barre.

– Hannah a raison, rembraya Bill. Il n'y a aucune raison de s'alarmer, Rhonda. Et pour plus de sûreté, je ne mentionnerai pas votre nom dans mon rapport.

– Merci, Bill. » Les joues de Rhonda passèrent de gris à beige. « Je serai muette. Je le jure. »

Hannah était rassurée sur ce point mais s'inquiétait toujours un peu pour la santé de l'esthéticienne.

« Quand le tueur sera derrière les barreaux, Bill vous proposera pour un diplôme de civisme. Vous le méritez amplement, Rhonda. »

Bill confirma ses dires, récupéra la pochette à indices, dit merci, au revoir et franchit la porte derrière sa belle-sœur. Sur le chemin de la pâtisserie, il éclata de rire.

« Qu'y a-t-il ? »

Hannah le regarda d'un air interloqué.

« Rien. Je me demandais juste comment j'allais m'y prendre pour lui remettre le diplôme en question, vu que le bureau du shérif ne traite pas ce genre de choses.

– Aucun souci. Gil Surma possède un tas d'imprimés vierges qu'il garde pour récompenser ses boy-scouts. Je lui demanderai de m'en refiler un et tu n'auras qu'à y inscrire le nom de Rhonda.

– Ça ne marchera pas. Le shérif Grant refusera d'apposer sa signature sur un faux.

– Nous n'aurons pas besoin de lui, fit Hannah en souriant jusqu'aux oreilles. Nous allons résoudre cette affaire, Bill, et quand le temps viendra de remettre son diplôme à Rhonda, tu auras été promu inspecteur et tu pourras le signer toi-même. »

CHAPITRE 5

Hannah pendit son ensemble pantalon sur un cintre et attrapa Moshe avant qu'il s'engouffre dans le séchoir encore tiède. « Non, pas question. Les séchoirs dévorent les chats, c'est bien connu. Et je crois que tu as déjà épuisé tes huit vies précédentes. »

Moshe coincé sous son bras, elle plia un drap de bain avec la main qu'il lui restait et alla le déposer sur le canapé du salon. Le matou n'attendait que cela. Il bondit sur la serviette moelleuse et se mit à ronronner.

« Entre amis, on partage tout, même les poils », dit-elle en le grattant sous le menton. Puis elle fit demi-tour et alla ranger le reste de la lessive. Cinq minutes plus tard, elle était prête à ressortir pour se rendre à la collecte de fonds organisée par le maire dans la salle des fêtes.

« Il faut que j'y aille, Moshe. » Hannah fit un détour par le canapé pour lui dire au revoir. « Je vais te mettre la télé. Tu préfères les infos ou Animal Planet ? »

Moshe remua la queue. Hannah comprit. « Bon, d'accord, va pour les infos. Je crois que ce soir ils passent "Urgences vétérinaires" sur Animal Planet. Et je sais que cette émission t'horripile. »

Elle venait d'allumer la télévision quand le téléphone se mit à sonner. Hannah et Moshe échangèrent un regard. « Je ferais mieux de ne pas décrocher, lui dit-elle. À tous les coups, c'est encore ma mère. »

Hannah écouta sa propre voix sur le message d'accueil : « Salut. C'est Hannah. Je ne peux pas vous répondre pour l'instant mais si vous laissez un message, je me ferai une joie de vous rappeler. Parlez après le bip. » Le bip retentit, suivi par la voix de Delores. « Où es-tu passée, Hannah ? J'ai tenté de te joindre six fois aujourd'hui. Rappelle-moi dès que tu rentres. C'est important ! »

« Elle a l'air un peu vexée, non ? À ton avis, Moshe ? » Hannah baissa les yeux sur son chat et sourit. Avec ses oreilles rabattues en arrière et sa fourrure hérissée, il ressemblait à une grosse pelote d'épingles. Elle l'apaisa d'une caresse et lui refit un gratouillis sous le menton. « Ne t'énerve pas, Moshe. Tu ne la verras pas. Elle vient de se racheter une paire de collants pour remplacer ceux que tu as déchirés. »

Moshe répondit par un ronronnement guttural, signe de parfait contentement. Il semblait très fier d'avoir chassé de son territoire la femme qu'il avait définitivement cataloguée comme « la méchante ». Hannah éclata de rire, alla lui chercher deux friandises aromatisées au saumon et se dépêcha de sortir. Elle avait une chose à faire avant de se rendre à la soirée du maire et elle était déjà en retard.

Alors qu'elle quittait sa place de parking en marche arrière, Hannah remercia le ciel de lui avoir donné Lisa. Encore une fois, elle lui sauvait la mise. La jeune femme s'était arrangée pour qu'un voisin reste avec son père toute la soirée afin de pouvoir livrer les cookies et l'urne de café à la salle des fêtes pour le début de la réception. Ainsi, quand elle arriverait, Hannah n'aurait plus qu'à s'installer derrière le buffet, sourire et servir les donateurs. La nuit était tombée. Hannah alluma ses phares, mit cap au sud sur Old Lake Road puis bifurqua et prit la route de campagne menant chez les Hanks. Elle avait promis à Bill de passer voir Luanne avant la fin de la journée et d'éclaircir cette histoire de rouge à lèvres rose. Luanne terminait son service à 18 heures ; normalement, elle devait être chez elle.

Les troncs blancs des bouleaux bordant la route 12 brillaient dans la lumière des phares. Naguère, les Sioux utilisaient leur écorce pour fabriquer des canoës. Quand elle était en primaire, Hannah en avait vu un exemplaire dans un musée lors d'une sortie scolaire. Elle s'était dit que si les Indiens étaient parvenus à un tel résultat dans les temps anciens avec des moyens rudimentaires, elle qui disposait d'outils modernes pourrait faire aussi bien qu'eux. Malheureusement, sa mère ayant remarqué que les bouleaux du jardin avaient la pelade, le canoë en resta au stade de projet. Elle eut droit à une engueulade de Delores pour avoir attenté à la vie de ses arbres et à une bonne fessée administrée par son père qui n'avait pas apprécié qu'elle lui pique son canif préféré. Voyant miroiter le triangle de métal cloué sur un tronc à l'entrée de Bailey Road, Hannah s'engagea sur le sentier gravillonné qui desservait trois maisons en tout et pour tout. Bâtie sur une rive de la grosse flaque qu'on appelait pompeusement Lake Bailey, la première était occupée par Freddy Sawyer qui l'avait héritée de sa mère. Freddy était un peu attardé mais se débrouillait seul et améliorait l'ordinaire en effectuant des travaux de bricolage pour les gens de la ville. La deuxième maison sur Bailey Road était achevée depuis un an. Elle s'élevait à la place de l'ancienne demeure des parents d'Otis Cox. Otis et sa femme y coulaient une paisible retraite. Ils racontaient partout qu'ils aimaient le silence et la solitude mais Hannah n'était pas dupe. En fait, ils s'étaient établis dans ce trou pour échapper aux règles interdisant aux habitants de Lake Eden de posséder plus de trois chiens par foyer. Or Otis et Eleanor adoraient les chiens, et maintenant qu'ils vivaient hors de la ville ils pouvaient en recueillir autant qu'ils le souhaitaient.

Hannah sourit en apercevant sur le pare-brise de leurs deux Explorer des autocollants « I ♥ My Dog » sur le modèle des célèbres « I ♥ New York ».

La troisième maison se dressait tout au bout de la rue, là où les chasse-neige ne pouvaient pas faire demi-tour faute de place. La famille Hanks y vivait depuis des lustres. Peu de temps auparavant, Ned, le père de Luanne, avait été emporté par une maladie du foie due à l'alcool, laissant derrière lui sa femme, sa fille et la petite Suzie, l'enfant de Luanne, qui n'était encore qu'un bébé.

Tandis qu'elle se garait devant la façade en bardeaux, Hannah repensa à l'étrange anecdote que Bill lui avait rapportée au sujet de Luanne. Un jour, ayant remarqué qu'un de ses feux arrière était brisé, il lui avait demandé de se ranger sur le bas-côté. Elle avait réagi en mode panique. Ce qui était surprenant quand on connaissait Bill, son allure d'ours en peluche, son sourire enfantin et sa gentillesse légendaire. Il n'y avait pas une once de méchanceté en lui et tous les habitants de Lake Eden le savaient.

Hannah ne connaissait pas vraiment Luanne. Michelle l'avait invitée à la maison à deux ou trois reprises, voilà des années. Lorsqu'elles se voyaient au café, leurs échanges se limitaient à des formules de politesse. Mais Hannah avait de l'admiration pour elle. Luanne avait dû interrompre ses études en terminale à cause de sa grossesse mais avait continué à bûcher jusqu'à l'obtention d'une équivalence. Elle était toujours souriante, toujours bien mise. Pourtant, elle ne ménageait pas sa peine. Depuis le décès de son père, elle assurait seule l'entretien de sa mère et de son bébé. Il y avait bien quelques rumeurs mais nul ne savait réellement qui était le père de Suzie, et les rares personnes ayant eu l'audace de lui poser la question avaient eu droit à une réponse courtoise mais catégorique. « Je préfère ne rien dire. »

Naturellement, Hannah n'était pas venue les mains vides. Une douzaine de cookies au sucre tradition garnissait le petit sac qu'elle attrapa en descendant de son break. Une odeur appétissante flottait dans l'air vif du soir. Celle du jambon frit et des petits pains au lait.

Manifestement, Luanne ne s'attendait pas à la voir débarquer chez elle.

« Hannah ! Mais qu'est-ce que vous faites là ?

– J'ai besoin de vous parler. » Hannah lui tendit le sac. « J'ai apporté des cookies au sucre pour Suzie. »

Luanne lui jeta un regard soupçonneux. Hannah comprenait sa réaction. Elles se connaissaient à peine et, après tout ce que Luanne avait traversé, on pouvait difficilement lui reprocher sa méfiance.

« Merci, c'est très gentil. Suzie adore les cookies au sucre. Mais de quoi voulez-vous me parler ?

– De rouge à lèvres. Avez-vous deux minutes à m'accorder ? »

Luanne n'hésita qu'un instant.

« Entrez donc. Je sers le souper et je suis à vous. J'ai déjà mangé au café. »

Hannah pénétra dans une vaste pièce rectangulaire. La cuisine était à droite. Au milieu, une table pour les repas et à gauche le coin salon avec un canapé, deux fauteuils et une télévision. Tout cela faisait un peu miteux, mais il n'y avait pas un grain de poussière sur les meubles et les chutes de moquette assemblées en patchwork qui couvraient les deux tiers du parquet donnaient à l'ensemble une note originale.

Mme Hanks était assise à la table, avec Suzie sur les genoux. Hannah s'avança vers elle.

« Bonsoir, madame. Je suis Hannah Swensen. Luanne et ma plus jeune sœur Michelle étaient au lycée ensemble.

– Asseyez-vous, Hannah, proposa Mme Hanks en tapotant la chaise à côté d'elle. C'est gentil de passer nous voir. Vous avez besoin d'un rouge à lèvres ? »

Hannah resta interdite puis se rappela ce qu'elle avait dit avant d'entrer. Mme Hanks avait l'oreille fine.

« Oui, absolument.

– Pourquoi n'irais-tu pas chercher une tasse de café pour Hannah, ma chérie ? dit Mme Hanks à sa fille. Il fait plutôt frisquet, ce soir. »

Luanne posa sur la table une assiette de jambon, un bol de haricots verts et un panier contenant des petits pains tout chauds.

« Vous voulez du café, Hannah ?

– Oui, s'il est déjà fait.

– Il est fait. »

Luanne retourna devant l'antique cuisinière à bois, saisit l'anse de la cafetière en émail bleu posée dessus et remplit une tasse qu'elle lui porta.

« Vous le buvez noir, n'est-ce pas ?

– Oui. Comment le savez-vous ?

– En tant que serveuse, j'ai appris à retenir ce genre de choses. Les clients apprécient et laissent de meilleurs pourboires. Attendez une minute, j'assois Suzie dans sa chaise haute. Ensuite, on parlera rouge à lèvres. »

Quand sa fille fut bien installée, Luanne rabattit le plateau et lui donna un petit pain. La gamine ouvrit grand la bouche pour tenter de l'engloutir d'un seul coup. Luanne éclata de rire.

« Elle n'a pas tout à fait intégré le concept des petites bouchées.

– Normal, à son âge », répondit gentiment Hannah.

Luanne reprit le pain, le réduisit en menus morceaux et se tourna vers sa mère.

« Tu veux bien la faire manger, maman ?

– Bien sûr, ma chérie. Emmène Hannah dans ta chambre et montre-lui ta valise à échantillons. »

Hannah suivit Luanne dans une pièce jaune tournesol avec de jolis rideaux en dentelle blanche accrochés à l'unique fenêtre. Contre le mur du fond, elle vit le berceau de Suzie, et de l'autre côté un lit pour une personne, celui de Luanne sans doute. Deux corbeilles à linge en plastique posées dans un angle contenaient quelques jouets. Sur une table basse, trois albums illustrés et une dizaine de feutres dans une vieille bouteille d'eau de Javel coupée à mi-hauteur pour servir de pot à crayons.

« C'est le coin de Suzie, expliqua Luanne en désignant l'espace autour de la table. Ce week-end, je vais peindre des lapins bleus et blancs au pochoir sur le mur. Et la table sera bleue elle aussi. »

La table était à la bonne hauteur mais étonnamment longue pour un meuble d'enfant. Suzie avait donc beaucoup de place pour étaler ses œuvres.

« Elle est drôlement pratique, je trouve, dit Hannah. Celle de Tracey n'était pas mal mais si étroite qu'on pouvait à peine y poser un album à colorier.

– Celle-ci était une table de café, à l'origine, expliqua Luanne. J'ai scié les pieds, et voilà ! Il ne me reste qu'à trouver un siège à sa taille. »

Brusquement, Hannah se souvint des caisses entreposées dans le garage de sa sœur, contenant les jouets, les meubles, les habits que Tracey n'utilisait plus.

« Andrea doit avoir ça quelque part. Je lui poserai la question.

– Non, lâcha Luanne en secouant la tête. Je sais que vous dites cela par pure gentillesse, Hannah, mais je ne demande pas la charité. On s'en sort très bien comme ça. »

Hannah aurait dû se douter que Luanne serait trop fière pour accepter un cadeau offert de bon cœur mais ne s'avoua pas vaincue pour autant. Elle resta un instant à contempler la table et, soudain, une idée germa dans son esprit.

« Ce n'est pas de la charité, croyez-moi, reprit-elle en jouant l'exaspération. J'ai promis à Andrea de l'aider à nettoyer son garage ce week-end et de porter les vieilles affaires de Tracey à la décharge. »

Luanne parut choquée.

« Pourquoi à la *décharge* ? Vous devriez les donner à une association, Hannah. Je suis sûre qu'elles feraient le bonheur de quelqu'un.

– Je suis d'accord. Mais ça fait deux ans que ces trucs l'encombrent et Andrea est tellement occupée ! La décharge, c'est plus simple pour elle. »

Luanne prit un air pensif.

« Quel dommage de gâcher toutes ces jolies choses. Si Andrea est d'accord, je veux bien lui donner un coup de main. J'irai porter les affaires moi-même chez Helping Hands, ils seront ravis.

– Vraiment, ça ne vous dérangerait pas ? On pourrait vider le garage et tout entreposer chez vous. De cette manière, vous auriez le temps de trier les objets. Mais d'abord, promettez-moi de garder tout ce qui peut servir à Suzie. C'est la moindre des choses, avec tout le mal que ça va vous donner.

– J'ai hâte de m'y mettre. » Luanne semblait ravie. « Asseyez-vous là, Hannah. »

Elle lui désigna une coiffeuse à l'ancienne, peinte dans une jolie nuance de bleu et ornée d'un miroir piqué de taches brunes. Des échantillons de maquillage Pretty Girl en parsemaient le plateau. La chaise pliante posée devant n'était plus de première jeunesse ; elle aussi était bleue. Luanne retira le lapin en peluche qui y avait élu domicile, fit asseoir Hannah et lui sourit.

« Donc vous avez besoin d'un rouge à lèvres ?

– Oui, en effet. »

Hannah ne mentait qu'à moitié. En fait, elle avait décidé de lui acheter quelque chose. Une femme qui travaillait aussi dur pour subvenir aux besoins de sa mère et de sa fille méritait qu'on l'aide.

« Vous avez une teinte préférée ? demanda Luanne.

– Oui, celle-ci. » Hannah fouilla dans son sac et sortit la poche contenant le gobelet. « L'auriez-vous dans vos échantillons ? »

Luanne fixa le gobelet durant quelques secondes.

« Vous ne pouvez pas porter cette teinte, Hannah, murmura-t-elle, catastrophée. Elle jurerait avec vos cheveux.

– Oh, ce n'est pas pour moi. » Puisque Bill lui avait interdit d'évoquer l'enquête, elle avait inventé une histoire qu'elle estimait crédible. « Ma mère adore ce rose. L'autre jour, elle m'aidait à sortir les poubelles quand elle a vu ce gobelet taché de rouge à lèvres. »

Luanne parut soulagée.

« Alors c'est pour votre mère ?

– Absolument. Elle portait cette couleur autrefois, mais aujourd'hui elle ne la trouve plus nulle part à Lake Eden. J'ai envie de lui faire la surprise pour notre prochain mardi glucide.

– Votre mardi glucide ?

– C'est un terme que j'ai inventé. Je dîne chez ma mère tous les mardis soir et elle adore tout ce qui est sucré. Hier, nous avons eu droit à un rôti hawaïen servi avec des tranches d'ananas et des patates douces. »

Luanne esquissa un sourire.

« Je comprends mieux !

– Et je ne vous ai pas encore parlé du dessert. Des bananes frites et un gâteau aux noisettes nappé de chocolat. Ma mère a posé une boule de glace sur sa part.

– Elle est accro, on dirait. Lui arrive-t-il de croquer des morceaux de sucre ?

– Je n'en serais pas étonnée. » Hannah éclata de rire. « Je sais qu'elle a toujours un stock de brownies dans son congélateur et un tiroir rempli de tablettes de chocolat. Je devrais peut-être la remercier d'avoir invité Carrie Rhodes et son fils à partager notre dîner. Norman est dentiste. »

Luanne lui décocha un regard.

« J'ai entendu dire que Norman avait repris le cabinet de son défunt père. Votre mère essaierait-elle de vous caser avec lui ?

– Évidemment. Vous connaissez Delores. Elle veut me marier à tout prix, c'est une obsession. Tout est bon pour elle, célibataires, divorcés, veufs...

– Et vous, le mariage ne vous attire pas ?

– Je suis bien comme je suis. Si jamais Harrison Ford et Sean Connery tiennent absolument à me faire changer d'avis, je ne dis pas, mais...

– Moi, c'est pareil. Et je suis vraiment contente que ce rouge à lèvres ne soit pas pour vous, Hannah. Je n'aime pas rater une vente mais je ne vous aurais jamais laissé partir avec cette couleur. Quand on a de beaux cheveux roux comme les vôtres, on reste dans les teintes chaudes, les bruns, les ocres.

– Mais ce rose, est-ce que vous l'avez ?

– Tout à fait. Et votre mère a raison. On ne le trouve nulle part à Lake Eden, sauf chez moi. Ça s'appelle "Pink Passion" et j'en commande régulièrement pour une de mes clientes.

– Génial ! Je vais remonter de plusieurs crans dans l'estime de ma mère. »

Hannah n'était pas peu fière. Elle savait maintenant d'où venait le fameux rouge à lèvres. Encore un effort et Luanne lui révélerait le nom de celle qui le portait.

« Cette cliente dont vous parlez... Ma mère devient dingue quand elle croise une femme habillée comme elle. Je suppose que ce serait pareil pour un rouge à lèvres.

– Oh, elle ne risque pas trop de la croiser. Votre mère et Danielle ne fréquentent pas les mêmes cercles. »

Hannah se creusa la cervelle. Elle ne connaissait qu'une seule Danielle : l'épouse de Boyd Watson, le meilleur entraîneur sportif ayant jamais exercé au lycée Jordan.

« Vous voulez parler de Danielle Watson ?

– Exact. J'ai failli m'évanouir quand elle m'a réclamé cette couleur la première fois. Mais, en fait, elle lui va plutôt bien. Pour la porter, il faut être très blonde… blonde naturelle bien sûr. Les cheveux de Danielle sont si clairs qu'ils semblent presque blancs. Et elle ne les teint pas.

– Vous êtes sûre qu'elle est la seule en ville à utiliser Pink Passion ?

– Certaine. J'ai l'exclusivité Pretty Girl pour toute la région.

– Merci mille fois. » Luanne ignorait à quel point Hannah lui était reconnaissante. « Si vous avez un tube de Pink Passion, je le prends.

– Il m'en reste un. Ne bougez pas, je vais le chercher dans mon stock. Et pendant qu'on y est, je vous offre un relooking. Vous verrez, tout est affaire de nuances. Avec un fond de teint, un fard à joues et un rouge à lèvres adaptés à votre carnation, vous serez jolie comme un cœur.

– D'accord », fit Hannah.

Refuser eût été impoli. Et pendant que Luanne jouerait à l'esthéticienne, elle pourrait continuer à l'interroger sur Danielle.

« Danielle vous commande-t-elle beaucoup de choses ? »

Luanne sortit une énorme valise à échantillons qu'elle posa sur une table près de la coiffeuse. Elle s'ouvrait des deux côtés de manière à exposer les produits sur plusieurs étages. Celui du dessus contenait de minuscules tubes de rouge à lèvres ; le deuxième des testeurs de fond de teint et de fard à joues ; le troisième des nuanciers d'ombre à paupières, d'eye-liner et de mascaras. Tout en bas s'alignaient des flacons de vernis à ongles miniatures, près d'un plateau amovible présentant divers pinceaux, éponges et autres tampons d'ouate.

« Danielle compte parmi mes meilleures clientes, répondit Luanne en choisissant un fond de teint. Elle achète surtout nos produits de théâtre.

– Elle fait partie des Lake Eden Players ? »

C'était la troupe de comédiens amateurs qui se produisait régulièrement dans un ancien magasin de chaussures reconverti en café-théâtre, sur Main Street.

« Non, je ne crois pas. »

Luanne sortit plusieurs pinces à cheveux d'aspect vieillot, comme Bertie n'en utilisait plus depuis des années.

« Je dégage votre visage.

– Alors pourquoi du maquillage de théâtre ?

– Elle a des problèmes de peau. » Luanne commença par le fond de teint. « Fermez les yeux, Hannah. Je dois en mettre partout, même sur vos paupières. »

Hannah obéit mais continua de l'interroger.

« Quel genre de problèmes de peau ?

– Des taches, des boutons. Ça restera entre nous, d'accord ? Danielle fait des complexes à cause de cela. Adolescente, elle avait de grosses poussées d'acné, paraît-il, et pas seulement sur le visage. Sur le haut des bras et le cou également.

– Et avec ce type de maquillage, ça disparaît ?

– Absolument. La gamme théâtre Pretty Girl dissimule presque tout. Vous vous rappelez l'œil au beurre noir de Tricia Barthel ?

– Mmm... » acquiesça Hannah sans ouvrir la bouche, car Luanne en était à la lèvre supérieure.

Effectivement, elle se rappelait l'œil au beurre noir de Tricia. Selon la version officielle, Tricia s'était cognée dans une porte. Mais bien sûr c'était faux et Hannah le savait. Loretta Richardson lui avait dit que sa fille Carly avait balancé un livre d'algèbre à la tête de Tricia en apprenant que cette dernière lui avait piqué son petit copain.

« La mère de Tricia était vraiment contrariée parce que les terminales avaient leur séance photo le lendemain. Elle m'a appelée au secours, j'ai conseillé le fond de teint en question, j'en ai mis une bonne couche, et voilà le travail. L'hématome a disparu et je me suis fait une nouvelle cliente.

– C'est incroyable, dit Hannah qui entre-temps avait retrouvé l'usage de la parole. Quand les photos des terminales sont sorties dans le journal, je n'y ai vu que du feu.

– Bien appliqué, le maquillage de théâtre Pretty Girl peut cacher un méchant bleu aussi bien qu'un petit bouton. » Luanne croyait dur comme fer à l'efficacité de ses produits. « Mais vous, Hannah, vous n'en avez pas besoin. Votre peau est parfaite. Il vous suffit d'alterner crème de jour et crème de nuit. À votre place, je ne changerais rien. »

Hannah étouffa un sourire. Elle n'avait jamais mis de crème, qu'elle soit de jour ou de nuit. Elle se lavait le visage avec le savon qu'elle achetait au supermarché Red Owl et n'allait pas chercher plus loin.

« Détendez-vous, Hannah, laissez-vous aller, roucoula Luanne comme si elle cherchait à l'hypnotiser. Quand j'aurai fini, vous n'en croirez pas vos yeux. »

CHAPITRE 6

Dès qu'elle entra dans la salle des fêtes, Hannah repéra sa mère au fond, entourée de ses amies. Une duchesse et les dames de sa cour. D'une main délicate, Delores Swensen rajusta une mèche de cheveux bruns brillants. Son geste agita et fit étinceler ses ravissantes boucles d'oreilles en diamant. Elle portait une robe bleu clair qui avait séjourné dans la vitrine du Beau Monde juste le temps qu'elle la voie et l'achète (c'est-à-dire un ou deux jours). Son sac et ses chaussures étaient parfaitement assortis. La mère de Hannah était encore belle et le savait. À cinquante-trois ans, Delores luttait efficacement contre les atteintes de l'âge, et seule Hannah, qui l'avait aidée à gérer ses finances à la suite de son veuvage, connaissait le prix de cette victoire. Fort heureusement, elle pouvait se le permettre. Delores avait hérité de ses parents et son mari lui avait laissé de quoi vivre largement. Delores était assez riche pour s'offrir tous les liftings et toutes les liposuccions qu'elle estimerait nécessaires sans pour autant se retrouver sur la paille.

Hannah soupira tandis qu'elle se mêlait à la foule pour la rejoindre. À l'exception de sa couleur de cheveux, Andrea ressemblait beaucoup à Delores.

Michelle, la benjamine, était très jolie, elle aussi. Ses deux sœurs avaient reçu de leur mère les gènes de la beauté. Hannah, quant à elle, tenait plutôt de son père. Elle avait sa tignasse rousse et sa stature – elle mesurait au moins dix centimètres de plus que ses sœurs. Quand on voyait Delores avec ses trois filles, on pouvait légitimement se demander si Hannah avait été adoptée.

Delores riait d'une plaisanterie qu'une de ses amies venait de faire. Hannah attendit que ces dames s'éparpillent puis s'avança vers sa mère et lui tapa sur l'épaule.

« Bonsoir, maman.

– Hannah ? »

Delores se retourna, les yeux écarquillés, la bouche en O. Elle laissa choir son sac et saisit la main de sa fille.

« Qu'y a-t-il ? s'inquiéta Hannah.

– Non, je n'y crois pas. Tu t'es maquillée ! »

Hannah ne savait trop quoi répondre. Si elle avait pu prévoir que Delores réagirait ainsi, elle aurait fait un détour par Le Cookie Jar pour se laver la figure.

« Tu n'aimes pas ?

– C'est un tel changement. Je suis sciée.

– Je vois ça. »

Hannah se pencha pour ramasser le sac de sa mère.

« J'aurais dû me débarbouiller avant de venir.

– Non ! Franchement, c'est très joli. Quelle bonne surprise, Hannah ! Moi qui croyais que tu ignorais jusqu'à l'existence de l'eye-liner.

– Mais tu ne sais pas tout de moi, répliqua-t-elle avec un large sourire. Sérieusement, maman. Tu trouves vraiment que je suis mieux comme ça ?

– Sans comparaison ! Si seulement je pouvais te convaincre de t'habiller mieux, tu pourrais... » Delores s'interrompit et plissa les yeux. « Connaissant ta passion pour le maquillage, je crois deviner pour qui tu t'es donné cette peine. Norman Rhodes ?

– Norman n'a rien à voir là-dedans. J'ai rendu visite à Luanne Hanks, on a papoté et, de fil en aiguille, elle m'a proposé un relooking.

– Oh, lâcha Delores, visiblement déçue. Eh bien, je la trouve plutôt douée. Si tu décidais de te maquiller et de te vêtir comme il faut, je t'assure que ta vie serait plus agréable. »

Hannah haussa les épaules et, pour couper court au laïus maternel, choisit d'aborder un autre sujet.

« Tu as vu Andrea ? J'ai besoin de lui parler.

– Elle est ici, quelque part. Je l'ai aperçue près du buffet voilà cinq minutes.

– Je vais la rejoindre. » Hannah s'éloigna. « À plus tard, maman. »

Mais Andrea était introuvable. Elle la chercherait plus tard, songea-t-elle en se dirigeant vers la grande table dressée dans un coin de la salle. Il était temps de s'y mettre. Lisa devait être impatiente de rentrer chez elle pour s'occuper de son père.

« Coucou, Hannah. » Lisa sourit en la voyant apparaître. « Tes cookies ont un succès fou. Mme Beeseman en a repris quatre fois.

– Le contraire m'eût étonnée. Elle adore le chocolat sous toutes ses formes. Tu as fait un super boulot, Lisa. Si tu veux y aller, je prends la suite.

– Rien ne presse, Hannah. Le voisin a promis de rester avec papa jusqu'à mon retour. En plus, je m'éclate ici. »

Hannah n'en croyait pas ses oreilles.

« Tu t'éclates en servant du café et des cookies aux notables de Lake Eden ?

– Ouais, c'est génial. Les gens viennent me parler et tout le monde est très sympa avec moi. Va donc faire un tour dans la salle, Hannah. Tu pourrais récolter de nouveaux clients.

– D'accord, mais n'oublie pas de noter tes heures supplémentaires », lui répondit Hannah avec un regard insistant.

Si Lisa s'éclatait dans ce genre de soirée, ça ne voulait dire qu'une chose : elle avait besoin de sortir davantage.

« Il faut que je parle à Bill. Est-ce que tu l'aurais vu, par hasard ?

– Non. Ta sœur a dit qu'il serait en retard. La paperasse, j'imagine. Tu veux que je te l'envoie quand il arrivera ?

– Oui, merci. »

Hannah devait parler à Bill de Danielle Watson mais, en attendant, elle pouvait continuer à investiguer, d'autant plus qu'elle brûlait de savoir ce que Danielle faisait au lycée le matin même en compagnie de Ron.

« Et la femme du coach Watson ? Elle est ici ?

– Je les ai vus tous les deux voilà deux minutes. Le coach Watson a dit qu'il revenait d'un stage de basket. Il est resté absent trois jours. »

L'esprit de Hannah tournait à plein régime quand elle replongea dans la foule à la recherche d'Andrea. Le coach Watson avait passé trois jours ailleurs et sa femme Danielle traînait avec Ron à des heures indues. Hannah s'interdit d'en tirer des conclusions trop hâtives. Ron n'était pas le genre d'homme à coucher avec une femme mariée, mais après tout, pourquoi pas ?

Andrea discutait avec Mme Rhodes. En voyant sa sœur, elle s'excusa.

« Qu'est-ce qui t'est arrivé ? Tu es super jolie !

– Merci, Andrea. Tu as une minute ?

– Oui, bien sûr. »

Andrea fonça vers un coin tranquille, Hannah derrière elle.

« Pourquoi tu es maquillée ?

– Pour faire plaisir à Luanne Hanks. Je voulais tout enlever avant de venir mais je n'ai pas eu le temps. J'ai un truc à te dire. Quand j'étais chez Luanne, j'ai remarqué que sa petite fille n'avait pas beaucoup d'affaires. Je me demandais si tu avais gardé les meubles et les jouets de Tracey et si tu serais d'accord pour les lui donner.

– Oui, tout est dans le garage. Je les lui donnerais volontiers mais j'ai peur de la froisser. Tu sais comme elle est susceptible.

– J'ai préparé le terrain. Je lui ai raconté que tu avais l'intention de t'en débarrasser et je lui ai demandé si elle accepterait que tu déposes les caisses chez elle au lieu de les balancer à la décharge.

– Et elle a dit oui ?

– Pas tout de suite. J'ai dû ajouter que tu étais débordée, que c'était vraiment dommage de jeter toutes ces jolies affaires. Alors elle a dit qu'elle se chargerait du tri, qu'elle garderait ce qui l'intéresse et porterait le reste chez Helping Hands.

– Félicitations ! s'écria Andrea en levant le pouce. Personnellement, je n'ai jamais douté de ta générosité mais je constate que maman t'a quand même transmis quelque chose. »

Hannah aperçut Danielle Watson à l'autre bout de la salle, avec un petit groupe de personnes parmi lesquelles son mari Boyd, Marge Beeseman, le père Coultas, Bonnie Surma et Al Percy. Elle portait une robe bleu glacier et avait relevé ses cheveux clairs en un élégant chignon roulé sur la nuque. Deux mèches bouclées encadraient son visage, conférant un peu de fantaisie à sa coiffure. Bien sûr, ses lèvres étaient peintes en rose vif, l'inimitable Pink Passion de Pretty Girl.

Hannah se rapprocha discrètement et tendit l'oreille. La conversation tournait autour de Ron LaSalle, ce qui ne la surprit guère. Lake Eden n'avait pas connu d'événement aussi dramatique depuis le jour où le jeune Tomi Bensen avait desserré le frein à main de la Ford Escort de sa mère et défoncé la vitrine de la First Mercantile Bank.

« Mon Herbie dit qu'on l'a abattu d'une balle en plein cœur, déclara Mme Beeseman, histoire d'ajouter son grain de sel. Il y avait du sang partout sur les sièges de la camionnette. Max va devoir changer les housses. »

Le coach Watson afficha une mine de circonstance.

« C'est une terrible perte pour les Gulls. Ron ne manquait jamais un entraînement, et sa présence galvanisait les troupes.

– Vous pensez à un genre de *vendetta* sportive ? demanda Al Percy dont les sourcils sombres et broussailleux se rejoignirent presque. Après tout, Ron a été la grande star de l'équipe pendant trois ans d'affilée. »

Le père Coultas secoua la tête.

« Ça n'a aucun sens, Al. Tout le monde aimait Ron, même ses adversaires.

– Je partage votre avis, père, abonda le coach Watson. Ron était apprécié pour son bon comportement sur le terrain. »

Les sourcils d'Al n'ayant toujours pas repris leur position initiale, Hannah supposa qu'il s'accrochait à sa théorie.

« Ça n'a peut-être rien à voir avec les championnats scolaires. Moi, je trouve que ce meurtre ressemble à une exécution, enfin, d'après ce que j'en sais. Pourquoi pas un coup de la mafia ?

– La mafia ? » s'indigna Bonnie Surma. Hannah se rappela subitement qu'avant son mariage Bonnie s'appelait Pennelli. « Qu'est-ce que vient faire la mafia dans cette histoire ? »

Al branla du chef.

« Ce n'est pas impossible, Bonnie. Ces messieurs ont de gros intérêts dans les paris sportifs, c'est connu. Imagine qu'ils aient recruté Ron pour qu'il collecte le fric des parieurs tout en effectuant ses livraisons, et qu'il n'ait pas rempli ses engagements...

– Ça va pas la tête ? l'interrompit Marge Beeseman, outrée. Ron était l'un des nôtres. Il n'aurait jamais fait une chose pareille. En plus, les tueurs de la mafia abattent leurs victimes d'une balle dans la nuque. C'est mon Herbie qui me l'a dit. Ou alors ils les étranglent avec un fil d'acier, comme dans *Le Parrain*. »

Hannah vit le teint naturellement pâle de Danielle virer au gris perle. Le sourire poli qu'elle arborait depuis le début de la conversation se crispa comme si elle allait fondre en larmes. Elle se tourna vers son mari, lui murmura quelques mots à l'oreille, pivota sur elle-même et s'éloigna à travers la foule en direction des toilettes.

Hannah ne laisserait pas filer sa chance. Elle bondit et s'élança derrière elle avec en tête un seul et unique objectif : convaincre Danielle Watson de lui confier tout ce qu'elle savait sur le meurtre de Ron.

CHAPITRE 7

Hannah posait la main sur la poignée quand elle entendit un sanglot étouffé derrière la porte des toilettes. Profiter du chagrin de Danielle n'était peut-être pas très honnête de sa part, songea-t-elle, mais entre ses scrupules et la carrière de Bill, il n'y avait pas à hésiter.

Hannah trouva Danielle devant le miroir horizontal fixé au-dessus des lavabos. Elle se tamponnait les yeux avec un mouchoir trempé. L'expression de son visage trahissait la peur et le désespoir. En entrant dans la pièce carrelée de rose, Hannah se sentait un peu coupable. Mais encore une fois, le devoir passait avant tout.

« Danielle ? » murmura-t-elle. Toujours fidèle à la devise des mouches et du miel, Hannah insuffla dans sa voix toute la sympathie dont elle était capable. « Qu'est-ce qui ne va pas ? »

Danielle se retourna vivement, honteuse d'avoir été surprise dans un tel état.

« Rien. C'est juste que… j'ai un truc dans l'œil.

– Les deux yeux ? »

Hannah avait parlé sans réfléchir, comme d'habitude. Si elle se montrait caustique dès le départ, elle n'arriverait à rien.

« C'est sûrement à cause de la poussière, reprit-elle. Il y a eu du vent toute la journée. Voulez-vous que je regarde ?

– Non !... Merci quand même, Hannah. C'est parti, je crois.

– Tant mieux », fit Hannah en lui offrant son sourire le plus chaleureux.

Elle feindrait de croire à cette piètre excuse jusqu'à ce qu'elle obtienne les renseignements dont elle avait besoin.

« C'est horrible, la manière dont les gens parlent de Ron, vous ne trouvez pas ? »

Danielle blêmit à nouveau.

« Si.

– L'aviez-vous vu récemment ? »

Hannah retint son souffle. Si Danielle lui avouait sa présence auprès de Ron dans la matinée, ce serait une première victoire autant pour elle que pour Bill.

« Non. Nous ne faisons rien livrer chez nous. Et je le croisais rarement. Il faut que j'y aille, Hannah.

– Non, attendez une minute. »

Hannah fit un pas de côté, lui coupant toute retraite.

« Si j'étais vous, je rectifierais mon maquillage. Votre mascara coule.

– Non, il ne coule pas. Je viens de vérifier. Il faut vraiment que j'y aille. Boyd m'attend et il n'aime pas quand je m'éloigne trop longtemps.

– Pourquoi ? »

Hannah la sentait sur le point de craquer.

« Il... euh... il s'inquiète pour moi. »

La lumière vive qui se déversait du plafond accentuait les imperfections sur le visage de Danielle. Hannah vit par exemple que sa couche de fond de teint était plus épaisse d'un côté que de l'autre. Était-ce pour dissimuler les problèmes de peau que Luanne avait évoqués ?

« Remettons cette discussion à plus tard, voulez-vous ? Si je tarde trop, Boyd ne sera pas content.

– Encore deux secondes. »

Danielle voulut forcer le passage mais Hannah la saisit par le bras. La diplomatie n'ayant pas fonctionné, elle optait à présent pour la manière forte.

« Je sais que vous étiez avec Ron ce matin. Dites-moi pourquoi. »

Danielle ouvrit des yeux innocents mais fut trahie par le rouge qui lui montait aux joues.

« Ron ? Vous vous trompez, Hannah. Ça fait des semaines que je ne l'ai pas vu. Je vous l'ai dit.

– C'est faux. Que faisiez-vous au lycée avec lui ?

– De qui tenez-vous ça ? »

Danielle la défia du regard. Elle ne capitulerait pas si facilement.

« De personne. Mais j'ai des preuves. Vous avez pris un café et laissé le gobelet sur le comptoir. Il y a des traces de rouge à lèvres dessus, un rouge à lèvres rose vif que vous êtes la seule à porter dans cette ville. Aviez-vous une liaison avec Ron ?

– Une liaison ? s'écria Danielle, sincèrement choquée. C'est ridicule, Hannah ! Oui, je l'avoue, j'étais avec Ron ce matin. Mais nous étions seulement amis. Il… il m'aidait parfois… quand j'avais des problèmes. »

Hannah se souvint du regard éperdu qu'elle avait aperçu un jour dans les yeux d'un lapin pris au piège. Danielle avait la même expression. Hannah avait secouru la pauvre petite bête mais pour Danielle, elle n'aurait aucune pitié. Elle ne la lâcherait qu'après avoir obtenu toute la vérité et rien que la vérité.

« Bon, récapitulons pour voir si j'ai bien tout compris. Votre mari est en déplacement, vous passez la nuit en compagnie d'un homme séduisant avec lequel vous avez des relations strictement amicales, au matin vous buvez un café ensemble et, quelques minutes plus tard, il se fait assassiner. C'est bien cela ?

– Je sais, ça sonne faux. » Danielle soupira comme si elle se dégonflait. « Mais il faut me croire, Hannah. C'est exactement ce qui s'est passé.

– Boyd sait que vous étiez avec Ron la nuit dernière ?

– Non ! » Danielle eut un haut-le-cœur. « Je vous en prie, ne lui dites rien ! Boyd ne comprendrait pas !

– Si vous m'expliquez tout, je n'aurai pas besoin de lui en parler. Bon, admettons qu'il n'y avait rien entre Ron et vous. Alors que faisiez-vous ensemble ? »

Danielle regarda la porte puis la main de Hannah, toujours crispée sur son bras, frissonna et se rendit.

« Très bien. Je vais vous le dire mais il faut me promettre de respecter ma vie privée. Boyd… Boyd ne doit jamais savoir où j'étais la nuit dernière.

– Affaire conclue, acquiesça Hannah. Mais si vous me révélez quoi que ce soit à propos du meurtre de Ron, je devrai en informer Bill.

– Non, ça n'a rien à voir avec sa mort ! Du moins, je ne crois pas. Oui, Hannah, je vous ai menti… Il y avait plus que de l'amitié entre Ron et moi. Il était mon parrain JA.

– JA ?

– Joueurs Anonymes. On se retrouvait tous les mardis soir au centre universitaire. »

Hannah en resta comme deux ronds de flan.

« Vous êtes une joueuse compulsive ?

– Oui, mais Boyd l'ignore. » Danielle dut se tenir au mur pour ne pas tomber. « J'ai besoin de m'asseoir, Hannah. Je ne me sens pas très bien. »

Hannah l'accompagna jusqu'au divan logé dans un coin de la pièce et se posa sur le pouf en face d'elle.

« Vous disiez que Boyd n'était pas au courant ?

– Non, en effet. Il n'est pas facile à vivre, vous savez. Il voudrait que je sois une épouse parfaite. S'il découvrait la vérité, je crois qu'il demanderait le divorce. »

Hannah n'était guère étonnée. Le coach Watson était un homme très exigeant. Avec tout le monde. Quand ses joueurs commettaient des erreurs sur le terrain, ils en prenaient pour leur grade. Et avec Danielle, ce devait être encore pire. Peut-être exagérait-elle en parlant de divorce mais on pouvait affirmer sans trop de risques qu'il serait terriblement contrarié.

« Ces réunions JA dont vous parliez… Boyd ne vous demande pas ce que vous faites tous les mardis soir ?

– Je lui mens. Bien obligée. Il croit que je suis un cours d'arts plastiques. »

Il était temps de lâcher un peu de lest, songea Hannah.

« Je comprends tout à fait. Je ferais sans doute pareil à votre place. Vous avez assisté à votre réunion, hier soir ?

– Oui, j'y étais.

– Et Ron ?

– Aussi. Il n'en ratait jamais une. »

Hannah reprit l'offensive.

« Et après, vous êtes allés chez vous ?

– Bien sûr que non. Je croyais que Boyd était rentré. On avait prévu de sortir dîner au Hub. Boyd adore leurs steaks. Il dit que le poulet et le poisson ne lui apportent pas suffisamment de protéines. Il encourage ses élèves à ingurgiter de grosses quantités de viande rouge quand ils s'entraînent. »

Hannah, qui avait déjà vu les joueurs des Gulls se goinfrer de hamburgers au Hal and Rose's Café, doutait qu'ils aient besoin d'un apport supplémentaire en protéines. Craignant que Danielle s'éparpille, elle la remit sur les rails.

« Votre mari n'est donc pas rentré la nuit dernière ?

– Non. En revenant de ma réunion, j'ai trouvé un message de lui sur le répondeur. Il disait qu'il restait dormir chez sa mère et qu'il reviendrait à Lake Eden le lendemain vers midi. J'aurais dû m'en réjouir car il ne voit pas souvent sa mère, mais… j'étais tellement certaine qu'il serait là pour m'accueillir que… ça m'a fait bizarre. »

Hannah lui adressa un sourire encourageant.

« C'est tout à fait normal. Et ensuite, que s'est-il passé ?

– J'ai ouvert le courrier et j'ai trouvé un chèque de ma mère. Elle avait réalisé un joli profit en revendant des actions que nous avions achetées ensemble. Sans ce chèque, je pense que la soirée se serait terminée tranquillement. Mais dès que j'ai vu la somme inscrite dessus, j'ai eu envie de jouer.

– C'est compréhensible. Qu'avez-vous fait ?

– J'ai appelé Ron. On est censé contacter son parrain au moindre signe de rechute. Mais Ron n'était pas chez lui et… » Danielle déglutit. « Je ne suis pas très fière de moi. »

Hannah avait deviné la suite de l'histoire mais voulait l'entendre de sa bouche.

« Vous êtes allée au casino ?

– Oui. » Une larme roula sur sa joue, elle l'essuya avec son mouchoir trempé. « J'ai déposé le chèque à la billetterie automatique, j'ai sorti des espèces et j'ai roulé jusqu'au casino de Twin Pines. Et c'est là que je suis tombée sur Ron.

– Ron était en train de jouer ?

– Non. » Danielle accompagna sa réponse d'un signe de tête catégorique. « Ron était un vrai roc, Hannah. Il s'était totalement débarrassé de son addiction. Une fois, il m'a dit qu'il ne ressentait même plus le besoin de jouer.

– Alors que faisait-il là-bas ?

– Il distribuait nos prospectus sur le parking. Dès qu'il m'a vue, il a compris le problème. Il a dit qu'il allait me raccompagner chez moi, il est monté dans sa voiture et je l'ai suivi. Franchement, j'étais rassurée. Le Grand Cherokee de Boyd a tendance à caler et je craignais de tomber en panne sur le retour.

– Quelle heure était-il ?

– 23 heures, répondit Danielle sans hésiter. L'horloge du vestibule finissait de sonner quand j'ai ouvert ma porte.

– Ron est entré avec vous ?

– Non, il est resté dans la rue. J'étais dans un sale état, Hannah. J'ai même failli érafler l'aile de ma Lincoln en rangeant la Jeep dans le garage. »

Hannah opina et attendit que Danielle poursuive. Elle compatissait mais ne voulait surtout pas interrompre sa confession.

« J'ai revérifié le répondeur, et ensuite je suis redescendue pour rejoindre Ron. Il m'a emmenée dans son appartement et nous avons parlé toute la nuit en buvant café sur café. Voilà ce qui s'est passé, Hannah. Rien de plus, je le jure !

– Pourquoi l'avez-vous accompagné pendant ses livraisons ?

– Ron était en retard. Il n'avait pas le temps de me ramener. Après sa première tournée, il est repassé par la laiterie pour remplir son fourgon en vue de la suivante, celle des commerces et des collectivités. Il a livré le lycée et après il m'a déposée devant chez moi.

– À quelle heure ?

– Il était 7 h 20. J'ai regardé ma montre avant de le quitter. Je craignais que mes voisins soient déjà levés. Ensuite, j'ai couru dans l'allée et je suis rentrée par le garage.

– Si quelqu'un avait suivi la camionnette de Ron, vous pensez que vous l'auriez remarqué ?

– Je n'en sais rien, avoua Danielle, alarmée. J'y ai songé toute la journée, mais je ne me souviens pas d'avoir vu quelqu'un derrière nous. »

Hannah se pencha pour poser la question qui lui tenait le plus à cœur. C'était peu probable mais Danielle connaissait peut-être le nom du client suivant sur la liste de Ron.

« Réfléchissez bien, Danielle. Ron a-t-il dit où il comptait se rendre après vous avoir déposée ?

– Non, il a juste dit au revoir et il est parti », fit Danielle d'une voix chevrotante. Puis elle recommença à se tamponner les yeux. « Je voulais qu'il aille chez le dentiste pour montrer sa dent, mais je ne pense pas qu'il l'ait fait. Ron était tellement ponctuel ; il se faisait un devoir de livrer ses produits en temps et en heure. »

Hannah haussa les sourcils.

« Sa dent ? Qu'y avait-il avec sa dent ?

– Elle était fendue, je crois. Un coup de poing. Il avait essayé d'entrer dans le casino pour distribuer ses prospectus et l'un des videurs lui était tombé dessus. Il avait la mâchoire enflée et il souffrait beaucoup. J'ai dû insister pour qu'il applique une poche de glace. C'est efficace, en général. »

Hannah eut un flash. Elle revit Ron tel qu'il était la dernière fois qu'elle l'avait croisé. Il se tenait près de sa camionnette, le menton au creux de la main. Elle lui avait trouvé un air songeur mais, tout compte fait, c'était le geste d'un homme qui a mal aux dents.

« Mâchoire inférieure gauche, c'est cela ?

– Oui ! » répondit Danielle, abasourdie.

Elle posa sur Hannah le regard d'une enfant qui voit une colombe sortir d'un chapeau.

« Comment le savez-vous ?

– Ce matin, je l'ai aperçu en passant sur Main Street. Il protégeait sa joue gauche avec la main. Vous, en revanche, je ne vous ai pas vue.

– J'étais recroquevillée sur mon siège. Si on m'avait surprise dans le véhicule de Ron, on se serait fait des idées. »

Ça tombait sous le sens. Toute la ville aurait été au courant en moins de deux.

« Pourriez-vous décrire le videur, celui qui l'a frappé ?

– Je n'ai pas assisté à la scène. C'était environ une heure avant que j'arrive. Mais je crois que vous le retrouverez sans peine. Ron m'a dit qu'il s'était défendu. Le type doit avoir un œil au beurre noir, à présent.

– Vous vous souvenez d'autre chose ?

– Je vous ai dit tout ce que je savais, Hannah. » Danielle poussa un grand soupir. « Vous ne direz rien à Bill, n'est-ce pas ? Boyd croit que j'ai passé la soirée à la maison et s'il découvre que j'ai menti… »

Fidèle à son habitude, Hannah se décida en un quart de seconde.

« Je lui raconterai ce qui s'est passé, Danielle, mais sans donner votre nom, promit-elle en espérant ne pas avoir à le regretter. Il n'a pas besoin de le savoir.

– Oh, merci, Hannah ! Vous n'imaginez pas à quel point vous me rendez service. J'aurais voulu en parler plus tôt mais…

– Je comprends, l'interrompit Hannah. Boyd aurait appris que vous étiez avec Ron. »

Danielle hocha la tête. Bien que son maquillage ait en partie fondu et que ses cils soient collés par les larmes, elle était encore belle. Pour Hannah, cette chose était incompréhensible. Quand elle-même se mettait à pleurer, ce qui arrivait rarement, son nez devenait rouge comme une cerise, ses paupières gonflaient et des poches se formaient autour de ses yeux. Pourquoi la nature s'était-elle montrée si injuste avec elle ?

« Prenez deux minutes pour vous rafraîchir, dit-elle gentiment. Votre mascara coule pour de bon, ce coup-ci. »

Danielle se tendit aussitôt.

« Non. Boyd va me chercher partout si je ne le rejoins pas tout de suite.

– Pas d'angoisse. Je vais aller lui dire que vous avez une poussière dans l'œil. » Hannah l'aida à se relever et l'entraîna vers le miroir. « Et surtout, faites-moi confiance. Votre secret sera bien gardé. »

« Je sais, Moshe. Je rentre tard. » Hannah se baissa pour attraper la bête orange qui s'était précipitée vers elle en entendant la clé dans la serrure. Au creux de ses bras, le tigre miniature redevint le plus pacifique des matous et se mit à ronronner de bonheur. Hannah sentit le contact de sa langue râpeuse sur sa main. « Rassure-toi, lui dit-elle en riant. Je ne ressortirai pas de sitôt. Laisse-moi juste passer un coup de fil. Après, on se fait une petite bouffe et au lit. »

Moshe la suivit dans la cuisine et la regarda se servir un verre de vin blanc, un pseudo-chablis qu'elle achetait en cubi de cinq litres et qu'elle conservait dans le bas de son frigo. C'était de la piquette mais ça coûtait moins cher que les somnifères. Elle ouvrit un placard, attrapa l'une des coupelles à entremets que sa mère lui avait offertes pour Noël et y versa du yaourt à la vanille, le péché mignon de Moshe. Si Delores avait su que sa fille n'utilisait ces coupelles en verre ciselé que pour nourrir la créature qui avait filé ses collants, elle aurait piqué une crise mémorable.

« OK, tout est paré ? » Hannah éteignit la cuisine et laissa Moshe la précéder dans le salon. Il sauta sur la table basse et attendit que Hannah pose la coupelle devant lui. « Commence sans moi, Moshe. Je boirai mon vin en discutant avec Bill. »

Hannah regarda Moshe laper le yaourt. Comme elle n'avait jamais connu d'autres chats, elle ignorait si ses congénères étaient capables comme lui de ronronner tout en mangeant ou si elle était tombée sur un cas.

Bill ne s'était pas montré de la soirée, même pas à la fin quand elle avait décidé de remballer. Il y avait de fortes chances pour qu'il soit encore dans son bureau à rédiger les rapports en quatre exemplaires requis par la dernière circulaire visant à réduire les dépenses de papier. Hannah composa son numéro et eut le plaisir de l'entendre décrocher dès la première sonnerie.

« Bill ? » Hannah fronça les sourcils. Son beau-frère unique et préféré n'avait pas l'air dans son assiette. « C'est Hannah. J'ai réussi à identifier la femme au rouge à lèvres mais je ne peux pas te dire son nom. »

Comme elle s'y attendait, sa réaction fut assez brutale. Hannah posa le combiné et patienta. Certes, elle aurait dû prendre des gants mais ses réserves quotidiennes de tact étaient épuisées.

Quand les vociférations de Bill baissèrent en volume, Hannah reprit le combiné.

« Écoute-moi, Bill. Cette femme n'a rien à voir avec le meurtre. J'en mettrais ma main à couper. Ron l'a déposée chez elle juste après avoir livré le réfectoire du lycée. J'ai dû promettre de taire son identité, sinon elle aurait refusé de parler. »

Hannah écarta légèrement le téléphone, le temps d'une dernière salve d'artillerie, et reprit son exposé quand Bill fut à cours de munitions.

« Je ne peux pas rompre ma promesse, Bill. Tu connais les gens d'ici. S'ils apprennent que je ne sais pas garder un secret, ils ne me diront plus rien, même pas l'heure qu'il est.

– Je désapprouve totalement mais je suppose que je n'ai pas le choix. Alors entendu, on va la jouer à ta façon. » Bill semblait radouci. « J'espère que tu pourras lui poser d'autres questions si le besoin s'en fait sentir ?

– Bien sûr. Elle a été très coopérative et m'a vivement remerciée de bien vouloir préserver son anonymat.

– Si elle te considère comme une alliée, je suppose qu'elle se confiera encore à toi. Mais n'oublie pas, Hannah, personne ne doit savoir que tu enquêtes pour moi. Sauf Andrea, évidemment. Ton nom n'apparaîtra sur aucun rapport. Quand je parlerai de toi, je dirai "mon indic".

– Ton indic ? »

Hannah reprit une gorgée de piquette.

« Autrement dit, un informateur dont l'identité est protégée par les autorités. Toi qui te gaves de séries policières, tu devrais le savoir. »

Hannah se tourna vers Moshe et leva les yeux au ciel.

« Je sais ce qu'est un indic. C'est juste que je préfère le terme "agent infiltré".

– Tu veux être mon agent infiltré ? » Bill éclata de rire mais, comprenant que Hannah ne plaisantait pas, retrouva vite son sérieux. « Très bien. Considère-toi comme mon agent infiltré. Qu'as-tu appris d'autre ?

– La femme au rouge à lèvres rose prétend que Ron s'est bagarré hier soir à Twin Pines. Elle croit qu'il avait une dent fendue car sa joue était enflée. Tu te rappelles ? Je t'ai dit que je l'avais vu se tenir le menton, ce matin.

– Tout à fait. Tu pensais qu'il réfléchissait. C'est dans ta déposition.

– Eh bien, j'avais tort. C'était à cause de sa dent. »

Hannah entendit un stylo crisser dans le silence. Bill prenait des notes.

« Ça tient la route, admit-il enfin. La femme t'a dit avec qui Ron s'était battu dans le casino ?

– Non, ça s'est passé en son absence. Mais je vais tenter de le découvrir.

– Je sais, je t'ai demandé de glaner des infos pour moi mais ce n'est pas un jeu, Hannah. » Bill semblait préoccupé. « Ron a été tué de sang-froid et le tueur n'hésitera pas à t'éliminer s'il pense que tu tiens quelque chose. »

Hannah déglutit. L'image du corps sans vie de Ron venait de s'afficher dans sa tête.

« Tu me fais peur, Bill. Tu penses vraiment qu'il peut y avoir du danger ?

– Ce n'est pas impossible. Promets-moi d'être prudente, Hannah. Et appelle-moi si tu apprends quoi que ce soit, même s'il est 4 heures du matin.

– Promis. Bonne nuit, Bill. »

Hannah raccrocha en frissonnant. Jusqu'alors, le meurtre de Ron n'avait représenté pour elle qu'une énigme à résoudre. Bill avait bien fait de lui rappeler que chercher à démasquer un tueur était une activité potentiellement mortelle. Elle finit son vin et se jura d'être plus prudente à l'avenir.

Un miaulement plaintif attira son regard. Sur la table basse, Moshe bâillait à s'en décrocher la mâchoire. Il était l'heure d'aller dormir. Elle le prit, le porta dans la chambre et le posa sur son lit.

Moshe la regarda sortir de la salle de bains et se glisser sous les couvertures. Quand elle l'attira contre elle pour un dernier câlin, il se laissa faire quelques secondes puis s'échappa et se roula en boule sur l'oreiller d'à côté. Il avait passé trop de temps loin des humains. Moshe était un solitaire et il avait beau apprécier les mots doux, les friandises et les grattouillis derrière l'oreille, il ne se laisserait jamais totalement apprivoiser.

CHAPITRE 8

Hannah se réveilla en sursaut d'un horrible cauchemar. Norman Rhodes, sous les traits d'un dentiste sadique, avait décidé de lui meuler les dents avec une fraise qui produisait un bruit de camion poubelle roulant en marche arrière. Et comme elle refusait d'ouvrir la bouche, il n'avait rien trouvé de mieux que lui perforer la joue. En ouvrant les yeux, elle s'aperçut avec soulagement que la foreuse de son rêve n'était en réalité que la petite langue râpeuse de Moshe.

L'alarme du réveil se déclencha et se mit à égrener son horripilante rengaine. Hannah repoussa Moshe et pressa le bouton d'arrêt. Il faisait encore sombre dehors mais l'éclairage de secours était allumé. Comme il était équipé d'un détecteur de mouvement, Hannah supposa qu'un oiseau transi était passé devant la cellule pour aller picorer la boule à graines suspendue devant sa fenêtre.

« J'ai compris, je me lève. Il est temps de nourrir le fauve. » Renonçant à la tiédeur moelleuse de son oreiller, Hannah s'assit, balança ses jambes hors du lit, et du bout des orteils chercha ses mules grises, autrefois bleu ciel, à l'endroit où elle les avait laissées la veille. Elle en trouva une puis deux, les enfila prestement et mit le cap sur la cuisine, guidée par le délicieux arôme qui en émanait.

Hannah se félicita d'avoir branché un minuteur sur la prise de la cafetière. Parmi les doyennes de Lake Eden, certaines utilisaient encore l'expression « plasma suédois » pour désigner le café bien corsé. Hannah trouvait cette appellation fort pertinente. Pour sa part, elle était incapable de réfléchir, voire de fonctionner tout simplement, avant de s'être injecté sa dose de plasma. Elle remplit son mug, jeta une poignée de croquettes dans la gamelle de Moshe et s'assit à table.

Ce jour-là, elle avait quelque chose de très important à faire. Mais quoi ? Hannah s'accorda une bonne gorgée dans l'espoir d'éliminer les toiles d'araignée que la nuit avait tissées dans son cerveau. Il ne s'agissait pas d'une obligation professionnelle. Non, son planning de la semaine était déjà calé.

Un bruit de mandibules la sortit de son état comateux. Elle baissa les yeux vers Moshe. Les croquettes méritaient bien leur nom. Et il les attaquait avec une telle vigueur ! On aurait dit qu'il allait se casser une dent. « Mais oui, la dent de Ron ! C'est ça ! » s'écria-t-elle.

Moshe lui jeta un regard surpris puis replongea dans sa gamelle. Hannah sourit. Il devait la prendre pour une folle à l'entendre brailler de la sorte. En fait, elle venait de se rappeler ce que Tracey lui avait raconté peu avant qu'elle découvre le corps. La petite fille avait dit que Ron avait répondu à son coucou par un sourire « drôle ». Les gens qui sortent de chez le dentiste ont souvent des drôles de sourires, surtout quand on leur a injecté de la novocaïne. Or Danielle avait fortement conseillé à Ron d'aller montrer sa dent fendue à un homme de l'art.

Hannah s'empara du carnet jaune qu'elle laissait toujours sur la table de la cuisine et griffonna : *Appeler tous les dentistes de la ville, leur demander s'ils ont vu Ron hier.* Puis elle se relut et sourit. Tous les dentistes ? Il n'y en avait que deux à Lake Eden : le Dr Bennett et Norman Rhodes. Le premier était à la retraite mais continuait à soigner certains de ses anciens patients. Hannah espérait que Ron était du nombre car elle redoutait un peu de téléphoner à Norman. Il risquait de se méprendre et de croire qu'elle suivait les consignes de sa marieuse de mère.

Il lui fallut une deuxième tasse de café pour s'estimer de taille à affronter la matinée. Sous sa première note, elle écrivit *Videur Twin Pines* et recula sa chaise. Il serait bientôt l'heure d'aller bosser.

Comme elle ne déjeunait pas le matin, il ne lui fallait que quelques minutes pour se préparer. Elle se doucha vite fait, enfila un vieux jean délavé, un sweat-shirt à fleurs et revint dans la cuisine pour écouter les messages sur son répondeur. Ils étaient tous de sa mère. Hannah pouffa de rire en rembobinant la bande magnétique. À cette vitesse et à l'envers, Delores avait la voix d'un écureuil de dessin animé. Elle savait qu'elle allait devoir la rappeler à un moment ou à un autre mais on n'était pas à dix minutes près.

« Bonne journée, Moshe. » Hannah saisit les clés accrochées au tableau de liège près du téléphone et, ce faisant, aperçut les violettes africaines posées à côté. Leurs feuilles jaunissaient à vue d'œil ; bientôt, elles ressembleraient à du foin. Hannah enfila son blouson, attrapa le pot et sortit. Lisa avait la main verte.

Si quelqu'un était capable de ressusciter ces pauvres violettes, c'était bien elle.

Ce n'est qu'en arrivant aux abords de la laiterie et en apercevant sur le toit du bâtiment en parpaings blancs le grand panneau marqué Cozy Cow que Hannah prit vraiment conscience de ce qui s'était passé la veille. Ron était mort. Plus jamais elle ne le verrait remplir sa camionnette près du quai de chargement.

Submergée de tristesse, Hannah faillit griller le stop au croisement de Main Street et de la 3e. Elle freina à temps, et heureusement car Herb Beeseman était posté en embuscade dans l'impasse jouxtant le salon de coiffure. Elle lui adressa un sourire contrit auquel il répondit en agitant un doigt menaçant, comme pour gronder une enfant pas sage. Herb était indulgent ce matin, songea-t-elle. Il aurait très bien pu lui mettre une amende pour conduite imprudente. Et elle se félicita d'avoir pensé à lui offrir des croustillants à la mélasse la veille.

En s'engageant dans la ruelle derrière sa pâtisserie, Hannah se demanda qui s'était chargé d'emporter le véhicule de Ron. Max Turner serait fou de rage si jamais il apprenait que la police l'avait mis sous séquestre. Elle fit un large détour pour éviter l'endroit où Ron avait été abattu et songea vaguement au contraste qui existait entre l'arrière et l'avant des boutiques. Ici, pas de fleurs, pas d'arbustes, pas de vitrines non plus. Juste des murs nus et des portes étroites disposées à intervalles réguliers. Cet espace servait uniquement à garer les voitures et à entreposer les poubelles. Quelle tristesse de mourir dans un lieu aussi laid, songea-t-elle. Mais quelle importance, après tout ? Quand on mourait, on mourait, que l'endroit soit moche ou pas.

Hannah évacua ces pensées morbides et roula jusqu'à sa place. Si Ron avait été tué en pleine rue, des gens auraient pu assister à la scène et venir témoigner. Mais cette ruelle était constamment déserte, ou presque. Elle-même n'avait rien remarqué de bizarre en arrivant, la veille. Certes, elle ne faisait pas très attention, mais si quelqu'un avait été tapi près de la benne à ordures ou dans un renfoncement de porte, elle l'aurait forcément aperçu. Non, à part Claire Rodgers, elle n'avait vu personne.

En ouvrant la porte du fournil, Hannah se promit de passer voir Claire pour lui en toucher deux mots. Bill ou l'un de ses collègues l'avaient sans doute interrogée mais on n'était pas à quelques questions près. Inutile de chercher un prétexte ; Claire elle-même lui en avait fourni un. Dès qu'elle aurait préparé la pâte pour sa première fournée, Hannah irait jeter un œil sur la robe de cocktail que sa voisine voulait tellement lui vendre.

Elle alluma la lumière, les fours, puis enfonça un calot de papier sur ses boucles rousses. Quand elle eut fini de se savonner les mains, elle attrapa le classeur de recettes suspendu près de l'évier. Elle avait un autre buffet à approvisionner l'après-midi même, à 16 heures, après la réunion du club Regency Romance. Et pour l'occasion, elle avait prévu de fabriquer des croquants au gingembre façon Régence.

Elle parcourut la recette glissée dans sa pochette plastique perforée et s'empara d'un feutre effaçable afin de rayer les ingrédients au fur et à mesure. Il suffisait d'un instant de distraction pour oublier un truc essentiel et, ce matin-là, Hannah avait vraiment du mal à se concentrer. Elle ne cessait de penser au pauvre Ron et aux indices collectés au cours des dernières vingt-quatre heures. Pour l'instant, elle disposait de deux suspects : le coach Watson et le videur de Twin Pines.

Boyd Watson soupçonnait peut-être Danielle de le tromper avec Ron. Or, dans les affaires de meurtre, la jalousie figurait parmi les mobiles les plus courants. La chose était connue. Quant au videur, il aurait plutôt agi par vengeance. Après tout, Danielle avait dit que Ron lui avait mis un « œil au beurre noir ». Fou de rage, il l'avait peut-être suivi pour lui régler son compte.

Tout en mesurant, versant et mélangeant les divers ingrédients, Hannah se demandait comment vérifier l'alibi du coach Watson sans éveiller ses soupçons. La réunion du club Regency Romance tombait à point nommé. La sœur de Boyd Watson, Maryann, en était membre. Lui soutirer les informations dont elle avait besoin serait un jeu d'enfant.

Le second suspect risquait de lui donner plus de fil à retordre. Hannah prévoyait de se rendre le soir même à Twin Pines dans l'espoir de découvrir son identité. Avec un peu de chance, elle parviendrait aussi à déterminer si l'homme avait un alibi pour le matin du meurtre.

Il était 7 h 25 quand Hannah acheva la préparation des différentes pâtes à cookies. En plus des croquants au gingembre façon Régence, elle avait prévu deux fournées de croquants aux pépites de chocolat, trois de bouchées à la noix de pécan et une dernière de suprêmes au chocolat blanc, une nouveauté mise au point par Lisa.

Il était 7 h 30 précises quand cette dernière fit irruption dans le fournil.

« Salut, Hannah », lança-t-elle gaiement. Elle suspendit sa parka, coiffa un calot de papier et fonça vers l'évier pour se laver les mains. « Par quoi veux-tu que je commence ? »

Hannah rangea le dernier bol de pâte dans la chambre froide et la rejoignit devant l'évier.

« Ça t'ennuierait d'envoyer le café ? J'ai des coups de fil à passer. J'ai préparé une fournée de tes suprêmes au chocolat blanc ; tu les cuiras en premier et on les fera goûter à nos clients réguliers. Ah oui, si tu as le temps, jette un œil sur ce pot de violettes africaines, là-bas sur le comptoir, et dis-moi s'il est possible de les ressusciter. Ça m'éviterait d'aller en prison pour maltraitance sur plante verte.

– Pas de problème. Je dresse les tables et dès que le café est prêt, je t'en apporte une tasse. »

Quand Lisa eut disparu côté boutique, Hannah décrocha le téléphone et composa le numéro du Dr Bennett.

« Dr Bennett, j'écoute », annonça le dentiste sur un ton peu aimable.

Hannah regarda la pendule. 7 h 40. Il était peut-être un peu tôt pour déranger un semi-retraité.

« Bonjour, docteur, Hannah Swensen du Cookie Jar.

– Bonjour, Hannah. Vous vous brossez toujours les dents comme je vous l'ai montré ?

– Absolument ! » répondit-elle, soulagée.

Son vieux dentiste ne semblait pas lui en vouloir.

« Vous avez besoin de mes services ?

– Non, tout va bien pour moi. »

N'ayant trouvé aucune excuse plausible, Hannah se jeta à l'eau.

« Je me demandais si Ron LaSalle était passé vous voir, hier matin.

– Je n'ai pas ouvert mon cabinet, hier. J'ai passé la journée chez ma sœur à Little Falls. Je vous conseille de vous renseigner auprès de Norman Rhodes, Hannah. Je crois qu'il commence aux aurores et reçoit même sans rendez-vous. »

Hannah raccrocha en maugréant. C'était bien sa chance. Maintenant, elle était au pied du mur.

Indiciblement attirée par l'odeur du café, Hannah passa côté boutique. Le café n'avait pas fini d'infuser mais tant pis, il était chaud et ça lui ferait du bien. Avant de téléphoner à l'homme que sa mère s'était choisi pour gendre, elle avait besoin d'une dose de caféine.

« Il n'est pas prêt, Hannah ! »

Lisa se tourna et la regarda d'un air surpris.

« Pas grave. »

Elle prit une deuxième gorgée d'eau chaude colorée tout en songeant au casino de Twin Pines. Pourquoi ne pas emmener Lisa faire une petite virée là-bas, histoire de la sortir un peu ? se demanda-t-elle.

« Dis-moi, est-ce que quelqu'un pourrait te remplacer auprès de ton père ce soir ? Je dois faire un tour à Twin Pines et, si tu acceptes de m'accompagner, je t'invite à dîner.

– Ça me plairait assez, oui. Maintenant qu'on a cette télé grand écran, les voisins adorent tenir compagnie à papa. Tu as un truc à faire au casino indien ? »

Hannah se remémora l'avertissement de Bill : nul ne devait apprendre qu'elle l'aidait dans son enquête.

« Pas vraiment. Je n'y ai jamais mis les pieds mais cet endroit m'a toujours intriguée.

– Moi aussi. Herb Beeseman m'a dit qu'on y mangeait de délicieux travers de porc.

– Va pour les travers de porc. On prendra toute la mitraille qui dort au fond de la caisse et à nous les machines à sous ! »

Alors comme ça, Lisa parlait à Herb, nota-t-elle avant de classer l'info dans un coin de sa tête et de regagner son labo, le cœur plus léger. Lisa était une compagne agréable et, jusqu'à preuve du contraire, il n'y avait aucun mal à se rendre dans un casino pour manger des travers de porc et laisser quelques pièces de monnaie dans les bandits manchots.

Bon, il était temps d'appeler Norman. Hannah souleva le combiné et composa le numéro du cabinet dentaire. Si Norman se méprenait sur le sens de sa démarche, Bill le lui paierait cher, se dit-elle en tortillant le fil du téléphone pour se passer les nerfs. Au bout de quelques sonneries, il décrocha.

« Clinique dentaire Rhodes. Norman Rhodes à l'appareil.

– Bonjour, Norman. C'est Hannah Swensen.

– Bonjour, Hannah. » Norman semblait ravi de l'entendre. « Avez-vous rappelé votre mère ?

– Ma mère ?

– Elle m'a téléphoné ce matin pour me demander si je vous avais vue. Il paraît qu'elle a laissé plusieurs messages sur votre répondeur.

– Je plaide coupable. Je n'ai vu ses messages que ce matin en me levant. Et depuis lors, je n'ai pas cessé de courir. Vous ne sauriez pas ce qu'elle me veut, par hasard ?

– Pas vraiment. Elle m'a juste demandé quelles étaient mes intentions à votre égard.

– Quoi ?

– Pas d'angoisse, Hannah. Ma mère est bâtie sur le même modèle. Ce doit être lié au vieillissement, j'imagine. Passé un certain âge, les mères passent leur vie à essayer de contrôler celle de leurs rejetons. »

Hannah ne lui demanda pas ce qu'il avait répondu. Elle préférait ne pas savoir.

« J'ai une question à vous poser, Norman. Ron LaSalle est-il passé à votre cabinet hier matin ? »

Il y eut un blanc sur la ligne, puis un soupir.

« Je suis navré, Hannah, c'est confidentiel. Je n'ai pas le droit de fournir des informations sur mes patients.

– Donc Ron *était* votre patient ? »

Hannah l'entendit déglutir.

« Je n'ai pas dit cela !

– Non, bien sûr.

– Alors pourquoi pensez-vous le contraire ? »

Hannah sourit, satisfaite d'elle-même. Les cours de logique qu'elle avait suivis à la fac se révélaient enfin utiles.

« Si Ron n'avait pas été votre patient, vous m'auriez répondu spontanément : “non, il ne l'était pas”, sans craindre de violer le secret professionnel. À l'inverse, le fait que vous refusiez de répondre implique qu'il l'était. »

Il y eut encore un blanc, puis un gloussement.

« Vous pensez vite et bien, Hannah. Et vous avez raison, je l'avoue. Après tout, cette histoire de confidentialité n'a plus vraiment d'importance maintenant. Ron a débarqué dans mon cabinet très tôt, avant mes autres patients. Il avait une molaire fissurée et il souffrait le martyre.

– Une dent fendue ?

– Oui, si vous voulez. Je suis désolé, Hannah, je n'ai pas trop le temps de discuter, j'ai quelqu'un dans mon fauteuil. Ne raccrochez pas, je vérifie mon agenda. »

Hannah attendit en se balançant d'un pied sur l'autre, fébrile. Norman était peut-être la dernière personne à avoir parlé à Ron.

« Hannah ? » Norman revint en ligne. « Je suis pris toute la matinée, mais à 13 heures, j'ai un creux. Passez au cabinet, je vous en dirai davantage.

– Vous voulez que je passe ?

– C'est mieux, non ? Franchement, je n'ai pas envie d'évoquer un tel sujet au téléphone. J'irai chercher des salades, des sandwichs, et nous déjeunerons tout en discutant. J'ai quelque chose de très important à vous demander. »

Hannah fit la grimace. La perspective de déjeuner avec Norman ne l'enthousiasmait guère, mais avait-elle le choix ? Si elle voulait aider Bill à résoudre le meurtre de Ron, elle devait rassembler un maximum d'éléments factuels. Or, des deux personnes ayant assisté au rendez-vous dentaire de Ron, une seule était encore en vie : le dentiste lui-même.

« Très bien, Norman, dit Hannah en acceptant l'inévitable avec toute la bonne grâce dont elle était capable. On se voit à 13 heures. »

Croquants au gingembre façon Régence

Ne pas préchauffer le four
– la pâte doit passer au frigo avant la cuisson.

¾ de tasse de beurre fondu (1 ½ plaquette)
1 tasse de sucre roux
1 gros œuf (ou deux œufs moyens) battu (à la fourchette)
4 cuillerées à soupe de mélasse (soit ¼ de tasse*)
2 cuillerées à thé de bicarbonate de soude
½ cuillerée à thé de sel
2 cuillerées à thé de gingembre en poudre
2 ¼ tasses de farine (non tamisée)
½ tasse de sucre blanc dans un petit bol (pour plus tard)

Faire fondre le beurre et le mélanger au sucre. Laisser refroidir puis ajouter l'œuf ou les œufs, le bicarbonate de soude, la mélasse, le sel et le gingembre. Bien mélanger. Verser la farine tout en malaxant. Mettre la pâte au frigo pendant une heure au moins. (Toute la nuit, c'est encore mieux.)

Quand la pâte est bien glacée, préchauffer le four à 190°, la grille en position médiane.

Prélever de petites quantités de pâte et les rouler avec les mains jusqu'à obtenir des boules de la taille d'une noix. Les passer dans le sucre blanc. (Il suffit de les mettre dans le bol de sucre et d'agiter doucement pour qu'elles soient recouvertes de manière uniforme.) Déposer les boules de pâte enrobées de sucre sur une plaque à pâtisserie enduite de matière grasse, douze pour une plaque standard. Écrasez-les délicatement au moyen d'une spatule.

Cuire à 190° pendant dix à douze minutes jusqu'à ce qu'elles prennent une jolie couleur brune. Laisser refroidir sur la plaque durant une petite minute puis transférer sur une grille. (Si vous les laissez trop longtemps sur la plaque, elles risquent de coller.)

*Avant de mesurer la quantité de mélasse, vaporiser de la graisse alimentaire sur les parois du verre doseur. La mélasse n'adhérera pas.

Ces cookies ont été servis au club Regency Romance de ma mère. Les membres souhaitaient déguster des pâtisseries ayant existé au temps de la Régence. Pourquoi pas ?

(Tracey adore en manger le soir, avec un verre de lait.)

Rendement : six à sept douzaines, selon la taille des cookies.

CHAPITRE 9

Le Cookie Jar était aussi bondé que la veille. Hannah poussa un grand ouf quand arriva le creux de 11 heures, moment charnière où il est trop tard pour un cookie du matin et trop tôt pour un cookie du midi. Hannah profita de ce court répit pour rassembler ses esprits et reprendre son enquête – officieuse bien qu'approuvée par l'adjoint du shérif. Elle refit du café, astiqua le comptoir jusqu'à ce qu'il étincelle et franchit la porte à battant pour rejoindre Lisa dans le labo.

Lisa venait de sortir les derniers cookies du four.

« La cuisson est terminée, annonça-t-elle dans un sourire. Et ta plante va se remettre. Ses racines étaient trop sèches, c'est tout.

– Merci, Lisa », dit Hannah en se remémorant, un peu tard il est vrai, les instructions que sa mère lui avait données pour l'entretien des violettes.

Au lieu de les arroser par le haut, il fallait mettre de l'eau dans la soucoupe. Un simple coup d'œil à la plante la rassura sur ses chances de survie.

« Je crois qu'elle serait mieux chez toi, Lisa. Tu ne veux pas l'adopter ? »

Lisa s'illumina littéralement.

« C'est un hybride. Elle fait des fleurs magnifiques. Tu es sûre de vouloir t'en défaire ?

– Certaine. Elle sera plus heureuse en ta compagnie. Tu peux tenir la forteresse pendant que je fais un saut chez notre voisine Claire ?

– Bien sûr. »

Lisa retira son grand tablier de pâtissière pour enfiler celui qu'elle réservait pour le service en salle.

« C'est bon, vas-y. »

Le froid saisit Hannah dès qu'elle émergea dans la ruelle. La température avait baissé d'au moins dix degrés et de lourds nuages gris s'amoncelaient dans le ciel. Au bulletin météo, le présentateur avait promis une journée ensoleillée, mais la radio émettait depuis Minneapolis et Minneapolis se trouvait à quatre-vingts kilomètres de Lake Eden.

La Toyota de Claire occupait sa place habituelle. Hannah marcha jusqu'à la porte arrière du Beau Monde et frappa.

« Bonjour, Hannah, dit Claire, enchantée de la voir. Entre donc, que je te montre cette adorable petite robe. J'ai dû la cacher, hier. Lydia Gradin voulait l'essayer, mais sur elle ç'aurait été du gâchis. Kate Maschler avait flashé dessus, elle aussi. »

Hannah se sentit coupable. À cause d'elle, Claire avait peut-être raté une vente.

« Tu n'aurais pas dû. Je ne sais même pas si elle me va.

– Elle t'ira, tu peux me croire. Entre, Hannah. Je vais la chercher. »

En pénétrant dans la minuscule arrière-boutique de Claire, Hannah vit une table à repasser et, à côté, une pile de boîtes ayant contenu des robes. Ça sentait le chaud. Claire avait dû passer la matinée à défriper les pièces de sa nouvelle collection, lesquelles étaient à présent pendues à des cintres. Hannah la suivit le long des portants, fit un détour pour éviter la machine à coudre qui servait aux retouches, se faufila entre les rideaux et déboucha dans la boutique elle-même. Malgré sa réticence, elle ne voulait pas se montrer grossière en refusant d'essayer la robe que Claire lui avait réservée.

« La voici ! » Claire ouvrit le placard où elle rangeait ses modèles les plus chers, décrocha un cintre et lui présenta une robe de cocktail en soie noire. « Elle est top, n'est-ce pas ? »

Hannah hocha la tête, faute de savoir comment réagir. À ses yeux, cette robe était une robe, point barre. Cela dit, elle n'y connaissait quasiment rien, alors que Claire était une spécialiste.

« Va l'enfiler. » Claire la conduisit vers une petite cabine genre bonbonnière. « As-tu besoin d'aide ?

– Non, merci. J'y arriverai. »

Hannah se glissa dans l'habitacle et referma derrière elle.

« Tu es toujours là ?

– Oui, oui. »

La voix de Claire lui parvint à travers le vasistas ouvert au sommet de la porte.

« Un coup de main pour la fermeture Éclair ?

– Non, tout va bien. Je me demandais juste si tu aurais vu quelqu'un dans la ruelle hier matin.

– Personne à part toi, Hannah. Je l'ai déjà dit à Bill.

– Et un peu plus tard ? »

Hannah descendit la braguette de son jean et le fit glisser sur ses chevilles.

« Je ne suis ressortie qu'en entendant le raffut dehors. »

D'un coup de pied, Hannah éjecta son pantalon qui échoua sous le miroir. Puis elle retira son sweat-shirt.

« Tu es sûre ? Tu as dit qu'à ce moment-là tu déballais un nouvel arrivage. Tu aurais pu sortir dans la ruelle pour mettre des cartons à la poubelle, par exemple.

– Je ne crois… mais si, tu as raison ! s'écria Claire, surprise. C'est ce que j'ai fait. J'ai aplati des cartons et je les ai portés jusqu'à la benne. Et oui, il y avait quelqu'un dans la ruelle. Un homme, un SDF, vautré sur le seuil de la friperie. Il attendait que ça ouvre, j'imagine.

– Tu te souviens de l'heure ? insista Hannah en décrochant la robe du cintre.

– Dans les huit heures moins le quart, je dirais. Quand je suis revenue, j'ai repassé une robe et ensuite Becky Summers m'a appelée pour savoir si j'avais fini de retoucher son tailleur-pantalon. J'ai regardé ma montre et je me suis dit qu'à part Becky, aucune cliente n'aurait eu le culot de m'appeler deux heures avant l'ouverture. J'en déduis qu'à ce moment-là il était 8 heures.

– À quoi ressemblait ce SDF ?

– Tu l'as sûrement vu traîner en ville, Hannah. Il est grand avec des cheveux tout hérissés, et d'un roux affr… » Claire s'interrompit. Elle reprit sur un ton gêné. « Rien à voir avec les tiens, Hannah. Tes cheveux ont une très jolie nuance auburn. Lui, on dirait qu'il porte une perruque carotte, comme un clown. »

Hannah ajouta cet élément d'information à sa base de données mentale, souleva la robe au-dessus de sa tête, glissa les bras dans les manches et se tortilla pour faire descendre. La soie glissait facilement. Hannah chercha dans son dos, trouva la tirette de la fermeture Éclair et la remonta. La robe était pile à sa taille. Claire avait l'œil, décidément.

« Elle te va ? demanda Claire.

– Comme un gant. »

Hannah respira un bon coup et se regarda dans le miroir. Une femme inconnue la fixait d'un air sidéré. Non seulement la robe lui allait, mais elle la sublimait. En fait, Hannah se trouvait époustouflante – ce qui ne lui était jamais arrivé.

« Elle te plaît ? »

Il lui fallut un moment pour retrouver l'usage de la parole.

« Elle est… euh… super.

– Sors, que je voie s'il y a des retouches à faire.

– Ça m'étonnerait. »

Hannah ne rechaussa pas ses vieilles Nike. Elles juraient avec son nouveau look. Puis elle sortit de la cabine.

Quand elle la vit, Claire resta bouche bée.

« Je savais qu'elle serait parfaite sur toi, mais j'ignorais qu'elle te transformerait en femme fatale. Il faut que tu la prennes, Hannah. Je vais te faire une méga remise. Cette robe a été taillée pour toi.

– Je crois que tu as raison », dit Hannah, émerveillée.

Claire l'avait conduite devant le miroir à trois faces pour qu'elle s'admire sous tous les angles. Elle avait une allure incroyable, tellement raffinée, tellement féminine. Sublime, quoi.

« Elle te fait envie, n'est-ce pas ? »

Hannah se remit de face et se regarda en plissant les yeux. Elle avait un faux air de Katharine Hepburn. Si elle s'était écoutée, elle aurait dit banco, j'achète, peu importe le prix. Mais non, c'était de la folie, elle devait se montrer raisonnable. Cette robe était largement au-dessus de ses moyens.

« Bien sûr qu'elle me fait envie, mais je ne crois pas que… Combien coûte-t-elle ?

– Oublie cette histoire de remise. Je te la fais à prix coûtant si tu promets de ne dire à personne combien tu l'as payée.

– Promis. Combien ?

– Elle est à cent quatre-vingts, mais je te la laisse pour quatre-vingt-dix. »

Hannah n'hésita plus. Une robe pareille, on n'en trouvait qu'une dans toute sa vie.

« Affaire conclue. Je n'aurai jamais l'occasion de la porter, elle ne sortira sans doute jamais du placard, mais tant pis. Il me la faut.

– Bravo, ma chérie ! s'exclama Claire, ravie. Mais pourquoi dis-tu que tu n'auras jamais l'occasion de la porter ? Et la réception annuelle des Woodley demain soir ? »

Hannah battit des paupières. Elle avait reçu une invitation mais l'avait aussitôt rangée au fond d'un tiroir et oubliée deux secondes plus tard.

« Tu crois que je dois la mettre ?

– Si tu ne la mets pas, je dirai à tout le monde que tes cookies sont infects, la menaça Claire. Je te jure, Hannah, ils vont tous tomber à la renverse demain soir. Et samedi matin, ton téléphone n'arrêtera pas de sonner. »

Hannah éclata de rire. Claire était peut-être voyante, après tout. Peut-être qu'effectivement son téléphone n'arrêterait pas de sonner. Mais au bout du fil, ce serait Delores, impatiente de savoir pour quel homme sa fille s'était mise en frais.

Après avoir balancé la boîte marquée Le Beau Monde sur la banquette de son break, Hannah poussa la porte du fournil. Elle arborait un air perplexe, comme si elle prenait soudain conscience des sommes qu'elle avait déboursées pour aider Bill à résoudre le meurtre de Ron. Les cosmétiques de Luanne lui avaient coûté cinquante dollars, la robe de Claire quatre-vingt-dix…

Quand elle arriva près de l'îlot central, le téléphone sonna. Elle décrocha après avoir crié à Lisa : « C'est bon, je prends l'appel. »

« Le Cookie Jar. Hannah, j'écoute.

– Bonjour, Hannah. » C'était Bill. Il semblait découragé, ça s'entendait dans sa voix. « Je venais juste aux nouvelles. Je suis à la laiterie, j'interroge le personnel.

– Tu as appris quelque chose ?

– Que dalle. Les employés sont tous arrivés à 7 h 30, bien après que Ron a chargé sa camionnette et démarré sa tournée.

– Et Max Turner ? Tu as pu lui parler ?

– Non. Attends un peu, Hannah. » Il revint en ligne au bout de deux longues minutes. « Betty pense qu'il appellera aujourd'hui. Je lui ai demandé de me transmettre son numéro. C'est à moi de lui apprendre la mort de Ron. Et de ton côté ? Tu as quelque chose ?

– Oui, et peut-être quelque chose d'important. J'ai parlé avec Claire Rodgers. Elle se rappelle avoir aperçu un SDF dans la ruelle vers 7 h 45, vautré sur le seuil de la friperie Helping Hands. Elle m'a donné son signalement.

– Attends, je sors mon calepin. » Elle l'entendit farfouiller. « OK. Je t'écoute.

– Il porte des vêtements trop grands pour lui, il est roux et ses cheveux sont dressés sur sa tête comme des piquants. Claire l'a déjà vu traîner en ville.

– Beau travail, Hannah. » Bill avait retrouvé sa bonne humeur. « Je vais faire un tour du côté de l'église pentecôtiste. Ils organisent une soupe populaire. Peut-être qu'ils le connaissent. Et je passerai aussi par la friperie. Tu vois autre chose ?

– Je ne suis pas encore sûre. Ron est allé consulter un dentiste pour sa dent fendue. Tu te souviens ? C'est pour cela qu'il était en retard. Je te rappelle dès que j'en sais davantage. »

Hannah raccrocha puis composa le numéro de sa mère. Elle ne pouvait pas faire la sourde oreille éternellement. Ça sonnait dans le vide. Hannah sourit et laissa un message. « Bonjour, maman, c'est Hannah. J'ai vu que tu avais appelé. Bon, je suppose que tu es sortie. On se voit plus tard, à la réunion du club Regency Romance. »

Hannah venait de raccrocher quand Lisa passa la tête.

« Ta sœur est ici, Hannah.

– Qu'elle vienne me rejoindre avec deux mugs de café. »

Hannah s'avança vers le plan de travail et disposa une demi-douzaine de suprêmes au chocolat blanc sur une assiette. Il n'en restait pas beaucoup, signe que la nouvelle recette de Lisa avait remporté un vif succès. Puis elle se percha sur un tabouret en se demandant quelle nouvelle catastrophe venait de se produire pour qu'Andrea débarque ainsi, alors qu'elle était déjà passée la veille.

« Salut, Hannah. Tiens, voilà ton café. » Andrea posa les deux mugs sur le plan de travail, vit les suprêmes et en chipa un avant même de s'asseoir. « Ces nouveaux cookies sont divins. On se les arrache. Il n'y en a plus un seul dans la boutique. Lisa m'a donné le tout dernier pour me faire patienter. »

Hannah sourit.

« Oui, on dirait qu'ils partent bien. Je suis vraiment contente. Lisa a beaucoup travaillé la recette.

– C'est Lisa qui les a faits ? s'étonna Andrea. C'est drôle. Elle s'est bien gardée de me le dire.

– Ça ne m'étonne guère. Elle est trop modeste. Je crois qu'elle se sous-estime.

– Eh bien, elle a tort. Ces cookies sont une vraie tuerie. »

Andrea se resservit.

« Qu'est-ce qui t'amène, Andrea ? » Hannah craignait le pire. « J'ai eu Bill au téléphone il n'y a pas cinq minutes ; il m'avait l'air en forme. Tracey va bien, dis-moi ?

– Oui, Tracey va bien. Tout le monde va bien. Je passe en coup de vent, juste pour dire bonjour. Je n'ai pas de rendez-vous avant 15 heures. »

Hannah leva les sourcils. Andrea ne passait jamais *juste pour dire bonjour*.

« Je suis prise en début de soirée, avertit aussitôt Hannah, mais je peux être chez moi vers 20 h 30. Ce ne sera pas trop tard pour déposer Tracey ?

– Il n'est pas question de Tracey, répliqua Andrea, interloquée. Qu'est-ce que tu racontes, Hannah ?

– Tu n'as pas besoin d'une baby-sitter, ce soir ?

– Non. » Les joues d'Andrea rosirent légèrement. « J'ai vraiment abusé de ta gentillesse, hein ?

– Bien sûr que non. » Hannah secoua la tête. « J'adore la compagnie de Tracey. C'est une gamine géniale.

– Je sais, mais quand tu m'as vue débarquer, tu as immédiatement pensé que je venais te demander un service. Je ne suis pas un cadeau comme sœur, je le sais bien. Je prends, je prends et je ne donne jamais. »

Hannah n'aimait pas le tour qu'amorçait leur conversation.

« Pas du tout ! N'oublie pas que c'est toi qui m'as encouragée à ouvrir Le Cookie Jar. C'est normal que je te renvoie l'ascenseur.

– OK, tu as raison. C'est bien moi qui t'ai soufflé cette idée, concéda Andrea, un peu ragaillardie. Mais je trouve quand même que je devrais en faire davantage pour toi. Sérieux. Tu es toujours là pour m'aider, et moi je n'arrive pas à te rendre la pareille. Demande-moi quelque chose et je le ferai. »

Hannah eut une idée lumineuse.

« Bon, d'accord. Si tu veux vraiment faire quelque chose pour moi, eh bien accompagne-moi chez le dentiste. J'ai rendez-vous à 13 heures.

– Pas de souci. Mais j'ignorais que tu avais la phobie des dentistes.

– Mais si, les dentistes me font très peur, répondit-elle en souriant jusqu'aux oreilles. Surtout un en particulier : Norman Rhodes. »

Andrea resta bouche bée.

« Mais maman dit qu'elle rêve de te caser avec lui ! Pourquoi tu le laisses toucher à tes dents ?

– Oublie mes dents. Peu avant sa mort, Ron est passé à son cabinet. Norman me l'a appris ce matin quand je l'ai appelé. Il était d'accord pour tout me raconter mais ne voulait rien dire au téléphone. Du coup, j'ai dû promettre de déjeuner avec lui.

– Très subtil comme méthode de drague. Donc tu crains qu'il en profite pour te faire des avances ?

– Non, ce n'est pas ça. Il était franchement amical au téléphone mais je n'ai pas trop envie de rester seule avec lui.

– Pourquoi ? Est-ce que… » Andrea s'interrompit et écarquilla les yeux. « Tu le considères comme un *suspect* ? »

Hannah haussa les épaules.

« Non, mais on ne sait jamais. Il fait partie des dernières personnes à avoir vu Ron en vie. Et pour écarter tout soupçon le concernant, je vais devoir lui demander s'il a un alibi.

– OK, je viens avec toi, déclara Andrea, excitée. Pendant que tu lui tireras les vers du nez, moi je fouinerai.

– Euh… ce n'est peut-être pas une si bonne idée.

– Pourquoi ? Je suis une fouineuse hors pair. Quand on était petites, je fouillais tout le temps dans les affaires de maman et elle n'a jamais rien remarqué. En plus, je fais ça pour aider Bill. Une bonne épouse doit toujours soutenir son mari.

– Il y a des risques, Andrea.

– Pas si on se fixe une plage horaire très stricte. À ton avis, combien de temps pourras-tu l'occuper ? »

Hannah pesa la question.

« Pas plus de vingt minutes.

– C'est trop court. Que penses-tu de trente minutes ?

– Vingt-cinq, pas une seconde de plus. Je lui dirai que je préfère déjeuner dans son bureau et le compte à rebours démarrera à l'instant où tu me verras fermer la porte.

– D'accord. On synchronisera nos montres. Je te jure qu'il n'y verra que du feu.

– J'espère bien. C'est illégal, non ? »

Hannah regrettait déjà d'avoir demandé à sa sœur de l'accompagner.

« Je ne vois pas en quoi fouiller dans les affaires de quelqu'un serait illégal. Ce n'est pas comme si je cherchais à voler un truc. Si je trouve un indice, je le laisserai sur place et nous informerons Bill.

– Je persiste à penser que ça va trop loin.

– Peut-être, mais on ne peut pas rester sans rien faire. On doit aider Bill à résoudre cette affaire. Je lui expliquerai tout par la suite. Il ne se formalisera pas. Alors, on tente le coup ? »

Hannah accepta du bout des lèvres. Si Bill apprenait qu'elle avait poussé sa femme à fouiller dans les affaires de Norman, il ne se formaliserait peut-être pas mais il l'étranglerait à coup sûr.

CHAPITRE 10

Hannah piqua une feuille de romaine du bout de sa fourchette et jeta un coup d'œil furtif sur sa montre. Cinq minutes seulement s'étaient écoulées depuis qu'elle avait refermé la porte du bureau privé de Norman et elle savait déjà tout sur le dernier rendez-vous dentaire de Ron.

Rien de très intéressant, d'ailleurs. Ron s'était présenté au cabinet en se plaignant d'avoir mal, Norman lui avait injecté une dose de xylocaïne et Ron était parti en promettant de repasser à la fin de son service pour recevoir des soins en bonne et due forme. Bien sûr, Ron n'était jamais repassé puisqu'on l'avait tué avant même que les effets de l'anesthésie se soient dissipés.

Hannah posa la deuxième question de la liste inscrite dans sa tête :

« Avait-il l'air inquiet ? »

Norman prit le temps de mâcher et d'avaler.

« Pas vraiment. Il était pressé de reprendre sa tournée, c'est tout.

– Vous a-t-il dit comment il s'était cassé la dent ?

– Il a parlé d'une bagarre. Je ne lui ai pas demandé de détails. Maintenant je le regrette.

– Il n'y a aucune raison, Norman. » Hannah lui fit son sourire le plus amical. « Vous ne pouviez pas savoir que Ron allait se faire tuer quelques minutes après.

– Non, bien sûr. Mais j'aurais dû lui prêter plus d'attention. Par exemple, j'aurais pu lui demander où et avec qui il s'était battu. Il est resté dans le fauteuil au moins vingt minutes.

– Ça n'aurait pas changé grand-chose. Qu'aurait-il pu vous dire avec la bouche ouverte et ce truc en caoutchouc posé sur sa langue ?

– On appelle cela une digue dentaire, répliqua Norman, le regard pétillant. Et vous avez parfaitement raison, Hannah. Dans le manuel du parfait dentiste, il est interdit de poser aux patients des questions supposant des réponses autres que *Gghhh* ou *Gghhh-Gghhh.* »

Hannah éclata de rire. Norman avait le sens de l'humour, songea-t-elle, heureusement surprise. Peut-être n'était-il pas aussi rasoir qu'elle l'avait cru. En tout cas, il n'avait pas mauvais goût en ce qui concernait la déco. Elle se souvenait des murs verdâtres de la salle d'attente, à l'époque où son père tenait le cabinet. Norman les avait repeints en jaune tournesol et remplacé les stores vénitiens poussiéreux par des rideaux assortis, retenus par des embrasses. À la place des sièges inconfortables – un vieux divan gris et des chaises trop raides –, il avait choisi des fauteuils qui n'auraient pas déparé dans le salon d'un particulier. Un seul détail demeurait inchangé : les magazines périmés entassés dans le porte-revues design fixé au mur.

« Vous avez fait des merveilles », dit Hannah en admirant la pièce autour d'elle. Norman avait conservé le bureau en chêne de son père mais l'avait poncé et éclairci. Pour les murs, il avait choisi un joli bleu pastel. Elle baissa les yeux sur la moquette outremer et posa une question qui n'avait rien à voir avec le meurtre de Ron.

« Vous avez mis la même moquette dans les salles de consultation ?

– Non, la moquette est interdite. Le sol doit être lessivable. J'ai juste remplacé le lino et rafraîchi les peintures.

– Et pour les fenêtres ?

– J'ai commandé des stores verticaux en tissu mais ils ne sont pas encore arrivés. Je cherche aussi d'autres tableaux à mettre aux murs.

– Tant mieux. Quand j'étais gamine, ce poster de Norman Rockwell avec le petit garçon assis dans une salle d'attente de dentiste me terrifiait littéralement.

– Moi aussi, reconnut Norman. Il avait l'air tellement misérable avec cette grande serviette blanche nouée autour de la tête. J'avais dit à papa que cette image risquait de produire un effet dissuasif, mais lui, il la trouvait drôle. Humour de dentiste, je suppose.

– Oui, je vois le genre. Je me souviens d'une blague corpo dans le même style : "Demain, j'appelle un dentiste. Appelez-en trois, on fera un bridge."

– C'était l'une des préférées de papa, s'esclaffa Norman en reprenant une bouchée à la noix de pécan dans le sac que Hannah avait apporté. Ces cookies sont vraiment délicieux.

– Merci. La prochaine fois je laisserai les coquilles, ça vous fera plein de nouveaux patients.

– Figurez-vous que j'y ai déjà songé, Hannah. Pour les fêtes, je compte distribuer des boîtes de caramels mous avec mon numéro imprimé sur le couvercle. »

Hannah pouffa de rire puis se rappela la raison de sa visite. Norman n'était plus le même homme quand on le voyait à son cabinet.

« Avez-vous noté un truc bizarre chez Ron quand il est entré ici ?

– Non. Je vous ai tout dit. J'aimerais vous aider davantage mais, pour moi, Ron avait l'air d'un patient comme un autre.

– Vous m'appellerez si quelque chose vous revient ?

– Bien sûr. Je sais que vous aidez votre beau-frère, mais pour l'instant je ne vois rien d'autre à signaler.

– Attendez. Qu'est-ce qui vous fait penser que j'aide Bill ?

– Cette consultation de vingt minutes a l'air de vous passionner et j'ai appris par votre mère que son gendre était chargé de l'affaire. Il m'a suffi d'additionner deux et deux.

– Je vous en prie, Norman, n'en parlez à personne.

– Pas de panique, Hannah. Je ne vous dénoncerai pas. Et si vous n'avez pas d'autres questions, j'aimerais bien vous en poser une à mon tour.

– Une minute. »

Hannah respira profondément. Elle devait d'abord savoir s'il avait un alibi.

« Après le départ de Ron, avez-vous reçu d'autres patients ?

– Une femme. Encore un problème de molaire fissurée. Mais moins grave. Elle est restée trente minutes maxi. »

Norman avait donc un alibi. Curieusement, Hannah se sentit soulagée. Elle commençait à l'apprécier. Dès qu'elle aurait vérifié cette information auprès de la femme en question, Norman serait définitivement mis hors de cause.

« J'ai besoin de son nom, Norman.

– Vous l'ignorez ?

– Comment pourrais-je le savoir ? Écoutez Norman, je sais que vous êtes lié par le secret professionnel mais je dois demander à cette personne si elle a croisé Ron en arrivant. »

Norman esquissa un sourire.

« J'en conclus que vous n'avez pas rappelé votre mère.

– Si, mais je suis tombée sur son répondeur. Quel rapport avec ma mère ? »

Le sourire de Norman s'agrandit.

« C'était elle ma deuxième patiente de la matinée.

– Génial ! » Hannah soupira de soulagement. « Elle m'a laissé une douzaine de messages répétant qu'elle avait quelque chose d'important à me dire, mais comme elle a *toujours* quelque chose d'important à me dire… Aurait-elle aperçu Ron ?

– Oui et non. En fait, en se garant devant le cabinet, elle l'a vu démarrer sa camionnette. Et ce n'est qu'en rentrant chez elle, après la collecte de fonds organisée par le maire, qu'elle a mesuré la gravité de la chose. »

Hannah se promit d'interroger sa mère le soir même, lors de la réunion du club Regency Romance. Si Delores était effectivement avec lui, Norman avait un alibi en béton. Hannah commençait à regretter d'avoir fait venir sa sœur. Mais il était trop tard.

« Et maintenant, Hannah ? »

Elle sursauta presque.

« Quoi, maintenant ?

– Puis-je poser ma question ?

– Bien sûr. Allez-y, Norman.

– Je faisais mes études quand mes parents ont emménagé ici et je ne suis venu leur rendre visite que deux fois. J'ignore quasiment tout de cette ville.

– Il n'y a pas grand-chose à savoir. »

Hannah sourit de toutes ses dents.

« Je suis invité à la réception des Woodley et, d'après ma mère, c'est l'événement mondain le plus important de l'année. Elle-même n'a jamais pu y participer. Mes parents prenaient systématiquement leurs congés la dernière semaine d'octobre et, à chaque fois, ils étaient loin. Elle m'a conseillé d'y aller. Elle dit que ça relancera le cabinet.

– Votre mère a raison. Il y aura toute la bonne société de Lake Eden, et les Woodley savent recevoir. Vous devriez vous y montrer, Norman. Vous feriez la connaissance d'une grande partie de nos concitoyens. Et c'est essentiel pour se constituer une clientèle.

– Dans ce cas, j'irai. Dites-m'en un peu plus sur les Woodley. Je ne les ai jamais rencontrés. »

Hannah jeta encore un coup d'œil à sa montre et fut surprise de constater qu'ils discutaient depuis vingt minutes.

« Delano Raymond Woodley est l'homme le plus riche de Lake Eden. C'est le patron de DelRay Manufacturing. Son usine emploie plus de deux cents personnes dans la région.

– Delano ? s'étonna Norman. Les Woodley auraient-ils des liens avec la famille Roosevelt ?

– Non, mais ils en seraient ravis, je pense. À ce qu'on raconte, les parents de Delano étaient des gens modestes. Sa mère a voulu lui donner un prénom célèbre et manifestement ça lui a porté chance parce qu'il a fini par épouser une fille de la haute, une Bostonienne. Elle s'appelle Judith et sa famille figure dans le bottin mondain.

– Judith, pas Judy ? »

Hannah se mit à rire.

« Une fois, je l'ai appelée Judy et j'ai cru qu'elle allait me décapiter. Elle est issue d'une de ces “vieilles fortunes”, vous savez ? Mais une amie de ma mère s'est renseignée et il paraît que le père de Judith jetait son argent par les fenêtres. En mourant, il ne lui a rien laissé sauf son rang social et, pour elle, c'est plus important que tout.

– Donc Delano est un riche parvenu et Judith une aristocrate déchue qui l'a épousé pour son argent ?

– Gagné. Je n'aurais pas su l'exprimer mieux.

– Je suppose que vous y serez, vous aussi. »

Hannah songea à sa nouvelle robe et se mit à sourire.

« Oui, j'y serai. Je ne vais pas rater une occasion de boire du Dom Pérignon dans des flûtes en cristal de Bohême.

– Vous avez un cavalier ?

– Vous plaisantez ! répliqua-t-elle, amusée. Réfléchissez un peu, Norman. Vous avez vu ma mère en action, mardi dernier. Si j'avais un cavalier pour assister à la plus grande réception de l'année, essaierait-elle de me caser avec tous les célibataires de cette ville ? »

Norman haussa les épaules.

« Sans doute pas, dit-il en souriant. Voulez-vous m'y accompagner ? Comme cela, votre mère cessera de vous harceler. »

Hannah avait encore parlé sans réfléchir. À cause de son étourderie, elle venait de se mettre dans un sacré pétrin. Norman allait insister jusqu'à ce qu'elle accepte et elle ne savait pas si elle en avait vraiment envie.

Norman lui tapota la main.

« Allons. Chacun y trouvera son intérêt. Je conduirai, donc vous pourrez boire du Dom Pérignon jusqu'à plus soif. Et de votre côté, vous me présenterez à tous les gens que je dois connaître. »

Hannah réfléchit à toute vitesse mais ne trouva aucune échappatoire élégante. Par ailleurs, débarquer à la réception des Woodley au bras de Norman ne serait peut-être pas si horrible. Il était drôle, il semblait l'apprécier et sa mère lui lâcherait la grappe au moins pendant quelque temps.

« Marché conclu. »

Hannah poussa un ouf de soulagement quand Norman la raccompagna dans la salle d'attente et qu'elle vit Andrea assise sur le nouveau divan, en train de feuilleter un vieil exemplaire de *National Geographic*.

« Salut. » Andrea les contempla d'un air innocent. « Votre déjeuner s'est bien passé ?

– Très bien », dit Norman. Il sourit et se tourna vers Hannah. « La réception des Woodley commence à 8 heures. Je peux passer vous prendre à 7 h 30 ?

– Ce sera parfait. »

Du coin de l'œil, Hannah aperçut la mine étonnée d'Andrea et comprit qu'elle allait devoir lui fournir des explications.

« Vous avez besoin de mon adresse ?

– Je l'ai. J'ai été ravi de vous rencontrer, Andrea. J'imagine que je vous reverrai à la réception ?

– En effet, fit-elle, très aimable. Bill et moi ne manquerions cet événement pour rien au monde. Au revoir, Norman. J'ai été ravie de faire votre connaissance, moi aussi. »

Elles marchèrent jusqu'au break sans décrocher un mot ni l'une ni l'autre. Andrea monta et attendit que Hannah s'installe au volant pour attaquer.

« C'est une plaisanterie, n'est-ce pas ? s'écria-t-elle en lui prenant le bras. Je veux dire, tu ne vas pas réellement à cette réception avec lui ?!

– Bien sûr que si.

– Mais c'est impossible ! »

Hannah démarra, jeta un coup d'œil derrière elle pour s'assurer que la voie était libre avant de s'engager.

« Pourquoi ?

– Parce que ce type est peut-être le meurtrier de Ron !

– Non, sûrement pas. » Hannah passa la seconde. « Norman a un alibi. Il soignait quelqu'un quand Ron s'est fait tuer. »

Andrea fronça les sourcils. Cette réponse lui avait coupé la chique.

« OK. Ce n'est peut-être pas un tueur mais ça ne t'oblige pas à sortir avec lui !

– Respire, Andrea. Je ne sors pas avec lui. Il vient juste me chercher et il m'accompagne à la réception. C'est un homme très gentil.

– Non, pas du tout. Je sais que tu te trompes rarement sur les gens, mais ce coup-ci tu as tout faux. Pendant que tu déjeunais et que tu acceptais un rendez-vous avec ce… cet homme que tu trouves si gentil, je suis tombée sur un truc pas net dans la pièce qui lui sert de débarras. Et je t'assure, c'est du lourd.

– Lourd comment ? »

Hannah quitta la route des yeux un bref instant pour regarder sa sœur. Andrea avait l'air très fière d'elle-même.

« Je te montrerai dès qu'on sera dans la boutique. »

Hannah eut un instant de panique. Elle parvint heureusement à se maîtriser avant de tourner sur Main Street.

« Comment ça, tu me montreras ? Ne me dis pas que tu lui as volé quelque chose !

– Je n'appelle pas ça voler. Je sais, j'avais promis de ne rien prendre mais je ne pouvais décemment pas laisser ce truc où il était. » Andrea se rencogna au fond de son siège. « Tu veux que je te dise, Hannah ? Maman aurait mieux fait de ne jamais te présenter cet individu. Norman n'est pas du tout l'homme qu'elle croit ! »

Hannah n'insista pas. Elle connaissait suffisamment sa sœur pour savoir qu'elle ne parlerait qu'une fois arrivée. Elle s'engagea dans la ruelle, détourna les yeux en passant près de l'endroit où Ron avait poussé son dernier soupir et se gara à sa place habituelle.

Devant la porte du fournil, Andrea souriait comme le chat d'Alice. Hannah, elle, tentait de juguler son angoisse en se répétant que sa sœur n'avait sûrement trouvé qu'une simple broutille, comme le courrier d'un patient mécontent ou quelques factures impayées.

« Dis à Lisa que nous sommes rentrées et qu'elle doit nous laisser seules, lui conseilla Andrea en suspendant son manteau. Allez, dépêche-toi. C'est important. »

Hannah n'avait pas envie de discuter. Elle fit irruption dans la boutique, demanda à Lisa de rester au comptoir encore quelques minutes et alla remplir deux mugs de café. Andrea n'avait pas besoin de caféine, elle était assez excitée comme ça, mais un remontant serait peut-être nécessaire d'ici peu de temps. Hannah franchit la porte battante dans l'autre sens, posa les mugs sur l'îlot central, tira un tabouret et s'assit près de sa sœur.

« Très bien, Andrea. Le suspense a assez duré. Explique-toi. »

D'un geste emphatique, Andrea ouvrit son sac, en sortit une grande enveloppe kraft et la fit glisser vers Hannah.

« Qu'est-ce que c'est ?

– Ouvre. Après tu me diras si tu le trouves toujours aussi gentil. »

Bouchées à la noix de pécan

Préchauffer le four à 175°,
grille en position médiane.

1 tasse de beurre (deux plaquettes, ½ livre)
3 tasses de sucre roux ***
4 œufs battus (à la fourchette de préférence)
1 cuillerée à thé de sel
1 cuillerée à thé de bicarbonate de soude
3 cuillerées à thé de vanille
2 tasses de noix de pécan finement broyées
4 tasses de farine

Faire fondre le beurre. Ajouter le sucre roux. Bien mélanger, laisser refroidir. Ajouter les œufs battus, mélanger. Ajouter le sel, le bicarbonate de soude, la vanille et les noix. Bien mélanger. Ajouter la farine et tourner jusqu'à ce que le mélange soit homogène.

Rouler la pâte avec les doigts pour former des petites boules (de la taille d'une noix). Les disposer sur une plaque à pâtisserie enduite de matière grasse, douze pour une plaque standard, puis les écraser délicatement au moyen d'une spatule (préalablement aspergée de graisse alimentaire ou d'huile).

Cuire à 175° pendant dix à douze minutes. Laisser les cookies sur la plaque pendant une minute puis les placer sur une grille pour qu'ils finissent de refroidir.

***Si vous n'avez pas de sucre roux, mélangez du sucre blanc (3 tasses) et de la mélasse (⅛ de tasse). (C'est comme ça qu'on le fabrique, dans les sucreries.)

(Pour obtenir un sucre plus clair ou plus foncé, il suffit d'incorporer plus ou moins de mélasse.)

(Norman Rhodes les adore, Bill aussi.)

Rendement : huit à dix douzaines, en fonction de la taille des cookies.

CHAPITRE 11

Hannah avait perdu l'usage de la parole. Sa langue était comme collée à son palais. Elle fixait les Polaroid en battant des paupières comme si elle n'en croyait pas ses yeux. Et pourtant non, elle ne rêvait pas. Les photos étaient bien là, empilées devant elle. On n'y voyait aucun visage, juste des torses, des torses de femmes, nues jusqu'à la taille.

« Hannah ? » Andrea lui saisit le bras. « Tu vas bien ? »

Hannah respira profondément et fit signe que oui.

« Qui est-ce ?

– Des patientes. Regarde le mur du fond. » Andrea posa un doigt sur la première photo de la pile. « Tu vois ce tableau ? C'est la pièce réservée aux détartrages. J'ai vérifié.

– Cette femme a posé pour lui dans son fauteuil de dentiste ?

– Dis plutôt *ces femmes.* » Andrea refit défiler les Polaroid. « Et je ne pense pas qu'elles aient vraiment posé. Tu vois ces deux bonbonnes près de la chaise ? L'une contient de l'oxygène et l'autre du protoxyde d'azote.

– Du gaz hilarant ?

– J'ai étudié ces composés en cours de chimie. Si on les mélange correctement, on obtient un anesthésique. La plupart des dentistes s'en servent. Mais si on diminue la quantité d'oxygène, le patient s'évanouit après deux ou trois bouffées. Ces femmes avaient dû perdre connaissance.

– Tu penses qu'il les a endormies, dénudées et photographiées ?

– Ça m'en a tout l'air. Et à leur réveil, elles ne se souvenaient de rien. »

Hannah secoua la tête.

« Norman n'a pas pu commettre un acte aussi sordide. Il paraît tellement… normal.

– C'est ce qu'on entend chaque fois qu'un sadique se fait choper. On voit ça tout le temps à la télé ! Les voisins tombent des nues, disent que le type avait l'air parfaitement normal… »

Hannah se remit à fixer les photos. Andrea avait beau dire, elle n'arrivait toujours pas à imaginer Norman dans la peau d'un pervers sexuel.

Elle rassembla les Polaroid et les regarda l'un après l'autre, encore une fois.

« Je me demande si…

– Quoi donc ? »

Intriguée par le soudain silence de sa sœur, Andrea se tourna pour la dévisager.

« Celle-ci, dit Hannah en sortant une photo de la liasse. Tu vois la chaîne en or qu'elle porte autour du cou ? Et ce pendentif… je l'ai déjà vu quelque part, j'en suis sûre. »

Andrea colla presque son nez sur l'image.

« Tu as raison. Moi aussi, il me rappelle quelque chose. C'est une croix celtique, non ?

– Mais bien sûr ! »

Hannah ouvrit grand les yeux. Elle venait d'identifier la femme dans le fauteuil.

« Ce n'est pas Norman qui a pris ces photos.

– Ah bon ?

– Il n'a pas pu les prendre. Cette personne est Mlle McNally, notre prof de maths en classe de cinquième. Elle a quitté Lake Eden il y a trois ans pour se marier. »

Andrea contemplait la photo, le visage décomposé.

« Tu as raison. À ma connaissance, personne ici n'a jamais porté ce genre de croix, excepté Mlle McNally. C'est le père de Norman qui a pris ces clichés. Qu'est-ce qu'on va faire ? »

Le cerveau de Hannah passa au régime supérieur.

« Rien. Le père de Norman est mort. Il est trop tard pour lui intenter un procès. Rendre cette affaire publique ne servirait qu'à blesser sa veuve et embarrasser les femmes qu'il a piégées.

– C'est évident, acquiesça vivement Andrea. Tu crois que Norman est au courant ?

– Comment veux-tu que je le sache ? Où étaient-elles ?

– Dans le débarras, à l'intérieur d'une petite boîte, sous une pile d'anciennes radios. Un vrai capharnaüm. Il y avait une tonne de poussière dessus et… » Andrea se tut avant de reprendre : « Norman n'est pas au courant, Hannah. Toute cette poussière suffit à prouver que les photos sont là depuis des années. »

Hannah poussa un soupir de soulagement.

« Bien. Tu les as toutes ?

– Je crois que oui. J'ai glissé la boîte dans cette enveloppe et j'ai continué à fouiller pendant encore cinq minutes. »

Andrea reconstitua la pile et la posa à l'envers sur le plan de travail.

« Qu'allons-nous en faire ?

– Les détruire. Je les brûlerai dans ma cheminée ce soir.

– Impossible, objecta Andrea. Elle fonctionne au gaz. Elle n'est pas conçue pour ça. Et si on les déchirait en menus morceaux ? Je pourrais le faire au bureau… mais Al risque de le remarquer.

– Pourquoi ne pas utiliser un détachant industriel ? suggéra Hannah en descendant de son tabouret. Je m'en sers pour enlever les taches de rouille sur mon évier. Il en reste dans le flacon. Il paraît que c'est efficace sur tous types de supports. »

Andrea suivit Hannah jusqu'à l'évier et la regarda verser une bonne dose de produit dans la cuvette en inox. Elles y déposèrent une photo et Hannah la fit tourner avec le manche d'une grande cuiller en bois. L'opération prit une minute mais les couleurs finirent par s'effacer et la photo ressortit complètement blanche.

« Ça marche ! s'étonna Andrea. Tu connaissais ce procédé ?

– Je l'ai vu dans un film. Bon, allez, on continue. Tu les mets une par une, et moi je touille. »

En moins de cinq minutes, les femmes nues eurent toutes disparu sur les carrés de papier glacé. Hannah déboucha l'évier, rinça à l'eau courante et jeta les résidus à la poubelle.

« Je crois que je ferais bien de retourner à l'agence, dit Andrea en jetant un coup d'œil sur la pendule. J'ai juste le temps de prendre les clés et quelques prospectus avant l'heure de mon rendez-vous. »

Hannah la serra gentiment contre elle.

« Merci pour ton aide, Andrea. Tu as fait du très bon boulot. Et je suis contente que tu aies mis la main sur ces photos avant que Norman ou sa mère les trouvent.

– Moi aussi. »

Andrea lui adressa un sourire radieux, se dirigea vers la porte de séparation, leva la main pour pousser, suspendit son geste et se retourna.

« Hannah ?

– Oui ?

– Je crois que tu as raison d'aller à la réception des Woodley avec Norman. J'avais tort. Il est peut-être rasoir mais c'est vraiment un gentil garçon. »

Hannah réussit à se plaquer un sourire poli sur le visage pendant que la conférencière invitée par le club Regency Romance faisait l'éloge de l'Angleterre au temps de la Régence, quand les hommes étaient des *gentlemen* et les femmes des *ladies* dans le vrai sens du terme. La dame aux cheveux gris vêtue d'une robe jaune à frous-frous qui peinait à la contenir s'était présentée comme une prof d'anglais à la retraite vivant à Grey Eagle. Elle avait commis trois romans vaguement inspirés de Jane Austen et se déclarait effarée autant qu'attristée par « l'absence regrettable de sens moral » chez les jeunes d'aujourd'hui. Elle conclut son intervention en suggérant aux parents d'inculquer à leur progéniture les règles de savoir-vivre qui avaient guidé la société si raffinée de « la merveilleuse Albion » à l'aube du XIXe siècle.

Après quelques timides applaudissements, l'oratrice quitta la tribune et la réunion proprement dite put enfin démarrer. Tout en mettant la dernière main au buffet,

Hannah se demanda comment réagiraient les ados de Lake Eden si leurs parents leur imposaient de vivre dans un monde dépourvu de voitures, de jeux vidéo et surtout de contraception. Les cas de parricide augmenteraient considérablement et Bill ne saurait plus où donner de la tête.

Hannah lança le café puis disposa sur la grande table une série d'assiettes chargées de croquants au gingembre façon Régence. Les quelques ouvrages historiques qu'elle avait consultés ne proposaient presque aucune recette de cuisine et encore moins de recettes de cookies. Elle avait poussé le zèle jusqu'à feuilleter les romans à l'eau de rose que sa mère collectionnait mais en fait de desserts, on n'y trouvait que de vagues allusions aux « sorbets », « compotes de fruits » et autres « cakes aromatisés au carvi » que les pâles héroïnes servaient à l'heure du thé. Décidant qu'un compromis s'imposait, Hannah avait dressé la liste des ingrédients en usage à l'époque et qu'une pâtissière inventive aurait très bien pu assembler pour créer un biscuit du genre cookie. Les croquants au gingembre façon Régence n'avaient peut-être jamais existé mais ils auraient pu, et c'était l'essentiel.

La réunion se termina relativement vite. Hannah fut rassurée de constater que l'oratrice et sa robe jaune avaient disparu. Tant mieux. Cette femme semblait très renseignée sur les us et coutumes en Angleterre au XIXe siècle. Elle aurait pu flairer la supercherie et jeter l'opprobre sur ses malheureux cookies. Heureusement, les autres membres du club n'étaient pas aussi pointilleuses. Elles aimaient lire des romances, échanger leurs impressions mais ça n'allait pas plus loin. Ces causeries littéraires étaient surtout un prétexte pour sortir de chez soi, colporter les derniers ragots et manger des douceurs en agréable compagnie.

Hannah entendit le coup de marteau annonçant la fin des débats puis un unique et terrible crissement de chaises au moment où l'assemblée se leva pour se ruer vers le buffet. Elle se tenait prête. Il y avait du thé et du café, les deux en version « normale » ou « décaféinée », et ses beaux plats de service en argent débordaient de cookies. Tout en remplissant les tasses en porcelaine – à fleurs bleues pour les décas, roses pour les autres –, Hannah repensa au coup de fil que Bill lui avait passé avant qu'elle ne quitte sa boutique. Le SDF que Claire avait aperçu le matin du crime, un dénommé « Blaze », ne figurait plus parmi les suspects. Le révérend Warren Strandberg l'avait abordé dans la ruelle quelques minutes plus tard, et conduit au réfectoire de l'église pentecôtiste pour lui offrir un petit déjeuner. Donc, pendant que Ron se faisait assassiner, Blaze s'enfilait des pancakes et des œufs brouillés sous les yeux du pasteur, des bénévoles et des autres SDF présents ce matin-là.

« Ils sont tout bonnement sublimes, Hannah », roucoula Mme Diana Greerson en tenant sa tasse dans une main et dans l'autre un cookie qu'elle portait à sa bouche avec le petit doigt en l'air. Diana avait épousé le directeur de la banque régionale et, depuis lors, s'employait à asseoir sa réputation d'arriviste.

« Je suis vraiment ravie qu'ils vous plaisent, Diana. » Hannah désigna l'assiette la plus proche. « Prenez-en un autre.

– Oh, j'hésite. Vous savez, j'ai un appétit d'oiseau. »

L'image d'un vautour déchirant une carcasse s'afficha dans la tête de Hannah. Lors d'un précédent buffet, elle l'avait surprise à planquer une demi-douzaine de délices aux dattes dans son sac à main.

Hannah servait ces dames tout en surveillant sa mère. Elle avait appris très jeune – elle n'était pas encore à l'école maternelle – à lire sur le visage de Delores comme sur un baromètre. Un regard sombre promettait une tempête de reproches. Quand ses lèvres se retroussaient, c'était signe d'éclaircies avec passage de compliments. Si une ride se dessinait entre ses sourcils parfaitement épilés, Hannah savait qu'une pluie de questions insidieuses allait bientôt s'abattre sur elle. Même un air impassible avait une signification. Il présageait d'un brutal changement d'humeur ; Hannah devait alors se préparer à une tornade de critiques ou, tout au contraire, à un arc-en-ciel de louanges.

Hannah tendit une tasse de café normal à Sally Percy, la femme du boss d'Andrea, et se remit à épier sa mère qui faisait le pied de grue en bout de file. Ses muscles se décontractèrent pour la première fois de la journée. Delores discutait avec Carrie Rhodes et, rien qu'à voir leurs sourires entendus, on devinait de quoi. Norman avait sûrement annoncé qu'il viendrait accompagné à la réception des Woodley. C'était la bonne vieille histoire du « Je sais, tu sais et je sais que tu sais ».

Bien qu'occupée à servir et à échanger des politesses avec les lectrices du club, Hannah décela tout à coup une très légère contrariété sur les traits de sa mère. Delores et Carrie ne se disputaient pas, tant s'en fallait. Pourtant, au fur et à mesure que la file avançait, Hannah commençait à percevoir des bribes de phrases, telles que : Carrie : « Mais ça me ferait très plaisir… C'est tellement bien pour Norman. » Delores : « Non, elle n'acceptera jamais. » Carrie : « Je commanderai le bouquet de corsage. Quelle est sa fleur préférée ? » Delores : « Elle adore les tournesols mais c'est trop gros pour un corsage. Que dites-vous des orchidées ? »

Quand elles arrivèrent à sa hauteur, les deux femmes arboraient le même sourire innocent, celui du « chat qui vient de gober le canari », songea Hannah. Elle avait appris cette expression en cherchant des idées de recettes dans la bibliothèque de sa mère. Carrie choisit une tasse de thé décaféiné, Delores demanda un café bien corsé et se pencha vers sa fille.

« Nous sommes passées voir Claire tout à l'heure, et elle nous a dit que tu lui avais acheté une robe pour la réception des Woodley.

– C'est exact, maman. »

Hannah n'était pas autrement surprise que sa mère soit déjà au courant. Garder un secret dans une petite ville comme Lake Eden relevait de l'exploit.

« J'aurais aimé te l'offrir, ma chérie. Comme cadeau d'anniversaire anticipé, disons. »

Hannah n'en croyait pas ses oreilles. Sa mère n'était pas si généreuse, d'habitude.

« C'est très gentil à toi, maman, mais mon anniversaire tombe en juillet, c'est-à-dire dans huit mois.

– Alors, pour Noël. Je suis tellement heureuse que tu aies choisi une robe "à la pointe de l'élégance". Claire a dit qu'elle t'allait à ravir et chacun sait que Claire a un goût exquis. Je vais te la rembourser. J'insiste. »

Hannah réprima un sourire : quand elle participait à ces réunions, sa mère avait tendance à émailler ses phrases de tournures « Régence ». C'était agaçant mais, par ailleurs, elle n'avait pas l'intention de faire la fine bouche. Comme disait la sagesse populaire : « à cheval donné, on ne regarde pas les dents ». D'autant plus que Delores avait largement les moyens. Son propre père avait autrefois investi une bonne partie de sa fortune dans la jeune compagnie Minnesota Mining and Manufacturing et, au fil des ans, ses actions avaient fait la culbute un nombre incalculable de fois.

« Claire t'a dit combien je l'avais payée ?

– Je lui ai posé la question mais elle a répondu que c'était un secret entre vous deux. Donne-moi le prix, ma chérie, et je te fais un chèque. »

Le cheval donné s'éloigna vers le couchant. Hannah soupira en le regardant disparaître. Elle avait fait une promesse à Claire et elle la tiendrait quoi qu'il lui en coûte.

« Claire m'a accordé une remise mais j'ai juré de n'en parler à personne.

– Même pas à *moi*[1] ?

– Même pas à toi, maman. »

Hannah avait du mal à garder son sérieux. Quand sa mère s'essayait au français, elle ressemblait à miss Peggy du Muppet Show.

Carrie se pencha et lui glissa un mot à l'oreille. Delores retrouva le sourire.

« Excellente idée. Tu auras besoin d'un nouveau sac et de nouvelles chaussures, Hannah. Ce sera mon cadeau, d'accord ?

– J'ai déjà une pochette noire, maman. C'est toi qui me l'as offerte il y a deux ans. Et mes escarpins sont parfaitement... »

1. En français dans le texte.

Hannah s'interrompit. Réflexion faite, ils avaient besoin d'un ressemelage et elle n'avait pas d'autres chaussures habillées.

« Tu as tapé dans le mille, maman. Il m'en faut des neufs.

– Dans ce cas, je te les paie. Prends des chaussures italiennes, ma chérie. Les autres s'usent trop vite. Et n'oublie pas de faire au moins deux allers et retours dans la boutique pour t'assurer qu'elles ne te blessent pas. Je pourrais même t'accompagner au centre commercial et t'aider à choisir. »

Hannah grimaça discrètement. Elle n'était pas près d'oublier leur dernière séance de shopping. Delores avait tenu à lui acheter un manteau chic au lieu de la parka sur laquelle Hannah avait jeté son dévolu.

« Je me débrouillerai, maman. Je sais combien tu es occupée. Au fait, comment va ta dent ?

– Ma dent ? » répéta Delores, intriguée.

Hannah réussit à garder son sérieux. Sa mère croyait-elle que les ragots ne circulaient que dans un sens ?

« Ça va mieux, je te remercie. Norman est un dentiste hors pair. Je t'ai dit que l'autre jour, en sortant de son cabinet, j'avais vu Ron LaSalle partir au volant de sa camionnette ?

– Non, mais Norman m'en a touché un mot. Tu n'aurais pas discuté avec Ron, par hasard ?

– Il avait déjà démarré. En fait, je n'ai vu que l'arrière du véhicule. Je ne suis même pas sûre que c'était lui qui conduisait. » Sa mère semblait troublée, tout à coup. « Tu crois que je devrais en parler à Bill ?

– Certainement. Bill essaie de reconstituer les faits et gestes de Ron le matin de sa mort. Ton témoignage pourrait l'aider. »

Carrie eut un léger frisson.

« C'est effrayant de penser qu'un homme comme lui ait pu se faire tuer en plein jour dans la rue.

– Je suis bien d'accord. » Delores soupira. « Et à mon avis, Herb Beeseman devrait en tirer des leçons. Ce garçon passe son temps à coller des amendes aux honnêtes citoyens et il n'est jamais là quand on a vraiment besoin de lui. S'il avait laissé son carnet à souches au fond de sa poche, ce matin-là, le pauvre Ron serait peut-être encore de ce monde ! »

Hannah savait qu'il était inutile de répliquer mais c'était plus fort qu'elle.

« Herb a été embauché pour faire respecter le code de la route à Lake Eden, pas pour traquer les assassins potentiels.

– Elle a raison, Delores, intervint Carrie avant de se tourner vers Hannah. Ç'a dû être terrible pour vous, ma chère. Quand je pense que le meurtre a eu lieu derrière votre boutique !

– Il en faut plus pour la déstabiliser, s'immisça Delores. Elle a toujours eu une grande force de caractère. Elle tient de moi. N'est-ce pas, Hannah ? »

Hannah se mordit la langue. Une telle déclaration venant d'une femme qui s'était évanouie en découvrant un écureuil mort sur le pas de sa porte prêtait à sourire.

« Ne restons pas là, Delores, conseilla Carrie en donnant un petit coup de coude à son amie. Vous savez que ces vieilles dames détestent qu'on bloque la file. »

Hannah se retint de rire. À l'exception de Mme Priscilla Knudson, la grand-mère du pasteur luthérien, Carrie était la plus âgée du groupe.

Après avoir servi les dernières personnes, Hannah disposa d'autres cookies sur un plateau et fit le tour de la salle. Elle trouva un grand nombre d'amatrices. Décidément, ses croquants au gingembre façon Régence faisaient l'unanimité. Elle s'éloignait de Bertie Straub, la patronne du salon de coiffure Cut'n Curl, quand elle surprit une conversation entre Maryann Watson, la sœur du coach Watson, et Lucille Rahn, l'une des secrétaires de la société DelRay.

« Tu n'imagines pas, disait Maryann, mon frère se saigne aux quatre veines pour faire plaisir à Danielle. Il a payé son cadeau d'anniversaire une vraie fortune. »

Lucille grignota un petit bout de cookie.

« Vraiment ? Comment peut-il se le permettre ? Il n'a qu'un salaire de professeur, après tout.

– Il a économisé toute l'année. Elle fête ses trente ans, tu sais, et il cherchait un cadeau très spécial. Il m'a demandé de le retrouver au Mall of America mardi soir pour que je le conseille. Je te jure, on a dû faire toutes les bijouteries sans exception avant qu'il se décide. »

Hannah posa son plateau en bout de table et se rendit invisible. Pour cela, il lui suffisait d'avoir l'air occupée à redisposer les cookies. Ni Lucille ni Maryann ne remarquèrent sa présence ; en revanche, Hannah ne perdit pas un mot de leur échange.

« Qu'a-t-il acheté, finalement ? demanda Lucille, impatiente. Allez, tu peux me le dire, Maryann. »

Maryann se pencha comme si elle savourait d'avance la réaction de son amie. Pour elle, Hannah n'existait pas. Les serveuses, les garçons de café se retrouvent constamment dans ce genre de situation, qu'ils souhaitent ou non connaître les petits secrets de leurs clients.

« Une bague ornée d'un rubis tout bonnement splendide, mais surtout n'en parle à personne. Ça doit rester une surprise. »

Lucille leva les sourcils.

« Un rubis ? En effet, c'est sûrement très cher.

– Je confirme, dit Maryann avec un hochement de tête. Il a déboursé plus de mille dollars. Après, Boyd a voulu faire graver un truc à l'intérieur de l'anneau et ça non plus, c'est pas gratuit.

– Maintenant, je comprends pourquoi tu as raté la réunion à l'église luthérienne, mardi soir.

– En plus, il a fallu attendre jusqu'au lendemain matin pour récupérer la bague. Boyd m'a demandé de la garder chez moi, par précaution. Tu sais ce que j'ai pensé à ce moment-là ? »

Visiblement, Lucille ne voyait pas.

« Non, quoi ?

– Je me suis dit que Danielle devait avoir l'habitude de fouiller dans les affaires de Boyd.

– Ça ne m'étonnerait pas. Jill Haversham, tu sais, l'institutrice de Danielle en CE2 ? Eh bien, elle disait que toutes les filles Perkins adoraient fouiner.

– Je ne comprendrai jamais pourquoi Boyd l'a épousée. » Maryann soupira de découragement. « Il aurait pu avoir qui il voulait et ce n'est pas comme s'il avait été *obligé*, tu vois ce que je veux dire. Mais bon, les goûts et les couleurs…

– C'est la vie. Du coup, vous avez passé la nuit chez votre mère ?

– Oui, elle était bien contente de nous avoir. Le lendemain matin, Boyd est descendu acheter des beignets pour le petit déjeuner et il s'est ramené avec une boîte énorme. J'espère qu'elle les a finis. On n'est pas sûrs qu'elle s'alimente correctement maintenant qu'elle vit seule. »

Hannah esquissa un sourire. Elle doutait que manger des beignets au petit déjeuner soit une manière de s'alimenter correctement, mais elle était mal placée pour critiquer, elle qui servait des cookies à ses clients dès 8 heures du matin.

« C'est dur pour elle depuis que papa nous a quittés, poursuivit Maryann. Elle passe tout son temps à traîner dans la maison. En plus, le quartier se dépeuple rapidement, avec tous ces entrepôts qui poussent comme des champignons.

– Où ça se trouve ? demanda Lucille.

– À la sortie d'Anoka sur la 94e. Autrefois, c'était une petite banlieue bien tranquille mais depuis l'arrivée de l'autoroute, ça va de mal en pis. Boyd et moi, on serait d'avis qu'elle vende et qu'elle aille s'installer dans une de ces charmantes résidences pour personnes âgées. »

Lucille prit un air interloqué.

« Pourquoi pas chez l'un d'entre vous ?

– Chez moi, c'est impossible. Tu connais mon appartement. J'ai à peine la place de bouger. Boyd pourrait la prendre, mais je crois que Danielle ne serait pas d'accord. Il n'a jamais rien dit dans ce sens, bien sûr. Boyd est incapable de la moindre critique envers cette femme ! Il la traite comme une princesse, lui achète des fringues hors de prix et tout ce qui lui fait envie. Même leur maison, il l'a mise à son nom. D'ailleurs, cette baraque est une vraie pompe à fric.

– Comment cela ?

– Les traites, ma pauvre ! Et il y a toujours un truc à réparer. Boyd essaie de tout faire par lui-même, mais Dieu sait qu'il n'est ni plombier ni électricien. Je parie que Danielle n'apprécie même pas le mal qu'il se donne, mais ça n'a rien d'étonnant quand on connaît sa famille.

– Elle ne travaille pas, hein ? demanda Lucille.

– Bien sûr que non. Elle ne lèverait pas un doigt pour contribuer aux frais du ménage. Boyd dit qu'il ne veut pas mais, à mon avis, c'est pour cacher qu'elle est trop cossarde pour chercher du boulot. »

Hannah avait entendu assez d'horreurs sur Danielle. Elle reprit son plateau, afficha son sourire « Puis-je vous servir » et s'approcha de Maryann par-derrière.

« Encore quelques cookies, mesdames ? proposa-t-elle en lui tapotant l'épaule.

– Oh, coucou, Hannah, s'écria Maryann en se retournant. Ils sont trop bons. Quand je pense qu'on en mangeait déjà sous la Régence ! Je disais justement à Lucille combien je les trouvais exceptionnels. »

Lucille confirma en souriant.

« Tout le monde est ravi que tu sois revenue t'installer ici, Hannah. Et le club Regency Romance a tellement de chance de t'avoir. J'ignore ce que nous ferions si tu n'étais pas là pour préparer toutes ces bonnes choses.

– Merci. Je suis vraiment contente que mes cookies vous plaisent. »

Hannah attendit que Maryann et Lucille se resservent puis se dirigea vers une autre table. Le Mall of America n'ouvrait pas avant 11 heures et le coach Watson avait passé toute la matinée avec sa sœur chez leur mère. Encore un suspect à rayer de la liste, songea-t-elle. Et si la chance continuait à lui sourire, elle serait bientôt en mesure d'éliminer le videur de Twin Pines. Après quoi, ce serait retour à la case départ.

Hannah soupira et repartit vers le buffet pour prendre les carafes de thé et de café. Résoudre des crimes était loin d'être aussi facile que ce qu'on faisait croire dans les films.

CHAPITRE 12

Hannah s'arrêta sur le parking du centre commercial des Trois Comtés et se tourna vers Lisa, l'air contrarié.

« J'ai *horreur* de faire les boutiques.

– Ne t'inquiète pas, Hannah. Ça ira vite. Tu as juste besoin d'une paire de chaussures. Et c'est vraiment sympa de la part de ta mère.

– Tu crois ? » Hannah la regarda, étonnée. « Les cadeaux de ma mère ressemblent plus à des injonctions. Elle m'a fait promettre d'acheter des escarpins de marque italienne avec des talons de cinq centimètres grand maximum. »

Lisa haussa les épaules.

« Les chaussures italiennes sont de meilleure qualité que les autres et, de toute façon, tu ne mets jamais de talons.

– Attends, je ne t'ai pas tout dit. Elles doivent être tout cuir et le vendeur doit me garantir qu'elles ne déteindront pas si elles prennent la pluie. J'ai aussi promis d'arpenter la boutique en long et en large pour être sûre qu'elles ne me blessent pas.

– Ce n'est pas si terrible. Viens, Hannah. Le centre commercial ferme à 19 heures et il est déjà 18 h 30. »

Hannah descendit en ronchonnant. Il neigeait un peu et la température avait brusquement chuté au coucher du soleil. Elle détestait les centres commerciaux quelles que soient les circonstances. Là, en plus, c'était la mauvaise heure, elle avait galéré pour trouver une place libre et, maintenant, elle allait devoir se presser puisqu'il lui fallait impérativement une paire de chaussures pour le lendemain. Hannah ne se faisait guère d'illusions : courir les boutiques à la dernière minute ne donnait jamais rien de bon.

Lisa la guida à travers le parking détrempé et la fit entrer dans le centre commercial par l'arrière du magasin Sears. Elles longèrent les rayons quincaillerie, peinture, électroménager, suivirent la longue bande de moquette vert gazon indiquant la sortie et débouchèrent dans la galerie marchande, un espace gigantesque coiffé d'un dôme.

Aussitôt, Hannah repéra un grand traîneau en plastique rouge tiré par huit rennes, en plastique également, figés en plein élan. Elle cligna les yeux et se tourna vers Lisa.

« Ce n'est pas encore Halloween et ils ont déjà mis les décorations de Noël !

– Ils les installent dès la mi-septembre, peu après le Labor Day. Certaines personnes préfèrent acheter leurs cadeaux de Noël à l'avance et, si la galerie est bien décorée, ils sont enclins à dépenser plus.

– Ton père a vu tout ça ?

– Je l'emmène ici tous les dimanches. Dans le hall du Dayton, ils ont reconstitué l'atelier du Père Noël avec des automates. Ça le fascine littéralement. Chaque fois, il m'explique comment les elfes fabriquent les jouets des enfants.

– C'est le bon côté d'Alzheimer. On fait des tas de découvertes tous les jours, du coup on ne s'ennuie jamais », lança Hannah sans réfléchir. Pour tenter de se faire pardonner, elle grimaça un sourire. « Désolée, Lisa. Je devrais m'abstenir de plaisanter sur un tel sujet.

– Tu as raison de plaisanter, Hannah. Moi aussi ça m'arrive. Mieux vaut rire que pleurer. Et franchement, ça pourrait être pire. Papa ne souffre pas, il a oublié tous ses problèmes et, la plupart du temps, je le trouve plutôt joyeux.

– Par où doit-on commencer ? demanda Hannah pour passer à autre chose.

– Allons chez Bianco. Ils viennent d'ouvrir. Rhonda Scharf y est passée l'autre jour et elle a dit à Gail Hanson qu'ils avaient plus de choix qu'ailleurs. »

Hannah suivit Lisa à travers la foule en s'étonnant de n'apercevoir aucun visage familier. Mais après tout, quoi de plus normal ? Le centre commercial des Trois Comtés était à trente-cinq kilomètres d'Eden Lake et il n'y en avait pas d'autres à soixante kilomètres à la ronde. Elle croisa plusieurs garçons portant des vestes aux couleurs de l'équipe de hockey de Little Falls et, devant le vidéoclub, un groupe de filles avec le logo du lycée de Long Prairie imprimé sur leurs sweat-shirts.

Lisa s'engouffra dans une boutique vivement éclairée dont la vitrine s'ornait d'un immense drapeau italien. À l'intérieur, les chaussures s'alignaient sur plusieurs rangées le long des murs, et tous les deux mètres, venant briser la monotonie, une paire était mise à l'honneur sur un présentoir placé en évidence. Hannah repéra presque immédiatement des escarpins noirs correspondant aux critères recherchés : petits talons, tout cuir, allure confortable.

« Je crois que je vais prendre celles-ci, annonça Hannah en partant vers le fond du magasin. Elles m'ont l'air parfaites.

– Elles sont trop ordinaires, Hannah. Il te faut des chaussures plus fines pour aller avec ta robe élégante.

– Tu ne les trouves pas fines ? » s'obstina-t-elle.

Ces escarpins-là iraient avec tout et elle se fichait qu'ils soient « ordinaires ».

« Essaie plutôt ceux-ci. » Lisa prit une paire sur le présentoir le plus proche et la lui tendit. « Ils seront nettement mieux. Tu peux me croire. »

« Tu peux me croire », lui avait dit sa mère le jour où elle l'avait obligée à s'acheter une jupe en velours totalement ridicule pour Noël. Hannah examina les chaussures d'un air méfiant. Elles lui convenaient mais la fine lanière qui s'attachait autour de la cheville risquait de trop attirer l'attention sur ses jambes.

« Essaie-les, Hannah. Ça n'engage à rien.

– D'accord. »

Décidément, faire les boutiques avec Lisa ou avec sa mère revenait au même.

« Je chausse du 41,5. Étroit.

– Je vais chercher un vendeur. »

Lisa s'éloigna rapidement et revint au bout de quelques instants avec un homme brun moustachu, vêtu d'un pantalon blanc et d'une chemise à rayures. L'idée que Hannah se faisait du gondolier vénitien.

« C'est Tony, l'informa Lisa. Il va t'aider. »

En un temps record, Tony lui mesura les pieds, s'éclipsa pour aller chercher la bonne pointure et réapparut avec la boîte sous le bras. Hannah enfila les escarpins, se leva prudemment, fit quelques pas et se mit à sourire. Lisa avait raison. Ces chaussures iraient parfaitement avec sa robe de cocktail noire.

« Je les prends.

– Pas si vite, dit Lisa. Il faut d'abord que tu marches de long en large. Tu as promis. »

Hannah soupira et s'exécuta. En arrivant près de la caisse, elle lut sur un écriteau : « Une deuxième paire pour cinq dollars de plus ». Toute contente, elle rejoignit Tony en toute hâte pour obtenir confirmation.

« Cinq dollars seulement ? lui demanda-t-elle.

– Exact. C'est une promo exceptionnelle pour fêter l'inauguration du magasin. Une deuxième paire vous intéresserait ? »

Hannah secoua la tête et désigna Lisa, assise un peu plus loin.

« Non, c'est pour elle mais c'est moi qui paie. Je crois qu'elle aimerait… »

Hannah chercha autour d'elle. Quand elles étaient entrées, Lisa avait marqué un temps d'arrêt devant des sandales dorées perchées sur des talons de dix centimètres puis s'était détournée comme à regret. Elle repéra la paire en question et la montra au vendeur.

« Elle veut essayer celles-ci.

– Ne gâche pas ton argent, objecta Lisa en s'approchant. Elles sont belles mais je n'aurai jamais l'occasion de les mettre.

– Et alors ? Chaque femme a besoin d'une paire de pompes complètement délirantes, même si elles restent au fond du placard.

– Mais, Hannah…

– N'oublie pas, je suis ta patronne, l'interrompit Hannah. Et je t'ordonne d'essayer ces chaussures. »

Lisa éclata de rire.

« Tu as gagné. Est-ce que vous les avez en 37, Tony ? »

Le casino de Twin Pines n'était qu'à quinze kilomètres du centre commercial. Il ne neigeait pas très fort quand Hannah s'arrêta sur la place de parking qui venait de se libérer, près de l'entrée principale. Pourtant, elle ne put s'empêcher d'imaginer ce qui se passerait si elle restait coincée toute la nuit dans ce casino. Elle avait bien fait de ne pas prendre ses cartes de crédit.

« C'est drôlement grand. Et plutôt joli », dit Lisa en observant les néons qui clignotaient au-dessus de l'entrée. Elle avait le regard émerveillé d'une petite fille dans un magasin de jouets. « Je suis bien contente que tu m'aies demandé de t'accompagner. Je n'ai jamais mis les pieds dans un casino. »

Un videur montait la garde derrière la porte vitrée. Hannah retint son souffle. Lisa avait-elle l'âge requis ? Puis elle vit un panonceau marqué : « POUR JOUER VOUS DEVEZ AVOIR AU MOINS 18 ANS ». Rassurée, elle se remit à examiner le malabar qui surveillait l'entrée. Son visage ne portait aucune trace de coups. Ni hématomes, ni coupures, ni œil poché. Ce n'était donc pas l'homme avec lequel Ron s'était battu l'autre soir. Hannah décida d'attendre la fin du repas pour partir à sa recherche.

« Quel joli restaurant ! »

Lisa souriait aux anges en suivant la serveuse qui les guidait vers leur box. Elles se glissèrent sur les banquettes aussi ouvertement rustiques que le reste de la salle.

« Regarde ces couvertures indiennes sur les murs. Elles sont superbes.

– Oui, en effet. »

Hannah jeta un bref coup d'œil aux tissus multicolores. Certes, ils donnaient une note d'intimité et de chaleur à ce gigantesque espace lambrissé de bois, mais leurs motifs ne rappelaient que très vaguement les couvertures authentiques qu'elle avait vues lors d'une expo sur l'artisanat sioux. Mais les gens qui venaient ici pour jouer se fichaient bien de ce genre de détails, supposa-t-elle.

« Tu crois qu'on devrait suivre le conseil de Herb et prendre les travers de porc ? » dit Lisa en levant les yeux du menu qu'elle tenait en main.

Il était imprimé sur des feuilles en plastique imitant l'écorce de bouleau avec un dessin de tipi imprimé au recto.

« Pourquoi pas ? Si Herb te les a recommandés c'est qu'ils doivent être bons. Quand on était au lycée, il avait toujours le chic pour deviner quel était le meilleur plat du self. »

Les travers se révélèrent aussi tendres et juteux qu'elles l'avaient espéré. Hannah trouva que la sauce d'accompagnement avait le goût des tomates mûries sur pied et grillées sur des sarments de vigne. Elles mangèrent de bon appétit en s'essuyant régulièrement les doigts sur les serviettes humides que la serveuse leur avait fournies. Hannah réfléchissait tout en se régalant. Elle se demandait comment elle allait s'y prendre pour identifier le videur. Elle se voyait mal débarquer dans le bureau du patron et lui poser la question de but en blanc. L'homme refuserait de parler par crainte d'éventuelles poursuites judiciaires. Non, elle allait devoir inventer une histoire gentillette de manière à lui soutirer sans douleur le nom de l'employé qu'elle cherchait. Elle s'essuya les mains une dernière fois et attaqua le dessert, un délicieux clafoutis à la canneberge qu'elles partagèrent. À la fin du repas, son plan d'action était prêt. Elle régla l'addition, abandonna Lisa devant une machine à sous en lui remettant la mitraille récupérée dans la caisse du Cookie Jar, et partit en quête du directeur.

Après avoir abordé plusieurs personnes, elle finit par trouver un vigile qui accepta de l'escorter. Parvenu devant la porte menant aux bureaux, l'homme, qui n'avait toujours pas décroché un mot, se posta devant un panneau de sécurité et, faisant écran de son corps, tapa un code sur un pavé de touches. La porte s'ouvrit sur un corridor.

Il lui fit signe d'entrer et s'effaça sans répondre au sourire qu'elle lui adressa en passant devant lui. De toute évidence, le casino exigeait de ses vigiles la plus totale impassibilité.

Quand ils furent arrivés à destination, l'homme frappa deux coups et ouvrit.

« Une certaine Mlle Swensen souhaite vous voir. Elle dit que c'est personnel. »

Hannah entendit une voix lui demander d'entrer. Elle s'exécuta. La pièce était vaste et somptueusement décorée, avec trois murs couleur ivoire et le quatrième d'un magnifique rouge chinois. Un canapé et deux fauteuils en soie grège entouraient une table basse en laque noire incrustée de dragons dorés. Pas le moindre objet d'artisanat amérindien, s'étonna-t-elle.

Un vieux monsieur aux cheveux gris impeccablement coiffés trônait derrière un bureau laqué noir. Il se leva pour l'accueillir.

« Melle Swensen ? Je suis Paul Littletree, le directeur de ce casino. Asseyez-vous, je vous prie.

– Merci. »

Hannah prit le siège posé devant le bureau, une jolie bergère tapissée de soie rouge.

« Vous pouvez nous laisser, Dennis. »

D'un geste, Paul Littletree congédia le vigile.

Hannah attendit que la porte se referme pour démarrer le discours qu'elle avait préparé.

« Je suis vraiment très embarrassée, monsieur Littletree. Voilà, je crois que mon frère s'est mal comporté la dernière fois qu'il est venu dans votre casino. Mes parents m'ont chargée de vous présenter leurs excuses et de vous proposer un dédommagement.

– C'était quand ?

– Mardi soir. En rentrant à la maison, il a dit à ma mère qu'il s'était battu avec l'un de vos videurs. » Hannah baissa les yeux et prit un air confus. « Nous pensons que c'est à cause de sa nouvelle copine. Elle appartient à un mouvement qui milite contre les jeux d'argent et elle a réussi à le convaincre de distribuer ses brochures dans votre établissement. Mon frère n'est pas blessé, il a juste des bleus, mais mes parents voudraient savoir comment va votre employé.

– C'est sûrement Alfred Redbird. J'ai remarqué qu'il avait des hématomes sur le visage et un œil au beurre noir.

– Je suis vraiment navrée, gémit Hannah. Bien sûr, nous sommes prêts à lui rembourser ses frais médicaux et à l'indemniser en cas d'arrêt de travail.

– C'est très généreux, mais Alfred n'a eu besoin que de quelques pansements.

– Je suis ravie de l'apprendre. Ma mère se faisait un sang d'encre. Est-ce que M. Redbird a pu terminer son service, mardi soir ?

– Non, gloussa Paul Littletree, mais pas à cause de votre frère. Sa femme l'a appelé à minuit et Alfred a dû rentrer pour l'emmener à l'hôpital. Leur bébé est né à 8 heures le lendemain matin. C'est leur premier. »

Hannah sourit malgré sa déception. Plus ça allait, moins ce videur lui semblait mériter son statut de suspect.

« J'aimerais toutefois m'excuser auprès de lui. Est-ce qu'il travaille ce soir ?

– Non, je lui ai donné sa semaine. Il sera de retour lundi, le temps qu'il apprenne les bases du métier de père. Ne vous inquiétez pas, mademoiselle Swensen. Votre frère n'a pas causé beaucoup de dommages, mais je crains de devoir lui interdire l'entrée de mon casino pendant un petit bout de temps.

– Je vous approuve entièrement. Votre établissement est superbe, monsieur Littletree. Et mon amie et moi avons goûté vos travers de porc. Succulents.

– Ravi qu'ils vous aient plu. Profitez bien de votre soirée chez nous. »

Paul Littletree se leva. Hannah comprit que l'entretien était terminé.

« Dites à vos parents que nous apprécions leur geste. Et revenez nous voir bientôt. »

Quand Hannah émergea dans le couloir, le vigile l'attendait. Il la raccompagna jusqu'aux salles de jeux sans se départir de son air impénétrable. Elle avait presque envie de l'insulter pour voir s'il réagissait. Si ce type décidait d'aller vivre en Angleterre, songea-t-elle, il n'aurait aucun mal à se faire embaucher comme garde à Buckingham Palace.

Elle retrouva Lisa là où elle l'avait laissée, devant une machine à sous. Des pièces de monnaie s'entassaient au fond du réceptacle.

« Tu gagnes, Lisa ? s'étonna-t-elle.

– Pas vraiment, je crois qu'il me reste deux dollars à jouer. »

Lisa vérifia.

« Tu devrais essayer. C'est très rigolo.

– D'accord, mais juste cinq minutes. Je n'aimerais pas rentrer trop tard. Je vais aller faire un peu de monnaie.

– Prends les pièces que j'ai gagnées. » Lisa en prit une poignée et les lui donna. « Peut-être qu'elles te porteront chance. »

La machine d'à côté était libre. Hannah s'y installa. Son dernier suspect venait d'être innocenté. Si le videur se trouvait effectivement au chevet de sa femme, ce matin-là, il ne pouvait pas être l'assassin de Ron. Hannah baissa le levier et dit adieu à sa première pièce. Que trouvait-on de fascinant à ce jeu ? se demanda-t-elle. Ces engins n'étaient pas interactifs, contrairement à ce que semblait croire l'homme qui se tenait dans son champ de vision. Il tirait le levier de la main droite et, de la gauche, tapotait le flanc de sa machine comme pour l'encourager.

Ce type doit être superstitieux, se dit Hannah. Mais bientôt, elle s'aperçut que tous les joueurs autour d'elle se comportaient bizarrement. On aurait dit que chacun avait son rituel. La dame en robe rouge murmurait des mots doux aux rouleaux qui tournoyaient. Le vieux monsieur en polo bloquait le levier en position basse, attendait que les rouleaux s'immobilisent et relâchait. La jeune femme brune au pull rose mettait la main dans le réceptacle vide comme pour attirer les pièces et ensuite les recueillir dans sa paume au moment où elles tomberaient. Avec un sourire amusé, Hannah se replaça face à sa machine. Ces gens ne semblaient pas comprendre qu'ils avaient affaire à un système automatisé et qu'ils auraient beau faire des pieds et des mains, le résultat serait le même.

Mue par le désir impérieux de rentrer au plus vite retrouver Moshe et son lit douillet, Hannah comprit qu'on pouvait mettre cinq pièces d'affilée dans la fente. C'était une bonne chose. Comme cela, elle se débarrasserait de sa monnaie cinq fois plus vite. Hannah se concentra, glissa ses pièces, abaissa le levier et attendit de pouvoir recommencer.

« C'est drôle, tu ne trouves pas, Hannah ? » lui lança Lisa.

Hannah lui répondit d'un sourire. Drôle ? Pas vraiment. Peut-être qu'à la longue cette activité pouvait renforcer les muscles du bras droit, mais à part cela, elle n'y trouvait pas grand intérêt.

Hannah glissa ses cinq derniers nickels en songeant que son calvaire allait bientôt prendre fin. Elle abaissa le levier, se tourna vers Lisa pour lui donner le signal du départ et, au même instant, entendit hurler une sirène. Des lumières rouges se mirent à clignoter et des pièces à se déverser en pluie dans le réceptacle.

« Jackpot ! » Lisa bondit de son siège et se précipita pour ne rien perdre du spectacle. « Tu en as mis combien ? »

Hannah fixait, éberluée, la bruyante avalanche de métal.

« Le plus possible. Je voulais juste m'en débarrasser et rentrer à la maison.

– Tu as gagné, Hannah ! » Lisa resta bouche bée quand elle lut les chiffres qui clignotaient. « Mille neuf cent quarante-deux dollars ! »

Hannah regarda la somme, baissa les yeux sur les rouleaux et vit qu'ils étaient tous alignés sur la même icône. Pas étonnant que les machines à sous aient un tel succès. En fait, ce jeu était beaucoup plus drôle qu'elle n'avait imaginé.

CHAPITRE 13

« Salut, Moshe. Que dirais-tu d'un petit casse-croûte ? » Hannah laissa tomber son sac sur le canapé puis souleva Moshe, le porta dans la cuisine, jeta sa parka sur une chaise, déposa le chat près de sa gamelle et lui servit une généreuse portion de Whiskas. Puis, se rappelant qu'elle venait de remporter le jackpot, elle ouvrit une boîte de thon albacore. Moshe tenait plus de place dans son cœur que tous les autres mâles qu'elle avait pu connaître au cours de son existence. Il devait profiter de sa bonne fortune.

Elle avait déjà offert deux cents dollars à Lisa contre la promesse de s'acheter une jolie robe assortie à ses nouvelles chaussures. Lisa s'était d'abord récriée mais Hannah lui avait fait admettre que, sans son insistance, jamais elle n'aurait eu l'idée de jouer.

Sur le chemin du retour, elle avait effectué un rapide calcul et découvert qu'en soustrayant les sommes dépensées pour l'enquête, à savoir les produits de maquillage, la robe de cocktail et le repas au casino de Twin Pines, il lui restait encore un bon paquet de dollars.

Elle laissa Moshe ronronner de plaisir devant son festin et fit trois pas vers le téléphone. Elle devait annoncer à Bill que le videur ne figurait plus sur la liste des suspects. Comme Bill n'était pas à son poste, elle laissa un message puis appela Andrea qui promit de mettre un mot sur la console de l'entrée pour qu'il le voie en rentrant. Ayant accompli son devoir, Hannah raccrocha et alla dans sa chambre enfiler le confortable jogging qu'elle s'était acheté l'hiver précédent quand la chaudière était tombée en panne.

Dix minutes plus tard, elle occupait sa place préférée sur le canapé, un verre à la main, Moshe sur les genoux. Il était toujours en demande d'affection quand elle rentrait d'une longue absence et ce soir-là ne faisait pas exception à la règle. Elle lui grattouilla le menton jusqu'à ce qu'il ronronne d'extase puis entonna la petite comptine débile qu'elle avait inventée pour lui. Elle chantait faux mais, à voir son air comblé, Moshe n'en avait cure. Il valait mieux qu'elle vive seule, tout compte fait. Si un homme l'avait entendue bêtifier ainsi, il l'aurait prise pour une folle.

Hannah alluma la télé et se mit à zapper sans rien trouver d'intéressant. Elle finit tout de même par s'arrêter sur un reportage consacré à la médecine légale en se disant qu'elle apprendrait peut-être quelque chose. Malheureusement, l'expert invité parlait surtout des dernières avancées en matière de relevés d'empreintes digitales. Hannah l'écouta vanter les mérites de la Super Glue qui fonctionnait même sous des températures négatives et, au bout de cinq minutes, gagnée par l'ennui, passa sur la chaîne dédiée aux classiques du cinéma. *Klute* était au programme ce soir-là. Elle l'avait déjà vu mais resta dessus, par paresse essentiellement.

Son esprit partit à la dérive et atterrit comme par hasard sur l'enquête et ses impasses. C'était déprimant, quand même ! Pourtant, tout avait si bien commencé. Le rouge à lèvres sur le gobelet l'avait conduite jusqu'à Danielle, laquelle lui avait avoué sa présence auprès de Ron peu de temps avant sa mort. Quatre pistes s'étaient ouvertes suite à ses révélations, mais aucune n'avait abouti. Au moment du meurtre, le mari jaloux était dans une autre ville en compagnie de sa sœur et de sa mère, Norman soignait Delores et le SDF que Claire avait vu dans la ruelle se restaurait dans le réfectoire du révérend Warren Strandberg. Quant au videur qui s'était battu avec Ron, dès que Bill aurait vérifié auprès de la maternité, il serait définitivement mis hors de cause. Hannah était à court de suspects et ignorait où en trouver d'autres.

Elle ouvrit le calepin qu'elle gardait toujours à portée de main, près du canapé, inscrivit les quatre noms – Boyd Watson, Norman, Blaze, Alfred Redbird –, puis les ratura en soupirant. Deux secondes plus tard, elle ajoutait celui de Danielle. Non pas qu'elle la crût coupable, mais après tout pourquoi ne pas vérifier son alibi pendant qu'elle y était ?

Hannah chercha son numéro. Elle risquait de tomber sur le coach Watson. Dans ce cas, elle raccrocherait aussitôt.

Danielle répondit à la deuxième sonnerie.

« Bonsoir, Danielle, dit Hannah, soulagée. C'est Hannah Swensen. On peut parler ?

– Juste une minute. »

Hannah l'entendit crier quelque chose à Boyd au sujet d'une commande qu'elle devait passer.

« Oui, Hannah, reprit-elle. Il m'en faudra cinq douzaines. Mon cours d'arts plastiques organise une petite fête pour Halloween. Je pensais à des cookies avec un glaçage orange.

– Pas de problème, répondit Hannah du tac au tac. Je vais vous poser des questions et vous répondrez par oui ou par non. Ça vous convient ?

– Oui.

– Parfait. Après que Ron vous a déposée, mercredi matin, avez-vous passé un coup de fil ou reçu une visite ?

– Oui. J'aimerais bien les goûter, Hannah, mais mercredi matin, je ne serai pas libre à cette heure-ci. Le livreur Sparklettes passe entre huit et neuf et je dois être là pour lui ouvrir.

– Trouvez un moyen de me dire à quelle heure ce livreur est passé mercredi dernier.

– Moi non plus, je n'aime pas me faire livrer le matin. Mercredi dernier, il a débarqué à 8 heures et j'étais à peine réveillée.

– Merci, Danielle. »

Hannah raccrocha et inscrivit l'info sur son calepin. Elle devrait vérifier qu'on avait bien livré de l'eau chez les Watson à l'heure dite et, quand ce serait fait, le nom de Danielle disparaîtrait de sa liste comme les autres.

Encore une impasse. Hannah essaya de se raccrocher à une pensée positive. On disait que les pensées positives vous procuraient des rêves agréables. Et elle n'avait pas envie de refaire les cauchemars de la nuit précédente. Tout bien pesé, il fallait au moins reconnaître que depuis deux jours ses rapports avec Andrea ne cessaient de s'améliorer. Avec le temps, peut-être, les ressentiments finiraient par s'effacer et elles deviendraient amies.

Cela dit, Andrea avait quelques raisons de lui en vouloir. Durant toute sa scolarité, elle avait dû supporter qu'on la compare à sa sœur aînée, une élève si brillante, si douée. Au lieu de se lancer dans une compétition qu'elle savait perdue d'avance, Andrea avait mis l'accent sur les activités parascolaires. Avec une certaine réussite, d'ailleurs. Hannah se souvenait des pièces de théâtre, des spectacles de chant dans lesquels Andrea s'était produite. Elle avait même tenu le journal et l'annuaire du lycée. Par ailleurs, Andrea avait toujours eu du succès auprès de la gent masculine. Entre la seconde et la terminale, elle avait passé toutes les soirées de vendredi et samedi ailleurs qu'à la maison.

Hannah soupira. Elle aurait eu du mal à en dire autant. En trois ans de lycée, elle n'était sortie que deux fois avec un garçon, et encore, « sortir » était un grand mot. Le premier était venu chez elle pour qu'elle l'aide à passer l'épreuve de chimie. Après quelques remarques un peu lourdes de la part de Delores, il avait consenti à l'emmener manger une pizza pour la remercier. Le deuxième, un certain Cliff Schuman, l'avait invitée au bal de promo mais elle avait découvert par la suite qu'il ne l'avait fait que dans l'espoir qu'elle le pistonne pour un job d'été dans la boutique de son père.

À l'université, l'ambiance avait été différente. Les étudiants ne vous traitaient pas en paria parce que vous lisiez des ouvrages classiques ou que vous connaissiez Wittgenstein et Sartre. À l'université, on pouvait résoudre des équations de tête ou citer le numéro atomique de l'einsteinium sans qu'on vous regarde de travers. Bien sûr, là-bas aussi, il y avait des filles ravissantes qui se prenaient pour des stars de cinéma et monopolisaient l'attention des garçons, mais la plupart interrompaient leurs études avant la fin du semestre, les unes parce qu'elles se faisaient virer, les autres parce qu'elles avaient réussi à décrocher un mari.

En deuxième année, Hannah avait fini par fréquenter un garçon. Il étudiait l'histoire, elle le trouvait trop grand et trop maigre mais ils étaient restés plusieurs mois ensemble. Ensuite, elle avait rencontré un étudiant en art, un pur et dur. Elle commençait à se dire qu'il y avait quelque chose de sérieux entre eux quand il lui avait annoncé qu'il était chaste. Après quoi, elle était sortie avec un thésard qui lui avait demandé de taper son mémoire. Le vrai amour, ou peut-être le vrai désir, ne s'était présenté à elle qu'au début de sa deuxième année de troisième cycle, sous les traits de Bradford Ramsay, maître-assistant à la fac de lettres. Et cette fois, Hannah avait vraiment cru que c'était le bon.

Il enseignait la poésie et, dès le premier cours, elle était tombée sous le charme, non pas de sa voix quand il déclamait du Byron et du Keats, mais de ses beaux yeux bleu outremer, des yeux qui vous pénétraient jusqu'au tréfonds de l'âme.

L'administration n'appréciait pas que les professeurs voient des étudiants après les cours, surtout en tête à tête. Mais pour lui déclarer sa flamme, Brad avait contourné l'obstacle en convoquant Hannah dans son bureau. Peu après, elle courait le retrouver chez lui. Elle se voyait encore traversant le hall de son immeuble à 11 heures du soir, la capuche de sa parka rabattue de manière à cacher son visage. Elle n'était pas près d'oublier cette nuit-là, ni celles d'après. Grâce à Brad, elle avait enfin découvert que le sexe était une activité très agréable. Leur dernier rendez-vous galant resterait à jamais gravé dans sa mémoire. La fiancée du beau professeur avait débarqué à l'improviste, il avait paniqué et, malgré le froid mordant, Hannah avait dû s'enfuir par l'échelle d'incendie.

Hannah avait rompu sur-le-champ en se disant pour se consoler que toute expérience était bonne à prendre. Ce qui ne l'avait pas empêchée de souffrir comme une bête. Surtout qu'elle continuait à croiser son ex sur le campus avec un troupeau de jeunes filles impressionnables collées à ses basques. Elle avait presque été soulagée lorsque Andrea l'avait appelée au secours, la suppliant de rentrer au pays pour régler la succession de leur père. Hannah avait renoncé à sa carrière universitaire mais pas aux hommes. Elle s'accordait juste un peu de répit, le temps que se présente celui qui mériterait son amour et sa confiance. Et elle n'était pas seule, elle avait sa famille, son travail, son fidèle compagnon Moshe. Certes, il y avait des soirs où son lit lui semblait vide et froid, où elle aurait aimé serrer contre elle un individu de sa propre espèce, mais bon, pour l'instant, elle s'en sortait plutôt bien.

Le téléphone sonna. Hannah tendit le bras pour décrocher.

« Bonsoir, Bill. C'est pas trop tôt.

– Comment savais-tu que c'était moi ?

– Qui d'autre ? Maman ne m'appelle jamais le soir tard, et voilà une heure, Andrea m'a dit qu'elle allait se coucher. Des nouvelles ?

– Rien. » Bill semblait déprimé. « Ron n'avait pas d'ennemis, il ne devait d'argent à personne et les dépôts qu'il faisait à la banque sont tous justifiables. Bref, je sèche complètement. »

Hannah se dépêcha de compatir.

« Moi, c'est pareil. J'ai parlé au directeur du casino et, à mon avis, le videur, un certain Alfred Redbird, est innocent. Je te conseille de te mettre en rapport avec l'hôpital où sa femme a accouché mercredi dernier. Il était soi-disant à son chevet quand Ron s'est fait tuer.

– OK, fit Bill d'une voix lasse. Je suis à cours de pistes, Hannah. Au moins, si on avait un mobile… mais on n'en a pas. »

Le regard de Hannah dériva vers l'écran de télévision où le film *Klute* passait toujours. Une idée lui traversa l'esprit.

« Imagine que Ron ait vu quelque chose ce matin-là, une chose susceptible de nuire à son assassin d'une manière ou d'une autre. Ce serait un mobile, non ?

– On l'aurait descendu pour l'empêcher de parler ? »

Bill s'interrompit. À la durée de son silence, Hannah comprit qu'il réfléchissait intensément.

« Tu as peut-être raison. Mais comment savoir ce qu'il a vu ?

– Je vais insister auprès de mon informatrice, la femme au rouge à lèvres rose. Elle me dira peut-être si un événement insolite a eu lieu ce matin-là.

– OK. »

Il y eut encore un long blanc puis un soupir.

« Si c'est le cas, conseille-lui de rester prudente. Le tueur pourrait très bien s'en prendre à elle.

– Ne t'inquiète pas. Elle n'en a parlé qu'à moi et elle est certaine que personne ne l'a vue avec Ron. Si le tueur avait voulu se débarrasser d'elle, il l'aurait déjà fait.

– C'est possible, oui. »

Bill ne semblait pas convaincu. Hannah se rembrunit ; faisait-elle preuve d'un excès d'optimisme ? Elle espérait que non, pour le bien de Danielle.

« Merci, Hannah, tu m'aides énormément. Au fait, tu savais que ta mère avait vu la camionnette de Ron devant chez Norman alors qu'elle se rendait à son rendez-vous dentaire ?

– Norman m'en a parlé. Il paraît que Ron n'est resté qu'une vingtaine de minutes dans son cabinet. Il lui a injecté de la xylocaïne pour calmer la douleur et lui a demandé de repasser plus tard pour les soins proprement dits. Je reviendrai vers toi dès que j'aurai parlé à mon informatrice. Elle sera à la réception des Woodley, j'en suis sûre. Et si tu veux interroger Norman, il y sera lui aussi.

– Andrea m'a dit que tu t'y rendais avec lui. C'est sérieux ?

– Sérieux ? Avec Norman ?

– Je dis ça pour te taquiner. On se voit là-bas, d'accord ? On aura peut-être du nouveau d'ici là. »

Hannah raccrocha, coupa la télévision, attrapa Moshe, le porta dans la chambre et le posa sur l'oreiller qu'il avait fait sien dès sa première nuit chez elle. Puis elle retourna chercher son verre, éteignit les lumières et s'installa dans le vieux fauteuil devant la fenêtre. La neige qui tombait toujours formait des halos lumineux autour des réverbères Art déco ponctuant les allées en brique qui séparaient chaque immeuble de son voisin. C'était une scène hivernale comme on en voyait sur les cartes de Noël. Son professeur d'arts plastiques à l'université disait que les habitants des pays chauds fantasmaient sur les étendues de neige vierge parsemées de petites chaumières aux fenêtres éclairées. Dans l'État du Minnesota, au contraire, les gens qui accrochaient des paysages dans leur salon avaient tendance à éviter ce genre de scènes. C'était compréhensible. Dans le nord des États-Unis, l'hiver durait des mois. Pourquoi les gens décoreraient-ils leur foyer avec des tableaux évoquant leur pénible quotidien ? Le froid mordant, les tonnes de neige qu'on déblaie à coups de pelle, les couches de vêtements dont on doit s'affubler rien que pour sortir la poubelle.

Hannah avait fini son vin. Elle allait se lever pour se glisser sous les couvertures quand un détail la fit sourciller. Une voiture était garée sur le parking visiteurs, moteur allumé, d'où les fumerolles blanches qui s'effilochaient sur le ciel de nuit. Deuxième anomalie : il, ou elle, avait éteint ses phares. Ou alors c'était un couple qui prenait son temps pour se souhaiter bonne nuit. Mais non, elle ne voyait qu'une seule personne dans l'habitacle, une silhouette massive assise au volant, un homme assurément. Quelque chose miroita devant le visage de l'individu. Comme un reflet, ou plutôt un double reflet. Des jumelles ? Des lunettes ? De loin c'était impossible à déterminer, mais le fait qu'il n'y ait personne avec lui la rendait nerveuse.

Hannah fixait le véhicule pour tenter de le mémoriser. Il s'agissait d'un modèle compact de couleur sombre, mais, à cette distance, impossible d'identifier la marque. Le toit semblait plus clair que le reste de la carrosserie, sans doute parce qu'il était couvert de neige, ce qui signifiait que l'homme était garé là depuis un bout de temps. Peut-être surveillait-il son immeuble.

Ce dernier se composait de quatre appartements répartis sur deux niveaux. Hannah vivait au premier étage. Phil et Sue Plotnik occupaient le logement du dessous avec leur enfant. Phil était rentré puisqu'elle avait vu sa voiture dans le garage souterrain en arrivant tout à l'heure. Et en montant l'escalier, elle avait entendu leur bébé gazouiller. Qui aurait eu l'idée saugrenue de surveiller ce jeune couple sans histoires ? Pareil pour ses autres voisins. En face de chez les Plotnik, il y avait Mme Canfield, une veuve d'un certain âge qui n'avait pour vivre que sa pension de réversion et les cours de piano qu'elle donnait durant la semaine. Au-dessus de chez elle habitaient Marguerite et Clara Hollenbeck, deux sœurs célibataires d'une cinquantaine d'années qui se dévouaient corps et âme pour l'église luthérienne du Saint-Rédempteur. Elles n'avaient jamais fait parler d'elles, sauf le jour où les nappes de l'autel étaient ressorties roses de la machine à laver où Clara avait oublié son chemisier rouge.

Hannah frémit. L'homme qui faisait le guet sur le parking était forcément là pour elle.

L'assassin de Ron ! Cette idée la frappa comme un éclair d'épouvante. Quand Bill lui avait conseillé la prudence, elle lui avait presque ri au nez. Et si le tueur croyait – à tort bien entendu, mais quelle différence ? – qu'elle l'avait démasqué ou était sur le point de le faire ? Les paroles de Bill revinrent la hanter : *Il a déjà tué, il n'hésitera pas à recommencer.*

Hannah se rappela l'éclairage de secours allumé devant sa fenêtre le matin même. De nouveau, elle frissonna. Elle avait cru qu'un oiseau l'avait déclenché mais c'était peut-être autre chose. Le tueur de Ron avait-il tenté de pénétrer dans son appartement ?

Hannah déglutit pour faire passer la boule de terreur qui lui obstruait la gorge, respira à fond et s'efforça d'utiliser son cerveau. Il n'était pas question de réveiller

Bill. Elle le connaissait : il rappliquerait *illico* pour interpeller l'individu et, si jamais ce dernier avait une bonne raison d'être là, elle passerait pour une idiote. Mais pour quelle bonne raison restait-on assis seul dans une voiture en pleine nuit sous la neige ?

Ayant soupesé la question, elle ne trouva qu'une seule réponse. Il n'avait pas les clés de son appartement. Mais s'il habitait le quartier, pourquoi attendre sur le parking visiteurs ? Dans les garages en sous-sol, il faisait bien meilleur.

Hannah savait qu'elle ne craignait rien. Quand elle avait emménagé, Bill avait posé une serrure spéciale sur sa porte et des verrous aux fenêtres. Elle disposait même d'un système d'alarme installé par le précédent propriétaire. Ce truc faisait un boucan d'enfer et, quand il se déclenchait, il fallait vite taper un code sur l'un des deux pavés de touches installés près de la porte d'entrée et dans sa chambre. S'il ne s'était jamais déclenché, c'était que Hannah ne le branchait pas. Mais il n'était pas trop tard pour commencer. Contrairement à Moshe, elle n'avait qu'une vie.

Hannah allait se lever pour l'activer quand une autre idée la fit bondir de son fauteuil. Elle fonça vers le placard où elle rangeait son appareil photo. Elle prendrait un cliché du véhicule suspect et, comme il était garé sous un réverbère, la plaque d'immatriculation apparaîtrait sur l'image. Après quoi, elle n'aurait plus qu'à donner la pellicule à Bill.

À propos de pellicule. Hannah dut fouiller dans tous ses tiroirs pour en trouver une. Elle coupa le flash qui sinon se serait reflété sur le pare-brise, zooma et pressa plusieurs fois sur l'obturateur. Après quoi, elle alluma le système d'alarme et se rassit dans le fauteuil. Elle avait fait tout ce qu'elle pouvait – sauf appeler Bill à la rescousse – mais, sachant qu'elle n'arriverait pas à fermer l'œil, se résigna à jouer les sentinelles toute la nuit.

Hannah passa dans la cuisine et revint quelques minutes plus tard, armée d'une tasse de café et d'une boîte de crackers au cheddar. Entre deux bouchées, elle vit Moshe ouvrir son bon œil, la considérer d'un air surpris et replonger.

« Quel chat de garde tu fais ! » gémit-elle. À cet instant, elle entendit une voiture approcher. En la voyant passer sous l'un des réverbères Art déco, Hannah reconnut la Cadillac jaune de Bernice Maciej, une femme qui vivait dans l'immeuble d'en face.

La Cadillac s'engagea sur le parking des visiteurs, s'arrêta près du véhicule couvert de neige. Bernice descendit. L'inconnu fit de même, marcha vers elle et la serra dans ses bras.

Hannah coupa l'alarme puis ouvrit la fenêtre pour écouter leur conversation. Bernice dit : « Désolée, mon chéri. Je ne pensais pas sortir si tard. » L'homme répondit : « C'est bon, maman. La circulation était fluide et, du coup, je suis arrivé plus tôt que prévu. »

Penaude, Hannah referma les vitres, régla son réveil et se mit au lit. Moshe lui avait volé son oreiller. Elle dut le réveiller pour qu'il regagne sa place attitrée.

« Je crois que je deviens parano, murmura-t-elle en caressant sa douce fourrure. J'aurais dû faire comme toi, me rouler en boule et fermer les écoutilles. »

CHAPITRE 14

Le lendemain matin, Hannah se réveilla de fort méchante humeur. La nuit avait été courte mais ce n'était pas à cause de cela ; elle n'avait jamais été une grosse dormeuse. En fait, elle avait eu un sommeil agité, entrecoupé de rêves particulièrement désagréables, comme celui où l'assassin de Ron la pourchassait au volant d'une Cadillac jaune pareille à celle de Bernice. Elle avait aussi rêvé qu'un monstre couvert de poils la plaquait au sol pour mieux la chatouiller. Elle connaissait la raison de cet ultime cauchemar. À un moment dans la nuit, Moshe avait encore quitté son oreiller pour venir se lover sur celui de Hannah, laquelle avait réussi à le repousser dans un demi-sommeil. Les deux ou trois heures suivantes avaient été relativement paisibles.

Sur le bloc-notes posé sur la table de nuit, Hannah vit des mots écrits de sa propre main. Elle alluma la lampe de chevet et lut la première ligne : *Songes mousseux*. Elle avait encore rêvé de cookies.

Mais oui. Hannah sourit. Elle s'en souvenait à présent. Elle participait à une réception à la Maison Blanche. C'était elle qui tenait le buffet des desserts dans le Bureau ovale. Le président, qui ressemblait à

Abraham Lincoln en plus jeune, avait tellement aimé ses cookies que son épouse, Barbara Bush, était venue lui demander la recette. Hannah s'était empressée de la coucher par écrit.

Hannah éclata de rire. Abraham Lincoln et Barbara Bush. Quel couple ! Mais c'était un rêve, après tout. Cela dit, elle avait bel et bien écrit la recette des cookies présidentiels. Son inconscient aurait-il inventé une merveille de dessert ?

Le texte sur le calepin était presque illisible. Sans doute n'avait-elle même pas allumé la lumière. Hannah déchiffra le mot *beurre* et deux lignes plus bas *sucre*. Le gribouillis entre deux pouvait se traduire par *pioche*. Ou *pêche*, qui sait ? Des cookies aux pêches ? Tiens donc ! À la place de *guitoune* il fallait sans doute lire guimauve et elle avait sûrement écrit *coucou* pour cacao ou bien coco. Un jour peut-être ferait-elle un essai, pour voir ce que ça donnait.

Hannah emporta le bloc dans la cuisine et se versa une tasse de café. Après quelques gorgées revigorantes, elle remarqua une inscription en dessous de la recette. *D – demander pas avec.*

Un miaulement plaintif l'obligea à se lever pour remplir la gamelle et changer l'eau du bol. Tout en accomplissant ces tâches machinales, elle repassait dans sa tête l'énigmatique mention. La lettre *D* désignait Danielle, cela ne faisait aucun doute. Mais que signifiait *demander pas avec* ?

La solution lui apparut dans un éclat de lumière intense. Son esprit avait fait des heures supplémentaires et, de peur qu'elle n'oublie, l'avait incitée à noter le résultat de ses cogitations. En clair, elle devait demander à Danielle si Ron s'était absenté à un moment ou à un autre au cours de la nuit qu'elle avait passée auprès de lui.

Hannah posa le bol d'eau fraîche sur le tapis Garfield en caoutchouc et revint s'asseoir à la table où l'attendait son café. La journée risquait d'être chargée si elle en jugeait d'après celles de la veille et l'avant-veille. Elle trouva une page vierge sur son bloc-notes et rédigea la liste des choses à faire.

En tout premier lieu, Hannah écrivit *Sparklettes*. Elle les appellerait pour savoir à quelle heure les Watson avaient été livrés le mercredi précédent. Et si la société confirmait sa déclaration, Danielle serait automatiquement mise hors de cause.

La deuxième ligne comportait deux prénoms accolés : *Herb – Lisa*. Tout à l'heure, en allant travailler, Hannah essaierait d'avoir une petite conversation avec Herb Beeseman. Elle voulait le convaincre de proposer à Lisa de l'accompagner à la réception des Woodley. Ça ferait un peu réchauffé mais Hannah était sûre que Lisa accepterait. La veille au soir, cette dernière lui avait confié qu'elle y était invitée mais n'envisageait pas de s'y rendre. Non pas à cause de son père – l'un des voisins s'était porté volontaire pour veiller sur lui –, mais parce qu'elle n'avait pas envie d'y aller seule et qu'elle refusait de s'incruster auprès de Norman et de Hannah.

Le troisième élément de la liste s'intitulait *Lisa – robe*. Hannah prévoyait d'emmener Lisa au Beau Monde en profitant du creux de 11 heures. Elle accrocherait un écriteau sur sa porte et si jamais un affamé se présentait, il n'aurait qu'à pousser celle d'à côté.

Il y avait un autre prénom sur la quatrième ligne : *Rencarder Claire*. Elle laisserait Lisa enfourner les premiers cookies du matin et ferait un saut chez Claire pour la mettre au parfum. Claire serait censée annoncer un prix de soixante dollars quelle que soit la robe que Lisa choisirait. Hannah réglerait la différence par la suite.

Alertée par un nouveau miaulement, Hannah vit que Moshe avait vidé sa gamelle. Ce chat était un vrai goinfre, et pourtant il ne grossissait pas. Peut-être faisait-il de l'exercice quand elle avait le dos tourné.

« Elle est très jolie sur toi, dit Claire lorsque Lisa sortit de la cabine d'essayage vêtue d'une robe bordeaux. Qu'en penses-tu, Hannah ? »

Hannah éclata de rire.

« C'est à moi que tu poses la question ? Combien de fois m'as-tu répété que je n'avais de goût que pour les choses qui se mangent ?

– Trop pour que je m'en souvienne. »

Claire partit d'un rire cristallin et se tourna vers Lisa.

« Et toi, qu'en penses-tu ?

– J'hésite. J'aime beaucoup celle-ci, mais la vert émeraude me plaît aussi. Elle est si lumineuse !

– Dommage qu'on ne puisse en avoir deux pour le prix d'une. »

Hannah fit un clin d'œil à Claire en espérant que celle-ci renchérirait. Elle n'y croyait pas trop car le Beau Monde était une boutique chic, et Claire se considérait comme une experte en élégance, pas comme une vulgaire gérante. Hannah doutait même qu'elle ait jamais songé à pratiquer des offres commerciales.

« C'est curieux que tu en parles, Hannah. » En fait, non seulement Claire avait saisi l'allusion, mais elle marchait dans la combine. « Il se trouve que je suis obligée de démarquer ces deux robes-là. Celle en satin bordeaux a un léger défaut au niveau du corsage et, pour la verte, c'est le bouton qui pose problème : il n'est pas tout à fait assorti au tissu. »

Lisa écarquilla les yeux.

« Je n'avais même pas remarqué !

– Mais moi si. Et je refuse qu'une cliente paie au prix fort un vêtement qui n'est pas absolument parfait.

– Du coup, vous les faites à combien ? » demanda Lisa.

Hannah retint son souffle. Si Claire annonçait un prix trop bas, Lisa comprendrait qu'elles étaient de mèche.

« Soixante dollars chacune, soit un rabais de soixante-quinze pour cent. Crois-moi, Lisa, si tu m'en débarrassais, tu me rendrais service. Je n'aime pas renvoyer des commandes aux fournisseurs. C'est un vrai casse-tête.

– Alors je les prends toutes les deux. »

Lisa était si excitée qu'elle criait presque.

« D'accord, mais à une condition, ajouta Claire avec gravité. Promets-moi que tu n'en parleras à personne. Si mes clientes apprennent que tu as payé soixante dollars pour une robe du Beau Monde, elles vont toutes exiger des remises.

– Je serai muette. De toute façon, personne ne me croirait. Merci, Claire. C'est vraiment mon jour de chance ! »

Hannah laissa Lisa renfiler sa tenue de travail et se précipita dehors. Le Cookie Jar était fermé depuis moins de quinze minutes, mais déjà plusieurs personnes s'agglutinaient devant la porte. Parmi elles,

Hannah repéra Bill. Elle le prit à part après avoir servi ses clients.

« J'aidais Lisa à choisir une robe chez Claire. Tu pouvais venir me chercher.

– Pas grave. Rien de nouveau, j'imagine ?

– Pas depuis qu'on a parlé hier soir. »

Hannah secoua la tête. Elle avait appelé la société Sparklettes qui avait confirmé les dires de Danielle. Mais Bill n'avait pas besoin de le savoir.

« Tu as vérifié l'alibi du videur ?

– L'infirmière en chef de la maternité a déclaré qu'il était resté au chevet de sa femme jusqu'à 9 heures, le mercredi matin. Je suis seulement passé pour te rappeler que le bureau du shérif organise une journée portes ouvertes demain. Si tu pouvais préparer quelques cookies…

– Pas de souci. Je n'avais pas oublié. C'est inscrit sur mon planning. »

Hannah le précéda dans le fournil et lui désigna l'immense calendrier accroché au mur.

« Lesquels as-tu prévus ?

– Les Black and White. D'ailleurs, je ferais bien de m'y mettre dès maintenant.

– Les Black and White ?

– Ce sont des cookies fourrés au chocolat et saupoudrés de sucre, expliqua-t-elle. J'ai créé cette recette la semaine dernière et je l'ai nommée ainsi en l'honneur de vos nouveaux véhicules de patrouille.

– Les gars vont adorer. Tu les fais cuire aujourd'hui ?

– Non, demain matin. La pâte doit passer la nuit au frigo. Je les apporterai avant midi.

– Je suis venu pour autre chose encore. Le shérif Grant compte faire visiter le centre-ville à notre nouvelle recrue. Ils pourront prendre les cookies au passage, si ça t'arrange.

– Une nouvelle recrue ?

– Oui, il débarque demain matin. Il était inspecteur à Minneapolis. Une sacrée pointure, il paraît.

– Pourquoi un inspecteur de Minneapolis viendrait s'enterrer à Lake Eden ? articula-t-elle, sidérée. Je ne vois pas l'intérêt. Au niveau salaire pour commencer.

– Je sais. Il risque de toucher moitié moins que sur son poste précédent, mais d'après ce que j'ai compris, il déménage pour des raisons personnelles.

– Quelles raisons personnelles ?

– Il est veuf depuis peu et, à Minneapolis, tout lui rappelle sa femme. J'imagine qu'en s'installant ici il espère changer de vie, prendre un nouveau départ. »

L'explication tenait la route mais Hannah ne s'avoua pas satisfaite. Le comté de Winnetka était vaste assurément, mais l'était-il assez pour *deux* nouveaux inspecteurs ?

« Je m'améliorerai à son contact. Il a beaucoup de choses à m'apprendre. J'ai jeté un coup œil sur ses états de service. Ce type a résolu bon nombre d'affaires compliquées. »

Hannah hocha la tête, sortit ses bols mélangeurs et les disposa côte à côte devant elle. Ce qu'elle venait d'entendre ne lui plaisait pas du tout. Une telle embauche ne présageait rien de bon pour la carrière de Bill.

« Ça t'ennuie de garder la boutique pendant que je prépare la pâte ? Lisa va bientôt revenir. Je te paierai en cookies.

– Ça marche, répondit Bill avec un grand sourire. C'est ma pause déjeuner. »

Dès que Bill eut disparu derrière la porte battante, Hannah entreprit de rassembler les ingrédients des Black and White promis. Tout en malaxant la pâte, elle songeait au nouvel inspecteur. Un veuf, avait dit Bill. Delores allait certainement lui mettre le grappin dessus, comme elle le faisait avec tous les hommes disponibles de cette ville.

Hannah essaya de penser à une chose positive. Elle avait remporté le jackpot la veille au soir mais peut-être n'avait-elle pas dépensé tout son capital chance, peut-être que le futur collègue de Bill ne serait pas du goût de sa mère. Malheureusement, Hannah était bien placée pour savoir que, pour Delores, tout mâle marchant sur deux pattes et n'ayant pas tué père et mère était un candidat admissible au statut de gendre.

Black and White

Ne pas préchauffer le four
– la pâte doit passer au frigo avant la cuisson.

2 tasses de pépites de chocolat
3/4 de tasse de beurre (1 ½ plaquette)
2 tasses de sucre roux (ou de sucre blanc mélangé à 2 cuillerées à soupe de mélasse)
4 œufs
2 cuillerées à thé de vanille
2 cuillerées à thé de levure chimique
1 cuillerée à thé de sel
2 tasses de farine (non tamisée)
½ tasse de sucre glace dans un petit bol

Faire fondre les pépites de chocolat avec le beurre. (Les passer deux minutes au four à micro-ondes à pleine puissance et tourner jusqu'à ce que le mélange soit homogène.)

Incorporer le sucre. Laisser refroidir. Ajouter les œufs, l'un après l'autre, sans cesser de tourner. Ajouter la vanille, la levure chimique, le sel. Incorporer la farine et mélanger soigneusement.

Laisser la pâte au frigo au moins quatre heures. (Toute la nuit c'est encore mieux.)

Préchauffer le four à 175°, la grille en position médiane.

Du bout des doigts, confectionner des boules de pâte de la taille d'une noix (l'opération est salissante – vous pouvez mettre des gants en plastique), les placer dans le bol contenant le sucre glace et les faire rouler jusqu'à ce qu'elles soient blanches. (Si la pâte a tendance à mollir, remettez-la au frigo jusqu'à ce qu'elle redevienne compacte.)

Disposer les boules de pâte sur une plaque à pâtisserie préalablement enduite de matière grasse. Douze pour une plaque standard. (Elles s'écraseront d'elles-mêmes durant la cuisson.) Cuire à 175° pendant douze à quatorze minutes. Sortir du four, laisser les cookies sur la plaque à pâtisserie pendant deux minutes puis les transférer sur une grille jusqu'à complet refroidissement.

(Cookies servis pour la journée portes ouvertes organisée par le bureau du shérif du comté de Winnetka, en l'honneur de leurs quatre nouveaux véhicules de patrouille.)

Rendement : six à huit douzaines, en fonction de la taille des cookies.

CHAPITRE 15

Hannah admirait son reflet dans la glace. Elle recula d'un pas. Sa nouvelle robe lui allait si bien ! Et elle avait trouvé la coiffure idéale. Ses boucles rousses étaient relevées en chignon et maintenues par la jolie pince en bois d'ébène que Michelle, sa plus jeune sœur, avait achetée pour elle dans une exposition d'artisanat sur le campus de Macalester. Quant à ses nouvelles chaussures, Lisa avait raison, elles étaient tout bonnement parfaites. Pour la première fois de sa vie, Hannah se sentait élégante – ce dont elle s'était crue incapable – et sexy – ce qui lui faisait vraiment tout drôle. Elle espérait juste que Norman n'irait pas s'imaginer qu'elle s'était mise en frais pour lui.

Depuis son poste d'observation sur le lit, Moshe émit un miaulement auquel Hannah répondit en levant le pouce. « Tu as raison. Je n'ai jamais été aussi belle. Ça fait un sacré changement, pas vrai ? »

Moshe miaula encore. Manifestement, ce changement-là n'était pas pour lui plaire. Surtout, il laissait présager qu'elle allait bientôt sortir et le laisser seul toute la soirée, encore une fois. Elle mit deux gouttes de Chanel n° 5, un parfum que son ancienne camarade de chambre à la fac lui avait offert des années auparavant, et fila dans la cuisine pour tenter d'apaiser la colère du fauve qui vivait sous son toit.

Quelques friandises plus tard, Moshe retrouva sa bonne humeur. Hannah n'avait plus qu'à attendre. Comme tous ses sièges étaient revêtus d'une couche de poils orange – redoutables sur un tissu de soie noir –, elle se mit à faire les cent pas dans le salon. Au seizième aller-retour, la sonnette retentit.

« Assis ! » ordonna-t-elle sur le ton qu'emploient les dresseurs de chiens dans les émissions à la télé. Moshe la regarda d'un air interdit. La méthode ne semblait pas fonctionner avec les chats. En tout cas, une chose était sûre, il n'essaierait pas de s'enfuir quand elle ouvrirait la porte ; sa gamelle était pleine et il savait où était son intérêt.

« Bonsoir, Hannah. » D'un geste un peu fébrile, Norman lui tendit un gros bouquet de marguerites roses, blanches et jaunes. « Euh… Elles sont pour vous. »

Hannah le remercia d'un sourire et lui proposa d'entrer. C'était une surprise, mais elle devait reconnaître que Norman avait fière allure dans son costume chic.

« J'enfile mon manteau et je suis prête.

– Vous devriez peut-être les mettre dans l'eau. » Norman montra les fleurs enveloppées de cellophane. « Ma mère voulait que j'achète un bouquet de corsage mais je lui ai fait remarquer que ce n'était pas un bal de promo. »

Hannah éclata de rire et alla chercher un vase dans la cuisine. Elle le remplit d'eau et y plongea les marguerites.

« Elles sont vraiment magnifiques. Merci, Norman. Vous avez bien fait de renoncer au bouquet de corsage.

– J'ignorais que vous aviez un chat, dit Norman en se tournant vers Moshe, lequel venait d'émerger des profondeurs de sa gamelle pour observer l'étranger qui osait envahir son territoire.

– Désolée, dit Hannah, alarmée. J'aurais dû vous avertir. Vous n'êtes pas allergique, au moins ?

– Pas du tout. Je préfère les chats à certains de mes congénères. Comment s'appelle-t-il ?

– Moshe.

– Comme Moshe Dayan ?

– Exact. Il est borgne.

– Tout s'explique. » Norman se pencha et tendit la main. « Viens me serrer la pince, mon grand. »

Stupéfaite, Hannah vit Moshe trottiner vers Norman et frotter ses moustaches contre ses doigts. Elle ne l'avait jamais vu si sociable. Quand Norman lui gratta le menton, il se mit à ronronner comme un moteur.

« Il vous aime bien.

– Oui, apparemment. »

Norman souleva Moshe et lui caressa le ventre, un geste qu'il ne supportait pas, d'habitude. Or non seulement il accepta cette privauté, mais il alla jusqu'à s'étaler au creux de ses bras, comme dans un hamac pour chats.

« C'est bon, Moshe. On va partir. » Norman l'emmena dans le salon et le déposa sur le canapé. « Vous lui laissez la télé ? »

Elle hocha la tête. Norman risquait de la prendre pour une folle mais tant pis.

« Ça lui tient compagnie quand je ne suis pas là.

– Oui, bien sûr. Allez mettre votre manteau, je m'en occupe. Quelle chaîne préfère-t-il ?

– N'importe laquelle sauf Animal Planet. Ils passent des émissions vétérinaires et Moshe déteste les vétérinaires. »

Hannah alla chercher dans le placard le manteau en cachemire qu'elle avait trouvé d'occasion chez Helping Hands. Quand elle revint dans la pièce, Norman la regarda en fronçant les sourcils.

« Quelque chose ne va pas, Norman ?

– Je m'en veux. J'ai oublié de vous dire combien vous étiez magnifique. Si elle savait, ma mère ferait une attaque. »

Hannah pouffa de rire.

« Ma mère aussi. J'ai dû promettre à Delores de vous complimenter sur votre allure. Et j'ai oublié. Si on les croise à la réception, on ne dira rien. D'accord ?

– D'accord. »

Norman ouvrit la porte et s'effaça pour la laisser passer.

« Euh… Hannah ?

– Oui, Norman ? »

Hannah tourna deux fois la clé dans la serrure et le précéda dans l'escalier.

« En fait, on risque de les voir… avant la réception. »

Hannah grimaça.

« Ne me dites pas qu'on va les chercher !

– Pas précisément. C'est déjà fait. Elles attendent dans ma voiture. »

Sur la route menant à la résidence Woodley, Hannah se demanda si elle n'était pas tombée dans une faille temporelle. Elle se retrouvait dans la même situation qu'autrefois, quand elle était gamine et que Delores la conduisait à une soirée pyjama. Et pour ajouter au malaise, la mère de Norman s'était munie d'un appareil photo dans la ferme intention, avait-elle déclaré la bouche en cœur, de leur tirer le portrait. Hannah se disait qu'elle avait eu raison de redouter cette soirée. Sauf que la réalité risquait de dépasser ses pires appréhensions.

La demeure des Woodley brillait de mille feux. Ils se garèrent devant le perron. Un voiturier en livrée rouge attendit que Norman lui remette ses clés pendant qu'un autre pareillement accoutré ouvrait les portières puis aidait ces dames à poser le pied par terre et à gravir les marches.

En franchissant le seuil au bras de Norman, Hannah jeta un regard ébahi autour d'elle. Le grand vestibule était envahi de bouquets – ou plutôt de massifs – de fleurs exotiques. Importées, bien sûr, car, sauf erreur de sa part, les strelitzias, les flamboyants et les roses de Chine ne poussaient pas dans le Minnesota, même en été. On les avait fait venir d'un pays tropical, et à grands frais certainement.

Dans un genre d'alcôve, une harpiste interprétait des morceaux du répertoire classique. Quelle délicatesse ! songea Hannah en reconnaissant la patte de Judith Woodley. Il n'y avait qu'elle pour accueillir ses invités avec un tel raffinement.

« Votre manteau, madame ? »

Une jolie soubrette portant un uniforme vert foncé agrémenté d'un tablier blanc à volants s'empressa de la débarrasser.

« Puis-je vous indiquer les toilettes des dames ?

– Oui, merci, répondit Hannah avant de se tourner vers Norman. Je me donne un coup d'étrille et je reviens. »

Norman gloussa.

« Pourtant vos cheveux n'ont rien d'une crinière de cheval. À ce propos, ils sont très beaux.

– Madame ? » La soubrette toucha le bras de Hannah pour lui rappeler sa présence. « Si vous voulez bien me suivre. »

Hannah promit à Norman de le retrouver au bar et suivit la jeune femme brune. Son visage ne lui disait rien, pourtant elle l'avait certainement vue l'année précédente. Pour leurs réceptions, les Woodley embauchaient toujours du personnel extérieur. D'après Judith, les filles du coin étaient incapables de s'adapter aux exigences d'un tel événement. Hannah eut envie de vérifier.

« Vous n'êtes pas d'ici, je me trompe ?

– Je viens de Minneapolis, madame. Je travaille pour Event Plus, l'agence dont Mme Woodley utilise les services.

– Ça fait beaucoup de trajet pour une seule réception, répondit Hannah avec un sourire cordial.

– Oh, ce n'est pas un problème, Mme Woodley rembourse nos frais de transport. Personnellement, je ne raterais ces soirées pour rien au monde. C'est la troisième année que je sers ici.

– Je me disais bien que je vous avais vue l'année dernière. Qu'ont-elles de plus que les autres, ces soirées ?

– On nous embauche pour une durée de cinq jours, on a le droit d'utiliser la piscine et même le spa et Mme Woodley fournit tous les repas. C'est presque comme des vacances. »

Hannah posa une autre question au hasard, comme on lance un appât sans savoir si un poisson viendra mordre à l'hameçon.

« Je suppose que vos autres missions ne sont pas aussi agréables.

– C'est peu de le dire. D'habitude, on nous engage pour six heures de service et on travaille comme des esclaves sans pouvoir souffler une minute. Mme Woodley nous laisse toujours du temps pour nous préparer. »

Hannah sentit frémir sa ligne.

« Vous êtes là depuis quand ?

– Depuis mardi matin. On a passé deux jours à tout nettoyer dans la maison, et hier on a dressé les tables et vérifié la vaisselle et l'argenterie. Du coup, aujourd'hui, on n'avait plus qu'à donner un coup de main au traiteur.

– Et quand repartez-vous ?

– Demain, après avoir fait le ménage. D'habitude, on prend la route vers midi. Je serai chez moi à 14 heures grand maximum. Mais Mme Woodley nous paie la journée entière. »

Elles étaient arrivées devant le cabinet de toilette. Hannah entra pour réparer les éventuels dommages. Ses cheveux étaient plutôt bien ; elle se borna à raccrocher deux ou trois boucles folles. Après quoi, elle se remit une couche du rouge à lèvres recommandé par Luanne Hanks et sortit rejoindre Norman.

Elle l'aperçut près du bar, presque noyé parmi les invités dont la plupart étaient plus grands que lui. En marchant dans sa direction, Hannah se félicita d'avoir choisi des talons de cinq centimètres seulement.

« Coucou. Me revoilà.

– Pile au bon moment. » Norman lui prit le bras et l'entraîna loin de la foule. « Nos mères sont par là-bas. Allons les rejoindre et présenter nos respects aux Woodley. »

La file des convives n'était pas très longue, mais avant qu'ils arrivent à la hauteur de leurs hôtes, Hannah eut tout loisir d'admirer la tenue de Judith Woodley. Elle portait une robe en soie mauve au corsage semé de perles minuscules. Ses cheveux châtain clair étaient rassemblés en un gros chignon compliqué. Bref, elle était charmante, comme toujours. Elle s'adressait avec animation à chacun de ses invités. Une gaieté d'autant plus remarquable qu'elle contrastait fortement avec la mine sombre de son époux, Del Woodley. Hannah l'avait rarement vu aussi morose. Elle nota son teint gris et les cernes qui soulignaient ses yeux.

« Hannah. » Judith lui offrit sa main. « Quel plaisir de vous voir. »

Hannah aurait aimé lui répondre que c'était un plaisir d'être vue mais s'en abstint. À la place, elle chercha un truc un peu original et, faute d'idée, dut se contenter d'un compliment basique.

« Vous êtes très en beauté, ce soir, Judith. J'ignorais que Claire avait de telles merveilles dans sa boutique.

– Claire ? »

En voyant s'agrandir les yeux verts de Judith, Hannah comprit qu'elle avait encore gaffé.

« Je ne l'ai pas achetée au Beau Monde, Hannah. Karl l'a dessinée spécialement pour moi.

– Karl ?

– Lagerfeld. C'est l'un de mes grands amis. Je vois que vous êtes venue accompagnée, cette année. Tant mieux. »

Hannah grinça des dents puis se mit en devoir de présenter Norman sans oublier de préciser qu'il venait de reprendre le cabinet de son père. Après un nouvel échange de politesses, ils prirent congé et s'éloignèrent.

« Karl Lagerfeld, excusez du peu, gloussa Norman en lui prenant le bras. Je me demande s'il l'appelle Judy dans l'intimité. »

Hannah accueillit sa remarque avec un ricanement complice. Si Norman continuait à faire des blagues, cette réception ne serait peut-être pas aussi barbante qu'elle le craignait. Elle accepta le verre de champagne qu'un serveur lui proposa en passant, puis ils s'enfoncèrent dans la foule. Quand ils eurent erré quelques minutes, serrant des mains de-ci de-là, ils mirent le cap sur le buffet.

« Du caviar, annonça Norman en désignant la matière sombre et grumeleuse qui remplissait de grandes coupes en verre taillé, elles-mêmes posées sur de la glace pilée.

– C'est du béluga, l'informa Hannah. J'ai posé la question l'année dernière et le traiteur m'a répondu que les Woodley ne voulaient rien d'autre pour leurs invités. »

Norman était clairement impressionné. D'un geste précautionneux, il prit le canapé que lui tendait l'extra et le porta à ses lèvres avec un sourire de convoitise. Puis soudain, il s'immobilisa et se tourna vers elle.

« Désolé, Hannah. Je me comporte comme un rustre. Voulez-vous un peu de caviar ?

– Non, merci. Je sais qu'il n'y a rien de meilleur que le béluga, mais j'ai grandi près d'un lac. Pour moi, ce n'est que du poisson. »

Laissant Norman à sa dégustation, elle alla inspecter le reste du buffet. On racontait que Judith avait embauché le meilleur traiteur de Minneapolis et c'était sûrement vrai. Hannah vit des tranches de filet de bœuf présentées en éventail, des plateaux de jambon Smithfield, un saumon poché sur un lit d'aneth et plusieurs grandes assiettes de poulet et de dinde. Sur un large plat d'argent, de petites asperges tendres étaient disposées en étoile, pointes à l'extérieur, de manière à dessiner les rayons d'une roue dont le pichet de sauce hollandaise placé au centre figurait le moyeu. Hannah n'accorda qu'un regard aux carottes glacées, pommes de terre en robe des champs et autres œufs de caille à la mayonnaise, et fila directement vers la table des desserts.

Ils étaient somptueux. Elle découvrit des petits-fours givrés agrémentés de minuscules fleurs comestibles, un assortiment de truffes en chocolat sur un plateau semé de pétales de rose, des fraises enrobées d'une fine pellicule de chocolat qui laissait apparaître leurs queues vertes et un grand panier d'argent débordant de cookies au sucre. Sa curiosité monta d'un cran. Elle prit un cookie et croqua dedans.

Comme tout cookie digne de ce nom, il croustillait sous la dent, mais en l'occurrence c'était parce qu'il était rassis. Le bon goût de beurre qui aurait dû exploser sur ses papilles brillait par son absence, de même que l'arôme de vanille. Hannah se rembrunit. Ces cookies étaient appétissants mais n'avaient aucun intérêt en bouche. Quelle déception !

« Excusez-moi. » Sanglée dans un uniforme impeccable, la femme qui servait les desserts s'avança vers Hannah et lui adressa un sourire figé. « Je n'ai pu m'empêcher de noter votre réaction. Ces cookies ne vous plaisent pas ? »

Hannah hésita un instant entre la diplomatie et la conscience professionnelle. La deuxième remporta la mise. Elle dirait la vérité ne serait-ce que pour rendre service à la personne qui avait fabriqué ces cookies. Elle s'approcha encore un peu et dit en baissant la voix pour que personne n'entende, à part son interlocutrice :

« Ils n'ont aucun goût. J'espère que ce n'est pas vous qui…

– Vous au moins, vous n'y allez pas avec le dos de la cuiller, l'interrompit la femme, visiblement amusée.

– Je suis désolée. C'est vous qui les avez faits ?

– Non. Je les prends chez un fournisseur. »

Hannah respirait mieux. La situation était gênante, mais elle aurait pu l'être davantage.

« Je vous conseille d'en changer. Ils mettent de la margarine à la place du beurre et il n'y a pas assez de vanille. Et par-dessus le marché, ils les ont laissés au four trop longtemps. Je suppose qu'ils les cuisent à basse température pour les empêcher de brunir.

– Comment savez-vous qu'ils utilisent de la margarine ?

– Au goût, tout simplement. Un cookie au sucre sans beurre c'est comme une voiture sans essence. Ça a l'air bien, mais ça ne fonctionne pas. »

La femme se mit à rire.

« Vous avez raison. Et comment voyez-vous qu'ils sont trop cuits ?

– Facile. Ils sont secs comme de la sciure. Essayez, vous verrez.

– Je l'ai déjà fait et je suis d'accord avec vous. Vous êtes dans la restauration ?

– Je me cantonne aux cookies. J'en vends dans ma boutique, Le Cookie Jar. Si vous me laissez votre carte, je vous en enverrai une boîte, histoire de comparer. »

La femme chercha dans sa poche et lui tendit sa carte.

« J'aimerais bien changer de fournisseur. Seriez-vous disponible ?

– Tout dépend de ce que vous entendez par disponible. »

Hannah ouvrit sa pochette de soirée et y glissa la carte en regrettant de ne pouvoir lui rendre la pareille. Croyant à tort que c'était inutile, elle n'avait jamais fait imprimer de cartes de visite.

« Si mes cookies vous plaisent, appelez-moi et on discutera. Je glisserai mes coordonnées dans la boîte. »

Hannah la salua, fit demi-tour et chercha Norman du regard. Il était là, à trois mètres d'elle, et il souriait jusqu'aux oreilles.

« Qu'y a-t-il, Norman ?

– Vous êtes surprenante, Hannah. »

Il lui prit le bras et l'entraîna vers les petites tables où certaines personnes s'étaient assises pour manger à leur aise.

« Si je menais mes affaires comme vous menez les vôtres, il faudrait que j'agrandisse le cabinet et que j'installe une porte à tambour. »

Hannah explosa de rire.

« Oui, je crois que vous avez raison. Je suis très fière de mes cookies, je sais qu'ils sont excellents et je n'ai pas honte de le clamer haut et fort. Pourtant j'ai failli me griller bêtement. Je devrais toujours avoir des cartes de visite sur moi pour ce genre d'occasion.

– Et vous n'en avez pas ? Pas du tout ? »

Hannah secoua la tête.

« Je ne pensais pas que c'était important. J'ai promis à cette femme d'en joindre une à mon envoi. Maintenant, je vais devoir m'en procurer.

– Je peux les créer par ordinateur, proposa Norman. C'est comme ça que j'ai fait les miennes.

– Merci. »

En s'approchant des tables, Hannah se dit en elle-même que, décidément, Norman était vraiment gentil. Puis elle vit Lisa se lever et lui faire signe. Herb était assis près d'elle.

« J'aperçois Lisa, mon assistante. Et j'imagine que vous avez déjà rencontré Herb Beeseman. Notre marshal.

– Marshal ? Je le croyais chargé de faire respecter les règles de stationnement.

– C'est le cas, mais ce boulot ne rapporte pas énormément et, comme Herb était le seul à bien vouloir s'y coller, la ville lui a permis de choisir son titre. Il a toujours été fasciné par le Far West.

– Je vois. Eh bien, allons les saluer. »

Lisa et Herb avaient investi une table de quatre personnes. Hannah et Norman se joignirent à eux. Aussitôt, les deux hommes se mirent à discuter des problèmes de circulation sur Main Street. Hannah se tourna vers Lisa.

« Je te trouve resplendissante. Tu t'amuses bien ? »

Lisa sourit. Hannah vit ses yeux pétiller d'excitation.

« J'ai croisé ta mère et Mme Rhodes. Delores voulait savoir si je t'avais vue.

– Si elle te repose la question, tu as le droit de mentir. »

Lisa s'esclaffa.

« Tu ne pourras pas les éviter éternellement. Mme Rhodes veut te prendre en photo avec son fils, pour garder un souvenir.

– Je suis au courant. C'est en partie pour cela que je croise au large.

– Respire à fond et pense à un truc drôle. » Lisa se pencha vers elle et murmura : « Tu ne trouves pas que Herb est superbe dans cette tenue ? »

Hannah jeta un regard discret. Herb portait un costume noir coupe western. Le genre de truc que le marshal Dillon aurait mis pour assister à un mariage chic dans le vieux feuilleton *Police des plaines*. Il était si élégant qu'il aurait pu décorer la vitrine d'un magasin de vêtements vintage. Rien à voir avec l'uniforme kaki fripé qu'il mettait pour travailler.

« Absolument. »

Au même instant, un homme de haute taille, sanglé dans un costume tout aussi bien coupé, passa dans son champ de vision. Hannah leva les sourcils.

« J'y crois pas ! Benton Woodley !

– Le fils des Woodley ?

– En personne. Je croyais que l'héritier présomptif était toujours dans l'Est, à essayer de décrocher son diplôme dans une université hors de prix. »

Lisa lui adressa un regard appuyé.

« On dirait que tu ne l'aimes pas beaucoup.

– C'est exact. Ou du moins, ça l'était. »

Hannah soupira en se remémorant les torrents de larmes qu'Andrea avait versés quand Benton l'avait larguée.

« Andrea sortait avec lui, au lycée. Je me demande si elle sait qu'il est de retour.

– Tu devrais peut-être la prévenir. De l'eau a passé sous les ponts, mais c'est parfois délicat de tomber sur son ex en présence de son mari.

– Bonne idée. Tu l'as vue ?

– Elle était là-bas, près du buffet, il y a deux minutes.

– Merci, Lisa. On se voit plus tard. »

Hannah se leva et attendit que les deux hommes fassent une pause dans leur conversation.

« Je dois parler à Andrea, dit-elle à Norman. Vous m'accompagnez ?

– Bien sûr. »

Norman prit congé de Herb et de Lisa puis la suivit à travers la salle. Ils étaient au milieu de l'espace qui servirait de piste de danse plus tard dans la soirée quand Hannah entendit quelqu'un l'appeler par son prénom.

Elle s'arrêta net et se retourna. C'était Benton Woodley. Il souriait.

« Qui c'est, celui-là ? » Norman fixa Hannah d'un air interrogatif. « Un ancien flirt ?

– Oui, mais pas à moi. Venez, Norman. Je vais vous présenter. »

Les présentations furent rapidement faites. En voyant Benton parler à Norman, Hannah se demanda si le fils avait fréquenté la même école de charme que la mère. Il était d'une politesse exquise et semblait sincèrement passionné par ce que Norman lui racontait de son métier. Hannah, elle, avait eu droit à des compliments sur sa robe. En grandissant, le sale gosse pourri gâté qui savait tout mieux que les autres était devenu un maître de maison accompli.

« Je suis ravi d'apprendre que vous assurez la succession de votre père, Norman. On a toujours besoin d'un dentiste près de chez soi. »

Benton semblait sincère et pourtant Hannah avait très envie de rire ; elle était prête à parier que, si un jour Benton avait un problème de dents, il n'irait pas voir Norman mais le dentiste le plus coté et le plus cher du pays.

« Et toi, Hannah, comment vas-tu ? »

Elle afficha le sourire éclatant qu'elle réservait pour les événements mondains.

« Très bien, Benton. Cela fait des années qu'on ne t'a pas vu dans la région. Tu es venu spécialement pour la réception ?

– Non, père n'était pas très en forme, ces derniers temps. » Benton pencha la tête et baissa la voix. « Je suis là pour lui donner un coup de main à l'usine. »

Hannah se rappela le teint grisâtre de Del Woodley. Benton disait peut-être la vérité.

« J'espère qu'il n'a rien de grave.

– Non, il se surmène, voilà tout. Maintenant, il va pouvoir se reposer sur moi.

– Tu comptes rester ? »

Hannah était surprise. Quand il vivait à Lake Eden, Benton trouvait ce patelin ennuyeux à mourir.

« Oui, quelque temps. C'est merveilleux de se sentir de nouveau chez soi. J'ai toujours aimé l'ambiance qu'il y a ici. Les gens sont tellement amicaux, il y fait bon vivre. Ah, j'oubliais, j'ai croisé Andrea et son mari il y a quelques instants. Il paraît que tu tiens un commerce ! Une petite boutique pittoresque, m'a-t-on dit. Je passerai te rendre visite. »

Hannah se hérissa. Elle tenait une pâtisserie, pas une « petite boutique pittoresque ». Dans la bouche de Benton, le métier dont elle vivait aurait pu passer pour un hobby de milliardaire. Hannah s'apprêtait à lui rétorquer qu'elle avait travaillé dur pour rendre Le Cookie Jar rentable mais se ressaisit à temps. *Fais preuve de tact*, se morigéna-t-elle.

« J'ai eu beaucoup de plaisir à discuter avec toi, Benton, mais ma mère nous attend. »

Quand ils eurent fait quelques pas, Norman lui demanda :

« Vous comptez vraiment rejoindre votre mère ?

– Bien sûr que non. Je voulais juste mettre de la distance entre Benton et moi. Sinon je crois que je l'aurais assommé. »

Norman sourit.

« Une petite boutique pittoresque ?

– Précisément. »

Hannah était impressionnée. Norman avait l'esprit vif pour un dentiste.

« Allons rejoindre Andrea. Elle, j'ai vraiment besoin de lui parler. »

Ils trouvèrent Andrea et Bill devant le buffet. En voyant l'expression satisfaite sur le visage de son beau-frère, Hannah supposa qu'il avait fait honneur à tous les plats.

« Salut, Hannah, lança Bill. Norman, je suis ravi de vous voir. Sacré gueuleton, hein ? »

Hannah se tourna vers Norman.

« Voudriez-vous tenir compagnie à Bill ? J'en ai pour une minute. »

Bill lui fit un sourire de conspirateur. Elle mit une seconde à comprendre pourquoi. En fait, Bill croyait que c'était un prétexte pour lui permettre d'interroger Norman sur le passage de Ron dans son cabinet.

Hannah prit sa sœur par le bras et l'entraîna dans un coin plus tranquille.

« Je suis désolée, Andrea. Dès que j'ai aperçu Benton, je t'ai cherchée pour te prévenir mais il était déjà trop tard.

– Me prévenir ?

– Oui. » Devant l'air ébahi de sa sœur, Hannah crut bon de s'expliquer. « Je voulais t'éviter de tomber sur lui. »

Andrea la fixa un instant, puis un sourire s'étala sur son visage.

« Ah, oui, je comprends. C'est sympa de ta part, Hannah, mais aujourd'hui ça ne me fait ni chaud ni froid. Je ne pense plus à ce type depuis des siècles.

– Parfait ! Je n'ai pas apprécié son attitude à l'époque et je ne l'apprécie toujours pas. Tu sais qu'il a traité Le Cookie Jar de "petite boutique pittoresque" ? »

Andrea prit un air désabusé.

« Ne fais pas attention à Benton. Il a toujours été snob. Est-ce qu'il t'a annoncé qu'il était revenu pour aider son père à l'usine ?

– Oui, c'est exactement ce qu'il a dit.

– Il nous a servi la même chose, mais j'ai bien vu qu'il mentait. Il n'arrêtait pas de faire claquer l'ongle de son index avec son pouce.

– Comment ?

– C'est un tic qu'il a depuis toujours. Il fait ça quand il ment. Je m'en étais rendu compte du temps où on sortait ensemble. C'était bien pratique. Tu sais, les gens font souvent des gestes inconscients quand ils cherchent à vous manipuler.

– Il vous a menti sur d'autres choses encore, tout à l'heure ?

– Oui, il a dit qu'il était content de revenir à Lake Eden et qu'il avait hâte de travailler à l'usine DelRay.

– Et il faisait ce geste ?

– Clic, clic, clic. Il n'a pas cessé, sauf quand il a déclaré que j'étais ravissante.

– Tu es toujours ravissante. »

Hannah sourit tout en se rappelant que Benton lui avait fait le même compliment. Mais à ce moment-là, elle n'avait pas encore entendu parler du détecteur de mensonges digital. Ça valait peut-être mieux d'ailleurs.

« Il t'a dit depuis quand il était en ville ?

– Bill lui a posé la question. Il est arrivé mercredi. À sa descente d'avion, il a pris la navette pour rejoindre Lake Eden.

– Il avait son tic en disant cela ? demanda Hannah.

– Je n'ai pas vu. Il était tourné vers Bill. On pourrait parler d'autre chose, Hannah ? Benton Woodley m'ennuie à mourir.

– Bien sûr. »

Puisque sa sœur était si observatrice, Hannah décida de l'interroger sur Danielle Watson.

« J'ai discuté avec la femme du coach Watson le soir de la collecte de fonds organisée par le maire. Qu'est-ce que tu penses d'elle ?

– Danielle ? » Andrea prit un air songeur. « Elle est gentille, mais je la plains énormément.

– Pourquoi ?

– Parce que Boyd fait partie de ces hommes qui veulent tout régenter. Je l'ai vu se comporter à maintes occasions. Il ne supporte pas qu'elle s'éloigne de lui ne serait-ce qu'une minute. Je parie que Danielle doit lui demander la permission pour aller faire pipi. »

Hannah revit Danielle chuchoter à l'oreille de son mari avant de se rendre aux toilettes, le soir en question.

« Je crois que tu as raison.

– Bien sûr que j'ai raison. Dieu merci, Bill n'est pas comme lui !

– Est-ce que ça marcherait entre vous s'il l'était ?

– Pas une seule seconde ! »

Andrea éclata de rire puis attira son attention vers l'autre bout de la salle.

« Quand on parle du loup… Tu as vu sa robe ? Je l'ai aperçue l'autre jour dans une vitrine du centre commercial. Elle coûte plus de cinq cents dollars. J'imagine que Boyd ne contrôle pas ses dépenses.

– Où est-elle ? fit Hannah en se tordant le cou.

– Juste à côté de l'hibiscus. Boyd parle avec la reine Judith et Danielle les écoute avec un petit sourire poli, raide comme un piquet. »

« La reine Judith ». Sa sœur avait inventé ce sobriquet à l'époque où elle sortait avec le fils Woodley.

« Ça y est, je la vois.

– Vraiment, je ne comprends pas les femmes comme Danielle. Elle a une jolie silhouette mais elle ne fait rien pour la mettre en valeur. Soit Boyd est du genre jaloux, soit elle est mal dans sa peau. »

Hannah comprit que sa sœur disait vrai. Elle n'avait jamais vu Danielle en robe courte ou décolletée. La tenue pêche qu'elle portait ce soir-là ne faisait pas exception à la règle, avec ses longues manches et son col mandarin.

« Vous pourriez vous occuper de Norman pendant deux minutes, Bill et toi ? Je dois dire un mot à Danielle.

– D'accord. Mais ne sois pas trop longue. Si Norman commence à me parler détartrage, je ne réponds de rien.

– Tu n'as pas à t'inquiéter. Il n'est pas du tout comme ça. Il a beaucoup d'humour. Prends le temps de discuter avec lui et tu l'apprécieras.

– Si tu le dis. »

Andrea haussa les épaules et partit en direction du buffet pendant que Hannah se frayait un chemin pour rejoindre Danielle. Le coach Watson était toujours en grande conversation avec Judith Woodley et, à en juger d'après son expression déterminée, il devait essayer de lui soutirer de quoi acheter de nouveaux maillots à son équipe. Elle en profita pour aborder discrètement Danielle.

« Il faut que je vous parle. Allons dans les toilettes des dames.

– Mais j'attends Boyd. Il m'a dit de rester près de lui. Il va se mettre en colère si je m'en vais sans…

– C'est important, Danielle, la coupa Hannah. Dites-lui que vous avez besoin de rectifier votre maquillage ou…

– Quoi ? J'ai un truc qui ne va pas ?

– Non, tout va bien. Je dois juste vous parler d'un ami commun. »

Danielle la fixa un instant et comprit.

« Très bien, Hannah. Attendez, je préviens Boyd et je suis à vous. »

Moins d'une minute plus tard, Hannah guidait Danielle vers le cabinet de toilette. Elle avait de la chance. La pièce, décorée comme un petit boudoir, était inoccupée. Elle tira le verrou.

« Il me faut des précisions, Danielle.

– Je vous ai tout dit. Vous ne devriez pas fermer la porte, Hannah. Et si l'une de ces dames avait un besoin pressant ?

– Elle attendra. Vous avez déclaré être restée avec Ron du mardi 23 heures au mercredi matin 7 h 30.

– Oui, je confirme. C'est la vérité.

– Je n'en doute pas, mais je vais vous demander de bien réfléchir. Pendant que vous étiez avec lui, avez-vous aperçu quelqu'un d'autre ?

– Non. Ron a commencé par les livraisons aux particuliers. Mais ses clients dormaient encore. Et après, au lycée, il n'y avait pas un chat. C'est pour cela que j'ai accepté de l'accompagner. Il m'avait promis qu'on ne croiserait personne.

– L'avez-vous perdu de vue à un moment ou à un autre ? Ne serait-ce que quelques minutes ? »

Danielle se concentra.

« Non, sauf au départ quand il chargeait les produits dans sa camionnette. Mais il n'y avait personne dans les parages.

– Donc Ron n'a pas pu rencontrer quelqu'un ?

– Non, je ne crois pas… » Danielle s'interrompit en écarquillant les yeux. « Attendez ! Avant de démarrer sa deuxième tournée, Ron est retourné à toute vitesse dans la laiterie prendre une boîte de stylos publicitaires. Vous savez, ceux avec le logo Cozy Cow ? Il en offrait un à chaque commande. Quand il est ressorti, il a dit que Max avait intérêt à se dépêcher ou il serait en retard à la convention des fabricants de beurre.

– Donc Ron a vu Max ? » Hannah frémit d'excitation. « Quelle heure était-il ?

– 6 h 15. Ron m'a demandé de vérifier. Il était tellement ponctuel, Hannah. Il... il calculait tout à la minute près pour ne jamais être en... en retard. »

La voix de Danielle se brisa. Pour la réconforter, Hannah lui tapota l'épaule. Ce n'était pas le moment de craquer. Il leur restait si peu de temps.

« Vous m'êtes très utile, Danielle. Ron serait fier de vous.

– Oui, je crois que vous avez raison. »

Danielle remplit ses poumons et recracha l'air en tremblant.

« Savez-vous ce que faisait Max dans la laiterie à une heure aussi matinale ?

– Il avait rendez-vous avec quelqu'un dans son bureau.

– Un rendez-vous à 6 h 15 du matin ?

– C'est ce que Ron a dit. J'ignore avec qui. Ron ne l'a pas précisé. »

Hannah inspira profondément. Dès qu'elle aurait cinq minutes, elle tenterait d'insérer cette nouvelle pièce dans le puzzle de cette terrible matinée, mais pour l'instant elle avait d'autres priorités.

« Essayez de visionner la scène. Quand Ron s'est engagé sur le parking de la laiterie pour remplir son fourgon en vue de sa deuxième tournée, y avait-il des voitures stationnées à proximité ?

– Je sais que celle de Ron était toujours à l'endroit où il l'avait laissée quand nous étions arrivés à 4 heures du matin. Y en avait-il d'autres ? Je ne peux rien affirmer, Hannah. Le parking est derrière le bâtiment.

Quand Ron est revenu à la laiterie, il a pris sur le côté pour accéder directement au quai de chargement.

– Et quand vous êtes repartis ? Vous n'avez pas fait le tour par-derrière ? »

Danielle secoua la tête.

« Non, il a fait demi-tour sur place. Il y a un espace spécialement aménagé pour cela. On n'est pas repassés par le parking.

– Merci, Danielle. » Hannah alla déverrouiller la porte. « Vous m'en avez beaucoup appris. »

Danielle lui fit un petit sourire timide.

« Je m'en veux, j'aurais dû demander à Ron qui était dans le bureau avec Max.

– Vous n'avez rien à vous reprocher.

– Mais c'est important, non ?

– Peut-être. Mais vous ne le saviez pas à ce moment-là. Je poserai la question à Max.

– C'est vrai, admit Danielle, immensément soulagée. Je ferais mieux de rejoindre Boyd. Et vous, Norman, je suppose. »

Après le départ de Danielle, Hannah se laissa tomber sur le banc rembourré qui faisait face au miroir et se remit à cogiter. Ron avait vu Max à 6 h 15. Max recevait quelqu'un dans son bureau. Ce nouvel élément aurait-il des répercussions sur son enquête ou pas ? L'avenir le dirait.

CHAPITRE 16

En regagnant la table de Bill et d'Andrea, Hannah gémit intérieurement. Delores et Carrie les avaient rejoints et elles semblaient bouillir d'impatience. Hannah aurait volontiers rebroussé chemin mais trop tard, sa mère lui faisait signe en remuant les doigts.

« Te voilà enfin, ma chérie ! s'écria Delores en souriant jusqu'aux oreilles. Nous t'attendions pour les photos.

– Super, j'ai hâte. »

Trouvant sa réponse un peu trop sarcastique, Hannah ajouta un sourire pour tenter de compenser. Curieusement, Norman n'avait pas du tout l'air contrarié. Peut-être faisait-il partie de ces veinards qui sont toujours à leur avantage sur les photos. Ce n'était pas le cas de Hannah. On pouvait changer l'éclairage, lui demander de tourner la tête ou de la baisser ou quoi que ce soit d'autre, elle se trouvait toujours affreuse quand elle se voyait sur un rectangle de papier glacé.

Les mères donnèrent le signal de départ. Norman prit le bras de Carrie, Bill celui de Delores, si bien que les deux sœurs se retrouvèrent en queue de cortège. Hannah les laissa prendre de l'avance et souffla à l'oreille d'Andrea :

« Je suis désolée. Je ne pouvais pas revenir plus vite.

– T'inquiète. Tu avais raison, Hannah. Norman nous a sorti quelques blagues assez tordantes. En fait, tout allait très bien jusqu'à ce que maman et son amie apparaissent. Elles veulent nous prendre en photo nous aussi.

– Génial ! » se réjouit Hannah. Elle ne serait donc pas seule à souffrir. « Si je me mets à côté de toi, je serai peut-être plus photogénique. Par capillarité, qui sait ? »

Andrea éclata de rire.

« Allons, Hannah. Tu es sublime, ce soir. Cette robe te va si bien que même tes cheveux ont l'air mieux.

– Merci... pour le compliment. »

Hannah sourit puis s'aperçut que la brigade maternelle venait de s'engager dans le couloir menant aux toilettes.

« Où vont-ils ?

– Je ne sais pas trop. Mme Rhodes aurait trouvé le cadre idéal, paraît-il. J'espère qu'on ne va pas débouler dans une chambre à coucher ou quelque chose dans le genre. »

Le quadrille s'arrêta au bout du couloir pour attendre les deux retardataires. Puis Carrie ouvrit une porte et les fit entrer dans une grande salle aux cloisons tapissées d'étagères. On aurait dit la bibliothèque d'un club londonien exclusivement masculin tant la décoration était austère. Des divans, des fauteuils en cuir sombre, un bureau massif, des gravures représentant des scènes de chasse. Hannah découvrit avec stupéfaction l'incroyable cheminée en rocaille qui tenait tout un pan de mur.

« La tanière de Del Woodley, annonça Carrie.

– On a le droit d'y entrer ? demanda Bill, mal à l'aise. Je veux dire, il y a bien des endroits interdits aux invités, non ? »

Carrie secoua la tête d'un air péremptoire.

« J'ai posé la question à Del et il m'a donné son accord. »

Hannah et sa sœur échangèrent un regard amusé. La mère de Norman était la copie conforme de Delores. Non seulement elle osait débarquer dans une réception aussi select armée d'un appareil photo, mais elle avait le culot de réclamer à ses hôtes l'usage de leurs appartements privés.

« Va te mettre devant la cheminée avec Bill, lança Delores à l'intention d'Andrea. On va commencer par vous, au cas où Bill devrait partir précipitamment. »

Hannah regarda sa sœur et son mari sourire à l'objectif. Puis, Carrie ayant décidé de prendre les deux couples ensemble, Norman et Hannah les rejoignirent et se placèrent comme l'artiste le souhaitait : Hannah et Andrea devant, Norman et Bill derrière. Après quoi, elle leur demanda de se mettre tous sur le même rang, comme pour une remise de décorations, les « filles » au milieu, les « garçons » de chaque côté.

« J'en verrais bien quelques-unes sur ce canapé, suggéra Delores. Un canapé, ça fait toujours classe. »

Hannah prenait son mal en patience mais elle avait hâte que Carrie tombe en panne de pellicule. Dès que la séance de torture serait terminée, elle prendrait Bill dans un coin pour le briefer. Lui qui s'employait à reconstituer les faits et gestes de la victime le matin de sa mort ignorait encore qu'à 6 h 15 Ron avait vu Max Turner dans son bureau à la laiterie. Cela n'avait peut-être aucun rapport avec le crime mais Bill devait être mis au courant, ne serait-ce que pour pouvoir ensuite vérifier l'info auprès de Max.

« Tu es distraite, ma chérie, fit Delores en levant le doigt comme pour gronder une enfant désobéissante. Concentre-toi un peu, veux-tu ? Essaie d'être jolie et de sourire. Tu n'as qu'à dire ouistiti.

– Orang-outan », souffla Hannah.

Andrea pouffa de rire.

« Tu bouges, Andrea, se plaignit Delores. Carrie ne peut pas faire le point si tu bouges. »

Hannah leva les yeux au ciel au moment même où la mère de Norman appuyait sur l'obturateur. Delores savait-elle qu'aujourd'hui la plupart des appareils photo étaient dotés d'un système de mise au point automatique ? Entre les flashs et les remontrances, Hannah était sur le point d'exploser.

« Il vaut mieux la refaire, déclara Delores en se tournant vers Carrie. Je crois que Hannah a cligné des yeux. »

Norman dut sentir monter son exaspération car il se leva d'un bond.

« Ça ira, maman. Si tu t'asseyais à notre place avec Mme Swensen. J'aimerais prendre quelques photos de vous.

– L'arroseur arrosé, marmonna Hannah en rejoignant sa sœur près du canapé pendant que Norman cherchait le meilleur cadrage. Il faudrait dire à maman qu'elle a du rouge à lèvres sur les dents. »

Andrea prit un air horrifié.

« Surtout pas ! Si tu fais ça, elle sortira son miroir et on en aura pour dix minutes encore. »

Hannah s'apprêtait à lever la séance en faisant remarquer qu'il y avait assez de photos pour retapisser le fond de sa boutique quand retentit une série d'impulsions électroniques. Elle se tourna vers Bill :

« Ce ne serait pas ton bipeur ? »

Bill sortit l'engin de sa poche, jeta un œil et fronça les sourcils.

« J'ai un coup de fil à passer.

– Tu ne vas pas t'en aller, dis ? » Andrea l'attrapa par la manche. « On devait danser ensemble. »

Bill la serra contre lui.

« Je sais, mais le répartiteur a activé le code d'urgence. Où est le téléphone le plus proche ?

– Juste ici. » Hannah désigna l'appareil posé sur un guéridon au bout du canapé. « Appelle-les, Bill. On veut savoir ce qui se passe. »

Ayant obtenu le bureau du shérif, Bill discuta quelques secondes avec un collègue. « OK, tout de suite… je m'en charge… » Pour comprendre de quoi il retournait, il aurait fallu entendre les deux côtés de la conversation.

« Il y a eu un grave accident sur l'autoroute, expliqua-t-il après avoir raccroché. On est tous convoqués.

– Je t'emmène ? proposa Andrea.

– Non, c'est inutile. On passe me chercher. » Bill lui prit la main. « Amuse-toi pour deux, OK ? »

À voir la tête que faisait sa sœur, Hannah douta qu'elle ait envie de s'amuser sans lui. Pourtant, Andrea répondit sur un ton brave.

« D'accord, mon cœur. Sois prudent. On se voit plus tard, à la maison. »

Après le départ de Bill, ils se rapatrièrent vers la salle de réception. Dans le couloir, Hannah vit Norman rembobiner la pellicule et la glisser au fond de sa poche.

« Vous comptez la déposer au drugstore ce soir ? lui demanda-t-elle.

– Non. Je vais la développer moi-même. J'ai fini d'installer ma chambre noire.

– Vous êtes photographe ?

– Amateur. J'ai contracté le virus quand j'habitais Seattle. C'est un passe-temps formidable. J'apporterai les tirages au Cookie Jar demain pendant ma pause déjeuner. Comme cela, vous aurez la primeur. »

L'orchestre avait commencé à jouer lorsqu'ils rejoignirent les autres invités. Norman l'invita à danser. Pour ne pas le vexer, Hannah accepta mais le regretta aussitôt. C'était une valse horriblement lente et Norman était un cavalier à peine passable, pour ne pas dire pire. Hannah aurait bien conduit à sa place.

À la fin du morceau, il l'accompagna jusqu'à l'endroit où Andrea, Delores et Carrie s'étaient retranchées. Tandis qu'ils papotaient tous ensemble, Hannah aperçut Betty Jackson près de l'orchestre. Elle brûlait de l'interroger sur le rendez-vous matinal de son patron, Max Turner, mais savait que Bill n'apprécierait pas que Norman assiste à leur conversation.

« Une autre danse, Hannah ? » proposa Norman en lui offrant son bras.

Hannah faillit tressaillir. Non, elle n'avait absolument pas l'intention de remettre ça. Mais comment le lui annoncer avec tact ? Puis elle eut une illumination.

« Vous devriez inviter Andrea. Tout à l'heure, je l'ai entendue dire à Bill qu'elle avait très envie de danser.

– Bonne idée. » Norman se tourna vers Andrea. « Qu'en dites-vous, ma chère Andrea ? »

Au regard assassin que sa sœur lui décocha en passant devant elle pour rejoindre la piste avec Norman,

Hannah comprit qu'elle allait devoir lui fournir une explication convaincante. Pour faire passer la pilule, elle pourrait lui dire que danser avec Norman valait quand même mieux que supporter les bavardages de Delores et de Carrie.

Betty tapait du pied au rythme de la musique, comme impatiente d'entrer dans la danse. Malheureusement, les cavaliers ne se bousculaient pas pour l'inviter. Betty pesait près de cent cinquante kilos et n'était pas réputée pour ses talents de danseuse. Hannah se rappelait que son père, lequel ne faisait pas dans la dentelle, avait dit un jour qu'il fallait porter des bottes de chantier pour valser avec Betty sans risquer de se retrouver boiteux.

Comme à son habitude, Betty portait une robe à rayures verticales. On avait dû lui dire un jour que les rayures amincissaient, ce qui n'était pas faux. Ce soir-là, elles étaient larges et bicolores, une alternance plutôt harmonieuse de vert bouteille et de rouge foncé.

Hannah lui lança un cordial : « Bonsoir, Betty. » Les mâles aux orteils délicats ayant déserté ce coin de la salle, elles pourraient discuter sans être dérangées.

Betty lui posa la main sur le bras.

« Tu es splendide, ce soir, Hannah.

– Merci. »

Hannah voulait lui retourner le compliment mais ne savait que dire. C'est alors qu'elle vit les chaussures de Betty.

« J'adore tes escarpins. Ils vont tellement bien avec ta robe ! »

Betty sourit, visiblement satisfaite.

« Des nouvelles sur la mort de ce pauvre Ron ?

– Toujours rien. Mais je suis contente de te voir, Betty, parce que je souhaiterais qu'on parle de Max. »

Betty déglutit et son visage vira au gris.

« Je le savais ! Il lui est arrivé malheur !

– Quoi ? bredouilla Hannah. Pourquoi tu dis ça ?

– Il n'a pas donné de nouvelles et ce n'est pas du tout son genre. L'an passé, pendant la convention des fabricants de beurre, il m'appelait trois fois par jour.

– Il ne lui est rien arrivé, enfin à ma connaissance, la rassura Hannah. Je voulais juste savoir s'il était au courant pour Ron. »

Betty s'éventa avec la main.

« J'ai failli faire une attaque. Peut-être que je m'inquiète pour rien, mais franchement, ce silence a quelque chose de bizarre. Shirley, qui bosse à la laiterie Mielke Way, dit que Gary lui téléphone tous les matins.

– Sait-elle si Gary a aperçu Max à la convention ?

– Non. Et Shirley ne peut pas l'appeler pour lui poser la question parce que Gary ne veut pas qu'elle sache où il est descendu. » Le visage de Betty s'éclaira d'un immense sourire. « Gary est célibataire, ajouta-t-elle sur le ton de la confidence. Et c'est l'occasion pour lui de s'amuser un peu, si tu vois ce que je veux dire. Du moins, c'est ce que pense Shirley.

– Elle a probablement raison. Tu crois que Max se donne du bon temps, lui aussi ?

– Max ? répéta Betty, abasourdie. Si tu le connaissais aussi bien que moi, tu ne dirais pas une chose pareille. Max n'a que deux plaisirs dans la vie : l'argent et l'argent. »

Hannah se sentit obligée de rire, bien qu'elle ait entendu cette boutade environ un million de fois.

« Tu savais que Max avait rendez-vous avec quelqu'un dans son bureau mercredi dernier aux aurores ?

– Non ! s'écria Betty avec une surprise non feinte. Il était censé partir à 5 h 30 pour Eau Claire dans le Wisconsin. Comment aurait-il pu donner un rendez-vous avant cela ? C'est bien trop tôt. Tu en es sûre ?

– Je l'ai entendu dire. »

Betty réfléchit un instant puis haussa les épaules.

« Après tout, c'était peut-être pour une histoire de gros sous. Dans ce cas, tout est possible. Je sais que Max est passé au bureau de bonne heure pour prendre le texte du discours d'ouverture qu'il était censé prononcer. Je l'avais tapé à la machine et je lui avais laissé sur un coin de ma table en partant mardi soir. Quand je suis revenue le lendemain matin, il n'était plus là.

– Tu es sûre que c'est Max qui l'a pris ?

– Absolument. À la place, j'ai trouvé un post-it sur lequel il me demandait de racheter des chemises à élastique. »

Hannah se garda de lui dire que Max était toujours à la laiterie à 6 h 15. Cela n'aurait servi qu'à l'inquiéter davantage.

« As-tu essayé de le joindre sur place ?

– Bien sûr que j'ai essayé. L'Holiday Inn m'a répondu qu'il n'était pas chez eux. Mais je m'en doutais un peu. Max est très difficile et, l'année dernière, ils lui ont donné une chambre à côté de la machine à glaçons.

– Et les autres hôtels de la ville ?

– Pareil. Son nom ne figure sur aucune de leurs listes.

– Se pourrait-il que Max partage la chambre de quelqu'un ?

– Max ?! » Betty éclata d'un rire sonore. « Max n'est pas du genre à partager quoi que ce soit.

– Tu as pensé à le faire appeler par haut-parleur sur les lieux de la convention ?

– Oui, je l'ai fait avant de venir ici. Il y a un grand banquet là-bas, ce soir. Ils ont lancé l'appel mais Max ne s'est pas manifesté. »

Une idée se forma dans l'esprit de Hannah.

« Le Wisconsin, ce n'est pas la porte à côté. Max est parti seul ?

– Oui. Gary Mielke lui avait proposé d'y aller ensemble mais Max n'avait pas envie de voyager avec lui. Et si tu penses à un accident, j'ai déjà vérifié auprès de la police routière. Je me fais tellement de mauvais sang, Hannah. »

Hannah partageait l'inquiétude de Betty. C'était à se demander si Max était même arrivé à la convention.

« Tu dis qu'il ne voulait pas voyager avec Gary Mielke. Tu sais pourquoi ?

– Oui, mais je ne devrais pas t'en parler, répondit Betty en tripotant l'anse de son sac à main bordeaux, signe qu'elle se faisait violence. C'est… euh… confidentiel.

– Si je dois t'aider à retrouver Max, j'ai besoin de savoir. Je te promets que ça restera entre nous.

– Très bien, Hannah. »

Hannah craignit que la fine lanière de cuir bordeaux ne finisse par céder à force d'être ainsi malmenée.

« La laiterie Mielke Way est notre plus gros concurrent, et en ce moment Max essaie d'en prendre le contrôle. D'où son refus de faire la route avec Gary.

– Gary n'est pas au courant des intentions de Max ? »

Betty lui adressa un regard qui signifiait *mais d'où tu sors ?*

« Max n'a pas intérêt à ce que ça se sache. Pas avant que l'affaire soit conclue, en tout cas. Il a toujours fonctionné comme ça.

– Pourtant, il t'a mise dans la confidence.

– Pas exactement. Max discutait avec un banquier au téléphone, j'ai décroché sans le faire exprès et j'ai entendu une partie de leur conversation. Max proposait de racheter un prêt que Gary avait contracté. »

Contrairement à ce qu'elle prétendait, Betty n'avait sans doute pas décroché par hasard. Hannah savait qu'elle adorait fourrer son nez dans les affaires des autres et cela faisait d'elle une excellente informatrice.

« Max avait déjà employé ce genre de méthode ?

– Tu plaisantes ? On ne bâtit pas une fortune comme la sienne en se contentant de vendre de la crème et du beurre.

– Comment peux-tu l'affirmer ?

– Ça fait vingt ans que je travaille pour lui. Et en vingt ans, il m'est arrivé de surprendre des phrases par-ci par-là. Max est un vrai requin en affaires. Il repère les sociétés en faillite, les rachète pour une bouchée de pain, puis il les revend et s'en met plein les poches. »

Hannah allait poser une autre question quand elle aperçut Andrea au loin, qui lui faisait signe.

« Andrea m'appelle. Il faut que j'y aille. Merci, Betty.

– Mais dis-moi, tu crois que Max a des problèmes ?

– Je te promets de me renseigner », répondit Hannah tout en consignant mentalement les précieuses informations que Betty venait de lui fournir.

En résumé, Ron avait croisé Max le mercredi matin et il était mort peu après. Max était censé assister à la convention des fabricants de beurre mais personne ne l'y avait vu et il n'avait pas donné de nouvelles. Max aurait-il tué Ron et quitté le pays ? C'était tout à fait possible. Ou alors il était effectivement dans le Wisconsin et attendait que la poussière retombe pour appeler Betty. Si Max s'estimait en sécurité, il pouvait même revenir à Lake Eden dans quelque temps, comme si de rien n'était, et faire semblant de découvrir la triste nouvelle.

« Qu'y a-t-il, Hannah ? demanda Betty, anxieuse.

– Rien. Je réfléchis. Quand Max est-il censé rentrer ?

– Mardi soir. »

Si Max se décidait à appeler, Betty lui parlerait sans doute de leur conversation. Il prendrait peur et partirait se réfugier à l'étranger par le premier avion. Pour Hannah, c'était hors de question. D'une manière ou d'une autre, elle devait obliger Betty à se taire.

« Je viens de réaliser une chose, Betty. Max ne sera pas content s'il découvre que nous avons parlé de lui dans son dos.

– C'est vrai, admit Betty.

– S'il rappelle, ne lui dis pas que je suis au courant pour son rendez-vous de mercredi dernier. Il va croire que nous fouillons dans sa vie privée et tu risques de perdre ton boulot.

– Tu as raison, Hannah ! s'exclama Betty, effarée. Max serait bien capable de me virer s'il pensait que je

colporte des ragots sur son compte. Même si ce n'est pas le cas !

– Absolument. Si quelqu'un te demande de quoi nous parlions, tu n'auras qu'à dire qu'on échangeait nos impressions sur le buffet. Je ferai la même chose.

– Merci, Hannah, dit Betty, les yeux débordant de reconnaissance. Je n'ai vraiment pas envie de me retrouver au chômage. J'adore ce travail. Je serai muette, tu peux compter sur moi.

– Et moi pareil. »

Hannah s'éloigna, certaine que Betty tiendrait parole. Elle venait de découvrir un outil particulièrement efficace en matière de relations sociales : l'intimidation. Mais elle se réjouirait plus tard car Andrea l'attendait et, d'après son expression furibonde, elle allait sûrement se faire souffler dans les bronches.

Tandis qu'elles longeaient ensemble le couloir menant aux toilettes des dames, Hannah entendait sa sœur ruminer. Andrea lui en voulait toujours un peu de l'avoir obligée à danser avec Norman, mais elle était plus calme depuis que Hannah lui avait glissé à l'oreille qu'elle avait fait cela pour aider Bill dans son enquête.

« Tu es sans pitié, Hannah. Comment as-tu pu livrer Norman en pâture aux sœurs Hollenbeck, sachant qu'elles vont lui tenir la jambe pendant un quart d'heure au moins.

– J'espère bien. Norman m'a demandé de le mettre en rapport avec des patients potentiels. Et Marguerite me semblait déterminée à se faire blanchir les dents. Si elle est satisfaite, elle en parlera à toutes les bigotes qu'elle fréquente et elles prendront rendez-vous elles aussi.

– On y est. »

Andrea s'arrêta devant la porte des toilettes.

« C'était juste un prétexte. Je voudrais que tu passes un coup de fil à ma place. Tu es largement plus douée que moi pour embobiner les gens.

– Tu peux répéter ? »

Andrea éclata de rire, et Hannah comprit qu'elle n'était plus du tout en colère contre elle.

« Qui dois-je appeler ?

– L'Holiday Inn d'Eau Claire dans le Wisconsin. C'est là que se tient la convention des fabricants de beurre.

– Tu veux que je parle à Max ? » Andrea semblait très réticente. « C'est une mauvaise idée, Hannah. Bill ne l'a pas encore contacté, ce qui signifie que Max ne sait pas pour Ron.

– Il n'est pas question de Max. Je voudrais que tu téléphones à Gary Mielke de la laiterie Mielke Way. J'ai besoin de certaines informations qu'il est seul à détenir. »

Andrea n'était toujours pas décidée.

« Bill est au courant ?

– Non. Betty vient de m'apprendre un truc que Gary pourrait confirmer.

– Mais tu n'es pas censée… je veux dire, ce serait plutôt à Bill de…

– Bill est absent et moi je suis ici, l'interrompit Hannah. C'est peut-être important, Andrea. Bill peut très bien rester indisponible pendant des heures à cause de cet accident sur l'autoroute. Nous utiliserons le téléphone qui est dans la bibliothèque de Del Woodley. On sera plus tranquilles et ce n'est pas comme si les

Woodley n'avaient pas les moyens de payer un appel longue distance. »

Andrea n'hésita pas davantage.

« OK, je veux bien le faire. Bill dit toujours qu'avec ma voix douce je peux persuader n'importe qui de faire n'importe quoi. »

Hannah poussa la porte et accompagna sa sœur jusqu'au fauteuil de Del. Elle-même s'assit sur le canapé pour ne rien perdre de l'admirable prestation téléphonique d'Andrea, laquelle parvint en quelques secondes à convaincre le réceptionniste de l'Holiday Inn de quitter son poste pour se mettre à la recherche de Gary Mielke. Bill avait raison. Andrea pouvait persuader n'importe qui de faire n'importe quoi. Hannah se sentait déjà moins coupable envers elle : si un jour Bill lui demandait de démissionner, Andrea userait de la même méthode pour le faire changer d'avis et elle y parviendrait.

CHAPITRE 17

Hannah semblait préoccupée quand elle regagna la salle de bal aux côtés d'Andrea. Ce qu'elle venait d'apprendre n'avait fait que confirmer ses craintes. Max Turner ne s'était pas présenté à la convention des fabricants de beurre. Comme il était censé prononcer le discours d'ouverture, Gary Mielke avait dû le remplacer au pied levé. Gary était arrivé à l'hôtel Holiday Inn la veille au soir pour retrouver des amis. Ils étaient sortis dîner et avaient terminé la nuit avec « d'autres amis ». Hannah n'avait pas demandé si ces « autres amis » étaient tous de genre masculin. Cela n'avait guère d'importance. Ce qu'il fallait retenir de sa déclaration c'était qu'il se trouvait à plusieurs centaines de kilomètres de Lake Eden au moment où Max Turner avait disparu et où Ron LaSalle était mort assassiné.

« Allons-y, l'encouragea Andrea en lui attrapant le bras. Il faut sauver le soldat Norman avant que les sœurs Hollenbeck le rendent chèvre.

– Je sais. Pourtant, j'avoue que j'ai hâte de rentrer chez moi. J'ai besoin de réfléchir à tout cela. Il y a quelque chose qui m'échappe.

– Plus tard. Si tu veux, je viendrai avec toi et je te servirai de caisse de résonance. De toute façon, Bill en a encore pour des heures.

– Comment tu le sais ? s'étonna Hannah.

– C'est le révérend Knudson qui me l'a dit.

– Et comment se fait-il qu'il soit au courant ?

– Le shérif Grant l'a bipé tout à l'heure. Il paraît que certains blessés ont besoin de soutien spirituel.

– Zut. » Hannah grimaça. « En général, on ne l'appelle que si les choses se présentent mal.

– Je sais. En fait, le shérif Grant a convoqué les trois prêtres de la ville. Le révérend Knudson a emmené le père Coultas et le révérend Strandberg dans sa propre voiture. »

Pour que les trois hommes d'Église consentent à voyager dans le même véhicule, il devait s'agir d'un désastre de grande ampleur comme un carambolage en chaîne, se dit Hannah. Depuis que les luthériens avaient battu les catholiques au softball, le père Coultas n'adressait plus la parole au révérend Knudson et le révérend Strandberg était fâché avec les deux autres depuis qu'ils l'avaient accusé en privé de prosélytisme biblique.

Norman était toujours en grande conversation avec les sœurs Hollenbeck. Quand il aperçut Hannah et Andrea, il leur fit signe de patienter deux secondes et reporta son attention sur Marguerite.

« Alors, c'est entendu, mademoiselle Hollenbeck, on se voit à 10 heures demain. Cette nouvelle technique va vous plaire, je vous l'assure. Elle est totalement indolore et, quand vous sortirez de mon cabinet, votre sœur elle-même aura du mal à vous reconnaître. »

Hannah attendit que les deux vieilles demoiselles disparaissent dans la foule pour se tourner vers Norman.

« *"Votre sœur elle-même aura du mal à vous reconnaître"* ?

– Bon, d'accord. J'y suis peut-être allé un peu fort, mais je sais qu'elle sera satisfaite. À ce propos, ça ne vous tente pas de...

– Il n'en est pas question, le coupa-t-elle. Je sais que vous menez une campagne de recrutement, mais vous perdez votre temps avec moi. Que diriez-vous de retourner au buffet avant qu'ils remballent ? »

Ayant compris que sa sœur avait hâte de changer de sujet, Andrea abonda dans son sens.

« Bonne idée. J'ai mangé un morceau tout à l'heure avec Bill mais j'ai à nouveau faim. »

Norman passa son bras sous celui de Hannah.

« Ça me va. Ma mère suit un régime à base de poulet et de poisson, en ce moment. Si je n'avale pas de la viande rouge très vite, je risque de perdre la superbe musculature que tous les hommes m'envient. »

Andrea se mit à rire de bon cœur et lui saisit l'autre bras.

« Vous savez, je commence vraiment à vous apprécier, Norman.

– On me le dit souvent. » Norman prit un air suffisant. « Les gens ont tendance à s'attacher à moi.

– Et comment vous faites pour marcher ? » répliquèrent les sœurs à l'unisson, ce qui généra un triple fou rire.

Tout en garnissant son assiette, Hannah récapitula les diverses infos glanées au cours de la soirée. Selon Gary Mielke, prononcer le discours d'ouverture était considéré comme un honneur dans leur profession et

Max n'aurait raté cela pour rien au monde. En outre, quand il avait vu que son badge l'attendait toujours derrière le comptoir d'accueil, Gary avait arpenté les salles de conférences à la recherche de Max, tout en sachant qu'il ne le trouverait pas puisque sans badge on ne pouvait assister à rien. Il avait conclu que Max était malade et n'avait pas pu venir.

Hannah suivit Norman et Andrea vers une table libre et se mit à picorer en se repassant le film des événements du mardi matin. À 6 h 15, Ron avait aperçu Max dans son bureau avec quelqu'un et en avait parlé à Danielle. Cette personne était la dernière à avoir vu le patron de la laiterie Cozy Cow. Hannah devait trouver son identité, mais cela paraissait impossible.

Andrea et Norman discutaient tout en mangeant. Hannah, elle, était perdue dans ses pensées. Où Max avait-il pu disparaître ? Elle ne savait pas grand-chose de sa vie privée. Avait-il des amis ? Il faudrait qu'elle pose la question à Betty.

Hannah se tamponna les lèvres avec une serviette, baissa les yeux sur son assiette, et s'aperçut qu'elle était vide.

« Je vois que tu as apprécié l'aspic de morue, commenta Andrea.

– De la morue ? » s'écria sa sœur en faisant la grimace.

Elle détestait la morue et plus encore les aspics à base de tomate.

« J'ai cru que c'était un œuf en gelée ! »

Norman prit un air inquiet.

« Vous semblez préoccupée, tout à coup, Hannah. Il y a un problème ?

– Non, pas vraiment », marmonna-t-elle.

C'était un peu court comme réponse et elle ne voulait pas que Norman croie qu'elle s'ennuyait avec lui.

« C'est juste que je pensais à Max. J'ai des questions à lui poser.

– Max Turner ? s'écria Norman en la fixant d'un air atterré. Ce type est à fuir comme la peste. Surtout, ne signez jamais aucun accord financier avec lui !

– Pourquoi cela ? »

Hannah ne comprenait pas la raison d'une telle colère.

« Il vous mangerait toute crue ! Je pourrais vous citer des exemples de… » Norman s'interrompit, un peu gêné, comme s'il en avait trop dit. « Désolé de m'être laissé emporter, mais je vois rouge quand j'entends le nom de cet individu. »

Hannah toucha la manche de sa veste.

« Expliquez-nous, Norman.

– Mon père avait emprunté de l'argent à Max Turner. Ç'a été la plus grosse erreur de sa vie. Son cabinet était ouvert depuis deux mois seulement et il n'avait pas les moyens d'équiper sa deuxième salle d'examen. Le matériel dentaire coûte très cher, vous savez ?

– Pourquoi ne s'est-il pas adressé à la banque, s'il avait besoin d'un prêt ? demanda Andrea.

– C'est ce qu'il a fait, mais il n'était pas installé depuis assez longtemps pour que la banque puisse établir une base de revenus et ils ont refusé de l'aider. C'est là que Max Turner est entré en scène. Il lui a proposé un prêt garanti sur la maison que mes parents venaient d'acquérir et qu'ils n'avaient pas fini de payer. Ce type leur a conseillé de prolonger sur quinze ans le remboursement de leur emprunt immobilier pour avoir moins à débourser tous les mois. Il leur a même proposé un prêt à différé d'amortissement, avec des paiements sur le principal chaque fois qu'ils auraient une importante rentrée d'argent. »

Hannah grimaça.

« Mouais, je connais un peu la question et je peux vous dire que c'est trop beau pour être vrai.

– Oui, mais mes parents n'en savaient rien. Max les avait endormis en leur racontant qu'il faisait ça pour la communauté, qu'un dentiste contribuerait au développement commercial de Lake Eden et que ce développement ne pouvait que servir ses propres intérêts.

– Que s'est-il passé ensuite ? » demanda Hannah, même si elle devinait la fin de l'histoire.

Betty n'avait-elle pas dit de son patron qu'il était un vrai requin ?

« Max a attendu que mes parents aient presque fini de payer leur maison – il leur restait une dizaine de mensualités – et il a exigé le remboursement de son prêt avant la date d'échéance inscrite au contrat.

– C'est légal ? s'étonna Hannah.

– Oui. Une clause l'y autorisait. Et comme il s'agissait d'un prêt entre particuliers, les règles protégeant les contrats commerciaux ne s'appliquaient pas.

– C'est terrible ! gémit Andrea. Mais la maison n'a pas été vendue. Votre mère en est toujours propriétaire, n'est-ce pas ?

– Oui, en effet. Papa m'a appelé en panique en disant qu'ils étaient sur le point de tout perdre. À l'époque, je travaillais dans une grande clinique dentaire à Seattle. Je suis passé par ma coopérative de crédit, j'ai obtenu un prêt et je leur ai transféré l'argent.

Ils ont remboursé Max quelques heures avant la date limite. »

Hannah avait la nausée. *Requin* était un mot gentil pour qualifier Max Turner. De combien de personnes Max avait-il causé la ruine, à Lake Eden ? se demanda-t-elle. D'un autre côté, elle ne pouvait s'empêcher de penser que cette sinistre histoire et le meurtre de Ron étaient liés d'une manière ou d'une autre. Mais pour emboîter ces deux pièces de puzzle, il lui manquait encore pas mal d'éléments.

« Vous n'en parlerez à personne, n'est-ce pas ? les supplia Norman. Ma mère a toujours honte de s'être laissé gruger si facilement.

– Vous avez notre parole, dit Hannah. C'est de l'histoire ancienne. Personne n'a besoin de savoir. »

Norman semblait soulagé d'un grand poids lorsqu'il se leva en reculant sa chaise.

« Veuillez m'excuser, je vais danser avec ma mère. Je lui ai promis. Et après, comme je suis un chic type, j'inviterai la vôtre.

– Norman ? » Hannah se leva à son tour et lui prit le bras. « Seriez-vous déçu si je m'en allais maintenant ? J'ai quelque chose à faire et ça ne peut pas attendre. Vous pouvez rester. Andrea me ramènera.

– D'accord, répondit Norman sans même chercher à la retenir, ce qui égratigna son ego. Quelque chose en rapport avec le meurtre de Ron ?

– Oui. Je suis désolée mais je ne peux en dire davantage.

– Pas de souci, Hannah. Il faut juste trouver une excuse plausible pour nos mères respectives. Autre chose qu'un simple mal de tête.

– Que diriez-vous d'une bonne migraine ? suggéra Andrea. La migraine ça marche à tous les coups.

– Je n'ai jamais de migraine et maman le sait.

– Toi non, mais moi si. » Andrea se tourna vers Norman. « Vous n'aurez qu'à leur dire que j'étais dans un sale état, que j'ai supplié Hannah de me ramener à la maison et de rester à mes côtés jusqu'au retour de Bill.

– Ça devrait suffire, admit Norman. Mais si elle appelle chez vous et que vous n'y êtes pas ?

– Aucun problème, répliqua Andrea, triomphante. Elle sait que je coupe toujours le téléphone quand j'ai la migraine. Je ne supporte pas la sonnerie. »

Norman la félicita d'une petite tape dans le dos.

« Très malin. Vous avez tout prévu. Je vais de ce pas leur transmettre le message.

– Norman ? » Hannah se rappela les bonnes manières juste à temps. « Merci pour cette agréable soirée. J'ai passé un très bon moment.

– Moi aussi. Allez, dépêchez-vous, Hannah. Et n'oubliez pas de tenir le bras d'Andrea comme si vous l'aidiez à marcher. Voilà nos mères. Elles m'ont l'air gonflées à bloc. »

Andrea s'installa au volant et remonta la longue allée qui serpentait à travers la pelouse des Woodley. Avant de s'engager sur la route, elle se tourna vers Hannah.

« Où va-t-on ?

– Chez moi. Tu n'auras qu'à me déposer.

– Te déposer ? » Andrea freina si violemment que des graviers giclèrent sous ses roues. « Qu'est-ce que ça veut dire ? »

Hannah soupira. C'était de sa faute. Elle n'aurait jamais dû l'impliquer dans l'enquête. Maintenant, elle allait devoir faire machine arrière et la chose risquait d'être compliquée.

« J'ai un truc à faire et ça peut être dangereux. Je ne veux pas que tu aies de problèmes à cause de moi.

– Et toi, tu te fiches d'avoir des problèmes ?

– Bien sûr que non. Je serai très prudente. Toi, tu as un mari et une fille. Tu dois penser à eux.

– Je pense à eux mais je viens quand même. » Andrea lui jeta un regard furibond. « On parle de la future promotion de Bill, là. Je ferai tout ce qui est en mon pouvoir pour qu'il la décroche.

– Mais, Andrea… Tu sais bien que Bill voudra que tu renonces…

– Ça, c'est mes affaires, la coupa Andrea. Donc je répète : où va-t-on ? »

Hannah jeta l'éponge. Quand Andrea avait une idée en tête, personne ne pouvait l'en faire démordre.

« D'abord, on va chercher mon break. J'ai deux torches très puissantes à l'arrière. Et ensuite, on file chez Max Turner.

– Pourquoi chez lui ?

– Parce que Max n'a jamais mis les pieds à la convention où il était attendu et que le mercredi matin, à 6 h 15, il recevait quelqu'un dans son bureau. Ron les a vus.

– Et alors ?

– Alors Max n'a pas d'alibi pour la mort de Ron. On sait qu'il n'est pas dans le Wisconsin et personne ne l'a croisé depuis mercredi dernier, 6 h 15.

– Je comprends. Tu penses que Max a tué Ron et qu'il s'est enfui ? Mais pourquoi Max aurait-il tué Ron ?

– Réfléchis à ce que Norman vient de nous apprendre. Ce n'est pas un mobile, ça ? »

Andrea garda le silence un bref instant.

« Pigé. Tu penses que Ron a entendu Max Turner discuter d'une affaire louche dans son bureau à 6 heures du matin, que Max a suivi Ron pendant ses livraisons et qu'il l'a abattu de sang-froid pour l'empêcher de parler. Mais comment sais-tu que Ron a vu Max ? »

Hannah fronça les sourcils. Elle aurait dû se douter qu'Andrea lui poserait la question.

« Je le sais par mon indic.

– Ton indic ?

– Il s'agit davantage d'un témoin, en réalité. C'est la femme au rouge à lèvres rose. Elle n'a vu ni Max ni son interlocuteur, mais, en remontant dans la camionnette, Ron lui a dit que Max recevait quelqu'un dans son bureau. »

Andrea resta un long moment immobile à contempler la nuit derrière son pare-brise, puis elle se tourna vers Hannah.

« Il y a quelque chose qui m'échappe. Norman a dit que les méthodes de Max étaient parfaitement légales. Dans ce cas, il n'avait pas besoin de tuer Ron, pas vrai ?

– Je n'ai pas de réponse, reconnut Hannah. Tout ce que je sais c'est qu'on doit inspecter le domicile de Max. »

Andrea passa la première.

« Tu as tout à fait raison. On passe d'abord par chez toi ?

– C'est parti. »

Andrea prit la route qui menait chez sa sœur. Deux minutes plus tard, elle éclatait de rire.

« Qu'est-ce qui t'amuse autant ? demanda Hannah.

– Toi. Inspecter la maison de Max ne comporte aucun danger. Max n'est pas stupide. S'il a tué Ron, pourquoi resterait-il chez lui à attendre qu'on vienne lui passer les menottes ?

– Tu as raison. »

Andrea quitta la route des yeux pour lui lancer un regard perplexe.

« Alors, pourquoi tu m'as dit que ça pouvait être dangereux ?

– Parce que la maison de Max est certainement verrouillée et que, si on nous arrête pour effraction de domicile, Bill risque de nous tuer toutes les deux. »

CHAPITRE 18

Hannah quitta la grande route et s'engagea sur le chemin goudronné donnant accès à la laiterie Cozy Cow, un édifice aux formes massives dont les murs blancs luisaient sous la lumière puissante des lampes de sécurité, perchées sur des poteaux, qui l'entouraient. Un tel dispositif n'était d'aucune nécessité. Pourquoi un malfaiteur ayant deux doigts de jugeote essaierait-il de s'introduire dans une laiterie ? Pour voler de la crème et du beurre ? Connaissant Max, Hannah supposa qu'il avait acheté cet équipement pour obtenir une ristourne sur l'assurance.

« Cet endroit est sinistre, en pleine nuit », fit Andrea d'une voix qui tremblait légèrement.

Hannah sentit que sa sœur commençait à regretter d'avoir insisté pour l'accompagner.

« Tu crois qu'il y a une équipe de nuit ?

– Non. L'activité ne démarre qu'au moment où les camions-citernes apportent le lait venant des fermes d'élevage. Aucun employé n'arrive avant 7 h 30, mis à part le livreur.

– Je me sens ridicule, fringuée comme ça. »

Andrea baissa les yeux sur le sweat et le jean noirs que Hannah lui avait demandé d'enfiler.

« Ce pantalon est bien trop grand pour moi. J'ai dû retourner trois fois le bas des jambes et, sans ceinture, je le perds. Et ce sweat à capuche doit sortir d'une poubelle tellement il pue. Tu peux me dire pourquoi on s'est déguisées en rats d'hôtel ? La maison de Max est à huit cents mètres de la route, minimum. Personne ne nous aurait vues, de toute façon.

– Désolée, Andrea. Ma garde-robe n'est pas aussi fournie que la tienne. Je t'ai donné ce que j'avais de plus petit. Tu ne voulais pas y aller en tenue de soirée, quand même ! »

Andrea expulsa l'air contenu dans ses poumons.

« Tu as raison. Je suis un peu nerveuse, c'est tout. Je n'arrête pas de penser à la réaction de Bill si on se fait prendre.

– On ne se fera pas prendre. Je te le répète encore une fois, si on est obligées de fracturer la serrure, je m'en chargerai. Tu pourras toujours lui dire que tu as tenté de m'arrêter mais que je ne t'ai pas écoutée.

– Ça fait un peu tiré par les cheveux. » Andrea poussa un nouveau soupir et grimaça lorsque le véhicule roula dans une ornière. « Avec tout son fric, Max pourrait au moins entretenir cette route, bon sang ! »

En parvenant en vue de la maison, Hannah éteignit ses phares. Elles firent le reste du chemin sous le clair de lune.

« Il n'y est pas. Je ne vois rien d'allumé, chuchota Andrea pendant que Hannah s'arrêtait devant le garage de Max et coupait son moteur. Je t'avais bien dit qu'on ne le trouverait pas chez lui.

– Je m'en doutais un peu, figure-toi. Mais je vais quand même sonner, on ne sait jamais.

– Et si quelqu'un vient ouvrir ? demanda Andrea d'une voix chevrotante.

– Qui ça ?

– Je ne sais pas, moi. Quelqu'un.

– Je trouverai bien un truc à lui dire. »

Hannah descendit de son break et s'avança vers la porte. Elle n'en menait pas large malgré ce qu'elle prétendait. Si Max ouvrait, que lui raconterait-elle ? Mais Max n'ouvrit pas et Hannah fit demi-tour, un sourire sur le visage.

« Il n'y a personne. Allez, on y va. Le garage. Regardons par les lucarnes.

– Comment ça ? »

Andrea descendit du break et leva la tête. La porte du garage était percée d'étroites lucarnes dans sa partie supérieure.

« Elles sont trop hautes, on ne verra rien.

– Mais si. »

Hannah grimpa sur le capot et fit signe à Andrea de lui passer une torche. Quand le faisceau lumineux éclaira l'intérieur du garage, Hannah étouffa un cri.

« Quoi ? chuchota Andrea. Qu'est-ce qu'il y a là-dedans ? »

Hannah sauta du capot en s'efforçant de prendre un air détaché.

« La voiture de Max est toujours là.

– Si sa voiture est là, lui aussi, forcément ! répliqua Andrea en oubliant de chuchoter. Fichons le camp, Hannah ! »

Si elle n'avait écouté que son instinct, Hannah se serait enfuie séance tenante, mais son sens du devoir triompha de sa peur.

« On ne peut pas faire ça. Imagine que Max soit quelque part dans cette maison, malade, blessé… ou pire. »

Andrea ouvrit grand la bouche. Elle avait dû comprendre ce que Hannah entendait par « pire ».

« Non, Hannah, ne sois pas stupide. Allons chercher Bill.

– Vas-y, toi. Les clés sont sur le contact. Moi, je m'occupe de Max.

– M… mais… balbutia Andrea, paniquée. Je ne peux pas te laisser seule, Hannah. Imagine que Max ait été tué et que son meurtrier soit encore là ?

– Si Max a été tué, son meurtrier est parti depuis longtemps. Réfléchis, Andrea. Si tu tuais quelqu'un, tu resterais avec ta victime pendant deux jours entiers ?

– Non. Mais j'ai le sentiment qu'il va se passer un truc vraiment horrible. Rappelle-toi Charles Manson.

– C'était en Californie. Reste ici et fais le guet. Si tu vois des phares sur le chemin d'accès, donne un coup de sonnette.

– Pas question. Je ne veux pas rester seule.

– Alors viens avec moi », rétorqua Hannah. Elles étaient en train de perdre un temps précieux. « Décide-toi, Andrea… Moi j'entre.

– Je te suis. C'est mieux que rester dehors toute seule. Mais comment tu vas faire ?

– Je n'en sais rien. »

Hannah recula de quelques pas mais ne vit aucun moyen facile de pénétrer dans la maison.

« Je pense que je vais devoir briser une vitre.

– Non, pas ça. Bill dit que les gens ferment rarement la porte qui relie le garage aux pièces d'habitation et que c'est par là que s'introduisent les cambrioleurs. C'est peut-être le cas ici.

– Génial ! Et comment espères-tu ouvrir la porte du garage ? Elle fonctionne avec une télécommande, j'ai aperçu le boîtier électronique à l'intérieur.

– Je sais comment faire, répondit Andrea en se rengorgeant. Un jour, notre télécommande était en panne. Alors Bill a tiré très fort sur la poignée, la porte a basculé très légèrement et j'ai pu me glisser par l'ouverture. À nous deux, je crois qu'on devrait y arriver.

– Ça vaut le coup d'essayer, en tout cas. Trouvons de quoi la maintenir en place après qu'on l'aura soulevée.

– Que penses-tu de ces caisses ? »

Andrea désignait plusieurs caisses de lait comme on en faisait autrefois, empilées au bord de l'allée.

« Ça fera l'affaire. » Hannah en choisit une, la posa sur le sol à ses pieds et saisit la poignée. « Viens m'aider. Dès que la porte s'entrouvrira, je pousserai la caisse avec le pied. »

Après un premier essai infructueux, la porte consentit à basculer sur une trentaine de centimètres. Hannah la cala avec la caisse de lait, prit un peu de recul et marmonna :

« C'est trop étroit. Je n'arriverai jamais à me glisser là-dessous.

– Moi si, fit Andrea en souriant malgré sa peur. N'oublie pas, je fais un petit trente-huit. Quand je serai dedans, tu me passeras la torche. »

Hannah regarda sa sœur s'allonger sur le dos et commencer à ramper par l'ouverture. Elle qui redoutait d'entrer chez Max par effraction était précisément en train de le faire, centimètre par centimètre, en gigotant comme un asticot. Andrea disparut dans l'antre obscur et, deux secondes après, sortit une main par la fente.

« C'est bon, passe-moi la torche. »

Hannah s'exécuta et, deux secondes après, vit sur le sol en ciment un halo de lumière glisser vers le fond du garage. Un instant plus tard, la porte s'ouvrait sans heurt. Hannah entra.

« Je pense que tu devrais regarder ça », dit Andrea en braquant la torche sur la voiture de Max.

Hannah mit quelques secondes à réaliser ce que lui montrait sa sœur. La nouvelle Cadillac de Max avait l'air parfaitement normale. Puis elle vit la housse à vêtements suspendue contre la vitre arrière, les deux valises posées près du coffre et la mallette ouverte sur le siège passager.

« Max s'apprêtait à les charger mais a été interrompu, commenta Andrea en pointant le faisceau sur les valises.

– Par quelque chose ou quelqu'un », compléta Hannah.

Elle ne faisait que souligner l'évidence. Max avait bien eu l'intention de se rendre à la convention des fabricants de beurre. On apercevait des costumes à travers le plastique transparent. Ses bagages n'attendaient plus que lui.

« Allume, s'il te plaît, Andrea. »

Dès que la lumière jaillit du plafonnier, Hannah contourna la Cadillac pour ouvrir la portière côté passager. Le portefeuille de Max était dans la mallette. Elle inspira profondément et l'attrapa.

« Tu crois qu'on a le droit de fouiller ses affaires ? » intervint Andrea.

Hannah lui décocha un regard torve.

« Dans le cabinet de Norman, tu n'avais pas autant de scrupules. »

Cette réplique cinglante fit monter le rose aux joues de sa sœur. Elle resta muette le temps que Hannah ouvre le portefeuille et compte l'argent qu'il contenait.

« Mille deux cents en espèces. Il y a aussi son permis de conduire et plusieurs cartes de crédit.

– Ça veut dire que Max n'a pas tué Ron et qu'il ne s'est pas enfui. » Andrea semblait très sûre d'elle-même. « Il aurait pu laisser les cartes de crédit et le permis de conduire pour éviter qu'on le suive à la trace. Mais l'argent ? Il aurait pris l'argent.

– Tu as raison. »

Hannah passa en revue les documents rangés dans la mallette et trouva le programme de la convention des fabricants de beurre. Un passage était surligné en jaune : *Discours d'ouverture par Maxwell Turner – 10 heures.*

« Regarde ça. »

Andrea se pencha sur la feuille.

« Le discours qu'il n'a jamais prononcé.

– Je me demande où il est, fit Hannah en fronçant les sourcils. Betty disait qu'elle était restée tard, mardi soir, pour le taper à la machine. Elle l'a laissé sur un coin de son bureau, à son intention, et quand elle est revenue le mercredi matin, il n'y était plus. »

Andrea avait l'air troublée.

« Il n'est pas dans la mallette ?

– Non. Allons voir dans la maison. »

L'expression sur le visage d'Andrea disait clairement qu'elle aurait préféré se casser une jambe.

« C'est vraiment obligatoire ?

– Bien sûr. On tombera peut-être sur un indice qui nous indiquera l'endroit où il se trouve.

– Très bien, gémit Andrea. Mais on devrait prendre une arme, juste au cas où, non ?

– Bonne idée. »

Hannah s'empara d'un marteau qui traînait sur l'établi près de la porte et lui tendit un maillet en caoutchouc. Face à une arme à feu, ces deux outils paraissaient dérisoires, mais Hannah était presque certaine qu'il n'y avait personne à l'intérieur. Et si Andrea se sentait mieux avec un maillet dans la main, pourquoi la contrarier ?

Hannah essaya d'ouvrir la porte de communication. En vain.

« J'y crois pas ! Max l'a fermée. Va voir si les clés sont dans la Cadillac, tu veux ? Peut-être sur le contact. »

Andrea fit l'aller-retour en trois secondes et lui rapporta un trousseau. Hannah trouva la clé qui ouvrait la porte.

Elle tomba directement dans la cuisine. Hannah chercha l'interrupteur à tâtons. Quand la lumière s'alluma, un bruit la fit sursauter. Le réfrigérateur venait de se réveiller. « Super, la déco ! J'ignorais que Max avait un faible pour les vaches. »

Effectivement, il y en avait partout, sous des formes diverses et variées. Les placards étaient équipés de poignées noir et blanc, rappelant la robe tachetée de la race holstein. Sur le rebord de la fenêtre au-dessus de l'évier, une série de génisses en porcelaine adoptaient diverses poses typiquement bovines, et au-dessus de la cuisinière trônait une grande assiette ornée de vaches s'ébattant dans un pré. Les magnets sur la porte du frigo ne faisaient pas exception à la règle, pareil pour le sucrier, le pot à crème et le bocal à cookies posés sur le comptoir. Un chien de troupeau serait devenu fou s'il avait voulu rassembler tout ce bétail.

« Un peu chargé à mon goût, reconnut Andrea, mais je suppose que la plupart de ces machins sont des cadeaux. Il faut bien qu'il en fasse quelque chose. C'est le problème avec les collections. Une fois que les gens savent que vous collectionnez un type d'objet, ils ne vous offrent plus que cela. »

Il y avait une odeur de brûlé dans cette cuisine. Hannah remarqua le voyant rouge sur la cafetière électrique. En allant l'éteindre, elle vit la mixture goudronneuse qui stagnait au fond du pot en verre.

« Max a laissé le café sur la plaque.

– Ne mets pas d'eau, l'avertit Andrea. J'ai fait ça une fois et la verseuse s'est fendillée. »

Hannah posa le récipient sur la cuisinière pour qu'il refroidisse et, ce faisant, nota la présence d'une bouteille thermos près d'un essuie-mains parsemé de petites vaches guillerettes broutant le tissu-éponge vert salade. La bouteille était vide et son bouchon dévissé.

« Max avait prévu d'emporter du café chaud mais n'est pas revenu dans la cuisine. »

Andrea contemplait la thermos vide comme si elle allait vomir. Sans doute commençait-elle à se demander sérieusement ce qui avait pu arriver à Max. Hannah jugea préférable de l'éloigner. Elle la fit passer devant les placards aux poignées bovines et entrer dans le salon.

Hannah alluma. Visiblement, personne n'avait pénétré dans cette pièce depuis que Max l'avait quittée aux aurores, le mercredi précédent. Elle jeta un coup d'œil sur sa sœur, vit son teint cireux, ses jambes flageolantes et comprit qu'Andrea allait tomber dans les pommes si elle n'intervenait pas très vite.

« Andrea ? J'ai besoin de toi ! claironna-t-elle sur le ton que sa mère employait autrefois pour leur ordonner de ranger leur chambre. Es-tu déjà venue ici ? »

Andrea cligna des yeux une première fois, une deuxième, puis tourna vers Hannah son regard désemparé. On aurait dit qu'elle ne savait plus où elle était.

« Pardon ?

– Es-tu déjà venue ici ? »

Andrea opina. Ses joues étaient moins blêmes depuis que Hannah avait fourni un dérivatif à ses pensées morbides.

« Oui, l'automne dernier. Al m'avait chargée de lui apporter des papiers à signer. Max a acheté une propriété à Browerville et c'est Al qui s'est occupé des formalités.

– Tu te rappelles comment était la maison, ce jour-là ?

– Évidemment. C'est mon métier. » La voix d'Andrea était redevenue claire. « Max m'a fait faire le tour du propriétaire. Il venait d'effectuer des travaux et j'ai demandé à visiter les lieux en me disant que peut-être, un jour, il chercherait à vendre pour prendre un logement plus grand en centre-ville. »

Hannah sourit et lui tapota l'épaule.

« Je savais que je pouvais compter sur toi. Maintenant, concentre-toi et dis-moi si quelque chose a été déplacé. Dans cette pièce, par exemple. »

Andrea regarda autour d'elle.

« Tout est pareil, sauf le canapé. Il était noir avec des coussins en peau de vache. Et tu vois ce portrait au-dessus de la cheminée ? C'est la mère de Max qui l'a peint à partir d'une vieille photo. Il représente le grand-père de Max, debout devant l'ancienne laiterie.

– J'ignorais que sa mère était une artiste, dit Hannah en examinant l'œuvre d'un œil suspicieux.

– Approche-toi, tu verras que ce n'est pas le cas. » Andrea avait retrouvé le sourire. « C'est une toile à peindre numérotée. Ça faisait fureur dans les années cinquante. On envoie une photo et en retour on reçoit un support déjà prêt, avec des cases numérotées en fonction de la couleur à appliquer. J'avais très envie de lui dire à quel point c'était moche mais je me suis abstenue, évidemment. »

Effectivement, de près, le tableau ne faisait plus guère illusion. À certains endroits, on voyait même les chiffres imprimés apparaître derrière la couche de peinture. Hannah doutait fort que le grand-père de Max se soit fait tatouer le numéro 17 sur le front.

« Passons dans les autres pièces et dis-moi si tu constates des changements. »

Andrea sur les talons, Hannah sortit rapidement du salon pour démarrer la tournée d'inspection qu'elle souhaitait exhaustive. Dans la bibliothèque, Andrea remarqua que les rideaux étaient neufs. Dans le bureau, les meubles étaient disposés différemment. Depuis son passage, Max avait retapissé les murs de la salle à manger, repeint sa chambre en vert et acheté un tapis à franges pour la chambre d'amis. Et partout, il y avait des vaches sous une forme ou sous une autre.

« Comment fais-tu pour te souvenir de tout ? » demanda Hannah, abasourdie par la somme d'informations qu'Andrea avait engrangées en une seule visite.

Andrea haussa les épaules avec modestie.

« J'ai toujours eu un don d'observation. Rappelle-toi, je pouvais dire à coup sûr si maman était entrée dans ma chambre. Il suffisait qu'elle ait bougé un objet d'un millimètre.

– Et ici, rien n'a bougé ? »

Hannah essayait de capter son attention car, après avoir fait le tour des pièces, elles revenaient dans la cuisine, là où Andrea avait fait sa crise de panique.

« À première vue, je ne pense pas, mais… » Andrea s'arrêta devant la porte donnant sur le garage, leva le bras et toucha un crochet vissé dans le chambranle.

« Attends une minute, Hannah. Normalement, il y a une clé ici.

– Quel genre de clé ? »

Andrea ferma les yeux et les rouvrit brusquement.

« Une clé en métal bleu brillant suspendue à un porte-clés en forme de vache. Elle était ici quand Max m'a montré la cuisine. La vache était vraiment mignonne, marron et blanc avec un petit…

– À quoi correspondait cette clé ? l'interrompit Hannah.

– C'est celle de la laiterie. Je lui ai posé la question. Max la prenait quand il rejoignait son bureau à pied et n'avait pas envie de trimballer tout le trousseau. Il emportait cette clé, la télécommande pour la porte du garage et… » Andrea se tut et regarda sa sœur. « C'est ce qu'il a dû faire mercredi matin ! Tout à l'heure, quand j'ai décroché les clés du contact, la télécommande n'était pas sur le pare-soleil.

– Je pense comme toi. Mercredi matin, Max a commencé à charger sa voiture mais n'a pas eu le temps de terminer avant l'heure de son rendez-vous. Il a laissé sa mallette ouverte pour y glisser plus tard le discours qui l'attendait sur le bureau de Betty. Il prévoyait de repasser chez lui et de partir ensuite à la convention. Mais Max n'est jamais repassé chez lui. La dernière fois que quelqu'un l'a vu, c'était dans son bureau à la laiterie Cozy Cow. Après quoi, on perd sa trace. »

Andrea grimaça.

« Je devine ce que tu vas dire. Il n'en est pas question.

– Pourtant, on n'a pas le choix. » Hannah ferma la porte de communication et fit sortir sa sœur par l'entrée principale. « Il faut aller jeter un œil à la laiterie. »

CHAPITRE 19

Hannah démarra son moteur, attrapa le sac de cookies qu'elle transportait toujours sur la banquette arrière et le posa sur les genoux d'Andrea.

« Mange. Tu as besoin de chocolat. Après, tu te sentiras mieux.

– Je n'ai pas besoin de chocolat. J'ai besoin d'un psy ! Seul un psychiatre pourra m'expliquer pourquoi j'ai accepté cette idée débile, complètement farfelue que tu as eue de… de… »

Andrea ne trouvait plus ses mots. Elle plongea la main dans le sac, sortit un cookie et mordit dedans avec hargne. Un soupir de contentement s'échappa d'entre ses lèvres.

« Ils sont vraiment bons.

– Je les ai appelés délices de cerises au chocolat. J'ai inventé cette recette le jour où maman m'a raconté que papa lui rapportait des cerises enrobées de chocolat chaque fois qu'il avait un truc à se faire pardonner. »

Andrea pêcha un deuxième cookie et en croqua la moitié d'un coup.

« Tu es absolument sûre qu'on doit entrer dans la laiterie ?

– Certaine. »

Arrivée au bout du chemin d'accès, Hannah bifurqua pour s'engager sur le parking.

« On ne pourrait pas *essayer* d'appeler Bill d'abord ?

– Il a déjà fort à faire », répondit Hannah en se garant dans un coin sombre.

Elle regarda sa sœur. Andrea semblait avoir repris du poil de la bête et ses mains ne tremblaient plus.

« Détends-toi, Andrea. Max n'est pas à l'intérieur. C'est impossible. Betty ou l'un de ses collègues l'auraient déjà trouvé. On va juste essayer de glaner des indices dans son bureau.

– Tu as raison. »

Andrea esquissa un sourire.

« Alors tu viens avec moi ?

– Je ne vais sûrement pas rester seule sur ce parking alors qu'un assassin se promène en liberté ! Et il n'y aura pas d'effraction puisque nous avons les clés.

– Exact. »

Hannah jugea inutile de lui rappeler qu'elles n'avaient trouvé ces clés qu'après avoir forcé la porte du garage.

« Prends les deux torches. Si on allume l'électricité, quelqu'un risque de nous voir depuis la route. »

Andrea récupéra les torches sur la banquette arrière.

« OK, mais tu me devras une pleine fournée de cookies. Et je choisis les délices de cerises au chocolat.

– Affaire conclue. »

Hannah prit sa torche des mains d'Andrea et descendit de son véhicule. En une heure, la température avait considérablement chuté et c'est en frissonnant qu'elle parcourut la distance qui la séparait de l'entrée réservée au personnel. Sous l'éclairage de secours, elle examina le trousseau et remercia Max d'avoir identifié chaque clé par une étiquette. Elle trouva celle marquée « Entrée Personnel » et s'apprêtait à la glisser dans la serrure lorsque Andrea étouffa un cri.

« Qu'y a-t-il ?

– Quelque chose vient de me traverser l'esprit. Et si la laiterie était équipée d'un système de sécurité ?

– Tu plaisantes ? Dans un endroit si vaste, un système de sécurité coûterait une blinde. Tu crois vraiment que Max aurait dépensé de l'argent pour ça ?

– Non, sans doute pas. » Andrea soupira bruyamment. « Excuse-moi, Hannah. C'était juste une idée. »

Hannah s'abstint de préciser que non seulement elle avait eu la même, mais qu'elle avait regardé la date de naissance de Max sur son permis de conduire au cas où elle aurait dû couper l'alarme de toute urgence, les gens ayant tendance à choisir des codes facilement mémorisables. Et si après avoir tapé cette série de chiffres sur le pavé de touches, les sirènes avaient continué de hurler, elle avait prévu de passer au plan B : sauter dans son break et mettre le pied au plancher.

La clé tourna, la porte s'ouvrit, Hannah entra et ne vit ni pavé de touches ni lumière rouge aveuglante. Pas de sirènes non plus. Elle se remit à respirer.

« Suis-moi, Andrea. Son bureau est par là. Au fond du couloir à droite. »

Andrea franchit le seuil avec prudence.

« Comment tu le sais ?

– Je suis venue avec ma classe en CM2. C'est Max lui-même qui nous a servi de guide.

– Moi, je n'y ai pas eu droit. C'est pas juste, fit Andrea, un peu vexée.

– Je sais. Ces visites ont été supprimées l'année d'après. Je pense que c'est à cause de Dale Hoeschen. Il a trébuché sur une caisse et a failli tomber la tête la première dans une cuve de crème. »

Andrea pouffa. Elle avait retrouvé son entrain habituel.

« Je savais que quelque chose me déplaisait chez ce garçon. »

Hannah ouvrit la marche. Elles longèrent le couloir et pénétrèrent dans la laiterie proprement dite, un espace immense et obscur comme une caverne. Bien que puissantes, leurs torches étaient incapables d'en dissiper les ténèbres. Hannah regrettait de ne pouvoir allumer les néons fixés au plafond, mais la façade du bâtiment était percée d'une série de lucarnes bouchées par des briques de verre et la moindre lumière se serait vue depuis la route.

« J'espère que tu sais où tu vas ? »

La voix d'Andrea résonnait bizarrement dans le silence.

« Moi aussi, répondit Hannah. Il devrait y avoir un deuxième couloir… le voilà. » Hannah éclaira le sol avec sa torche. « Le bureau de Max est à gauche, la deuxième porte. Enfin, je crois. La première c'est celle du bureau de Betty. »

En pénétrant dans le couloir, Hannah vit le calendrier des livraisons que Betty avait affiché sur un panneau en liège fixé au mur. Le nom des chauffeurs y était inscrit, de même que les horaires et les parcours. Ron y figurait toujours. Betty attendait certainement que son patron lui demande de l'enlever.

Le bureau de Max, signalé par une plaque de cuivre, était au même endroit que dans son souvenir. Hannah ouvrit, entra et balaya les murs avec le faisceau de sa torche. Pas de fenêtres donnant sur l'extérieur. Si elle fermait la porte, elle pourrait allumer.

« Entre vite et referme derrière toi », dit-elle à Andrea.

Cette dernière obéit sans discuter.

« C'est carrément sinistre, par ici. »

Hannah acquiesça. Ses genoux tremblaient légèrement mais elle donnait le change pour ne pas effrayer sa sœur.

« Pas étonnant, tout est si grand, si sombre. Tu peux allumer, si tu veux. Je crois qu'il y a un interrupteur près de la porte.

– Tu es sûre ? geignit Andrea.

– Absolument. J'ai vérifié, il n'y a pas de fenêtres. Il faut juste tenir la porte fermée. »

Andrea repéra l'interrupteur et, un instant plus tard, une lumière presque aveuglante inonda la pièce. Les deux sœurs regardèrent autour d'elles. Le bureau de Max était immense et décoré avec goût, le sol revêtu d'une moquette gris anthracite, les murs tendus d'un tissu jaune paille. Les rayures dorées, corail et vert foncé du satin recouvrant les fauteuils rappelaient tout en les rehaussant les teintes des compositions florales ornant les gravures accrochées à des endroits stratégiques.

« Quelle jolie combinaison de couleurs, commenta Andrea. Tout est assorti, sauf le siège pivotant de Max. » Hannah se tourna vers le vieux fauteuil en cuir marron en partie caché par un large bureau aux lignes épurées. « Je suppose que pour lui-même Max recherche le confort plus que le style. »

Devant le bureau, les deux bergères séparées par une petite table ronde devaient servir aux visiteurs. Le même dispositif se retrouvait dans un coin de la pièce, mais avec davantage de sièges. Hannah dénombra trois portes : celle par où elles étaient entrées, celle qui donnait sur le bureau de Betty et une dernière, d'aspect rustique, qui s'enchâssait dans le mur du fond.

« Je la trouve bizarre, cette porte, murmura Andrea en montrant le grossier panneau de bois qui jurait avec le reste du décor.

– Elle mène à la laiterie d'origine, lui expliqua Hannah, celle qu'on voit derrière le grand-père de Max sur la peinture. Pendant la visite, il nous a expliqué que cet ancien bâtiment était un monument historique et qu'il avait décidé de le conserver en l'état, même si l'inclure dans ses projets d'agrandissement lui avait coûté des sommes folles. Il avait à cœur de préserver le patrimoine industriel de la région. Enfin, c'est ce qu'il a dit. »

Andrea se mit à rire.

« Et tu l'as cru ?

– Ben oui !

– Max ne l'a pas conservé par grandeur d'âme. Il cherchait juste à obtenir une réduction d'impôts. D'après les textes, il suffit qu'un mur de la structure ancienne soit intégré au nouveau bâtiment.

– Ça ne m'étonne qu'à moitié, répondit Hannah en opinant, étant donné sa réputation. »

Andrea se baissa pour toucher la moquette veloutée.

« J'imagine qu'il a pu se l'offrir avec une partie du dégrèvement. Je n'en ai jamais vu de plus épaisse, on a l'impression de marcher sur un édredon. C'est ce que je voulais mettre dans notre chambre au départ, mais elle est trop difficile à entretenir. Quand on marche dessus, ça laisse des marques. À ce prix-là, je trouve qu'ils auraient pu inventer une matière moins fragile. »

Hannah aperçut un carnet de rendez-vous relié cuir sur la crédence près de la porte d'entrée. Elle n'eut qu'un pas à faire pour l'atteindre. À la date de mercredi était inscrit : *Convention FB*. Elle reconnut l'écriture de Betty. En haut de la page, il y avait un gribouillis que Hannah supposa être de la main de Max. *Rendez-vous avec W*.

« Hannah, regarde, s'écria Andrea. Des traces de pas sur la moquette ! »

En effet, le velours épais était écrasé par endroits.

« Tu es géniale, Andrea. Sans toi, j'aurais marché dessus. Suis-moi, on va longer les murs. J'aimerais savoir s'il y a des empreintes autour du bureau. »

Hannah se faufila, attendit qu'Andrea la rejoigne et lui montra la surface de moquette piétinée devant l'une des bergères.

« Là, tu vois ? On a la preuve qu'il y avait quelqu'un avec Max.

– Et que Max était assis dans son fauteuil à roulettes. Regarde les marques qu'elles ont laissées.

– Je les vois, répondit Hannah avant de pointer une série de pas. Mais ces traces-là m'inquiètent davantage. »

Andrea projeta son regard vers l'endroit que désignait sa sœur.

« Elles continuent jusqu'à la porte.

– Celle qui mène à l'ancienne laiterie. Max l'a peut-être ouverte pour montrer quelque chose à son visiteur. Allons vérifier.

– Qu'y a-t-il d'intéressant derrière ?

– Il disait que ce local servait à stocker de vieux dossiers. Viens. Allons voir si elle s'ouvre. »

Le vieux panneau de bois pivota facilement sur ses gonds. Hannah trouva l'interrupteur. Une lumière blême se déversa sur les boîtes d'archives alignées sur des étagères.

« Max l'utilise toujours, on dirait.

– Lui aussi, il est d'origine, lança Andrea en montrant un vieux coffre-fort relégué dans un coin.

– Ça m'en a tout l'air. » Hannah s'avança. Le coffre était grand ouvert mais ne semblait pas endommagé. « Max a dû oublier de le refermer. »

Hannah en inventoria le contenu tout en décrivant chacune de ses découvertes à haute voix.

« À première vue, il n'a pas été cambriolé. Je vois des liasses de billets et une boîte à bijoux. » Elle ouvrit la boîte. « Des boutons de manchette en or. Ils ont l'air anciens. Peut-être appartenaient-ils au grand-père de Max. Une montre à gousset, une chevalière sertie d'un diamant. Tiens, une Rolex ! Elle est plutôt neuve, sans doute celle de Max. Je n'ai pas remarqué de coffre chez lui. J'imagine qu'ici sont rassemblés tous ses objets de valeur. » Trois feuilles agrafées attirèrent son regard. « J'ai trouvé le discours tapé à la machine. Il était posé sur ces dossiers. Max l'a donc pris dans le bureau de Betty avant d'entrer ici. »

Hannah écarta la fine liasse et ouvrit le premier dossier. Il contenait un document juridique. Un contrat. Un contrat de prêt plus exactement. Quand elle lut le nom inscrit sur l'en-tête, ses yeux s'écarquillèrent.

« Les papiers qu'il a fait signer aux parents de Norman. Ils portent le tampon "Remboursé" et le paraphe de Max. Attends une seconde, je vais voir s'il y en a d'autres. » Hannah ouvrit un deuxième dossier. « J'en ai un au nom de Franck Birchum, avec le tampon "Saisi". Les Birchum ont déménagé il y a deux ans, n'est-ce pas ? » Comme Andrea ne réagissait pas, Hannah insista. « Mais si, rappelle-toi. Ils habitaient près de la poste et Franck possédait le hangar à bois avant que les Hedin le rachètent. »

N'obtenant pas davantage de réponse, Hannah se retourna pour voir ce que faisait sa sœur. Andrea était restée debout sur le seuil, immobile comme si elle avait pris racine. Son regard braqué sur le fond de l'ancienne laiterie avait quelque chose d'inquiétant.

« Andrea ? » Hannah la rejoignit, lui prit le bras et le serra doucement. Andrea ne la remarqua même pas. « Tu me fais peur. Parle-moi ! »

Mais Andrea en semblait incapable. Elle ne pouvait que trembler en regardant fixement devant elle, le visage tordu par l'angoisse. Hannah fit volte-face pour tenter d'apercevoir ce qui l'effrayait tant. Une paire de pieds dépassait d'un rayonnage. Pas étonnant qu'Andrea ait perdu la voix !

« Ne bouge pas. » Un conseil dont Hannah aurait pu s'abstenir, mais il fallait bien dire quelque chose. « Je vais voir. »

Hannah avait beau s'attendre au pire, elle reçut tout de même un sacré choc. Max était étendu sur le dos et le trou qu'il avait au milieu de la poitrine ressemblait beaucoup à celui qu'elle avait découvert sur la chemise Cozy Cow de Ron, quelques jours auparavant. Comme ceux de Ron, ses yeux vitreux contemplaient le néant.

Nul besoin d'un diplôme de médecine pour comprendre qu'il était mort depuis un bout de temps. Peut-être même juste après son rendez-vous du mercredi, se dit Hannah en examinant le sang séché sur son plastron.

Hannah revint auprès de sa sœur et choisit de lui dire la vérité.

« C'est Max. Il est mort. Allons chercher Bill.

– Bill. »

Andrea avait réussi à prononcer le prénom de son mari. C'était bon signe.

« Très bien. Allez, en route. On va le rejoindre sur la scène d'accident. Comment fait-on avec Tracey ? Elle est chez vous ? »

Andrea fit signe que non. Elle avait à peine bougé la tête mais Hannah en fut soulagée.

« Avec Lucie, ajouta-t-elle. Cette nuit. À la ferme.

– Parfait. »

Hannah comprit ce que sa sœur essayait de dire. Lucie Dunwright était une amie d'Andrea, et sa fille Karen avait le même âge que Tracey. Tracey passait donc la nuit avec sa petite camarade dans la ferme familiale.

Hannah jeta un dernier coup d'œil sur le coffre-fort et prit l'une de ces décisions hâtives qui lui valaient souvent des tas de problèmes. C'était une scène de crime, tous les papiers de Max étaient considérés comme des pièces à conviction. Et en attendant que la police débarque, on ne devait toucher à rien. Mais quelque chose la chagrinait. Norman leur avait confié que sa mère mourrait de honte si jamais la nouvelle se répandait qu'elle et son mari s'étaient fait gruger par Max Turner. L'emprunt était remboursé depuis plus de cinq ans, avait-elle lu sur le document. Cette regrettable histoire n'avait donc aucun lien avec le crime et personne n'avait besoin de la connaître.

Il ne lui fallut qu'une seconde pour s'emparer du dossier et le glisser dans sa veste. Puis elle ramassa la torche et sortit en tenant sa sœur par la main.

« Viens, Andrea. On s'en va. »

Andrea était en état de choc. Plus tôt elle quitterait les lieux, mieux cela vaudrait. Elles parcoururent le bureau de Max dans l'autre sens, toujours en rasant les murs, et traversèrent l'usine sans s'arrêter. Quand elles émergèrent sur le parking, Hannah guida Andrea jusqu'au break, ouvrit la portière, l'aida à monter puis fit le tour et s'installa au volant.

« Reprends un cookie. » Hannah lui posa le sac en papier sur les genoux. « Ça te donnera un coup de fouet. »

Andrea plongea la main, sortit un cookie, le contempla une seconde et croqua dedans. Quelques minutes plus tard, elles roulaient en direction de l'autoroute. Bill ne serait pas trop difficile à trouver, songea Hannah. On entendait déjà les sirènes des véhicules de secours. Elle n'avait qu'à se diriger vers elles.

Au bout de sept ou huit kilomètres, sa sœur produisit un hoquet, comme un sanglot étouffé. Hannah coula un regard vers elle et lui tapota le bras.

« Allons, du calme, Andrea. J'aperçois les lumières des gyrophares. On y sera dans une minute. »

Andrea hocha la tête et refit le même bruit. Hannah comprit qu'elle ne pleurait pas. Elle riait ou, du moins, elle gloussait.

« Que se passe-t-il, Andrea ? Tu ne vas pas piquer une crise, j'espère !

– Non. » Andrea se remit à glousser. « En fait, je me sens beaucoup mieux. Tu as peut-être raison. C'est sûrement le chocolat. »

– Le chocolat a des vertus thérapeutiques. »

Hannah exposa encore une fois sa théorie selon laquelle la caféine et les endorphines contenues dans le chocolat calmaient les nerfs, accroissaient la vigilance et procuraient un sentiment de bien-être. Après cela, elle pensa à Bill et au savon qu'il ne manquerait pas de leur passer quand il apprendrait qu'elles avaient violé le domicile de Max, fouillé son bureau à la laiterie et trouvé son cadavre dans la salle des archives.

« Andrea ? dit-elle en se tournant vers sa sœur. Je crois que je vais avoir besoin de chocolat d'ici peu. Passe-moi un cookie, tu veux bien ? »

Délices de cerises au chocolat

Préchauffer le four à 175°,
grille en position médiane.

1 tasse de beurre fondu (deux plaquettes)
2 tasses de sucre blanc
2 œufs
½ cuillerée à thé de levure chimique
½ cuillerée à thé de bicarbonate de soude
½ cuillerée à thé de sel
2 cuillerées à thé de vanille
1 tasse de poudre de cacao
3 tasses de farine (non tamisée)
2 bocaux de 300 g de cerises au marasquin ***
Pépites de chocolat (1 paquet de 200 g – 2 tasses)
½ tasse de lait concentré sucré

Faire fondre le beurre, le mélanger au sucre, laisser refroidir et ajouter les œufs. Bien mélanger puis incorporer la levure chimique, le bicarbonate de soude, le sel, la vanille et le cacao en remuant à chaque nouvel ingrédient. Ajouter la farine et mélanger. (La pâte doit être légèrement friable.)

Sortir les cerises des bocaux, enlever les queues, réserver la liqueur.

Confectionner des boules de pâte de la taille d'une noix et les disposer sur une plaque à pâtisserie préalablement enduite de matière grasse. Douze pour une plaque standard. Avec le pouce, aménager un creux au milieu de chacune. (Si les services d'hygiène sont dans le coin, prenez une petite cuiller !) Poser une cerise dans chaque creux.

Faire chauffer les pépites de chocolat et le lait concentré au bain-marie jusqu'à ce que les pépites soient bien fondues. (On peut les mettre au four micro-ondes mais pas longtemps sinon ça durcit.)

Ajouter environ ⅛ de tasse de liqueur de cerise et remuer. Si le mélange est trop épais, verser encore un peu de liqueur. (Pour tester la densité, plongez-y une petite cuiller. Si en ressortant elle ne goutte pas, c'est que le mélange est trop épais.)

Remplir les creux de manière à couvrir les cerises, mais sans déborder.

Cuire à 175° pendant dix à douze minutes. Laisser refroidir sur la plaque à pâtisserie pendant deux minutes puis transférer sur l'échelle pâtissière.

***Ceux qui n'aiment pas les cerises peuvent les remplacer par des petits morceaux d'ananas en boîte soigneusement égouttés, et utiliser le sirop pour délayer le mélange chocolat/lait concentré. On peut essayer une autre variante avec des noix de pécan ou de macadamia en délayant au café ou à l'eau. Et si vous n'avez rien sous la main, contentez-vous du mélange chocolat/lait concentré. C'est bon comme ça aussi.

Rendement : sept à huit douzaines selon la taille des cookies.

Tous les psychiatres devraient avoir des délices de cerises dans leur cabinet de consultation. Il a été prouvé que deux de ces cookies suffisent à remonter le moral de n'importe qui.

CHAPITRE 20

Hannah remplit deux verres au cubi qu'elle conservait dans le bas de son frigo et les apporta au salon. Assise dans le canapé, sa sœur caressait la tête de Moshe d'une main distraite. Elle avait repris des couleurs mais semblait encore sous le choc. Blotti au creux de ses bras, le chat ronronnait si fort qu'on l'entendait de la cuisine. Sentant peut-être que la sœur de sa maîtresse avait besoin de réconfort, il s'efforçait d'imiter une peluche. Hannah tendit un verre à Andrea en disant :

« Tiens. Bois ça.

– Qu'est-ce que c'est ? demanda Andrea, méfiante.

– Du vin blanc. Ne me demande pas le nom du domaine. Je suis sûre que tu n'en as jamais entendu parler. »

Andrea fit tourner son vin comme une experte.

« Il a de la jambe. » Puis elle trempa les lèvres. « Léger, délicatement fruité avec une finale boisée. Ce n'est pas un cent pour cent chardonnay mais il est intéressant. J'aime bien. »

Hannah se contenta de sourire et de ravaler ses commentaires. Si Andrea avait su qu'il provenait d'un cubi acheté à l'épicerie discount de Lake Eden et qu'on pouvait s'en procurer plusieurs litres pour un billet de dix dollars, elle aurait refusé de boire une telle piquette.

« C'est un vin de Californie, n'est-ce pas ? » Andrea prit une autre gorgée. « J'ai raison ? »

Hannah décida qu'il était temps de changer de sujet.

« Tu as été géniale avec Bill. Je n'arrive toujours pas à réaliser qu'il m'a pardonné.

– Bill ne supporte pas de me voir pleurer. »

Andrea lui adressa un sourire suffisant.

« Il s'écroule dès que mon menton se met à trembler.

– Et tu peux trembler du menton sur commande ?

– Bien sûr. » Le sourire d'Andrea s'épanouit. « J'ai appris la méthode peu après que maman m'a acheté mon premier soutien-gorge. Ça fonctionne toujours avec les garçons.

– Tu es incroyable », répéta Hannah, sincèrement admirative.

Grâce à son talent, Andrea leur avait évité l'engueulade qu'elles méritaient l'une et l'autre.

Hannah avait fait de son mieux pour expliquer la situation à son beau-frère. En gros, elles s'inquiétaient tellement pour Max qu'elles avaient décidé d'aller vérifier chez lui. Et quand elles avaient vu la Cadillac, et les valises posées à côté, elles n'avaient eu d'autre choix que poursuivre leurs recherches dans son bureau à la laiterie, sachant que c'était le dernier endroit où on l'avait aperçu.

Ça n'avait pas vraiment suffi à le calmer. Bill lui avait ensuite reproché d'avoir entraîné sa femme dans une aventure potentiellement dangereuse. Ce à quoi Hannah avait répliqué : ne devrait-on pas se réjouir d'avoir découvert le corps de Max avant que la piste soit totalement refroidie ?

Bill avait acquiescé malgré lui. Puis il avait énoncé une règle de base. La prochaine fois que Hannah déciderait de suivre une piste, elle devrait lui en parler d'abord. Hannah avait promis de ne plus faire cavalier seul. Et elle était sincère. Trouver deux cadavres presque coup sur coup lui suffisait largement. Ensuite, Bill avait voulu comprendre pourquoi elles ne l'avaient pas rejoint plus tôt sur l'autoroute, et c'est alors qu'Andrea était passée en mode tremblement. Voyant sa femme sur le point de fondre en larmes, Bill avait déclaré forfait. Il s'était précipité pour la serrer contre lui et avait promis de passer un peu plus tard chez Hannah pour la ramener à la maison. Il avait même ajouté qu'il n'était pas du tout en colère ni contre elle ni contre Hannah.

« Ce chat est un amour. » Andrea gratta un point sensible derrière l'oreille de Moshe et le ronronnement monta d'un cran. « C'est vraiment incroyable, quand on sait ce qu'il a vécu avant. Il reste là, tranquille, et il ronronne. Je ne savais pas qu'il était aussi adorable. »

Hannah se garda de lui décrire ses tableaux de chasse. Pour sa part, elle doutait que les petits rongeurs et les oisillons le trouvent si adorable que cela.

« Andrea, il faut que je te parle de M. Harris. Tu disais qu'il était sur le terrain des Peterson quand tu l'as rejoint mercredi matin ?

– Exact. Je suis arrivée à 9 h 30 mais il m'attendait depuis un bout de temps. » Andrea s'accorda un instant de réflexion. « Tu crois qu'il aurait pu assister à quelque chose ? »

Hannah haussa les épaules.

« Ça dépend de l'heure à laquelle il a débarqué sur les lieux. Il n'a pas dit s'il connaissait Max ou Ron, par hasard ?

– Non. Il ne connaît personne ici... »

Andrea s'arrêta et dévisagea sa sœur le temps que la lumière se fasse dans son esprit.

« Tu penses que M. Harris a tué Max et Ron ?

– Techniquement parlant, ce n'est pas impossible. Encore faudrait-il qu'il ait un mobile. J'aimerais bien lui parler. Tu n'aurais pas son numéro personnel ?

– Bien sûr que si. En tant qu'agent immobilier, je ne sors jamais sans les coordonnées de mes clients. Passe-moi mon sac. Je ne voudrais pas déranger Moshe. »

Hannah alla chercher le sac sur la chaise près de la porte d'entrée et le lui apporta. Quand sa sœur l'ouvrit, Hannah ne put s'empêcher d'admirer la façon dont il était rangé. Les produits de maquillage étaient regroupés dans une pochette transparente, ce qui permettait de trouver facilement l'objet recherché. Les clés étaient accrochées à une lanière de cuir et le portefeuille glissé dans un compartiment cousu sur le côté. Il y avait même une pochette spéciale où Andrea glissait ses lunettes de lecture.

Andrea sortit un petit carnet d'adresses, l'ouvrit à la bonne page et le lui tendit.

« Voilà. Tu ne vas pas l'appeler maintenant, j'espère !

– Pourquoi remettre à demain ?

– Mais il est presque minuit. Qu'est-ce que tu vas lui dire ?

– Je ne sais pas encore mais je trouverai bien. »

Hannah décrocha son téléphone. « Détends-toi, Andrea. Je ne mentionnerai pas ton nom. »

Tout en composant le numéro, Hannah réfléchit à une tactique d'approche. M. Harris serait plus enclin à lui répondre s'il la croyait investie d'une certaine autorité. Elle pouvait se présenter comme reporter au *Lake Eden Journal* mais ça risquait de produire l'effet inverse. Si M. Harris avait quelque chose à cacher, il n'hésiterait pas à lui raccrocher au nez. Le temps que la connexion se fasse, une idée lumineuse lui traversa l'esprit. M. Harris n'oserait pas envoyer promener un officier de police.

« Allô ? »

La voix au bout du fil lui parut sourde, voire pâteuse. Elle l'avait réveillé. Hannah prit son ton le plus officiel pour dire :

« Monsieur Harris ? Excusez-moi de vous appeler si tard. Ici le bureau du shérif du comté de Winnetka. Nous enquêtons sur un meurtre commis mercredi dernier à la laiterie Cozy Cow. Entre 6 h 15 et 8 heures. Je crois savoir que vous étiez dans le secteur à ce moment-là. Auriez-vous remarqué un détail susceptible de nous aider ?

– Oui, j'y étais. Que s'est-il passé ? »

Hannah sourit. M. Harris semblait désireux de coopérer.

« Je n'ai pas le droit d'en parler. Pouvez-vous me dire à quelle heure vous êtes arrivé et ce que vous avez vu pendant que vous étiez sur place ?

– Donnez-moi deux secondes. Je suis arrivé à Lake Eden vers 6 h 45 et je suis allé directement à la ferme Peterson. En effet, j'ai vu quelque chose de bizarre mais j'ignore si c'est important.

– Dites toujours.

– Je passais devant la laiterie quand une voiture a surgi devant moi. Elle sortait du chemin qui mène à l'usine. Son conducteur avait l'air très pressé. Il a dérapé sur la ligne médiane et j'ai dû donner un coup de volant pour l'éviter.

– Vous parlez d'un conducteur, monsieur Harris. Donc, d'après vous, ce serait un homme ?

– Je ne peux pas l'affirmer. Le pare-soleil était rabattu.

– Bon, très bien », fit Hannah, toujours aussi sérieuse.

Elle rapprocha le bloc et le stylo posés sur sa table basse et prit note. « Pouvez-vous décrire le véhicule ?

– C'était un petit modèle. Une compacte noire avec un autocollant marqué "À louer" sur le pare-brise. Un rond blanc avec des lettres rouges. Je n'ai pas vu le nom de l'agence. Personnellement, je passe par Hertz. Ma société bénéficie de tarifs spéciaux.

– Dois-je en conclure que vous n'avez pas de voiture personnelle, monsieur Harris ? »

Hannah fit un clin d'œil à Andrea. Sa question n'était pas liée à l'enquête. Elle voulait juste savoir s'il avait menti à sa sœur.

« J'ai une Jaguar de collection mais je ne fais pas de longs voyages avec. En tout cas, je suis bien content de ne pas l'avoir prise mercredi dernier ! J'ai bien failli me faire rentrer dedans. Dommage que le marshal Beeseman n'ait pas été là pour constater l'infraction. »

Hannah leva les sourcils.

« Vous connaissez le marshal Beeseman ?

– Oui. Il a vu ma voiture garée devant la ferme Peterson et il est venu me demander ce que je faisais là. »

Hannah inscrivit le nom de Herb.

« Quelle heure était-il ?

– Un peu plus de 8 heures. J'écoutais la radio et le bulletin d'informations venait de commencer.

– Merci pour ces précieux renseignements, monsieur Harris. »

Hannah se tourna vers Andrea et lui refit un clin d'œil avant de poser sa dernière question. « Cela n'a peut-être rien à voir avec notre affaire mais j'aimerais savoir pourquoi vous avez renoncé à acheter la ferme Peterson. »

L'espace d'un instant, Hannah crut que M. Harris refuserait de répondre. Puis elle l'entendit s'éclaircir la gorge.

« Ma fiancée rêvait de s'installer à la campagne. Malheureusement, elle m'a quitté mardi soir. Raison pour laquelle j'ai débarqué si tôt à Lake Eden. Comme je n'arrivais pas à dormir, je me suis dit qu'un trajet en voiture me ferait peut-être du bien. J'aurais dû expliquer à Mme Todd la raison de mon revirement, mais je n'avais vraiment pas envie d'en parler.

– C'est tout à fait compréhensible. » Hannah griffonna quelques mots et tendit le calepin à Andrea. « Merci pour votre coopération, monsieur Harris. »

Andrea attendit que Hannah ait raccroché puis s'exclama :

« Alors comme ça, il voulait acheter cette ferme pour sa copine ?

– C'est ce qu'il a dit. Elle l'a quitté mardi soir. Tu l'aurais vendue si cette fille était restée avec lui un jour de plus.

– Bah, on ne peut pas gagner à tous les coups. » Andrea haussa les épaules et finit son vin. « Après tout ce que j'ai vécu ce soir, je pense mériter un autre verre.

Il est vraiment excellent. Je n'en étais pas sûre au début mais finalement oui, c'est bien un vin de Californie. Il t'en reste, j'espère. »

Hannah alla lui chercher un deuxième verre de Château Piquette. Si Andrea voulait s'enivrer, elle n'y voyait pas d'inconvénient. Elle espérait seulement que tout à l'heure, quand Bill arriverait, il ne serait pas obligé de la jeter sur son épaule comme un sac à patates.

Hannah dormit d'un sommeil agité, c'est le moins qu'on puisse dire. Quand son réveil sonna à 6 heures du matin, elle avait l'impression d'avoir à peine fermé l'œil. Ses rêves avaient été parsemés d'impacts de balles, de taches de sang. Elle avait vu des paires de jambes raides comme des bouts de bois dépasser d'une multitude de canapés, de fauteuils, de bibliothèques. Une énorme vache marron l'avait poursuivie à travers champs et entre d'immenses cuves remplies de crème bouillonnante, dans la claire intention de l'encorner.

Hannah gémit et se redressa dans son lit. Le devoir l'appelait. Elle avait promis d'apporter des Black and White au bureau du shérif, pour la journée portes ouvertes.

Elle entra dans la cuisine sur la pointe des pieds en essayant de ne pas trébucher sur Moshe qui s'était précipité pour se frotter contre ses chevilles et, tout en sortant le sac de croquettes, songea à l'inspecteur de Minneapolis. Un cador, d'après ce que disait son beau-frère. Approuverait-il la façon dont Bill enquêtait sur ce double homicide ? Le shérif Grant l'avait convoqué pour un entretien juste après avoir reçu sa candidature par la poste. C'est dire s'il était impressionné par ses états de service.

« Tiens, ton petit déjeuner. » Hannah versa des croquettes dans la gamelle de Moshe et lui apporta de l'eau fraîche. Puis elle rampa jusqu'à la cafetière et se servit une première tasse. Il lui en fallait au moins trois le matin pour pouvoir émerger. C'était sûrement un signe d'addiction à la caféine, songea-t-elle en priant le ciel que le gouvernement américain ne classe jamais le café parmi les drogues dures, parce que, en pareil cas, elle deviendrait à coup sûr une dangereuse criminelle.

Parfois il valait mieux rester branché sur pilote automatique, se dit-elle. Ou bien naviguer dans cette zone intermédiaire où l'on ne s'aperçoit pas à quel point on est épuisé. Ayant absorbé la dose qu'elle estimait nécessaire pour ne pas retomber dans les bras de Morphée ou se noyer sous la douche, elle regagna sa chambre. Quand elle fut lavée et habillée, elle vida le reste du breuvage fumant dans la bouteille isotherme en inox que Bill lui avait offerte pour Noël, puis elle remplit de nouveau la gamelle de Moshe, attrapa son blouson, ses clés et sortit dans l'air glacial du petit matin.

Une rafale lui fouetta le visage, l'obligeant à ouvrir les yeux. Son haleine formait une fumée blanche quand elle descendit en grelottant l'escalier extérieur menant au parking souterrain. Il était grand temps de ressortir les fringues d'hiver.

Le parking était désert, les voitures bien alignées le long des murs en parpaings. Hannah courut presque jusqu'à son break, claqua la portière et dut s'y reprendre à trois fois pour démarrer. Il était aussi grand temps de brancher le chauffe-moteur.

Le chauffage consentit enfin à s'allumer à l'instant où elle s'engagea sur Old Lake Road. Hannah régla les grilles des deux ventilateurs pour diriger le souffle dans sa direction. Puis elle mit la radio. Les voix excessivement cordiales de Jake et Kelly, le duo désopilant qui animait « Les infos d'avant l'aurore » sur KCOW, lui déchirèrent les tympans. Elle passa sur WEZY et, tout en écoutant leur programme de musique douce, songea au code alphabétique qui permettait de situer géographiquement les différentes radios du pays. Si l'émetteur se trouvait à l'est du Mississippi, le nom de la station commençait par W. À l'ouest du Mississippi, c'était un K. Même chose pour les chaînes de télé. Tout cela était contrôlé par la Commission fédérale des communications. Hannah se demanda comment réagiraient les bureaucrates de Washington si une station construisait un pont au-dessus du fleuve et collait son antenne au beau milieu.

Hannah détourna la tête en passant devant la laiterie. Elle n'avait pas envie de penser au cadavre de Max si tôt le matin. Elle fit un petit coucou à Herb Beeseman quand elle le croisa peu avant d'arriver devant sa boutique. Tout à l'heure, elle lui offrirait ses derniers délices de cerises au chocolat et lui demanderait s'il avait discuté avec un certain M. Harris près de la ferme Peterson, vers 8 heures du matin, le mercredi précédent.

À 6 h 45, Hannah s'arrêta sur sa place de parking, verrouilla les portières de son break, brancha le chauffe-moteur et courut se réfugier dans le fournil. L'arôme puissant du chocolat l'accueillit dès l'entrée. Hannah sourit de bonheur. C'était l'odeur qu'elle préférait, après celle du café.

Elle alluma la lumière, fit démarrer les fours, coiffa son calot et après s'être scrupuleusement lavé les mains dans l'évier alla chercher un bol à mixer. Elle commencerait sa journée avec les cookies au sucre dont elle avait promis un échantillon au traiteur des Woodley.

Hannah attrapa la bouteille isotherme, se versa un peu de café et survola sa recette le temps que la caféine produise son effet. La préparation d'une pâte à cookies nécessitait une attention soutenue. Pas question de rester branché sur pilote automatique. Elle avait essayé une fois et elle avait oublié le sucre – ingrédient essentiel s'il en est.

Quand elle eut terminé sa préparation, Hannah recouvrit le bol avec un film plastique, le déposa dans la chambre froide, sortit la pâte des Black and White qui l'attendait depuis la veille et se mit à rouler des boulettes. Elle avait obtenu de quoi garnir deux plaques à pâtisserie lorsque Lisa poussa la porte du fournil.

Hannah jeta un œil sur la pendule. Il n'était que 7 h 30, or le samedi Lisa prenait son service à 8 heures.

« Salut, Lisa. Tu as une demi-heure d'avance.

– Je sais, mais je me suis dit que tu aurais besoin d'un coup de main. Ce matin, on va jouer à guichets fermés.

– Tu crois ?

– On parie ? Ils vont tous débarquer pour tenter de te soutirer des infos sur la mort de Max Turner. »

Hannah leva les sourcils.

« Et toi, comment se fait-il que tu sois au courant ?

– J'ai écouté KCOW ce matin. Jake et Kelly en ont parlé. Ils sont complètement givrés, ces deux-là. Sous prétexte d'honorer la mémoire de Max, ils balançaient des blagues débiles sur les vaches.

– Des blagues débiles sur les vaches ? »

Hannah cessa un instant de rouler les boules de pâte dans le sucre glace.

« Oui, du genre… » Lisa réfléchit tout en accrochant sa parka au portemanteau près de la porte. « … Deux vaches vont se faire tirer le portrait et le photographe leur dit : mesdames on ne bouse plus. Ça, c'était la meilleure. Les autres étaient tellement nulles que je les ai oubliées dans la seconde. Tu veux que je lance le café et que je dresse les tables ? »

Hannah acquiesça d'un signe de tête, enfourna les deux premières plaques de cookies, régla sur douze minutes et se remit au travail. Lisa avait raison. Si Jake et Kelly avaient annoncé la mort de Max Turner au cours de leur émission, Le Cookie Jar ne désemplirait pas de la matinée. Et quand la nouvelle se répandrait que c'était elle qui avait trouvé le corps, on ne pourrait plus du tout s'asseoir. Penchée sur son ouvrage, Hannah poussa un grand soupir. Si par malheur elle tombait sur un troisième macchabée, il faudrait qu'elle pousse les murs.

Cookies au sucre tradition

Ne pas préchauffer le four
– la pâte doit passer au frigo avant la cuisson.

2 tasses de beurre fondu (4 plaquettes)
2 tasses de sucre glace (non tamisé)
1 tasse de sucre blanc (semoule)
2 œufs
2 cuillerées à thé de vanille
1 cuillerée à thé de zeste de citron (en option)
1 cuillerée à thé de bicarbonate de soude
1 cuillerée à thé de crème de tartre (indispensable !)
1 cuillerée à thé de sel
4 ¼ tasses de farine (non tamisée)
½ tasse de sucre blanc (semoule) dans un petit bol (pour plus tard)

Faire fondre le beurre. Ajouter les deux sucres et mélanger. Laisser refroidir à température ambiante puis incorporer les œufs, l'un après l'autre. Ajouter la vanille, le zeste de citron, le bicarbonate de soude, la crème de tartre et le sel. Bien mélanger puis verser la farine petit à petit, sans cesser de malaxer.

Mettre la pâte au frigo pendant une heure au moins. (Toute la nuit c'est encore mieux.)

Avant de lancer la cuisson, préchauffer le four à 165°, grille à mi-hauteur.

Sortir la pâte du frigo et, du bout des doigts, confectionner des boulettes de la taille d'une noix. Les rouler dans un bol de sucre blanc. (Les jours de fête, remplacer le sucre blanc par des sucres colorés – vert pour la Saint-Patrick, rouge et vert pour Noël, multicolore pour les anniversaires.) Déposer les boulettes sur une plaque à pâtisserie préalablement enduite de matière grasse. Douze pour une plaque standard. Les aplatir à l'aide d'une spatule graissée.

Cuire à 165° pendant dix à quinze minutes. (Les cookies doivent être légèrement dorés.) Laisser refroidir sur la plaque pendant deux minutes puis les transférer sur une grille. On peut les servir tels quels ou décorés au moyen d'une poche à pâtisserie.

Pour la collecte de fonds de la chorale, j'ai dessiné dessus des notes de musique. Franc succès !

Rendement : huit à dix douzaines, en fonction de la taille des cookies.

CHAPITRE 21

Hannah venait de passer le relais à Lisa. Elle se versait une énième tasse de café quand le téléphone sonna.

« C'est sûrement ma mère. Il n'y a qu'elle pour appeler à une heure pareille.

– Tu veux que je réponde ? proposa obligeamment Lisa, bien qu'elle ait du sucre glace plein les doigts.

– Non, ce ne serait que reculer pour mieux sauter. »

Hannah décrocha et débita son habituelle phrase d'accueil.

« Le Cookie Jar. Hannah, j'écoute.

– Ma chérie, je suis contente de t'avoir ! J'ai promis aux filles de te demander si tu étais disponible le deuxième jeudi de décembre ? »

Hannah étira le fil du téléphone jusqu'au calendrier mural et tourna les pages pour arriver au mois de décembre. Personne ne lui avait jamais commandé de cookies deux mois à l'avance. Sa mère se servait de ce prétexte pour lui soutirer des informations sur Max Turner.

« Je suis libre, maman.

– Très bien. Figure-toi que je me suis inscrite dans un nouveau club.

– Quelle bonne idée ! » répondit Hannah avec juste ce qu'il fallait d'enthousiasme.

Elle aurait pu se montrer plus reconnaissante. Après la mort de son mari, Delores s'était lancée dans un tas d'activités associatives et, dès qu'il était question d'organiser un goûter ou autre, c'était à elle que ces dames faisaient appel.

« Quel est le nom de ce nouveau club, maman ?

– Les Reines du patchwork, ma chérie. Elles se réunissent tous les jeudis dans l'arrière-salle des Tissus Trudi. »

Hannah cocha la date sur son calendrier. Mais quelque chose l'intriguait. Pour autant qu'elle le sache, sa mère n'avait jamais tenu une aiguille de sa vie.

« Tu te mets à la couture, maman ?

– Dieu du ciel, non ! Je leur ai trouvé deux métiers à quilter dans une vente aux enchères le mois dernier et, pour me remercier, elles m'ont nommée membre honoraire. J'y vais seulement par amitié.

– Ça te fait combien d'associations, maman ?

– Douze. Quand ton père est mort, Ruth Pfeffer m'a conseillé de développer mes contacts avec le monde extérieur. C'est ce que je fais.

– Depuis quand écoutes-tu les conseils de Ruth ? »

Hannah était choquée. Ruth Pfeffer, l'une des voisines de Delores, avait créé une cellule d'aide aux personnes endeuillées dans les locaux du centre communautaire après avoir suivi quelques jours de formation dans un IUT.

« Ruth est une sotte – tu l'as dit toi-même – et elle n'est pas qualifiée pour conseiller qui que ce soit. Je ne serais pas étonnée qu'elle recommande aux veuves de se jeter dans le bûcher funéraire de leur mari ! »

Delores éclata de rire.

« Tu as sans doute raison, ma chérie. Mais c'est illégal, même en Inde.

– Bravo, maman », la complimenta Hannah.

De temps à autre, Delores retrouvait son sens de l'humour, au grand plaisir de sa fille.

« Quel genre de cookies dois-je préparer ?

– Des délices de cerises au chocolat ? Andrea m'en a dit le plus grand bien. »

Hannah nota et, deux secondes après, réalisa ce que sa mère venait de dire. Andrea avait goûté ces cookies pour la première fois la veille au soir. Elle n'avait donc pu lui en parler que le matin même.

« Aurais-tu appelé Andrea ce matin, maman ?

– Oui, ma chérie. Et nous avons gentiment bavardé. Pour tout dire, je viens à peine de raccrocher. »

Hannah n'en revenait pas. Sa sœur n'était pourtant pas du matin.

« Tu as appelé Andrea avant 8 heures ? Un samedi ?

– Et alors ? Je voulais prendre des nouvelles de sa migraine. La pauvre chérie n'était pas dans son assiette. Elle m'a dit qu'elle avait encore des vertiges. »

Hannah sourit. Des vertiges ? Elle n'était pas autrement surprise. Andrea avait eu le temps de s'enfiler quatre verres de cet « incroyable petit vin » avant que Bill la ramène chez eux.

« Il faut que je me dépêche, maman. Il est déjà tard et j'ai encore des tas de choses à faire avant d'ouvrir la boutique.

– Tu n'ouvres qu'à 9 heures le samedi matin. Au fait, tu es courant pour Max Turner ? J'ai appris par la radio qu'il était mort. »

Hannah leva les yeux au ciel en se tournant vers Lisa que sa vaine tentative de mettre fin à la conversation semblait avoir beaucoup amusée.

« Oui, maman.

– Je sais qu'on ne doit pas dire du mal des morts mais Max s'était fait un bon nombre d'ennemis à Lake Eden. Il ne manquera pas à grand monde.

– Vraiment ? » Hannah voyait à peu près ce que sa mère sous-entendait mais préférait qu'elle le dise clairement. « Pourquoi cela ?

– Ce n'était pas quelqu'un de bien. Ne le répète pas mais il paraît que plusieurs familles se sont retrouvées à la rue à cause de lui.

– Vraiment ? répéta Hannah comme si elle tombait des nues.

– C'était un... » Delores s'interrompit pour chercher le bon terme. « Comment dit-on, Hannah ? Ces gens qui prêtent de l'argent ?...

– Un usurier ?

– C'est ça. Tu as tellement de vocabulaire, ma chérie. C'est grâce à tous ces livres que tu lisais étant enfant. Je me demande ce qu'il adviendra de ces emprunts.

– Je n'en sais rien », répondit Hannah en se promettant de demander à Bill s'il avait trouvé des contrats de prêt non échus parmi les dossiers saisis dans le coffre de Max.

Ces documents leur seraient sans doute utiles, mais seulement pour *éliminer* les suspects car si Max avait été abattu par un emprunteur mécontent, il était peu probable que l'individu en question ait omis d'emporter le contrat le concernant.

« Quatre personnes m'ont appelée ce matin à propos de Max, l'informa Delores. Chacune avait une histoire à raconter. »

Hannah eut une idée. Avec la vie sociale trépidante qu'elle menait, Delores était bien placée pour connaître tous les ragots. Peut-être entendrait-elle parler d'un prêt ne figurant pas dans les dossiers saisis par la police. Un prêt dont le bénéficiaire pouvait être le meurtrier de Max.

« Veux-tu faire quelque chose pour moi, maman ?

– Bien sûr, ma chérie. Quoi donc ?

– Ouvre bien tes oreilles et préviens-moi si tu apprends que quelqu'un était en affaires avec Max. C'est important. J'ai vraiment besoin de le savoir.

– Très bien, ma chérie. Je suis sûre que les gens vont parler – ils parlent toujours. Mais pourquoi est-ce si important… ? » Delores s'interrompit. Hannah l'entendit étouffer un petit cri. « À la radio, ils n'ont pas dit comment il était mort. Aurait-il été *assassiné* ? »

Hannah gémit. Delores était parfois trop perspicace à son goût.

« Je ne suis pas censée en parler. Bill joue son avancement dans cette histoire.

– Alors je serai muette. Tu peux compter sur moi, Hannah. Je ne ferai jamais rien qui mette en péril la carrière de Bill. Mais si je n'en parle pas à Carrie, je deviendrai folle !

– Je m'en doute. Ne t'inquiète pas, la nouvelle va sortir d'ici quelques minutes. Tu n'as qu'à continuer à écouter la radio.

– Comment le sais-tu ? Est-ce que Bill te l'a dit… ou… » Delores eut comme un hoquet. « Ce n'est quand même pas toi qui as découvert le corps de Max !

– Franchement, je ne peux rien révéler, maman. »

Au bout de la ligne, il y eut un long silence suivi d'un soupir.

« Il faut vraiment que ça cesse, Hannah. Si tu continues à trouver des cadavres, les hommes bien vont te fuir comme la peste. Tu n'intéresseras plus que les flics de la criminelle !

– Tu as peut-être raison. » Hannah sourit jusqu'aux oreilles. La chasse aux macchabées avait au moins un intérêt. « Il faut que j'y aille, maman. Surtout n'oublie pas de me prévenir si tu entends parler de quelque chose, d'accord ? »

Hannah raccrocha et se tourna vers Lisa.

« Cette femme est capable de parler en continu pendant des heures.

– Les mères sont souvent comme ça, répondit Lisa avec un air grave. Je n'ai pu m'empêcher d'entendre la fin de la conversation. Max a été assassiné ?

– Je crains que oui.

– Cela ne me surprend guère. C'était un escroc. Un jour, l'un de nos voisins a failli lui emprunter de l'argent mais papa a regardé le contrat et l'a dissuadé de signer. En fin de compte, il a obtenu un prêt à la banque. »

Hannah allait lui demander le nom de son voisin mais se ravisa. S'il n'avait pas signé, il n'avait aucune raison de tuer Max.

« Tu devrais t'asseoir, Hannah. Tu as l'air épuisée et il n'est que 8 h 30. Si tu prenais ta journée ? Tu sais que je peux me débrouiller toute seule.

– Merci, Lisa. J'avoue que ça me tente. »

Hannah se percha sur le tabouret posé devant l'îlot central et réfléchit à quoi elle pourrait consacrer ses heures de liberté. Elle rentrerait chez elle, brosserait Moshe, regarderait une série à la télé… et appellerait Lisa toutes les dix minutes pour lui demander si tout se passait bien. En fin de compte, mieux valait rester ici, au cœur de l'action.

« Je te remercie pour ta proposition mais je ne me reposerais pas, de toute façon.

– OK, mais si tu changes d'avis, tu n'auras qu'à me le dire. Que dois-je mettre au four après les Black and White ?

– Les cookies au sucre tradition, répondit Hannah. La pâte devrait être à la bonne température, maintenant. Je n'en ai préparé qu'un tout petit peu.

– Tu veux que je les roule dans du sucre en poudre ou du sucre glace ?

– Sucre en poudre. Quand ils auront refroidi, prends-en une douzaine parmi les plus réussis et emballe-les. J'ai promis d'envoyer une boîte d'échantillons à la traiteuse des Woodley. »

Lisa semblait ravie.

« Une nouvelle cliente ?

– Peut-être bien. Tu ne m'as pas dit comment tu avais trouvé la réception.

– C'était fantastique, Hannah. Je n'avais jamais mis les pieds dans un lieu aussi chic. Quel dommage qu'il ait fallu partir de bonne heure !

– Herb a été appelé sur la scène d'accident ?

– Non, mais il a préféré y aller quand même. Je lui ai demandé de me déposer chez moi avant. Je n'avais pas trop envie de rester toute seule là-bas. Il m'a appelée plus tard et m'a dit qu'il n'y avait pas de morts. Un vrai miracle. Dix-sept véhicules ! Tu imagines ?

– Oui, j'imagine, malheureusement. Bon, je passe côté boutique. C'est bientôt l'heure d'ouvrir. »

En franchissant la porte battante, Hannah se remémora le carambolage en chaîne dans lequel elle avait failli être impliquée l'année précédente, sur l'autoroute. Il avait suffi d'une plaque de verglas, d'une erreur de jugement et d'une file de véhicules ne respectant pas les distances de sécurité. Elle-même avait dû se déporter brutalement sur la droite pour éviter de s'encastrer sous le gros camion de fruits et légumes Red Owl qui venait de piler devant son break. Elle se considérait comme chanceuse d'avoir fini sa course en douceur dans un fossé enneigé.

C'était un petit matin gris. Hannah alluma les lumières de la boutique. Bientôt, avec l'entrée dans l'hiver, le soleil se lèverait à 9 heures et se coucherait à 16. Elle n'avait pas hâte d'y être. Et c'était encore pire pour les gens comme Phil Plotnik qui travaillait dans l'équipe de nuit à l'usine DelRay et ne voyait le jour que durant le week-end, à condition qu'il fasse beau, évidemment.

Une voiture s'arrêta devant sa porte. Reconnaissant la vieille guimbarde de Bill, Hannah se précipita pour lui ouvrir. À la faveur de la lumière qui se projetait sur le trottoir, elle put observer l'expression de son beau-frère, redoutant qu'il ne soit encore fâché. À son grand soulagement, elle le vit sourire. Bill n'était pas de nature rancunière. Visiblement, il lui avait déjà pardonné d'avoir entraîné Andrea dans sa folle équipée nocturne.

« Bonjour, Hannah, lança-t-il en suspendant sa veste à l'un des crochets alignés près de la porte. J'ai enquêté sur la voiture de location que le client d'Andrea a croisée l'autre jour. Elle appartient à l'agence Compacts Unlimited. »

Hannah passa derrière le comptoir pour lui servir un mug de café.

« Jamais entendu parler.

– C'est une petite société. Leur siège est à Minneapolis et ils n'ont que quatorze succursales dans l'État du Minnesota. J'ai pu parler à la patronne. Aucun de leurs clients n'habite Lake Eden mais elle a promis de m'envoyer la liste de ceux qui ont eu recours à leurs services durant les deux dernières semaines.

– Elle te l'envoie quand ?

– Au plus vite. Elle va demander au responsable informatique de collecter les données de leurs différentes agences.

– Donc tu l'auras aujourd'hui ?

– J'en doute. Le type est en week-end, mais elle va faire l'impossible. » Le regard de Bill coulissa vers les cookies posés derrière le comptoir. « Ce ne serait pas des croquants aux pépites de chocolat ? »

Hannah hocha la tête et lui en donna deux. Le moment était mal choisi pour lui rappeler de surveiller son poids.

« As-tu eu le temps de regarder les dossiers que Max conservait dans son coffre ?

– Mmmm. » Bill avala. « Max était en affaires avec beaucoup de gens. On a trouvé des contrats de prêt essentiellement. Certains étaient échus mais dix d'entre eux sont en cours de remboursement. Ce qui me fait dix suspects supplémentaires.

– Non, ne perds pas ton temps là-dessus. Si un emprunteur avait tué Max, il ne serait pas parti en laissant derrière lui le document qu'il voulait récupérer.

– Bonne remarque. D'après toi, que dois-je faire de ces papiers ?

– Dresse la liste de ses débiteurs et range-les avec les autres pièces à conviction. »

Bill semblait déconcerté.

« Pourquoi dresser une liste si elle ne contient pas de suspects ?

– Parce que si nous tombons sur un emprunteur dont le nom n'y figure pas, il y aura de fortes chances pour qu'il s'agisse du meurtrier.

– Très subtil, Hannah. Je m'y mets dès que je rentre au bureau. Tu vois autre chose ?

– Non, pas vraiment. Cela dit, on peut au moins s'appuyer sur une hypothèse.

– Celle dont tu m'as parlé l'autre soir ?

– La même. Elle m'est venue alors que je regardais *Klute*. Le rapport balistique nous dira si elle tient debout.

– Ça risque de prendre du temps, mais j'ai parlé au Dr Knight ce matin. D'après lui, la blessure de Max et celle de Ron ont été causées par une balle de même calibre. »

Hannah éclata de rire.

« Ça, j'aurais pu le dire !

– Moi aussi. Lake Eden est trop petit pour abriter deux assassins. Rappelle-moi ton hypothèse, Hannah. Juste pour vérifier que tout concorde. »

Hannah se versa un mug de café et se percha sur le tabouret derrière le comptoir.

« Ron a vu Max dans son bureau en compagnie de son futur assassin à 6 h 15, mercredi matin. Après le départ de Ron, l'assassin passe à l'acte et, craignant que Ron ne l'identifie, le suit à la trace et lui fait subir le même sort.

– Pourtant, la femme au rouge à lèvres rose t'a dit que personne ne les avait suivis ?

– En effet, mais ça n'empêche pas. N'oublie pas que l'itinéraire de Ron était punaisé dans le couloir, à l'entrée du bureau de Betty. Le tueur a pu s'y référer et le rejoindre un peu plus tard.

– Ça fonctionne. » Bill reprit un morceau de cookie et mâchonna pensivement. « Donc, selon toi, Ron s'est fait tuer juste parce qu'il était au mauvais endroit au mauvais moment ?

– Tout à fait. Si Ron n'était pas entré dans les bureaux de la laiterie pour prendre une boîte de stylos publicitaires, il serait encore en vie. »

Bill grimaça.

« C'est ce qui s'appelle un sacré manque de bol. Tu es sûre que Max est mort à cause d'un prêt ?

– Je ne suis sûre de rien. Je me contente de suivre la logique. Le coffre-fort de l'ancienne laiterie était ouvert et nous n'avons aucun moyen de savoir ce qu'il contenait avant. Je doute même que Betty soit capable de nous dire s'il manque quelque chose.

– Elle ne sait rien. » Bill prit un air suffisant. « Je l'ai appelée chez elle ce matin pour lui poser la question. Elle m'a répondu que seul Max en avait la combinaison et qu'il ne l'ouvrait jamais devant elle. L'argent liquide était rangé dans son bureau à elle, à l'intérieur d'un coffre-fort plus moderne.

– Comment va-t-elle ?

– Elle tient le choc. D'habitude, elle ne travaille pas le week-end mais elle compte se rendre sur place aujourd'hui pour parler aux employés et répondre au téléphone. C'est une fille courageuse, Hannah. Elle était vraiment triste quand je lui ai appris la nouvelle, mais elle a décidé de mettre son chagrin de côté et faire en sorte que la laiterie continue à tourner, même si cela implique des heures supplémentaires. »

Hannah ne put cacher son amusement. Betty n'aurait raté ce week-end à la laiterie pour rien au monde et ce n'était pas une question d'altruisme. Elle serait à la meilleure place pour recueillir tous les commérages et contribuer à les diffuser.

« Elle t'a appris autre chose ?

– Le nom du notaire de Max. Je l'ai appelé pour savoir qui allait hériter. Ça pourrait constituer un autre mobile.

– Tu as raison. Je n'y avais même pas songé. Qu'a-t-il dit ?

– Max laisse toute sa fortune à son neveu dans l'Idaho. L'avocat va le contacter aujourd'hui et lui demander ses instructions.

– Et les marques de pas sur la moquette ? Elles vous ont été utiles ?

– Pas vraiment. On les a photographiées comme tous les autres éléments de la scène de crime mais elles sont trop imprécises.

– Et ce W inscrit à la page de mercredi dans l'agenda de Max ? Tu as des pistes ? »

Bill fit non de la tête et tendit son mug pour qu'elle le resserve.

« Je n'ai trouvé aucun nom commençant par W dans les dossiers de Max. Encore faudrait-il savoir s'il s'agit d'un nom de famille, d'un prénom ou d'un diminutif. Quand on tiendra un suspect, on pourra s'en servir comme d'une preuve indirecte mais, pour l'instant, c'est comme chercher une aiguille dans une botte de foin. »

Le téléphone sonna.

« Le Cookie Jar, Hannah, j'écoute.

– Hannah. Je suis content de vous avoir en direct. C'est Norman.

– Bonjour, Norman. »

Hannah fronça légèrement les sourcils. Elle redoutait de rester coincée au téléphone alors que Bill allait partir et qu'elle n'aurait peut-être plus l'occasion de lui reparler avant le lendemain.

« Quoi de neuf ?

– J'ai développé les photos de la soirée chez les Woodley. Je peux vous apporter les tirages à midi si vous êtes là.

– Où voulez-vous que je sois ? Cette boutique est mon lieu de travail. »

Elle avait encore parlé trop vite. Pourquoi se montrer désagréable avec Norman ? Il voulait juste lui faire plaisir. En plus, s'il passait à midi, elle pourrait lui remettre les papiers qu'elle avait subtilisés pour lui.

« Excusez-moi, Norman. Je suis débordée, actuellement. On se voit à midi, c'est entendu. Je vous garderai quelques-uns de mes meilleurs cookies. »

Hannah raccrocha et vit le regard rieur de Bill.

« Quoi ?

– C'est moi ou Norman vient de te donner un autre rendez-vous ?

– Non, il veut seulement me montrer les photos de la réception. »

Hannah jugea préférable de changer de sujet. Bill arborait la même expression que sa mère quand elle jouait les entremetteuses.

« Norman est un ami, point barre. Alors sors-toi cette idée de la tête, tu veux bien ? Et dis-m'en un peu plus sur cet inspecteur de Minneapolis. Je ne connais même pas son nom.

– Mike Kingston. J'ai parlé à son ancien coéquipier. Il m'a dit que Mike était un excellent flic et un chic type par la même occasion.

– Tu ne l'as pas encore rencontré ? »

Bill secoua la tête.

« Non, mais j'ai vu sa photo dans le fichier du personnel. Il a l'air sympathique. Je t'ai dit pour sa femme, n'est-ce pas ?

– Tu m'as dit qu'elle était morte et qu'il avait voulu changer d'environnement à cause de cela.

– Eh bien, j'en sais davantage aujourd'hui. Elle était infirmière et elle a été abattue alors qu'elle rentrait de son travail à l'hôpital général du comté de Hennepin. Elle a été prise dans une fusillade entre deux bandes rivales. Mais ce n'est pas le pire. Elle était enceinte de quatre mois et c'était leur premier enfant.

– Quelle horreur ! » Hannah frissonna. « Ont-ils arrêté le tireur ?

– Bien sûr. Toute la brigade s'est mise sur l'affaire. Mais la première fois qu'il est passé devant le juge, il s'en est sorti à cause d'un vice de procédure. Quelqu'un s'était trompé en rédigeant le mandat de perquisition et la cour a prononcé un non-lieu.

– Il est passé une deuxième fois devant le tribunal ? »

Hannah n'y comprenait rien. La loi interdisait qu'une personne soit jugée deux fois pour les mêmes faits.

« Ils l'ont coincé pour un autre meurtre. Mike et son coéquipier étaient les seuls sur l'enquête et ils ont fait très attention à ne pas commettre d'erreur. L'homme a été condamné à perpétuité sans remise de peine.

– Tant mieux. Je parie que ce Mike Kingston est très à cheval sur les règles de procédure.

– J'en ai peur. Et comme il sera mon superviseur, je vais devoir me méfier. Ce soir, Andrea m'aide à relire tous mes rapports, au cas où j'aurais laissé des fautes.

– Je veux bien t'aider aussi, en cas de besoin, lui proposa Hannah. Il commence quand ?

– Lundi matin. Il a déjà trouvé un appartement à louer et il a débarqué ce matin avec un camion de déménagement. Je suis de congé demain. Je vais l'aider à s'installer. »

Hannah ne put s'empêcher de le taquiner gentiment.

« Tu crois que transporter des caisses et boire des bières avec lui facilitera vos relations de travail ?

– Ça ne peut pas faire de mal. Quand on aura fini, on ira manger un morceau à la maison.

– C'est Andrea qui *cuisine* ? »

Hannah leva les sourcils. Sa sœur était incapable de préparer ne serait-ce qu'une tasse de café buvable.

« Pas question ! gloussa Bill. On ira chercher des pizzas. Si tu te joignais à nous ? Tu n'as rien de prévu pour demain soir, n'est-ce pas ?

– Eh bien, si, je m'étais dit que... »

Hannah eut beau se torturer les méninges, aucune excuse valable ne lui vint à l'esprit.

« Allons, Hannah. Viens. Tu analyseras son caractère, et après tu me donneras des conseils. »

Bill assortit sa supplique d'un regard auquel Hannah elle-même n'avait jamais pu résister – le genre qu'on prêtait habituellement à ces chiens nommés cockers. Elle soupira longuement et rendit les armes.

« OK. J'apporterai le dessert.

– Merci, Hannah, s'écria Bill, éperdument reconnaissant. Mais pas un mot de notre enquête, c'est d'accord ? Il ne manquerait plus que Mike apprenne que j'ai recours à une civile.

– Ne t'inquiète pas. Je serai muette. »

Bill se dirigea vers la sortie. Il allait ouvrir la porte quand il se retourna et lui sourit.

« J'oubliais. Delores sera là demain soir. Elle veut rencontrer Mike. »

Hannah plissa les yeux en le regardant disparaître. Tout était clair à présent, il suffisait de placer les éléments bout à bout. D'abord, la remarque de Delores comme quoi aucun homme ne voudrait d'elle à part un flic de la criminelle ; ensuite, le discours que Bill lui avait tenu sur son nouveau collègue, le dépeignant comme un homme accablé de chagrin, juste pour faire vibrer sa corde sensible ; et enfin, la comédie que le même Bill venait de lui jouer en la suppliant de venir dîner le lendemain soir. Oui, bien sûr, tout cela était calculé d'avance.

Hannah sortit de derrière le comptoir et alla retourner l'écriteau du côté OUVERT. Bill l'avait bien eue et il s'y était pris comme un vrai pro. De là à penser que sa femme et sa belle-mère lui avaient prodigué une formation intensive d'entremetteur, il n'y avait qu'un pas.

CHAPITRE 22

Deux minutes après qu'elle eut retourné la pancarte sur la vitre, les habitués du Cookie Jar commencèrent à affluer. Pendant deux bonnes heures sans interruption, Hannah dut bavarder, verser du café, distribuer des cookies et répondre aux questions en même temps. Ses clients voulaient tous savoir ce qu'elle avait appris sur le deuxième meurtre et en quoi il était lié à celui de Ron.

« Tu crois qu'il s'agit du même assassin, Hannah ? » lui demanda Bertie Straub en soignant son anxiété avec un croustillant à la mélasse.

Elle avait abandonné son salon de coiffure pour collecter les infos qu'elle resservirait ensuite à ses clientes aux cheveux bleus assises en rang sous leur séchoir nickelé.

« Sûrement. Il ne peut pas y en avoir deux dans une petite ville comme Lake Eden !

– C'est *toi* qui as découvert le corps ? chuchota Bertie en jetant un regard méfiant autour d'elle. Tu peux me le dire, Hannah, je te promets que je ne le répéterai à personne. »

Hannah dut faire l'impossible pour garder son sérieux. Confier un secret à Bertie revenait à appeler KCOW pour tout balancer en direct à l'antenne.

« Je ne te répondrai pas, Bertie. L'enquête est en cours.

– Je suis sûre que c'est toi ! Je le vois à ton air ! »

Bertie frissonna si dramatiquement que Hannah se demanda si elle suivait des cours au club de théâtre de Lake Eden.

« C'était horrible, j'imagine.

– C'est toujours horrible quand quelqu'un meurt, répéta Hannah pour la énième fois depuis le début de la matinée.

– Ils vont bientôt l'attraper, n'est-ce pas ? Je n'ai pas fermé l'œil depuis que Ron s'est fait tuer. Rien que le fait de penser qu'il y a un assassin parmi nous…

– Je suis sûre qu'ils vont l'arrêter, Bertie. Bill est chargé de l'affaire et c'est un très bon enquêteur. »

Hannah échappa aux questions suivantes grâce à l'arrivée de Lisa chargée d'un nouveau plateau de cookies. Remarquant son air contrarié, Lisa lui annonça avec un clin d'œil discret :

« Ta mère est au téléphone, Hannah. Elle dit que c'est urgent. Va la prendre dans l'arrière-boutique. Tu seras plus au calme. Et emporte une tasse de café.

– Il faut que je te laisse, Bertie. »

Hannah tourna vers Lisa un regard débordant de gratitude, remplit son mug et franchit la porte battante. Elle avait des vertiges à force de répondre à tous ces gens. Et il n'était que 11 heures du matin.

Elle était sur le point de s'écrouler sur un tabouret quand le téléphone sonna pour de bon. Hannah s'obligea à décrocher et tomba sur sa mère.

« Hannah ? C'est toi ? hurla Delores, surexcitée.

– Oui, maman. » Hannah prit une gorgée de café. « Comment tu m'as reconnue ?

– Que dis-tu, ma chérie ?

– Laisse tomber. Que puis-je faire pour toi ?

– Tu as vu les photos que Carrie a prises chez les Woodley pendant la réception ?

– Pas encore. » Hannah leva les yeux vers la pendule. « Norman doit me les montrer à midi.

– Eh bien, attends-toi à une bonne surprise. Il y en a une où tu es ravissante. On te reconnaît à peine. Norman m'a promis de l'agrandir pour que je l'encadre. »

Hannah se retint d'exploser de rire. Elle était si ravissante qu'on la reconnaissait à peine ? Il n'y avait rien de tel qu'une mère pour anéantir le peu de confiance que vous aviez en vous.

« Je dois te laisser, ma chérie. J'allais sortir mais je voulais t'appeler d'abord.

– Merci, maman. On se parlera plus tard. »

Hannah raccrocha en gémissant. Lisa avait eu raison de lui conseiller du repos. Et si elle prenait son après-midi ? songea-t-elle. Elle n'en pouvait plus de répéter la même chose toutes les cinq minutes. Elle attendrait le passage de Norman et, dès qu'elle aurait vu cette « ravissante » photo d'elle, regagnerait ses pénates pour s'occuper de choses vraiment importantes. Avec un peu de chance et beaucoup de persévérance, elle résoudrait peut-être l'énigme avant que Mike Kingston ne s'en mêle.

« Qu'en pensez-vous, Hannah ? demanda Norman en la regardant feuilleter les tirages qu'il avait apportés. Votre mère adore la première de la pile. »

Hannah haussa les épaules. La fille sur la photo avait les yeux mi-clos, le sourire de travers et une mèche de cheveux coincée derrière l'oreille gauche.

« J'ai déjà vu de meilleurs portraits de moi.

– C'est vrai, elle n'est pas très réussie, compatit Norman. Il y en a une que je préfère mais ma mère a réussi à vous couper le bras gauche.

– Voyons voir. »

Andrea, qui était arrivée cinq minutes auparavant avec Tracey, s'en empara avant elle.

Hannah observa sa réaction. La petite ride qui se dessina entre les sourcils d'Andrea révélait une intense concentration. Hannah supposa qu'elle cherchait quelque chose de gentil à lui dire mais ne trouvait pas. Au bout de trente secondes, Andrea parvint tout de même à articuler :

« Tu fais un peu plus mince que d'habitude. Et ta robe est d'un chic !

– Tante Hannah est très jolie, intervint Tracey en levant la tête vers elle. Pas autant que maintenant, mais jolie quand même.

– Le corps diplomatique au grand complet ! s'esclaffa Hannah. Tracey montre de réelles dispositions. »

Andrea éclata de rire. « Voyons les autres. »

Hannah passa au tirage suivant. Andrea et Bill posaient dans leurs beaux habits. Un couple magnifique. Andrea était incroyablement photogénique, contrairement à sa sœur. Quand Hannah se voyait en photo, elle pensait à ces publicités pour les produits de maquillage qui montrent la même femme « avant » et « après ». Et, bien sûr, elle s'identifiait à la première.

Elle regarda le reste des clichés en les refilant à Andrea au fur et à mesure. Heureusement, ses clients étaient tous sagement installés devant leur café-cookie, loin du comptoir. Quand arriva la photo dont Norman lui avait parlé, elle dut reconnaître qu'il avait raison.

Elle n'était pas mal du tout, assise sur ce canapé, avec Norman debout derrière elle. Hélas, son bras gauche était carrément hors champ. En fait, le cadrage était si mauvais qu'on voyait moins les personnages que le guéridon près de l'accoudoir.

Hannah allait la passer à sa sœur quand un détail l'arrêta. Au-dessus des livres et des papiers entassés sur le guéridon était posée une chemise cartonnée blanche marquée d'un logo rouge. Elle rapprocha l'image de ses yeux jusqu'à loucher et parvint à déchiffrer : « Compacts Unlimited ». Un membre de la famille Woodley avait donc loué un véhicule semblable à celui que M. Harris avait vu s'éloigner en trombe de la laiterie Cozy Cow le matin des meurtres !

« Qu'y a-t-il, Hannah ? »

Andrea avait dû remarquer son air stupéfait.

« Rien. Celle-ci me plaît beaucoup. » Et, se tournant vers Norman : « Puis-je la garder ?

– Bien sûr. Mais pourquoi celle-ci en particulier ? »

Hannah décida de le prendre par la vanité, sachant cette méthode infaillible.

« Elle vous met en valeur.

– Vraiment ? » Norman se pencha pour vérifier. « Je ne trouve pas.

– Mais moi, si. Je peux l'avoir ? »

Norman lui prit la photo des mains pour l'examiner d'un œil critique.

« Je vais en faire un autre tirage. Et j'en profiterai pour la retoucher sous l'agrandisseur.

– Non. » Hannah la récupéra d'un geste vif. « Elle est très bien comme ça. »

Andrea la dévisagea.

« Mais ton bras est coupé !

– Et alors ? La *Vénus de Milo* va me faire un procès ou quoi ?

– Je pourrais la recadrer, enlever un bout du guéridon et centrer sur nous, suggéra Norman. Ça vous plairait ?

– Oui, bien sûr. Mais je veux quand même garder celle-ci. »

Norman haussa les épaules et se tourna vers Andrea. « Vous avez choisi lesquelles ?

– Ces deux-là, j'aimerais bien », répondit-elle en lui tendant celles qu'elle avait sorties du tas.

Hannah entendit tinter la clochette au-dessus de la porte. Le shérif Grant entra, suivi par l'homme le plus beau et le plus impressionnant qu'elle ait jamais croisé au cours de son existence. Il mesurait plus d'un mètre quatre-vingts, il avait des cheveux blonds tirant sur le roux, des yeux bleus perçants, une moustache et une musculature d'athlète. Sans les rides qui ravinaient son visage, il aurait répondu à tous les critères de la beauté classique. Son arrivée déclencha un murmure dans la salle. Mais inutile de se demander pourquoi. Cela faisait plusieurs millénaires qu'un homme si séduisant n'avait pas mis les pieds à Lake Eden.

« C'est lui ! » Sa sœur lui donna un coup de coude. « C'est Mike Kingston.

– Je m'en doutais un peu. »

Hannah sourit. Qui d'autre aurait pu accompagner le shérif Grant ?

« Hannah. » Le shérif s'avança jusqu'au comptoir. « Je vous présente Mike Kingston. Il prend son poste lundi. »

Hannah déglutit. Jamais elle n'avait ressenti de gêne devant un homme, mais Mike Kingston n'était pas un homme comme les autres. Son cœur s'était affolé dès qu'elle avait posé les yeux sur lui. C'était à peine si elle osait le regarder en face. Elle respira profondément et dit en s'efforçant de ne pas chevroter :

« Ravie de faire votre connaissance, adjoint Kingston.

– Mike. »

Sa voix chaude et grave, parfaitement assortie à son allure, provoqua chez Hannah une réaction purement physique qu'elle n'avait plus éprouvée depuis le jour où son professeur volage l'avait invitée chez lui. Elle se dépêcha de faire les présentations en espérant que personne ne remarque son trouble.

« Voici ma sœur, Andrea Todd, et ma nièce Tracey. Et Norman Rhodes qui vient de reprendre le cabinet dentaire de son père. Je sais que vous êtes pressés, alors permettez-moi d'aller chercher vos cookies. »

Laissant Mike Kingston serrer les mains qui se tendaient vers lui, Hannah se réfugia dans son cabinet de toilette pour s'asperger le visage d'eau froide. Comment allait-elle faire le lendemain pendant la soirée pizza si le simple fait de se trouver face à Mike Kingston la mettait dans des états pareils ?

N'étant pas femme à se dérober devant l'obstacle, Hannah décida de prendre sur elle. Si elle s'enfuyait chaque fois qu'il apparaissait dans Le Cookie Jar, Mike Kingston finirait par la croire dérangée. Elle sortit du cabinet de toilette, attrapa la boîte de Black and White qu'elle avait préparée pour la journée portes ouvertes et repassa côté boutique.

En voyant Mike Kingston pivoter vers elle et lui sourire, Hannah cessa de respirer. Elle dut déployer de gros efforts pour ne pas le dévisager comme une groupie tombant nez à nez avec sa rock star préférée.

« C'est vraiment gentil de votre part, Hannah. Le shérif Grant dit que vous participez à cet événement tous les ans.

– C'est vrai. »

Il n'avait visiblement pas remarqué son embarras, et c'était tant mieux.

« Je contribue également à votre pique-nique estival. C'est un grand barbecue où chacun apporte son repas. Moi, je fournis la limonade et les cookies.

– Ça m'a l'air très sympa. Il n'y a rien de tel qu'un barbecue au bord d'un lac.

– On va y aller, Mike. »

Lorsque le shérif Grant se tourna vers son protégé, Hannah lut de l'admiration dans ses yeux. Pour lui parler, il devait lever la tête car il ne mesurait qu'un mètre soixante-dix. En présence du nouvel inspecteur de police du comté de Winnetka, Hannah avait l'impression d'être petite et frêle, ce qui ne lui était jamais arrivé.

« À plus tard, Hannah. »

Mike Kingston lui adressa un geste d'adieu. Elle sourit. Il était fort sympathique et elle n'avait rien contre lui personnellement, mais si à cause de son arrivée dans le service Bill n'obtenait pas sa promotion, elle lui en tiendrait rancune.

« Content d'avoir fait votre connaissance, Norman. » Puis, à Andrea : « Je suis impatient de travailler avec votre mari.

– C'est mon papa, claironna Tracey.

– Je sais. »

Mike Kingston se pencha pour murmurer quelques mots à l'oreille de la petite fille.

Hannah vit sa nièce écarquiller les yeux et pouffer de rire.

« Vraiment ?

– Juré. » Mike hocha la tête. « Je l'apporterai demain soir mais, en attendant, motus et bouche cousue. »

À la seconde où la porte se ferma derrière eux, Andrea demanda à sa fille :

« Qu'est-ce qu'il t'a dit ?

– Rien. » Tracey semblait contente d'elle. « C'est un secret. Tu sauras tout demain soir quand on mangera la pizza. »

Andrea échangea un coup d'œil avec Hannah. Elle semblait ravie que sa fille s'entende si bien avec le nouveau superviseur de Bill.

« Il faut que je file, Hannah. Je dois porter des affaires chez Luanne. Tracey va m'aider. Ensuite nous irons à la journée portes ouvertes.

– Moi aussi, je vous laisse. Je reçois un patient dans vingt minutes. » Norman glissa la main dans sa poche, sortit un paquet de cartes de visite et les tendit à Hannah. « Elles sont pour vous. »

Hannah les regarda, enchantée. Elles étaient parfaites. Norman avait même dessiné des petits cookies dans les marges.

« Merci, Norman. Je les adore.

– Je peux en imprimer davantage si besoin est.

– Espérons que oui. Attendez une seconde. »

Hannah ouvrit la caisse enregistreuse et en extirpa l'enveloppe kraft contenant le contrat de prêt.

« Tenez, Norman. C'est pour vous.

– Pour moi ? fit Norman, surpris.

– Je suis tombée là-dessus l'autre soir. Pour l'ouvrir, attendez d'être dans votre cabinet. J'ai mis un mot à l'intérieur. Lisez-le, vous comprendrez tout. »

Hannah poussa un soupir de soulagement quand ses trois visiteurs s'en allèrent. Elle avait du boulot en perspective et ça n'avait rien à voir avec la pâtisserie. Elle emporta la photo dans l'arrière-boutique et dit à Lisa qu'elle acceptait sa proposition de la remplacer jusqu'à la fermeture. Elle avait des gens à voir, des appels à passer. Si tout se déroulait comme elle l'espérait, elle parviendrait peut-être à résoudre le double homicide avant le lundi matin.

CHAPITRE 23

Quand Hannah poussa la porte de chez elle, une flèche orange traversa son champ de vision. Moshe avait sauté de son perchoir sur le poste de télé, pour se réfugier sur le canapé avec un air coupable. À l'écran, une troupe de flamants agitaient leurs ailes rose saumon.

« Allons, Moshe, ces oiseaux font quatre fois ta taille. » Hannah le gratouilla sous le menton pour lui montrer qu'elle n'était pas fâchée. Elle l'avait sans doute surpris au moment où il se penchait pour tenter d'attraper un volatile.

Ayant fait disparaître les appétissants échassiers et suspendu son blouson au portemanteau, Hannah se rendit dans la cuisine pour remplir la gamelle de son redoutable chasseur. Bien sûr, elle était vide. Elle était toujours vide. En son absence, Moshe s'adonnait sans retenue à ses activités favorites : manger et dormir.

Il y avait trois messages sur le répondeur. Le premier était de sa voisine du rez-de-chaussée, Sue Plotnik, qui voulait savoir si elle était libre la semaine suivante pour le goûter de l'école des mamans. Hannah nota le jour sur le calendrier de la cuisine ; lundi matin, elle le reporterait sur celui du Cookie Jar. Puis elle écouta le deuxième message. Un certain Robert Collins, de la société Hideaway Resorts, l'invitait à dîner dans un hôtel de Minneapolis dans le cadre d'une campagne d'information dirigée vers d'éventuels investisseurs immobiliers. Hannah ne nota rien et passa au troisième message.

Elle dressa l'oreille. C'était la voix de Bill. Il l'appelait afin de la tenir au courant, disait-il. Dans la matinée, la patronne de Compacts Unlimited l'avait recontacté pour lui dire qu'elle ne pouvait toujours pas lui fournir le listing promis, mais qu'ayant téléphoné à tous ses gérants elle avait appris par celui qui tenait l'agence de St Paul que, le mardi précédent, un homme résidant à Lake Eden, un certain Boyd Watson, avait loué une compacte noire.

Naturellement, Bill avait vérifié auprès du proviseur, M. Purvis, lequel avait déclaré que ce jour-là le coach Watson participait à un stage professionnel organisé par l'État du Minnesota et n'était revenu à Lake Eden que le mercredi midi. Un alibi en béton.

D'un air soucieux, Hannah se versa un verre de Diet Coke et le porta dans le salon. Quand Maryann avait dit s'être rendue à Minneapolis en voiture pour faire les boutiques avec Boyd, Hannah avait cru qu'elle était passée le chercher à son domicile et qu'ils avaient fait la route ensemble jusqu'au Mall of America. Alors qu'en réalité elle avait retrouvé son frère sur place, sans doute après qu'il eut pris possession de sa voiture de location. Mais quel besoin le coach Watson avait-il de louer une voiture pour moins de vingt-quatre heures alors que sa sœur était censée venir le prendre ? Ça n'avait aucun sens.

Elle soupira et, d'un geste machinal, caressa Moshe qui avait délaissé sa gamelle pour le confort du canapé et la compagnie de sa maîtresse. Le coach Watson était-il au volant de la compacte noire que M. Harris avait vue surgir du chemin d'accès à la laiterie Cozy Cow ? C'était un peu serré au niveau horaire, mais Boyd aurait très bien pu partir avant l'aube, pendant que sa sœur et sa mère dormaient encore, et rouler pied au plancher jusqu'à Lake Eden. Son nom commençait par W, l'initiale que Max avait inscrite sur son agenda. À supposer que Maryann et sa mère n'aient pas émergé avant 9 heures, Boyd aurait eu le temps d'abattre Max et Ron puis de faire la route dans l'autre sens et d'arriver à temps pour le petit déjeuner. Seulement voilà, pour quelle raison le coach Watson aurait-il tué Max ?

Hannah rassembla dans sa tête tous les renseignements qu'elle avait récoltés sur les Watson. La bague de Danielle avait coûté un millier de dollars, la robe qu'elle portait à la réception des Woodley plus de cinq cents, le couple habitait une belle et grande maison alors que Danielle ne travaillait pas, Boyd possédait une Jeep Grand Cherokee dernier modèle et Danielle une Lincoln flambant neuve. Comment pouvaient-ils mener si grand train avec un seul salaire, et un salaire de prof par-dessus le marché ?

« Boyd a emprunté de l'argent à Max ! » s'exclama Hannah. Moshe s'écarta en la dévisageant. « Désolée d'avoir crié, Moshe. Mais c'est tellement logique ! Bill n'a pas trouvé de documents à son nom mais, comme le coffre-fort était ouvert, Boyd a très bien pu les prendre après avoir descendu Max. Et ensuite, il est allé s'occuper de Ron qui l'avait surpris dans le bureau avec sa première victime ! »

Moshe lui adressa un long regard impavide puis sauta du canapé et repassa dans la cuisine. Arrivé devant sa gamelle, il lui signala par un unique miaulement que les croquettes n'allaient pas se verser toutes seules. Hannah ne connaissait pas de chat plus intelligent. Il se comportait ainsi parce qu'il avait compris qu'elle allait bientôt ressortir.

Danielle entrouvrit sa porte.

« Bonjour, Hannah. Je… je suis occupée, pour l'instant. Pourriez-vous repasser un peu plus tard ?

– Non. » Hannah mit le pied dans la fente. « C'est important, Danielle. Est-ce que Boyd est là ?

– Non. Il a un… un entraînement… au lycée.

– Bien. Ça nous laisse un peu de temps pour discuter.

– Mais je… il faut que je me maquille. J'étais… euh… je faisais une sieste et… » La voix de Danielle se brisa dans un sanglot. « Je vous en prie, Hannah. Je ne veux pas que vous me voyiez comme ça. »

Hannah prit l'une de ses décisions éclair. Elle entrerait coûte que coûte. Sans craindre de bousculer Danielle, elle appuya sur le battant et franchit le seuil de la maison.

« Oh, Hannah ! » fit Danielle en plaquant ses deux mains sur son visage.

Trop tard. Hannah avait déjà remarqué son œil au beurre noir et les marques rouges en forme de doigts qui se découpaient sur sa joue gauche.

« Dieu du ciel ! » Hannah claqua la porte dans son dos. « Qu'est-ce qui vous est arrivé ?

– Je… euh… je…

– Peu importe, l'interrompit Hannah, sachant que Danielle allait lui sortir une histoire à dormir debout. Venez, on va mettre de la glace dessus.

– Je n'en ai pas.

– Je trouverai bien quelque chose. » Hannah la saisit par le bras et l'entraîna dans la cuisine. « Vous êtes sûre qu'il ne va pas revenir ? »

Danielle prit un air encore plus gêné, ce qui était une performance.

« Qui ça ? Le… l'intrus ?

– Votre mari. »

Hannah ouvrit le frigo et chercha de quoi remplacer une poche de glace.

« Pas besoin de jouer la comédie avec moi, Danielle. Je sais qu'il vous a battue.

– Mais comment ? »

L'œil valide de Danielle s'agrandit de surprise ; l'autre, trop tuméfié, resta fermé. Hannah sortit du congélateur un sac de petits pois surgelés, le cogna sur le plan de travail pour assouplir son contenu et le lui tendit, ainsi que le torchon à vaisselle accroché à la poignée du four.

« Asseyez-vous, mettez le sac dans le torchon et posez le tout sur votre œil. Je vais chercher autre chose pour la joue.

– Merci, Hannah. » Danielle se laissa tomber sur une chaise. « C'est ma faute. J'ai oublié de remplir les bacs à glaçons. »

Hannah trouva un deuxième paquet de petits pois et un torchon propre dans un tiroir.

« Mais non, ce n'est pas de votre faute, souffla-t-elle. Tenez ça avec l'autre main et dites-moi où est le café.

– Je n'en ai pas. J'ai oublié d'en racheter. C'est pour ça que Boyd s'est fâché. »

Hannah frissonna. Certains matins, elle aurait pu tuer pour une tasse de café, mais dans son cas ce n'était qu'une figure de style.

« Et du thé ?

– J'ai de l'instantané. Dans le placard au-dessus de la cuisinière. Et il y a un robinet d'eau très chaude sur notre distributeur Sparklettes. »

Ayant trouvé deux tasses, Hannah mit deux cuillerées de thé lyophilisé, une bonne dose de sucre, de l'eau dans chacune, posa la première devant Danielle et l'autre devant elle. Hannah n'aimait pas le thé mais ça n'avait aucune importance. L'essentiel était de créer un lien.

« Je peux voir votre joue ?

– Elle va mieux. » Danielle retira le torchon et lui fit un petit sourire. « Je n'avais jamais songé à utiliser des petits pois surgelés. On a raison de dire que les légumes sont bons pour la santé. »

Ce pitoyable trait d'humour censé alléger l'atmosphère produisit sur Hannah le contraire de l'effet escompté. Elle fulminait. Comment cela, Danielle n'avait jamais songé à utiliser des petits pois surgelés ? Ce n'était donc pas la première fois que le coach Watson frappait sa femme ? Devait-elle la convaincre de porter plainte, lui expliquer les démarches à accomplir pour échapper à cette intolérable brutalité ? Oui, mais ça pouvait attendre. Pour l'instant, Hannah devait savoir si en plus d'être un mari violent, Boyd Watson était aussi un meurtrier.

« Oui, ça s'améliore, répondit Hannah. Buvez votre thé et gardez la poche encore deux minutes. »

Danielle hocha la tête et prit une gorgée.

« Vous avez mis beaucoup de sucre.

– Le sucre aide à surmonter les chocs. » Hannah prit le sac de cookies Black and White qu'elle avait apporté. « Prenez-en un. Il vous faut du chocolat. »

Danielle s'exécuta.

« Ils sont drôlement bons, dit-elle, la bouche pleine.

– Merci. Vous avez mal à la tête ?

– Ce n'est pas une commotion, Hannah. Je connais les symptômes. »

Tu m'étonnes ! répliqua Hannah en elle-même. Elle se souvenait à présent que Danielle avait fait plusieurs séjours à l'hôpital – une fois pour une jambe cassée, d'autres fois pour des blessures moins graves. À l'en croire, tous ces accidents étaient dus à la maladresse ; elle avait glissé sur une plaque de verglas, elle avait fait une chute à ski, s'était vautrée au fond de la barque où elle pêchait avec son mari. Hannah se rappela la soirée chez les Woodley et la remarque qu'Andrea avait faite à propos de Danielle et de ses vêtements couvrants. Une sonnette d'alarme aurait dû se déclencher dans sa tête, à ce moment-là, d'autant plus qu'elle savait par Luanne le genre de fond de teint qu'elle utilisait pour masquer les soi-disant défauts de son épiderme. En réalité, les seuls problèmes de peau qu'elle avait c'était son mari qui les lui causait !

Danielle reprit une gorgée de thé et remit sur sa joue la poche de glace improvisée.

« Ça restera entre nous, n'est-ce pas, Hannah ?

– Ne vous inquiétez pas pour ça », répondit Hannah pour éviter de promettre ce qu'elle ne pourrait tenir.

En tout cas, elle ne colporterait pas de ragots, si c'était ce que Danielle entendait par cette question.

« Si vous avez envie d'en parler, je suis là. Vous n'aurez qu'à m'appeler ou sauter dans votre voiture. J'ai une chambre d'amis, au cas où vous auriez besoin de mettre un peu de distance entre vous et lui.

– Merci, Hannah. »

Et comme l'occasion ne se représenterait peut-être pas de sitôt, Hannah poursuivit en disant :

« Ce n'est pas tout, Danielle. Si vous décidez de porter plainte, je vous aiderai.

– Non, je ne ferai jamais une chose pareille ! »

Hannah s'attendait à cette réaction. La plupart des femmes battues avaient tendance à protéger leur bourreau jusqu'au jour où un tiers décidait d'intervenir. À moins que Danielle dépose plainte ou qu'une personne la voie se faire tabasser, les autorités étaient impuissantes. Hannah essaya encore.

« Pourtant, si vous portiez plainte, Boyd pourrait se faire aider.

– Quel genre d'aide ?

– Une thérapie, des ateliers de gestion de la colère, ce genre de choses. »

Hannah s'efforça d'adopter un ton convaincu bien qu'elle n'y crût guère. Pour elle, ces mesures imposées aux harceleurs par les tribunaux n'étaient pas plus efficaces qu'une petite tape sur la main. Un individu capable d'infliger à une femme le genre de blessures que Danielle avait au visage devait assumer les conséquences de ses actes au même titre que tout autre criminel.

« Boyd suit déjà une thérapie.

– Ah bon ? »

Hannah fut tentée de rétorquer que son psy ne devait pas être une lumière mais jugea préférable de se taire.

« Ça va beaucoup mieux, maintenant. Depuis la rentrée des classes, il ne m'a frappée qu'une seule fois.

– Aujourd'hui compris ? répliqua Hannah, malgré elle.

– Non, mais en ce moment il est sous pression. Son équipe a perdu trois matchs d'affilée. »

Que dit le coach Watson à ses joueurs pour les motiver ? se demanda Hannah. *Remuez-vous un peu, les gars sinon je serai obligé de me défouler sur ma femme ?*

« Après, il est toujours désolé. Vraiment. Il fond en larmes quand il voit ce qu'il m'a fait. Et il appelle son psy pour lui demander un rendez-vous d'urgence. C'est là qu'il se trouve en ce moment. En fait, j'ai menti tout à l'heure. Boyd n'est pas au lycée, il est parti à St Paul en voiture. Il se sentait tellement coupable. »

Hannah dressa l'oreille. L'agence Compacts Unlimited qui lui avait loué la voiture noire était à St Paul.

« Boyd voit un thérapeute à St Paul ?

– Au centre Holland. »

Danielle prononça ce nom avec déférence. Elle semblait aussi fière qu'on peut l'être avec un œil au beurre noir et un sac de petits pois collé dessus.

« C'est la meilleure clinique psychiatrique du Minnesota. Et Boyd est entre les mains du Dr Holland lui-même. Il a fait un travail formidable avec des violeurs en série. »

Hannah resta coite, faute de trouver une réponse appropriée. De toute façon, c'était parti, la digue avait cédé, Danielle parlait.

« On a failli divorcer au printemps dernier. Boyd ne pouvait plus du tout se contrôler, et le Dr Holland estimait qu'une séparation était nécessaire. Mais Boyd a promis de faire de gros efforts. Et ça s'est arrangé. »

Hannah regarda le visage de Danielle. Si tel était le résultat de ses « gros efforts », elle préférait ne pas savoir dans quel état il l'avait mise au printemps dernier, quand il ne se contrôlait pas.

« Ce genre de traitement coûte cher, non ?

– Oui, mais sa complémentaire couvre les dépenses à quatre-vingts pour cent. C'est la mutuelle du syndicat des enseignants. Le Dr Holland est censé le soigner pour un problème de stress lié au travail. Sinon ce serait trop embarrassant pour Boyd.

– Ça tombe sous le sens », fit Hannah sur un ton volontairement neutre.

Que Dieu veille à épargner tout embarras aux tyrans domestiques !

« Tout à l'heure, vous disiez que vous vouliez lui parler. C'est encore au sujet du meurtre de Ron ? Ou de ce qui est arrivé à Max Turner ? »

En passant ainsi du coq à l'âne, Danielle venait de lui tendre une perche inespérée. Hannah allait pouvoir l'interroger sur la voiture de location.

« Oui, j'ai quelques petits détails à vérifier. Boyd a-t-il loué un véhicule dernièrement ?

– Oui. » Danielle parut surprise. « Comment le savez-vous ? »

Hannah réfléchit vite.

« Vous disiez avoir pris la Jeep Cherokee de Boyd pour vous rendre au casino. J'en ai conclu qu'il avait loué un véhicule pour lui-même.

– Les choses ne se sont pas passées exactement comme ça. Boyd est parti à Minneapolis avec un collègue mais, une fois sur place, il a décidé de rester et d'aller consulter le Dr Holland. Donc il a loué une voiture pour la journée. Son rendez-vous tombait le mercredi matin et Boyd ne pouvait pas demander à Maryann de l'emmener. Elle n'est pas au courant de son problème.

– Bien sûr, je comprends, dit Hannah, toujours aussi prudente.

– Il devait le voir très tôt, à 7 heures du matin, poursuivit Danielle. C'était la seule plage de libre, le Dr Holland est tellement occupé ! Pour arriver à temps, Boyd a dû partir de chez sa mère à 6 heures.

– Quand elle s'est réveillée, Maryann n'a pas vu qu'il n'était plus là ?

– Si, mais il lui avait dit la veille qu'il se lèverait de bonne heure pour aller acheter des beignets. Sa mère adore les beignets. Boyd les a rapportés après son rendez-vous avec le Dr Holland. »

Hannah se promit d'appeler la clinique Holland dès qu'elle quitterait Danielle.

« Boyd a-t-il jamais emprunté d'argent à Max Turner ?

– À Max ? s'écria Danielle en fronçant les sourcils. Je ne crois pas. Pourquoi ?

– Je vais vous dire quelque chose, Danielle, mais vous devez promettre de ne pas en parler. Même pas à Boyd.

– Très bien, consentit Danielle, d'un air un peu gêné toutefois. De quoi s'agit-il ?

– Max a prêté de l'argent à plusieurs personnes vivant à Lake Eden et l'un de ces prêts a peut-être un rapport avec son assassinat. Comment pouvez-vous affirmer que Boyd ne lui a jamais emprunté d'argent ?

– Parce que Boyd n'a pas besoin d'emprunter de l'argent. Il a le mien. Vous savez combien touche un professeur, Hannah. Le salaire de Boyd ne nous permettrait pas de vivre décemment. Les voitures, la maison… tout ce que nous possédons c'est moi qui l'ai payé. »

Les sourcils de Hannah bondirent en direction du plafond. Elle s'attendait à tout sauf à cela.

« Avec quel argent ?

– Celui que j'ai hérité de mon oncle. J'ai toujours été sa nièce préférée. Il avait placé une grosse somme sur un fonds en fidéicommis et, chaque année, je touche le pactole.

– D'où ce luxe dans lequel vous vivez.

– Exact. En janvier, quand je reçois mes dividendes, j'en donne la moitié à Boyd et ma mère investit l'autre moitié pour moi. Les cours de la Bourse nous ont été très favorables ces dernières années. D'après le Dr Holland, le problème de Boyd tient en partie à cela. C'est très pénible pour un homme viril comme Boyd d'être marié à une femme qui gagne plus que lui.

– Oui, j'imagine, en effet, murmura Hannah.

– Voilà pourquoi je n'ai jamais parlé de mon héritage à quiconque, ajouta Danielle. Le Dr Holland dit que Boyd a un ego fragile et que, si ses relations étaient au courant, il deviendrait encore plus violent. Vous n'en parlerez pas, hein ?

– Je serai muette comme une tombe », se hâta de lui répondre Hannah.

Elle n'osait imaginer ce que Danielle subirait si les gens apprenaient que Boyd était entretenu par sa femme. Il était capable de faire comme l'avare de la fable et de tuer la poule aux œufs d'or.

CHAPITRE 24

« C'est perturbant, je sais », dit-elle à Moshe en regagnant ses pénates. Visiblement, il avait beaucoup de mal à comprendre pourquoi sa maîtresse ne cessait d'aller et venir, ce jour-là. « Je suis rentrée pour passer un coup de fil. Que dirais-tu d'un peu de crème glacée pour t'occuper en attendant ? »

Moshe se frotta contre ses chevilles. Hannah sortit la glace à la vanille du congélateur et en mit deux cuillerées dans une coupelle. Puis elle passa au salon, posa l'assiette sur la table basse et donna deux petits coups sur le plateau en bois. Elle n'eut pas besoin d'insister. Moshe s'approcha, renifla le monticule beige et y donna un petit coup de langue. Surpris par le froid, il releva la tête, prit le temps d'observer la chose et retenta sa chance.

Laissant Moshe explorer cette étrange nourriture, Hannah s'assit sur le canapé et attrapa le téléphone. Elle voulait être sûre que Boyd Watson s'était bien rendu à la clinique Holland, le mercredi précédent, à 7 heures du matin.

Cinq minutes plus tard, Hannah tenait sa réponse. Elle s'était fait passer pour une contrôleuse de l'assurance santé et avait demandé à la secrétaire du

Dr Holland de vérifier l'heure du rendez-vous de Boyd Watson. On lui avait confirmé que M. Watson était entré dans le cabinet du psy à 7 heures du matin et en était ressorti cinquante minutes plus tard, comme d'habitude.

« Dois-je me sentir soulagée ou bien déçue ? » dit-elle à son colocataire félin. Boyd Watson n'était pas le tueur, et il était libre de taper sur Danielle chaque fois qu'il en éprouvait le besoin.

Restait la photo qu'avait prise la mère de Norman, celle qui montrait le dossier de l'agence Compacts Unlimited posé sur le guéridon. Woodley commençait également par W, après tout. Hannah alla se chercher un autre Coca dans la cuisine. Quel membre de la famille Woodley aurait pu recourir aux services de cette agence ? se demanda-t-elle en ouvrant le frigo. Elle voyait mal Judith ou Del louer un modèle aussi basique alors qu'ils avaient dans leur garage plusieurs véhicules de luxe. Benton en revanche aurait pu le faire. Et comme son permis de conduire portait une adresse sur la côte est, il avait échappé à la vigilance de la patronne de l'agence. Benton avait dit à Bill et à Andrea qu'il était venu par la navette mais peut-être avait-il loué une voiture à sa descente d'avion.

Hannah appela les renseignements et obtint le numéro de la société de transport assurant la liaison entre Lake Eden et l'aéroport. Il n'y avait qu'une seule ligne, ce qui lui faciliterait la tâche. En attendant que son correspondant décroche, elle repassa dans sa tête le discours qu'elle avait préparé. Depuis qu'elle avait assisté à l'échange entre Andrea et l'employé de l'Holiday Inn, Hannah savait comment s'y prendre pour soutirer des informations par téléphone. Il fallait faire en sorte que votre interlocuteur ait vraiment envie de vous aider.

« Navettes On-Time. Tammi à l'appareil », claironna une voix féminine exagérément cordiale.

Hannah grimaça. Pourquoi certaines sociétés demandaient-elles à leurs réceptionnistes de parler comme si elles travaillaient à Disneyland ?

« Bonjour, Tammi. Je suis très embêtée, peut-être pourrez-vous m'aider. Mon patron, M. Woodley, a pris une navette pour rejoindre Lake Eden mercredi dernier dans l'après-midi et il craint d'avoir égaré sa mallette à bord. Il m'a chargée de vous appeler. L'un de vos chauffeurs l'aurait-il trouvée ?

– Je ne crois pas. Après chaque voyage, nos chauffeurs vérifient si personne n'a rien oublié dans le bus. Et je n'ai pas vu de mallette dans le casier des objets trouvés.

– Oh, Seigneur, gémit Hannah. Serait-il possible qu'un de vos collègues l'ait envoyée par la poste à M. Woodley mais qu'il ne l'ait pas encore reçue ?

– On ne procède pas ainsi chez nous. Mais je crois que deux de nos chauffeurs sont ici en ce moment. Je vais leur poser la question. Était-ce la navette de quatorze, seize ou 18 heures ? »

Après deux secondes de panique, Hannah opta pour une réponse neutre.

« Je n'en sais rien. Et M. Woodley vient de partir. Pourriez-vous vérifier sur vos listes ?

– Pas de problème. M. Woodley, vous dites ?

– Absolument, Benton Woodley.

– Je vous mets en attente. Un moment, s'il vous plaît. »

Il y eut un bref silence puis une musique retentit. Ayant reconnu le thème principal de *La Petite Sirène*, Hannah se demandait si c'était un choix personnel de Tammi quand celle-ci revint en ligne.

« M. Benton Woodley a pris la navette de 14 heures, annonça-t-elle de sa voix de dessin animé. Le chauffeur dit qu'il n'a rien trouvé dans son bus sauf un stylo et un mouchoir avec des initiales brodées. Vous devriez essayer les compagnies d'aviation.

– Bonne idée. Merci pour votre aide, Tammi. »

Hannah raccrocha et s'abîma dans une intense réflexion. Moshe dut sentir que sa maîtresse était contrariée car il sauta sur ses genoux et, pour la réconforter, lui lécha le bras de sa petite langue râpeuse. Hannah le caressa d'un geste distrait tout en se concentrant sur le timing du mercredi matin. Le fait que Benton ait pris la navette de 14 heures ne signifiait pas forcément qu'il était innocent. Il pouvait avoir atterri la veille dans la nuit, loué une voiture chez Compacts Unlimited et roulé jusqu'à Lake Eden pour tuer Max et Ron avant de faire demi-tour, restituer son véhicule et prendre la fameuse navette de 14 heures. Tout cela pour se constituer un alibi. Mais pourquoi Benton aurait-il voulu se débarrasser de Max Turner ? Il n'avait pas remis les pieds à Lake Eden depuis plusieurs années et, pour autant qu'elle le sache, n'avait presque jamais adressé la parole à Max.

Hannah tendit la main vers le téléphone dans l'idée de demander à Compacts Unlimited si Benton Woodley avait loué une voiture chez eux. Puis elle se ravisa. Ne devrait-elle pas laisser faire Bill qui connaissait déjà la patronne et obtiendrait plus facilement le renseignement voulu ? Hannah composa le numéro de son beau-frère et, en attendant qu'il décroche, repassa dans sa tête tout ce dont elle voulait lui parler. Il y avait le dossier Compacts Unlimited visible sur la photo, les soupçons qu'elle nourrissait au sujet de Benton et le fait qu'elle avait rayé Boyd Watson de la liste des suspects. Pour l'instant, elle ne lui révélerait pas le douloureux secret de Danielle. Elle attendrait que Bill soit plus disponible. Peut-être à eux deux trouveraient-ils un moyen efficace pour qu'il cesse de battre sa femme, quitte à lui donner la frousse de sa vie.

« Bill ? J'ai des informations qui… » Hannah s'arrêta net. Elle parlait à un répondeur. Bill n'était pas à son bureau. Quand le bip retentit, elle faillit raccrocher d'agacement mais se retint. « Bill ? C'est Hannah. On laisse tomber le coach Watson. Il a un alibi. Mais tu te souviens des photos qu'on a prises dans le bureau de Del Woodley ? Norman me les a apportées pendant sa pause déjeuner, et sur l'une d'entre elles on voit un dossier Compacts Unlimited. Je crois que c'est Benton qui a loué cette voiture. Judith ne s'abaisserait pas à conduire une petite compacte et Del possède une superbe Mercedes. Le W sur l'agenda de Max pourrait très bien désigner Benton Woodley, seulement voilà, je ne lui trouve pas de mobile. Je continue mes recherches sur la famille Woodley. »

Hannah raccrocha en soupirant. Bill devait être dans la salle de réunion du poste de police en train de manger les cookies qu'elle avait préparés pour la journée portes ouvertes et de bavarder avec les citoyens de Lake Eden venus découvrir les nouveaux véhicules de patrouille. En somme, il prenait du bon temps pendant qu'elle-même se faisait des nœuds au cerveau à chercher une logique dans cette affaire où les suspects fondaient comme neige au soleil. Elle était censée l'assister, pas faire le boulot à sa place. Qui ambitionnait de devenir inspecteur ? Elle ou lui ?

À ce moment précis, la sonnerie du téléphone retentit, interrompant le fil de ses récriminations. Hannah décrocha mais, au lieu d'entendre la voix de Bill, reconnut celle de sa mère.

« Je suis si contente de t'avoir, Hannah. J'ai une nouvelle à t'annoncer, une nouvelle des plus extraordinaires.

– Oui, maman. »

Hannah éloigna le téléphone de son oreille. Quand elle était dans cet état d'excitation, sa mère hurlait sans s'en rendre compte.

« Je suis au centre commercial avec Carrie. Elle avait besoin de changer la pile de sa montre. Tu n'imagineras jamais ce que je viens de voir chez le bijoutier ! Vas-y, essaie de deviner ! »

Hannah fit une grimace à Moshe. Elle aurait bientôt trente ans et sa mère jouait encore aux devinettes avec elle.

« Je ne trouverai pas, maman. Tu ferais mieux de me le dire.

– La chevalière de Del Woodley !

– Sa chevalière ? »

Hannah ne voyait pas ce qu'il y avait de surprenant à cela. Elle-même avait déjà porté des bagues chez le bijoutier pour les faire réparer ou ajuster.

« Elle est à vendre, Hannah. Le bijoutier l'a mise en vitrine et en réclame vingt mille dollars.

– Vingt mille dollars ? fit Hannah, le souffle coupé.

– Ce n'est pas excessif pour un diamant de cette taille et une monture en platine. La question est :

pourquoi la chevalière de Del Woodley est-elle à vendre ?

– Je n'en ai pas la moindre idée. »

Hannah prit le temps de soupeser la question, mais plus elle réfléchissait moins elle comprenait.

« Tu es sûre que c'est bien la chevalière de Del ?

– Certaine. L'année dernière, lors de la réception chez les Woodley, j'ai eu l'occasion de l'admirer. Elle avait une minuscule rayure au niveau de l'anneau. La chevalière dans la vitrine a la même. Tu veux savoir ce que je pense ?

– Bien sûr », répondit Hannah.

Dire non ne l'aurait pas arrêtée, de toute façon.

« Je pense que Del a des soucis d'argent. Sinon pourquoi se séparerait-il de cette bague ? Il m'a dit qu'il l'adorait.

– Tu as raison, maman. »

Un sourire s'épanouit sur le visage de Hannah. Cette nouvelle ouvrait le champ des possibles.

« Tu sais depuis combien de temps elle est dans la vitrine ?

– Évidemment. Le bijoutier me l'a dit. Il l'a depuis six mois.

– A-t-il confirmé qu'elle appartenait à Del ?

– Non, ma chérie. Quand un bijoutier reçoit en dépôt une pièce de cette valeur, il ne divulgue pas l'identité du propriétaire. »

Pendant que Delores lui rapportait sa conversation avec le bijoutier dans les moindres détails, Hannah passa les dernières données au filtre des précédentes. Pour leur réception, les Woodley n'avaient pas regardé à la dépense mais ça ne prouvait rien. L'orgueilleuse Judith avait peut-être voulu sauver les apparences. Si les affaires de Del périclitaient, il avait très bien pu emprunter de l'argent à Max. Et si Max s'était comporté avec lui comme avec les parents de Norman et d'autres personnes en ville, en exigeant le remboursement de son prêt avant l'heure, Del Woodley aurait eu une bonne raison de lui régler son compte, sans mauvais jeu de mots.

« Je suis sûre de moi, Hannah, poursuivit Delores. Tu sais comme je suis observatrice. Aucun détail ne m'échappe. Après, nous nous sommes arrêtées dans la boutique d'antiquités. Tu te souviens de ces charmantes coupelles à entremets que je t'ai données ?

– Oui, maman. »

Hannah jeta un regard vers celle qui contenait la glace à la vanille de Moshe.

« Fais bien attention quand tu les laves. J'ai eu ce service pour vingt dollars lors d'une vente aux enchères mais les deux coupelles qui se trouvaient dans la vitrine de l'antiquaire valaient cinquante dollars pièce.

– Vraiment ? »

Hannah se mit à jubiler en imaginant la tête que ferait sa mère si elle lui disait que Moshe mangeait de la glace dans l'une de ses coupelles à cinquante dollars.

« Il faut que je file, Hannah. Carrie a besoin de nouveaux draps et des gens font la queue devant la cabine téléphonique.

– Je suis très contente que tu m'aies appelée, maman », déclara Hannah.

Pour une fois, c'était sincère.

Hannah dévala les marches et sonna chez les Plotnik. Delores l'ignorait, bien sûr, mais elle venait de lui ôter une grosse épine du pied. Phil Plotnik occupait un poste de superviseur chez DelRay. Il pourrait peut-être lui dire si les affaires de Del battaient de l'aile.

Sue Plotnik vint lui ouvrir, un torchon à vaisselle dans la main droite, un bébé en pleurs coincé sur le bras gauche. Elle parut surprise de la voir mais l'accueillit aimablement.

« Salut, Hannah. J'espère que Kevin ne te dérange pas. Il a attrapé une otite et Phil est allé chercher des médicaments.

– Je ne l'ai même pas entendu, la rassura-t-elle. Mais je débarque peut-être au mauvais moment ? »

Sue éclata de rire.

« Avec un nouveau-né, il n'y a pas de bons moments. Peu importe. Viens prendre une tasse de café avec moi. J'en ai préparé. »

Hannah ne voulait pas s'imposer, surtout que Sue avait l'air complètement débordée, mais elle avait vraiment besoin de parler à Phil. Elle lui prêterait main forte le temps qu'elle aille chercher la cafetière.

« Je t'ai apporté des cookies. » Hannah entra et déposa le sac sur la table. Puis elle tendit les bras et dit en souriant : « Donne. Je vais le promener un peu dans l'appartement pendant que tu sers le café. »

Avec un soulagement non dissimulé, Sue lui tendit le nourrisson enroulé dans une couverture.

« Merci, Hannah. Il a pleuré toute la matinée et j'ai fait tomber le flacon de sirop. C'est pour ça que Phil a dû courir à la pharmacie. Tu as eu mon message pour le buffet de l'école des mamans, la semaine prochaine ?

– Oui. Merci d'avoir pensé à moi, Sue. Je l'ai noté sur mon calendrier. »

Hannah prit l'enfant, le balança une ou deux fois puis se mit à arpenter la pièce. Elle savait s'y prendre avec les bébés difficiles, sa jeune sœur Michelle ayant été sujette aux crises de colique. Hannah n'avait qu'une dizaine d'années à l'époque mais, en tant qu'aînée, c'était elle qui remplaçait sa mère quand celle-ci avait besoin d'une pause.

L'enfant se calma très vite. Contente d'elle-même, Hannah poursuivit ses allers-retours en souriant. Apparemment, elle n'avait pas perdu la main.

Sue revint, munie de deux tasses de café et d'une assiette pour les cookies. Elle déposa le tout sur la table basse et, stupéfaite, se tourna vers son fils.

« Comment as-tu fait ça ?

– C'est facile. Il faut marcher lentement en rebondissant légèrement à chaque pas. Pour trouver le bon rythme, imagine une parade d'éléphants dans un cirque. Je vais le coucher dans son berceau. »

Hannah joignit le geste à la parole. Sue la suivit du regard, attendit quelques secondes en fronçant les sourcils et, comme les pleurs ne reprenaient pas, s'écria :

« Tu es géniale, Hannah.

– Pas du tout. C'est juste une question de pratique. Michelle a dû faire au moins quatre crises de colique avant son premier anniversaire.

– Tu devrais avoir des enfants, Hannah. C'est tellement dommage… » Sue s'arrêta au milieu de sa phrase et prit un air confus. « Je n'aurais pas dû dire ça.

– Pas de lézard. Rends-moi juste un service, n'en parle pas à ma mère. Inutile de lui donner des munitions.

– Elle essaye toujours de te caser avec tous les mecs de la ville ? »

Sue désigna le canapé et elles s'assirent côte à côte.

« On peut dire ça. » Hannah prit une gorgée de café et décida d'aborder le sujet qui l'amenait. « Comment se porte la société DelRay, Sue ? À la base, c'est pour te demander ça que je suis venue.

– Ça va mieux, maintenant. Il paraît que Del envisage même de se lancer dans la vente par correspondance comme Fingerhut l'a fait à St Cloud. Mais voilà deux ans, c'était plutôt inquié… » Sue s'interrompit en entendant la clé tourner dans la serrure. « C'est Phil. Il t'en parlera mieux que moi. »

Phil entra, aperçut Hannah et sourit.

« Bonjour, Hannah.

– Bonjour, Phil.

– Hannah a réussi à endormir Kevin. » Sue désigna le berceau. « Elle dit qu'il suffit de marcher comme un éléphant. »

Phil jeta un regard suspicieux à sa femme puis haussa les épaules.

« Si ça fonctionne… Il reste du café ?

– Oui, dans la cuisine. Prends-en une tasse et viens nous rejoindre, mon cœur. Hannah a des questions à te poser sur DelRay. »

Phil se versa une tasse, s'assit dans le fauteuil posé en face du canapé, goûta un cookie et déclara qu'il n'en avait jamais mangé de meilleur.

« Que veux-tu savoir sur DelRay ? demanda-t-il enfin.

– J'espère que Benton ne va pas tout chambouler maintenant qu'il est de retour, dit Hannah en suivant le plan d'attaque qu'elle avait mis sur pied quelques minutes plus tôt, en descendant l'escalier.

– À mon avis, il ne restera pas. » Phil prit un autre cookie et haussa les épaules. « D'après la rumeur, il passait son temps à faire la bringue quand il était sur la côte est. S'il est revenu, c'est juste pour s'assurer qu'il reste du fric dans les caisses.

– Et c'est le cas ?

– Je crois qu'il n'y a pas de danger de ce côté-là. La sœur de Sue bosse à la comptabilité. Elle m'a dit que Del avait signé un gros contrat jeudi dernier. »

Hannah hocha la tête. Cette info ne lui était d'aucune utilité. Max était déjà mort à ce moment-là.

« Et avant cela ? La société a-t-elle connu des problèmes de trésorerie ?

– Oui, une fois, il y a quatre ans environ. C'était juste avant que Sue et moi on se marie. J'avais même commencé à chercher une autre place.

– Les choses allaient si mal pour DelRay ? »

Phil leva les sourcils.

« Mal ? C'était la catastrophe, tu veux dire. On avait perdu cinq de nos plus gros clients et il a fallu licencier la moitié du personnel. Il y a eu des mises en retraite anticipée et comme je n'étais dans la boîte que depuis un an… En fait, j'ai eu beaucoup de chance. Le type qui avait été embauché juste après moi s'est fait virer comme un malpropre. Par la suite, Del a obtenu de nouveaux financements et il est reparti sur de meilleures bases.

– De nouveaux financements ? » Hannah dressa l'oreille. « Comme un prêt bancaire, tu veux dire ? »

Phil secoua la tête.

« J'ignore d'où venait l'argent, mais ce n'était pas un prêt bancaire. La sœur de Sue m'a dit que la banque avait refusé pour un problème de surendettement.

– Et depuis cette mystérieuse rentrée d'argent, il n'y a pas eu d'autres alertes ? »

Hannah reprit une gorgée de café en attendant la réponse de Phil.

« Mercredi matin, ce n'était pas la joie, intervint Sue. Raconte-lui, Phil.

– Sue a raison. J'étais un peu inquiet en rentrant du travail mercredi matin.

– Un peu inquiet ? s'esclaffa Sue. Tu étais à deux doigts de refaire ton CV.

– Oui, c'est exact. En quittant le boulot, j'ai croisé le vieux. Il faisait la gueule.

– Quelle heure était-il ? »

Hannah retint son souffle. Les pièces du puzzle s'assemblaient de plus en plus vite.

« Dans les 6 h 15, je dirais. Je venais de débaucher et je me dirigeais vers le parking quand je l'ai vu parler aux superviseurs des équipes de nuit. »

Hannah était perplexe.

« Je croyais que tu étais superviseur d'une équipe de nuit.

– Oui, mais ces gars-là sont un cran au-dessus de moi. Du coup, j'ai supposé qu'il y avait du grabuge. Le vieux n'arrive jamais avant 9 heures, sauf en cas de crise majeure. »

Par simple politesse, Hannah passa encore deux minutes à papoter avec les Plotnik avant de prendre congé. En grimpant les marches vers son appartement, elle mit un peu d'ordre dans son esprit. Del Woodley ne pouvait pas avoir tué Max, puisque Phil l'avait vu à l'usine. En revanche, Max Turner lui avait très certainement accordé un prêt quatre ans auparavant. Elle devait en avoir le cœur net et une seule personne était en mesure de l'éclairer.

En ouvrant la porte, aucune boule de poils orangés ne vint à sa rencontre. Inquiète, Hannah regarda autour d'elle. Où était donc Moshe ? Puis elle le vit couché sur le dossier du canapé. Manifestement, il avait fini par s'habituer à ses constantes apparitions-disparitions.

« Coucou, Moshe. » Hannah alla quand même lui faire une petite caresse. « Rendors-toi. Je dois encore passer un coup de fil. »

Moshe bâilla et se remit en boule pendant que Hannah décrochait le téléphone. Si Del Woodley avait emprunté de l'argent à Max quatre ans auparavant, Betty Jackson le saurait certainement.

La ligne de Betty était occupée. Hannah dut presser le bouton rappel une douzaine de fois avant de pouvoir l'obtenir. Elles se saluèrent et, tout de suite après, Betty se mit à râler :

« C'est une maison de fous, ici ! » Elle était encore plus stressée que d'habitude. « Je ne peux pas accéder au bureau de Max. Il y a une bande jaune collée en travers de la porte et Bill m'a interdit d'entrer. En plus, le monde entier m'appelle pour savoir ce que la laiterie va devenir.

– Tu le sais ?

– Oui. Je viens d'avoir le neveu de Max au téléphone. Il compte s'installer ici et reprendre l'usine. Il m'a dit de rassurer les employés, qu'il n'y aurait aucun changement. N'est-ce pas merveilleux ?

– Oui, absolument. »

Hannah fit de son mieux pour avoir l'air enthousiaste. Non pas qu'elle fût mécontente que la laiterie reste ouverte, mais elle était trop préoccupée pour se réjouir naturellement.

« Je suis désolée de te déranger, Betty, mais je dois te poser une question très importante. Sais-tu si Max était en affaires avec Del Woodley ?

– Juste une minute. Je vais vous chercher cette facture. Ne quittez pas, je vous prie. »

Il y eut un bruit sec quand Betty posa le combiné sur son bureau. Hannah l'entendit demander qu'on la laisse seule, qu'elle avait un gros fournisseur en ligne. Quelques secondes plus tard, une porte se ferma et des pas sonores lui indiquèrent que Betty revenait à sa place.

« Désolée, Hannah. Je ne voulais rien dire devant les autres mais oui, Max était en affaires avec Del Woodley. Je ne suis pas censée le savoir mais il se trouve que j'ai malencontreusement décroché mon téléphone alors que Max était en communication avec Del. »

Hannah sourit. Comme elle l'avait soupçonné, Betty passait le plus clair de son temps à espionner les conversations privées de son patron.

« C'était il y a quelques mois, poursuivit Betty. Au sujet d'un prêt personnel. Del se plaignait du taux d'intérêt et Max lui a répondu assez méchamment.

– Ah bon ? »

Hannah feignit la surprise.

« Je dirais même *très* méchamment. Il lui a balancé que s'il n'était pas content, il n'avait qu'à le rembourser tout de suite.

– C'est ce qu'il a fait ?

– Je n'en sais rien, Hannah. Del n'a plus jamais appelé et je n'ai plus jamais entendu parler de cette histoire.

– Merci, Betty. »

Hannah raccrocha et enfouit son visage dans ses mains. Tout cela était extrêmement troublant. Peut-être devrait-elle faire un saut à la laiterie pour revoir la scène de crime. Il n'était pas impossible que Bill ait raté quelque chose.

« Je ressors, Moshe », annonça Hannah en bondissant sur ses pieds et en fouillant ses poches à la recherche des clés. Contre toute attente, Moshe ne se précipita pas vers sa gamelle. Il se contenta d'ouvrir son bon œil et de lui jeter un regard blasé comme pour dire : « Que veux-tu que ça me fasse ? »

CHAPITRE 25

Hannah enfila Old Lake Road à plus de quatre-vingt-dix kilomètres à l'heure, la vitesse maximale à laquelle son break pouvait prétendre. Elle avait presque atteint le croisement avec Dairy Avenue quand elle reconsidéra la situation. Tout compte fait, revoir la scène de crime serait une perte de temps. Le tueur avait tout planifié jusque dans les moindres détails. Il avait organisé une entrevue en tête à tête à une heure où personne n'était censé être là ; en se servant d'une ruse quelconque, il avait poussé Max à ouvrir le coffre-fort de l'ancienne laiterie. Un individu si minutieux ne pouvait pas avoir laissé d'indices compromettants derrière lui.

Alors, que faire ? Hannah leva le pied de l'accélérateur. Son break ralentit jusqu'à la limite légale. Devait-elle pousser jusqu'au poste de police pour prévenir Bill ? Depuis qu'elle avait laissé un message sur son répondeur, elle avait appris des tas de choses passionnantes. Elle l'entraînerait dans un coin, loin de ses collègues, lui raconterait tout par le menu et, ensemble, ils décideraient de la marche à suivre.

Hannah jeta un coup d'œil dans le rétro. La voie était libre derrière elle. Elle ralentit encore et fit une chose qu'elle n'avait jamais osé faire depuis qu'elle conduisait : un demi-tour sur la ligne continue. Après quoi, elle remit les gaz et fonça vers le poste de police du comté de Winnetka.

Pendant que l'aiguille sur le cadran recommençait à grimper, le cerveau de Hannah entra en ébullition. À moins qu'il n'ait le don d'ubiquité, Del Woodley ne pouvait pas avoir tué Max. À supposer même que Phil se soit trompé de cinq minutes et que la montre de Danielle ait retardé de cinq minutes également, il n'avait physiquement pas pu quitter l'usine DelRay, prendre l'autoroute et débarquer à la laiterie Cozy Cow en si peu de temps.

Mais Benton, lui, aurait pu le faire. Ses mains se crispèrent sur le volant. Aux dires de Phil, le fils Woodley n'était revenu au pays que pour vérifier l'état de la fortune familiale. Mettons que Max ait exigé le remboursement de son prêt et que Del en ait parlé à son fils, il semblait plausible que Benton, pour préserver son héritage, ait décidé de descendre Max et de faire disparaître les documents.

Tout en roulant, Hannah songeait à Benton. Il avait toujours aimé l'argent. Quand Andrea était à l'école primaire, il ne se passait pas un jour sans qu'elle parle de lui, de son nouveau sac à dos en cuir, de la collection complète des films Disney que ses parents lui avaient offerte, des objets-souvenirs qu'il rapportait de ses vacances à l'étranger. Si Benton était devenu le garçon le plus populaire de sa classe c'était avant tout parce qu'il se montrait excessivement généreux avec ses camarades moins fortunés. En ce temps-là, il avait coutume de dire : « Les amis, ça s'achète, comme tout le reste. »

Durant ses années lycée, Benton était passé à la vitesse supérieure. Pour éblouir les filles, Andrea comprise, il allait les chercher au volant de sa décapotable flambant neuve et les couvrait de présents. Hannah se rappelait l'énorme flacon de parfum qu'il avait offert à Andrea pour Noël. Delores s'était renseignée et avait appris qu'il coûtait plus de deux cents dollars.

Hannah doutait qu'il ait foncièrement changé en quelques années. Il devait toujours croire que l'amitié était une marchandise comme une autre. Du coup, on imaginait aisément sa réaction en apprenant que la manne qui lui servait à asseoir son pouvoir sur autrui risquait de se tarir. N'était-ce pas un motif suffisant pour tuer l'homme qui menaçait de fermer le robinet ?

Devant elle, une camionnette roulait à une allure d'escargot. Hannah déboîta et la dépassa. Oui, Benton pouvait très bien être le meurtrier. Il était assez malin pour avoir tout organisé. On avait déjà vu des gens passer à l'acte pour moins que cela. En plus, Benton n'avait pas vraiment d'alibi. À moins qu'il soit en mesure de prouver que son avion avait atterri après la mort de Max et de Ron, le fils Woodley était désormais le suspect numéro un sur sa liste.

Son seul suspect, à vrai dire. Hannah poussa un profond soupir et appuya sur le champignon. Elle devait trouver Bill le plus vite possible et lui exposer sa nouvelle théorie. Bill ignorait que Del Woodley avait mis sa bague en dépôt. Et comment aurait-il pu savoir que Del avait emprunté de l'argent à Max ? Or ces deux éléments étaient essentiels, voire indispensables.

Hannah relâcha un peu la pression sur l'accélérateur. Une nouvelle question venait de germer dans sa tête. Comment allait-elle s'y prendre pour discuter avec Bill sans témoins ? Mike Kingston, son nouveau superviseur, ne prenait son poste que le lundi suivant mais il assistait à la journée portes ouvertes et Bill lui avait formellement interdit de dévoiler le rôle qu'elle jouait dans son enquête. Elle ne pouvait quand même pas débarquer la bouche en cœur et annoncer tout de go qu'elle avait résolu l'affaire.

La camionnette derrière elle avait bifurqué sur une route secondaire. Il n'y avait plus de véhicules dans son rétroviseur. Hannah écrasa la pédale de frein et fit à nouveau demi-tour. Débouler dans le bureau du shérif n'était pas une bonne idée, tout compte fait. Elle attendrait que Bill rentre chez lui ce soir pour lui annoncer la bonne nouvelle. Mais que faire en attendant ? Il n'était que 15 h 30 et le reste de l'après-midi s'étirait interminablement devant elle.

La réponse lui apparut sans tarder. Elle se rendrait à l'usine DelRay pour discuter avec Benton et, tout en papotant, l'interrogerait sans en avoir l'air sur son voyage en avion. Par exemple, elle pouvait lui dire qu'une amie vivant sur la côte est, une amie imaginaire bien sûr, prévoyait de lui rendre visite… et, dans la foulée, lui demander sur quelle compagnie il avait voyagé, combien de temps il avait mis et si la navette de l'aéroport avait démarré à l'heure prévue. Grâce à Andrea, elle savait que Benton faisait claquer l'ongle de son index avec celui de son pouce chaque fois qu'il mentait. Elle l'observerait attentivement et pourrait ainsi démêler le vrai du faux…

Mais non, c'était une idée stupide, songea-t-elle brusquement. Elle n'avait pas le droit d'interroger un suspect hors de la présence de Bill. Hannah leva le pied encore une fois et se prépara à refaire demi-tour.

Son idée précédente était bien meilleure. Elle filerait jusqu'au poste de police, trouverait une excuse pour voir Bill en tête à tête : une urgence familiale ou autre. Mike les laisserait seuls et là…

Non, décidément, il y avait un truc qui clochait dans sa tête aujourd'hui. Elle tournait en rond, au sens propre ! Hannah se rangea sur le bas-côté, coupa le moteur et tâcha de se concentrer. Mais c'était plus facile à dire qu'à faire, surtout quand les événements semblaient rétifs à toute logique. Elle avait l'impression d'assembler un puzzle très compliqué avec un bandeau sur les yeux tout en sachant que certaines pièces venaient peut-être d'un autre jeu.

« Réfléchis, se sermonna-t-elle. Pose-toi cinq minutes et réfléchis. Tu n'es pas stupide. Tu vas trouver une solution. »

Elle avait écarté un grand nombre de suspects avant d'aboutir à Benton. Hannah était sûre de sa culpabilité. Encore fallait-il aider Bill à la prouver. Pour cela, elle devait remonter dans le temps, jusqu'au détail qui lui avait mis la puce à l'oreille. Et ce détail n'était autre que le dossier Compacts Unlimited posé sur le guéridon dans la bibliothèque de Del Woodley. Restait à établir que Benton avait effectivement loué la voiture compacte noire que M. Harris avait vue surgir du chemin d'accès à la laiterie. Hannah aurait pu attendre un jour ou deux le listing que la patronne de l'agence avait promis de remettre à Bill, mais pourquoi gâcher un temps si précieux alors qu'il existait un autre moyen d'en avoir le cœur net ? Un moyen qu'elle aurait trouvé bien avant si elle avait pris le temps de respirer et de faire marcher ses méninges.

Hannah souriait en redémarrant son moteur. Elle allait rendre une petite visite de courtoisie aux Woodley. Elle offrirait quelques cookies à Judith pour la remercier après la charmante réception de l'autre soir, lui poserait une ou deux questions inoffensives sur Benton et, subitement, feindrait de se souvenir que Delores avait oublié un foulard dans la pièce où ils avaient pris les photos. Judith lui dirait d'aller voir, et là Hannah pourrait enfin consulter le dossier Compacts Unlimited et vérifier le nom inscrit sur le contrat de location.

« Bonjour, Hannah », fit Judith en lui ouvrant. La surprise se lisait sur son visage mais elle était trop bien élevée pour éconduire une visiteuse porteuse d'un présent. « Del et Benton sont encore à l'usine, mais je serais ravie de vous offrir une tasse de thé.

– Oui, merci. J'adorerais prendre le thé avec vous », répondit-elle du tac au tac.

Un sourire triomphal sur le visage, Hannah suivit son hôtesse dans le couloir menant à ses appartements privés. Judith ne débordait pas d'enthousiasme. En d'autres circonstances, Hannah se serait esquivée en prétextant quelque course urgente. Mais elle était là dans un but bien précis et elle estimait qu'une proposition peu enthousiaste valait mieux que pas de proposition du tout.

En passant devant la bibliothèque, Hannah sentit battre son cœur. La porte était ouverte. Elle tourna la tête et jeta un regard discret sur le guéridon en bout de canapé. Le dossier Compacts Unlimited n'y était plus. Elle fronça les sourcils et renonça à son histoire de foulard oublié.

« Voici mon petit salon, annonça Judith en s'arrêtant devant une autre porte ouverte. Je vous en prie, entrez et mettez-vous à l'aise. J'ai un coup de fil à passer. Ma gouvernante va venir nous servir le thé. Je vous rejoins dans quelques instants. »

Hannah hocha la tête et continua de sourire jusqu'à ce que Judith s'en aille. Il n'y avait rien de « petit » dans le salon de son hôtesse. L'appartement de Hannah aurait pu y tenir largement.

En plus, tout ici était beau et raffiné, les tentures, les fauteuils recouverts de soie ou de satin. Des fenêtres on avait une vue magnifique sur le jardin. Hannah s'étonna de le voir si verdoyant, alors qu'à l'approche de l'hiver, la végétation prenait partout ailleurs des teintes roussâtres. Entre les rangées d'épicéas ornementaux taillés selon des formes géométriques alambiquées, émergeaient d'élégantes statues classiques et de jolis bancs en fer forgé.

« Excusez-moi, madame. »

Une gouvernante en robe de soie noire garnie d'un col de dentelle venait d'entrer, chargée d'un plateau. Le service à thé en porcelaine ancienne disposé dessus aurait rendu Delores verte de jalousie. Hannah avait suffisamment couru les salles des ventes avec sa mère pour reconnaître cette sublime teinte bleue rehaussée de figurines blanches. C'était une rareté datant du tout début du XIXe siècle, un modèle que les manufactures Wedgwood avaient produit à très peu d'exemplaires.

La gouvernante s'avança vers une petite table en marqueterie installée près d'une fenêtre et y déposa délicatement chaque pièce du service, plus une assiette remplie de minuscules sandwichs.

« Mme Woodley vous prie de bien vouloir commencer sans elle, madame. Puis-je vous servir ?

– Oui, merci. »

Hannah choisit l'une des deux chaises qui se faisaient face et, au lieu de contempler le jardin derrière les vitres, préféra observer les gestes précis de la gouvernante, le thé ambré qui sortait de la théière et se déversait sans la moindre éclaboussure dans la charmante tasse en porcelaine bleue. Lorsqu'elle vit la femme éponger avec une serviette en lin immaculée la goutte qui tremblait au bout du bec, Hannah se demanda s'il fallait connaître toutes les subtilités de la cérémonie du thé pour espérer se faire embaucher chez les Woodley.

« Citron, sucre, madame ?

– Ni l'un ni l'autre, merci, répondit gentiment Hannah. Je suis contente que vous l'ayez versé à ma place. J'aurais eu trop peur de lâcher la théière. »

La gouvernante lui adressa un petit sourire étonné et se hâta de reprendre sa mine sévère.

« Oui, madame. Y aura-t-il autre chose ?

– Je ne crois pas », dit Hannah que cette solennité commençait à agacer.

Elle avait très envie de jeter un pavé dans la mare des convenances.

« Pour tout vous avouer, je déteste le thé, mais ne le dites pas à la reine Judith.

– Non, madame. Je ne le dirai pas. »

La gouvernante battit en retraite. Quand la porte se referma derrière elle, Hannah perçut un rire étouffé. Ce qui lui fit grand plaisir. Les domestiques de Judith ne devaient pas avoir souvent l'occasion de rigoler.

Elle attendit que les pas s'éloignent dans le couloir puis souleva l'autre tasse pour vérifier le sceau imprimé dessous. Elle avait raison. C'était bien du Wedgwood. Delores tomberait raide quand elle apprendrait que sa fille avait bu du thé dans une tasse aussi précieuse.

Pour s'occuper en attendant le retour de la maîtresse des lieux, Hannah entreprit d'examiner le mobilier. Dans un coin, elle identifia un secrétaire Louis XIV. Authentique ? Peut-être, ou alors c'était une copie parfaite. Connaissant Judith, elle la voyait mal acheter une imitation.

Les bergères, en revanche, ne laissaient planer aucun doute. C'étaient des pièces originales fabriquées en Angleterre dans les années 1750. Elles devaient valoir plusieurs milliers de dollars chacune. Hannah additionna mentalement le prix des différents meubles et objets présents dans la pièce et parvint à une somme hallucinante. Pas étonnant que Del Woodley ait eu besoin d'emprunter de l'argent. Sa femme était capable de dépenser près de cent mille dollars rien que pour décorer son « petit » salon !

Tous ces calculs mentaux donnaient faim. Hannah posa les yeux sur l'assiette de sandwichs, des petits rectangles de pain de mie dont on avait retiré la croûte. Pourquoi les gens qui voulaient faire chic retiraient-ils la croûte du pain ? Hannah, pour sa part, avait toujours préféré la croûte à la mie. Entre les tranches superposées, elle vit une couche de quelque chose tirant sur le vert. Comme les Woodley n'étaient pas le genre de personnes à garder de la mortadelle moisie dans leur frigo, elle opta pour de fines rondelles de concombre ou une mousse de cresson. Un sandwich végétarien au pain de mie sans croûte ne correspondait pas vraiment à l'idée que Hannah se faisait de la grande cuisine. Elle en était à se demander s'ils étaient meilleurs que beaux lorsqu'elle entendit Judith approcher. Hannah prit une expression affable. Le spectacle allait bientôt commencer.

CHAPITRE 26

« Ma chère Hannah. Pardonnez-moi de vous avoir fait attendre, roucoula Judith en se dirigeant vers le siège posé face à celui de sa visiteuse. Mais je vois que Mme Lawson vous a déjà versé une tasse de thé. »

Hannah prit une gorgée à la hâte. Depuis le temps, son thé avait tiédi, mais elle répondit aimablement.

« Il est délicieux.

– Je préfère le oolong, mais la plupart de mes invités ont un faible pour le darjeeling. »

Hannah ignorait la différence entre oolong et darjeeling et s'en moquait éperdument.

« J'étais venue vous remercier pour cette charmante soirée. Tous mes compliments, Judith, c'était parfait, comme toujours.

– Merci, ma chère. »

Judith se versa du thé. Hannah remarqua qu'il fumait encore. Malgré ses presque deux cents ans, la porcelaine était comme neuve. Delores lui avait dit un jour qu'il suffisait d'une infime craquelure dans une théière pour que son contenu refroidisse à la vitesse grand V.

Judith buvait sans dire un mot. L'atmosphère commençait à devenir pesante. Hannah n'avait jamais été très douée pour les conversations mondaines, mais là, elle allait devoir se forcer.

« Ça m'a fait plaisir de revoir Benton, dit-elle. Il compte rester longtemps ?

– Je l'ignore. Nous n'avons pas encore discuté de ses projets. »

Mauvaise pioche, se dit Hannah. Une approche directe serait sans doute plus efficace.

« Je me demandais si Benton était content de la voiture qu'il avait louée. »

Ses efforts furent récompensés par un brusque haussement de sourcils parfaitement épilés. Mais Judith demeura coite. Elle était l'impassibilité faite femme.

« Je veux parler de la voiture louée auprès de l'agence Compacts Unlimited, développa Hannah. L'autre soir, quand nous prenions des photos dans la bibliothèque, j'ai remarqué leur logo sur un dossier.

– Oh, ce n'était pas la voiture de Benton, réagit enfin Judith. Elle a été louée par le personnel de service. »

Hannah se gifla mentalement. Elle aurait pu y penser elle-même. Surtout qu'elle savait par la serveuse que Judith remboursait leurs frais de transport. Mais le fait que Benton n'ait pas loué cette voiture ne signifiait pas qu'il ne l'avait pas utilisée.

« Le sujet a l'air de vous passionner. Pourquoi ? »

La question de Judith la fit presque sursauter. *Cessons de tourner autour du pot*, se dit-elle. Judith venait de lui tendre une perche, elle devait la saisir.

« Écoutez, Judith. » Hannah plongea son regard dans les yeux verts de son interlocutrice. « Je ne devrais peut-être pas le dire mais une voiture noire appartenant à l'agence de location Compacts Unlimited a été vue aux abords de la laiterie le matin où Max Turner s'est fait tuer. Je suis sûre que Benton n'a rien à se reprocher mais mon beau-frère est chargé de l'enquête et je suppose qu'il va venir vous interroger. Je voulais juste vous avertir.

– M'avertir ? Pourquoi voulez-vous m'avertir ? »

Hannah soupira.

« Peut-être qu'avertir n'est pas le bon terme. Disons que je suis venue vous informer. Benton a un alibi, n'est-ce pas ?

– Bien sûr ! » La voix de Judith était passée de froide à glaciale. « Benton n'était pas en ville à ce moment-là !

– C'est bien ce que je pensais. J'espère que Benton a gardé son billet d'avion. Il en aura sûrement besoin pour prouver son innocence. »

Judith plissa les yeux.

« Seriez-vous en train de me dire que votre beau-frère soupçonne Benton d'avoir assassiné Max Turner ?

– Non. Bill n'est encore au courant de rien et, si vous pouvez trouver ce billet et me le montrer, il ne sera pas nécessaire que je lui en parle. Vous avez toujours été gentille avec moi, et si je peux vous éviter d'être importunée par la police…

– Merci pour votre sollicitude, Hannah. » Judith lui fit un petit sourire pincé. « Veuillez m'accorder un instant, je vais chercher ce billet d'avion. Il est probablement dans les appartements de Benton. Attendez-moi, je reviens. »

Hannah soupira de soulagement lorsque Judith quitta la pièce. Elle avait eu raison d'avancer cet argument, finalement. Pourtant, en disant cela, elle avait surtout pensé à Bill et à l'accueil que Judith lui réserverait s'il venait lui poser des questions sur son fils. Non seulement elle ne se laisserait pas intimider, mais si jamais Bill convoquait Benton pour l'interroger, elle était tout à fait capable de poursuivre les autorités du comté de Winnetka en les accusant de harcèlement.

Hannah se pencha et prit un sandwich, un peu pour tuer le temps, un peu pour faire taire les gargouillis de son estomac. Elle n'avait rien avalé à midi. Ces sandwichs – c'était de la mousse de cresson, tout compte fait – avaient bon goût mais ne nourrissaient guère. Même en les dévorant tous, elle ne calmerait pas sa faim, se dit-elle en repiochant dans le plat. Peut-être y en avait-il d'autres au poulet ou au thon ? Elle était en train d'examiner la garniture de celui qui venait en deuxième sur la pile quand les pas de Judith retentirent dans le couloir. Vite, Hannah recolla la tranche de pain de mie à sa place et se composa un sourire.

« Le voilà », annonça Judith en entrant.

Elle tenait un châle de soie plié sur son avant-bras et sa voix tremblait légèrement bien qu'il fasse tiède dans la pièce. Peut-être frissonnait-elle à l'idée que son fils puisse être soupçonné de meurtre. Elle reprit sa place, étala le châle sur ses genoux et, de la main gauche, lui tendit le billet d'avion.

« Regardez l'heure d'arrivée. Benton a atterri à 12 h 17. Cela suffit pour le mettre hors de cause, j'imagine. »

Hannah déchiffra les caractères imprimés.

« Oui, c'est exact. Je suis vraiment navrée de vous avoir inquiétée pour rien. J'espère que vous ne m'en voudrez pas. Mais un certain nombre de preuves indirectes semblaient incriminer votre fils.

– Des preuves indirectes ? s'écria Judith en plissant le front. Je croyais qu'on devait d'abord chercher le mobile avant de soupçonner quelqu'un. Pour quelle raison Benton aurait-il assassiné Max Turner ?

– Eh bien… dit Hannah en choisissant ses mots, il y a ce prêt que votre mari a contracté auprès de Max Turner.

– De quoi voulez-vous parler ? »

Judith avait l'air bouleversée, elle qui d'habitude était l'image même de la sérénité. Hannah craignait d'en avoir trop dit mais le mal était fait, et puis Judith s'était montrée coopérative, elle méritait de connaître la vérité.

« Je regrette de devoir vous l'apprendre mais Del a emprunté de l'argent à Max Turner. Je le sais depuis quelques heures. Je sais aussi qu'il avait de gros problèmes financiers. D'où les preuves indirectes dont je vous ai parlé.

– Oui, je vois, fit Judith d'un ton sévère que Hannah mit sur le compte de l'embarras. Vous pensiez que Benton avait tué Max pour que Del n'ait pas à honorer sa dette. C'est cela ?

– Tout à fait. Je suis vraiment désolée, Judith, mais c'était plausible. Vous devez l'admettre. »

Judith acquiesça d'un signe de tête.

« Vous avez raison, Hannah. C'était plausible. Votre beau-frère est-il au courant pour le prêt ?

– Non. Il n'en reste aucune trace et, maintenant que Benton a été mis hors de cause, je ne vois aucune raison de l'en informer. Quant à Del, il possède un solide alibi pour l'heure du crime. Il était en réunion avec les managers de l'équipe de nuit, à l'usine. Si on élimine Benton et Del, il ne reste plus que vous et…

– Bravo, Hannah, fit Judith avec un sourire glacial avant de sortir le pistolet caché entre les plis de son châle en soie. Vous avez trouvé la clé de l'énigme. C'est fort regrettable mais bon, il faut se faire une raison. Malheureusement, je ne peux pas vous laisser en informer votre beau-frère.

– C'est *vous* qui avez tué Max ? » s'étrangla Hannah.

Elle n'avait jamais regardé en face le canon d'un pistolet mais se serait bien passée d'une telle expérience. D'ailleurs, ce serait peut-être sa toute dernière, songea-t-elle en voyant le regard cruel et déterminé que Judith posait sur elle.

« Vous étiez trop curieuse. Je vous ai observée, Hannah. Vous vous rapprochiez dangereusement de la vérité. Je me doutais qu'à un moment ou à un autre vous tireriez les bonnes conclusions et que vous iriez tout raconter à votre beau-frère. Je ne peux pas vous laisser faire ça. »

Donc Judith avait bien l'intention de la tuer. Hannah reçut cette évidence comme un coup de poing dans le ventre. Elle devait retarder l'inéluctable, la faire parler, gagner du temps jusqu'à ce que la police arrive.

Puis elle comprit que la police n'arriverait pas, que personne n'était au courant de rien. Non seulement Bill ignorait qu'elle était chez Judith, mais il ne savait même pas que Del avait emprunté de l'argent à Max. Et par-dessus le marché, il n'était pas encore inspecteur.

« Nerveuse, ma chère ? » ricana Judith.

Hannah frissonna. La grande bourgeoise raffinée s'était métamorphosée en une tueuse cynique. À moins de réussir à la faire parler, elle était cuite.

« Bien sûr que je suis nerveuse ! À quel moment avez-vous pris ce pistolet ? À moins que vous ne l'ayez eu sur vous dès le début ?

– Franchement, vous pensez que je porte une arme pour aller et venir dans ma propre maison ? » dit Judith avec un petit rire.

Bien sûr que non. Même un holster d'épaule gâcherait la ligne de votre robe, songea Hannah. Puis elle s'étonna qu'une pensée aussi futile lui vienne à l'esprit alors qu'elle allait bientôt mourir. Soit elle était plus courageuse qu'elle ne le croyait, soit elle espérait toujours que la cavalerie débarque à la dernière seconde.

L'esprit de Hannah tournait à plein régime. Elle devait absolument trouver des questions auxquelles Judith aurait envie de répondre. Dans les films policiers, les assassins semblaient apprécier qu'on leur donne l'occasion d'exposer leurs motivations. Il fallait que Judith pense à autre chose qu'à la tuer pendant quelques minutes, le temps de trouver une solution.

« Quand avez-vous pris ce pistolet ? J'aimerais bien le savoir.

– Pour quelle raison ?

– Aucune. Je suis curieuse, vous l'avez dit. De toute façon, vous allez me tirer dessus. Alors pourquoi ne pas me faire ce petit plaisir avant ?

– Je n'ai pas envie de vous faire plaisir.

– Pourtant, je vous ai apporté des cookies, répliqua Hannah. Et parmi mes meilleurs. Des bouchées à la noix de pécan. Vous m'en direz des nouvelles. »

Judith éclata de rire. Elle semblait trouver sa réponse hilarante. Peut-être l'était-elle, mais avec ce canon de pistolet qui la fixait comme un cyclope, Hannah était incapable d'en juger.

« Allons, Judith, retenta-t-elle. Qu'est-ce que ça vous coûte ? Vous avez eu la présence d'esprit de prendre une arme. Mais quand ? Dites-le-moi, je vous en prie.

– Je l'avais quand je suis revenue avec le billet d'avion. Elle était cachée sous mon châle. »

Hannah soupira. Elle aurait dû remarquer que ce châle en soie n'était pas assorti à sa robe. Si elle avait réfléchi ne serait-ce qu'une minute, ce détail lui aurait mis la puce à l'oreille.

« Vous aviez déjà décidé de me supprimer à ce moment-là ?

– Non, pas à ce moment-là. J'ai apporté le pistolet par simple précaution, mais j'espérais ne pas avoir à m'en servir. Hélas, vous m'avez forcé la main en parlant du prêt.

– Moi et ma grande bouche, marmonna Hannah. Si je n'avais rien dit, vous m'auriez laissée partir ?

– Oui. Mais maintenant, c'est trop tard. »

Hannah trouva rapidement une autre question.

« Je sais que vous n'êtes pas les seuls à avoir eu affaire à Max. Certaines personnes ont même été contraintes d'hypothéquer leurs biens immobiliers. C'est votre cas ?

– Oui. DelRay connaissait de gros problèmes de trésorerie et, comme Del avait besoin d'argent frais, il a dû engager ma maison. C'était stupide de sa part. Je lui ai déconseillé de le faire mais il n'a rien voulu entendre. L'intelligence n'a jamais été son fort. »

Le canon du pistolet trembla légèrement. Hannah fut tentée de s'en saisir. Elle se souvenait que dans une série policière, le héros mettait son doigt quelque part et désactivait l'arme qui le visait. Mais le pistolet qu'on voyait dans l'épisode en question ne ressemblait pas à celui de Judith. Hannah se promit que, si elle s'en sortait, elle se documenterait sur les armes à feu et leur fonctionnement.

« Vous êtes bien silencieuse, Hannah. » Les lèvres de Judith exécutèrent une parodie de sourire. « Vous avez d'autres choses à me demander ? »

Hannah fit le ménage dans sa tête et piocha une nouvelle question. Judith semblait prête à lui en dire davantage sur Max et ses méthodes. C'était une bonne chose.

« Pourquoi Del ne s'est-il pas adressé à la banque plutôt que se jeter dans la gueule du loup ?

– La banque l'avait envoyé sur les roses au prétexte qu'il était surendetté. Ce qui était vrai. Je lui ai conseillé de fermer l'usine mais cet idiot ne voulait pas mettre ses employés au chômage. Ces gens se seraient reclassés ailleurs. Et dans le cas contraire, ça ne m'aurait pas empêchée de dormir, personnellement. »

Hannah s'efforça de rester stoïque. Judith était un monstre d'égoïsme. Tant qu'elle conservait sa belle maison, elle se fichait éperdument que des centaines de travailleurs se retrouvent sans emploi.

« Je suppose que Max a exigé le remboursement de son prêt. Et c'est alors que vous avez… pris les choses en main.

– Exactement. J'avais recommandé à Del de se méfier des clauses cachées, au moment de la signature, mais il n'a jamais su lire un contrat.

– Il ne s'est pas fait assister par un avocat ?

– Pas le temps. C'était tout de suite ou rien. Del était désespéré, donc vulnérable. Max en a profité. Cet homme n'avait aucun scrupule ! »

Hannah inspira longuement. Après tout ce qu'elle avait appris sur Max, elle ne pouvait que lui donner raison.

« Je suis d'accord avec vous, Judith. Et vous n'étiez pas ses premières victimes. Il avait vraiment l'intention de saisir votre maison ?

– Oui. Et c'était hors de question. Del l'a fait bâtir pour moi. C'était l'une des conditions à notre mariage. L'architecte a suivi mes directives. Je souhaitais une réplique exacte de la maison de mon père. Je n'aurais pas supporté que cet escroc me la prenne. Je suis sûre que vous me comprenez.

– Elle revêt une telle importance pour vous ?

– Elle est toute ma vie ! souffla Judith en levant le menton. Je n'allais pas rester les bras ballants pendant que Max Turner prenait ma vie. »

Hannah évita de lui rétorquer qu'elle-même avait pris la vie de Max, et pas au sens figuré.

« C'est pour cela que Benton est revenu, n'est-ce pas ? Vous l'avez appelé au secours.

– Évidemment. Mais Benton n'aime pas cet endroit autant que moi. Au lieu de m'encourager, il m'a dit que je devais me faire une raison, que son père avait signé ces papiers en toute connaissance de cause et que nous n'avions aucun recours.

– Et c'est là que vous avez décidé de tuer Max et de récupérer les documents ?

– Avais-je le choix ? Je vous le répète, il n'était pas question que Max me jette à la porte de chez moi.

– Non, bien sûr, je peux comprendre. » Voyant trembler la main de Judith, Hannah posa vite une autre question, histoire de calmer le jeu. « Max ne s'est pas méfié quand vous l'avez appelé pour lui demander un rendez-vous ? »

Judith partit d'un petit rire glacial.

« Max n'était pas assez malin pour ça. Je lui ai servi une belle histoire. Que j'avais vendu quelques bijoux de famille, que j'étais prête à rembourser la dette de mon mari. En entrant dans son bureau, j'ai demandé à voir les papiers du prêt avant de lui remettre l'argent.

– Il vous a emmenée dans l'ancienne laiterie et a sorti le contrat du coffre ?

– Oui, mais d'abord il a voulu que je lui montre l'argent. Je ne vous dis pas le rictus de cupidité qui déformait son visage à cet instant. C'était écœurant ! »

Hannah se troubla.

« Donc vous disposiez de la somme nécessaire ?

– Bien sûr que non. J'ai juste sorti une liasse de billets de mille. Il était trop stupide pour se douter que seuls les cinq du dessus étaient vrais. Il m'a remis les papiers et ensuite je me suis fait un plaisir de rayer Maxwell Turner du monde des vivants ! »

Les yeux de la reine Judith s'assombrirent brusquement. Hannah chercha un nouveau dérivatif à sa colère.

« Vous avez sauvé beaucoup de gens de la ruine, Judith. S'ils savaient, je suis sûre qu'ils vous érigeraient une statue dans le parc municipal de Lake Eden.

– Mais ils ne savent rien. » Judith ne se laissait pas avoir si facilement. « Et ils ne sauront jamais rien.

– Non, bien sûr. Personne n'imaginerait une chose pareille. Mais pourquoi avez-vous tué Ron ?

– Il m'a vue avec Max. » Judith prit un air peiné. « Je ne voulais pas, Hannah. Je n'avais rien contre lui et, je vous assure, je m'en veux énormément de lui avoir ôté la vie. Il faut que vous me croyiez.

– Donc Ron a juste commis l'erreur de se trouver au mauvais endroit au mauvais moment ? »

Judith soupira.

« Hélas. J'aurais tellement préféré qu'il n'entre jamais dans la laiterie, mais dès que nos regards se sont croisés, j'ai su que je n'avais pas le choix. Après la découverte du corps de Max, Ron m'aurait dénoncée. Ça m'a fait de la peine, Hannah. J'appréciais Ron. Il ne méritait pas de mourir.

– Et moi, je mérite de mourir ? »

Hannah attendit la réponse de Judith en retenant son souffle. Peut-être les remords finiraient-ils par la submerger.

« Non. Vous aussi, je vous apprécie, Hannah. Votre candeur est rafraîchissante. Je ne vous tuerai pas de gaieté de cœur, croyez-moi. Au moins, ce sera rapide. Vous ne souffrirez pas. J'ai tout prévu.

– Vraiment ? »

Hannah voulut prendre un air intéressé, mais parler de sa mort prochaine était trop déstabilisant.

« Qu'avez-vous prévu ? Vous avez deux crimes parfaits à votre actif. Ce n'est pas le moment de faire une erreur.

– Je ne ferai pas d'erreur, rétorqua Judith. C'est simple, Hannah. Vous allez sortir d'ici, monter à l'arrière de votre break et là, je vous abattrai. Ensuite, je me mettrai au volant, je roulerai jusqu'au lac, derrière notre propriété, je desserrerai le frein à main et je n'aurai plus qu'à pousser. Le véhicule dévalera la pente et disparaîtra au fond de l'eau. »

Hannah frémit. Entendre votre future meurtrière raconter tranquillement comment elle comptait s'y prendre pour vous occire avait tendance à vous dessécher le gosier. Elle leva sa tasse de thé et but une gorgée.

« C'est très subtil. Mais votre gouvernante ? Elle sait qui je suis et elle entendra le coup de feu.

– Elle est partie. Je l'ai renvoyée chez elle. Nous sommes seules, Hannah. Benton et Del ne reviendront que tard dans la soirée. Ils ont une réunion à l'usine. » Judith fit un geste avec le canon du pistolet. « Mais assez parlé. Posez cette tasse, Hannah. Ce service est d'une valeur inestimable. Il est dans ma famille depuis presque deux siècles. Le roi George III l'a offert à l'un de mes aïeux et ma grand-mère paternelle est arrivée d'Angleterre avec cette merveille dans ses bagages. J'y suis très attachée. »

Une idée traversa la tête de Hannah.

« Ma mère est collectionneuse, dit-elle en prenant l'anse à deux doigts comme pour mieux admirer les figures blanches sur fond bleu. C'est du Wedgwood, n'est-ce pas ?

– Bien entendu. »

Judith partit d'un rire moqueur.

« C'est un style facilement reconnaissable, pas besoin d'être expert en la matière. Savez-vous qu'on m'en a offert cent mille dollars ?

– Vous auriez dû accepter, répliqua Hannah en finissant de peaufiner son plan. Ce service est un faux.

– Quoi ? »

Judith faillit s'étouffer. Son regard passa de la colère à l'incrédulité.

« Approchez, je vais vous montrer. » Hannah posa la tasse et souleva le couvercle de la théière pour examiner la marque imprimée dessous. « Je ne le crie pas sur les toits mais je m'y connais un peu. J'ai même effectué des recherches très poussées sur le style Wedgwood à la demande de ma mère. Ce modèle de service à thé n'existe qu'en peu d'exemplaires. Pour les identifier, il suffit de se référer à la double marque de fabrique que Wedgwood a placée sous ce couvercle. Or je ne vois qu'une seule marque, ce qui prouve qu'il s'agit d'une contrefaçon. Regardez par vous-même. »

Hannah transféra le couvercle dans sa main gauche. Judith se pencha pour vérifier. Le pistolet s'abaissa d'environ deux centimètres. C'était le moment. Elle n'aurait pas d'autre occasion. De la main droite, Hannah attrapa la théière par son anse et projeta le thé brûlant au visage de Judith. Cette dernière recula instinctivement. Sans attendre qu'elle recouvre son équilibre, Hannah se précipita, fit voler son pistolet et la renversa en y mettant toute sa force. Judith se retrouva sur le dos, plaquée au sol ou plus précisément enfoncée dans l'épais velours d'un superbe tapis d'Aubusson.

Judith griffait l'air de ses longs ongles manucurés mais n'était pas de taille à lutter contre une adversaire dopée à l'adrénaline. Le fait que Hannah lui rende quinze kilos avait également son importance. Sans trop de mal, elle réussit à la retourner sur le ventre, puis lui croisa les poignets dans le dos et les attacha avec son propre carré Hermès.

Après quoi, d'une main tremblante, elle ramassa le pistolet et le colla sur la nuque de Judith.

« Un geste et tu es morte. C'est compris ? »

La grande bourgeoise qui gémissait sur le tapis ne lui donna pas de réponse. Mais Hannah n'en attendait pas. Elle chercha le téléphone pour appeler le bureau du shérif. Mais à peine eut-elle soulevé le combiné que Bill fit irruption dans le salon.

« Je prends le relais, Hannah », fit-il en la regardant avec admiration. Hannah était trop ébranlée pour réagir. « Tu peux me donner le pistolet », insista-t-il.

Hannah refusa d'un signe de tête. Cette femme avait voulu l'assassiner. Elle ne prendrait aucun risque.

« Passe-lui d'abord les menottes, Bill. Elle est rusée et ce foulard de soie ne me paraît pas très solide.

– OK. » Bill sourit et s'approcha de Judith. « C'est elle qui a tué Max et Ron ? demanda-t-il en refermant les menottes sur les poignets de Judith.

– Oui. Récite-lui ses droits, Bill. Je n'ai pas envie qu'on la relâche à cause d'un vice de procédure. »

Bill lui décocha un regard noir comme pour dire : « Pour qui tu te prends ? » L'espace d'un instant, Hannah sentit qu'elle dépassait les bornes. Mais Bill dut mettre la rudesse de sa belle-sœur sur le compte du traumatisme qu'elle avait subi car, deux secondes plus tard, il se penchait sur Judith et lui disait ses droits.

« Comment as-tu deviné que j'étais ici ? voulut savoir Hannah quand Bill en eut terminé avec les formalités.

– J'ai eu ton message, celui où tu parlais du dossier Compacts Unlimited. J'ai foncé à l'usine pour interroger Del. Il m'a dit qu'il ne t'avait pas vue et j'en ai conclu que tu étais avec Judith. Je suis désolé, j'aurais dû arriver plus vite mais, apparemment, tu ne t'es pas trop mal débrouillée. Je crois que tu as des leçons à me donner.

– Penses-tu ! » répondit modestement Hannah.

Cette fin heureuse n'était due qu'à une combinaison de coïncidences, de hasards et de chance. Mais elle n'était pas encore prête à l'admettre.

Les minutes suivantes passèrent dans un songe. Quand les renforts arrivèrent sur les lieux, Judith fut embarquée et conduite au poste de police. Bill prit la déposition de Hannah dans l'immense cuisine des Woodley pendant que ses collègues posaient une bande jaune en travers de la porte du petit salon. Hannah supplia Bill de signaler à ses collègues que le service à thé était à manier avec précaution car c'était une pièce d'une valeur inestimable. Après quoi, Bill l'emmena sur le perron et elle respira une bouffée de cet air glacé dont elle avait cru être à jamais privée.

La nuit était incroyablement paisible. Il neigeait un peu. Une conclusion parfaite pour une journée pleine de violence, de confusion et de peur. En regardant tomber les flocons, Hannah eut le sentiment d'avoir fait du bon travail. Elle allait monter dans son break quand elle s'aperçut qu'elle avait oublié quelque chose sur le comptoir de la cuisine.

« Je reviens tout de suite, Bill. »

Hannah se précipita dans la maison. Il était toujours là : le petit sac blanc avec des poignées en plastique rouge et « Le Cookie Jar » imprimé sur le devant en lettres d'or. Elle l'attrapa et ressortit en courant.

« Ils sont pour toi, dit Hannah, essoufflée, en tendant le sac à Bill. Mes meilleurs cookies, les bouchées à la noix de pécan. »

Bill était à la fois surpris et heureux.

« Merci, Hannah. Mais que faisaient-ils là-dedans ?

– Je m'en suis servie comme d'un prétexte pour entrer chez Judith. » Hannah éclata d'un rire qui résonna comme une douce mélodie à ses propres oreilles. « Un petit cadeau de remerciement pour la réception de vendredi. J'espère qu'elle a bien profité de cette soirée parce qu'elle risque de ne pas beaucoup s'amuser là où elle va. »

ÉPILOGUE

Pour une fête de famille c'était plutôt réussi, se dit Hannah, heureusement surprise. Norman était de la partie. Il avait croisé Bill à la journée portes ouvertes, lui avait proposé de l'aider à installer Mike Kingston dans son nouvel appartement et, en retour, Bill l'avait convié à la soirée pizza organisée chez lui. À présent, ils étaient tous réunis autour de la table de la salle à manger. En plus de la pizza promise, il y avait une salade préparée par Delores et une surprise pour le dessert, une nouvelle recette que Hannah avait dédiée à Judith Woodley : un gâteau à base de citron qu'elle avait découpé de façon à figurer les barreaux de la cellule que la meurtrière occuperait sans doute durant plusieurs années.

Mais il y avait encore autre chose à fêter : la promotion de Bill au rang d'inspecteur. Mike le chapeauterait comme prévu mais ils feraient équipe ensemble, avait annoncé le shérif Grant. Il allait sans dire que ni le shérif ni Mike n'étaient au courant du rôle que Hannah avait joué dans l'enquête pour double homicide, la détective en herbe s'étant volontairement effacée au profit de son beau-frère.

Troisième motif de réjouissances : l'avenir professionnel d'Andrea. Ayant constaté que Tracey adorait l'école maternelle, Bill avait estimé qu'il serait trop dommage de l'arracher à ses petits camarades. Et comme sa fille passerait désormais ses journées à Kiddie Corner, sa femme pouvait continuer à vendre des maisons. Andrea était aux anges.

« Il est l'heure d'aller au lit, Tracey, lança-t-elle avec un sourire radieux. Tu as école demain.

– OK, maman. Je pourrai emporter l'ours détective que Mike m'a donné ?

– Bien sûr, prends-le, répondit Bill.

– C'est une pièce de collection, objecta Delores. Si jamais il se salissait. »

Mike haussa les épaules.

« Quelle importance ? Dites-lui oui, Andrea. Ce ne serait pas vraiment un cadeau si elle n'avait pas le droit de jouer avec.

– Vous avez raison. » Andrea lui sourit et se tourna vers Tracey. « C'est d'accord, tu peux le prendre, mon cœur. »

Andrea deviendrait-elle moins matérialiste ? se demanda Hannah que cet échange avait réjouie. Plus maternelle, en tout cas. Tracey l'avait appelée « maman » et Andrea n'avait rien trouvé à y redire.

Tracey fit la bise à tout le monde. Quand elle fut montée dans sa chambre avec Andrea, Delores se tourna vers sa fille aînée.

« On va manquer de salade. Je vais en refaire. Tu peux venir m'aider ?

– Pas de problème. »

Hannah suivit sa mère dans la cuisine et, dès qu'elles furent hors de portée de voix, lui demanda :

« Alors, qu'as-tu à me dire ?

– Mais… rien de particulier, ma chérie !

– Le saladier est encore à moitié plein. J'en conclus que tu m'as attirée ici pour une raison bien précise.

– Tu as toujours été la plus futée de mes trois filles, s'esclaffa Delores. Je voulais juste savoir ce que ça te faisait d'être convoitée par deux hommes en même temps ? »

Hannah recula d'un pas et lui lança un regard incendiaire.

« Tu as perdu la tête, ou quoi ? Entre Norman et moi, il n'y a que de l'amitié. Rien d'autre. Quant à Mike Kingston, il est aimable avec moi mais c'est juste parce que je suis la belle-sœur de son coéquipier.

– Je ne crois pas, répliqua Delores, nullement ébranlée par ces arguments. Norman a dit à Carrie que tu étais la première fille avec laquelle il se sentait à l'aise depuis des années.

– C'est gentil de sa part mais je n'appelle pas ça une déclaration d'amour. Norman est à l'aise avec Andrea aussi, peut-être même plus qu'avec moi. Tout à l'heure, ils sont restés des heures dans le salon à discuter moquette.

– Oui, mais Andrea est mariée, fit remarquer Delores. Contrairement à toi. »

Hannah ne put résister.

« En effet, se moqua-t-elle. Tu veux dire que Norman se sentirait encore plus à l'aise avec moi si j'étais mariée ?

– Je ne voulais pas dire cela et tu le sais pertinemment ! rétorqua Delores sur un ton aussi outragé que possible, étant donné qu'elle murmurait.

– Désolée, maman. Mais aussi, pourquoi vouloir me caser à tout prix ? Je t'ai répété je ne sais combien de fois que le célibat me convenait parfaitement.

– Tu changeras d'avis le jour où tu rencontreras l'homme qu'il te faut, répondit Delores, très sûre de son fait. Je dirais même que tu l'as déjà rencontré mais que tu l'ignores. Norman est une très bonne prise.

– On dirait que tu parles d'une truite.

– C'est quasiment pareil, ma chérie. » Delores souriait jusqu'aux oreilles. « Norman a mordu à l'hameçon. Il ne te reste plus qu'à le ferrer et à remonter la ligne. »

Hannah pouffa en imaginant la scène. La mère et la fille furent prises d'un fou rire. Quand elle retrouva son souffle, Hannah réattaqua gentiment :

« Tu vois, si tu cessais de vouloir me marier avec tout ce qui porte un pantalon, on s'entendrait mieux toutes les deux. Tu es déjà grand-mère et Tracey est adorable. Ton gendre vient de résoudre un double homicide et de se faire nommer inspecteur. Si nous passions juste un bon moment ensemble, ce soir, à fêter sa réussite ?

– Tu as raison, Hannah, reconnut Delores. Mais ça n'empêche pas que ces deux hommes te courent après. »

Constatant que Delores était incurable, Hannah décida de jeter l'éponge mais se réserva le dernier mot.

« S'ils me courent après, comme tu le prétends, pourquoi aucun des deux ne m'a encore invitée à sortir avec lui ?

– Oh, ça ne va pas tarder, déclara Delores, imperturbable. Avant la fin de la soirée, je prédis que tu auras deux rendez-vous.

– Vraiment ?

– Tu veux parier ?

– Tout dépend. Qu'est-ce que j'y gagne ?

– *Si* tu gagnes, précisa Delores.

– Très bien, *si je gagne*.

– Je t'achèterai un nouvel ensemble. Dans la vitrine de Claire, j'ai vu un tailleur en soie d'un vert absolument magnifique. Il fera très joli sur toi. »

Hannah l'avait vu, elle aussi, et Delores disait vrai : il était absolument magnifique.

« Je sais que tu vas perdre, maman, mais pour la forme, dis-moi ce que tu veux au cas fort improbable où ce serait toi qui gagnerais ?

– Je veux que tu jettes ces horribles tennis que tu portes depuis des siècles. Elles sont vraiment trop moches !

– Mais je les aime. »

Hannah baissa les yeux sur ses Nike. Parmi toutes ses chaussures c'étaient les plus confortables.

« Tu les as aimées pendant cinq ans et aujourd'hui le moment est venu de leur offrir les funérailles qu'elles méritent. » Delores lui lança un regard de défi. « Pourquoi t'inquiéter puisque tu es si sûre de gagner ? »

Hannah prit quand même le temps de calculer ses chances. Les probabilités pour que Norman *et* Mike lui proposent une sortie à deux avant la fin de la soirée étaient si faibles que pour les chiffrer, il aurait fallu recourir à ces nombres qu'on appelle gogol ou gogolplex.

« D'accord, on parie.

– Parfait. » Delores lui fit un sourire radieux. « Occupons-nous de cette salade avant que quelqu'un entre et nous demande ce que nous complotons. »

Quand la salade fut prête, Hannah la porta sur la table. Delores entama une discussion avec Mike au sujet des jouets de collection. Norman et Andrea échangèrent leurs avis sur les murs texturés et la peinture à l'éponge. Pour Hannah, c'était le moment idéal pour prendre Bill à part et lui parler du coach Watson.

« Tu veux bien me montrer où vous avez mis la poubelle de recyclage ? dit-elle en attrapant sa canette de Coca vide.

– Tu sais bien. C'est la caisse jaune sous l'évier. »

Hannah regarda autour d'elle. Comme personne ne leur prêtait attention, elle lui prit le bras et lui glissa à l'oreille :

« Je dois te parler en tête à tête.

– Oh, souffla Bill. Désolé. Passons dans le salon. »

Quand ils furent seuls, Hannah aborda le sujet qui lui tenait à cœur.

« J'ai besoin d'un service, mais c'est délicat.

– De quoi s'agit-il ?

– Personne n'est au courant, Bill. Et ça doit rester entre nous.

– Je ne dirai rien, c'est promis.

– Le coach Watson bat sa femme. J'en ai parlé avec elle mais elle refuse de porter plainte.

– Dans ce cas, je ne peux rien faire. » Bill soupira. « C'est vraiment dommage, mais il n'y a pas moyen de contourner la loi.

– Je sais. Boyd suit une thérapie mais je suis quand même inquiète. Tu pourrais peut-être le surveiller discrètement.

– Oui, ça c'est faisable.

– Mais surtout, pas un mot. S'il apprend que Danielle s'est confiée à quelqu'un, je le crois capable de péter un plomb.

– C'est ce qui arrive souvent, hélas. Puis-je demander conseil à Mike ?

– Bonne idée. » Hannah sourit. « Il a déjà dû rencontrer ce cas de figure. Mais ne lui dis pas de qui il s'agit.

– Compte sur moi. Tu as bien fait de m'en parler, juste au cas où un problème se présenterait. »

Hannah frissonnait en regagnant la salle à manger avec Bill. Avant la mort de Ron, elle connaissait à peine Danielle, mais aujourd'hui c'était différent. Elle l'appréciait beaucoup et regrettait de ne pouvoir la protéger plus efficacement. Mais, pour cela, il aurait fallu que Danielle sorte du déni et se décide à parler.

Une fois rassise à sa place, Hannah retrouva sa bonne humeur. Les conversations allaient bon train, émaillées de taquineries et de bons mots. Cela faisait bien longtemps qu'elle ne s'était autant amusée lors d'une réunion de famille. Peut-être parce qu'ils avaient invité d'autres personnes, supposa-t-elle.

Au moment du dessert puis du café, Hannah vit sa mère cligner de l'œil dans sa direction à plusieurs reprises. Hannah lui répondit de même. Manifestement, ses vieilles Nike ne couraient aucun danger.

Quand elle se leva pour aller chercher les derniers barreaux au citron, Hannah avait complètement oublié cette histoire de pari. Aussi ne se méfia-t-elle pas en voyant que Norman était là, dans la cuisine, à l'attendre.

« Hé, Norman ? Vous volez des cookies pendant que j'ai le dos tourné ?

– Non, répondit Norman sur un ton étrangement grave. Je voulais seulement vous parler en privé, Hannah. Et vous remercier pour les documents que vous m'avez remis. Si elle était au courant, ma mère vous remercierait aussi.

– Ce n'est rien. Je n'avais pas envie que d'autres gens les trouvent, alors je les ai… euh…

– Subtilisés ? compléta Norman, le sourire aux lèvres.

– C'est le terme.

– Voudriez-vous dîner avec moi vendredi prochain ? Dans ce restaurant au bord du lac, si cela vous convient. J'ai vraiment besoin de vous parler, Hannah. Au sujet de ma mère.

– Bien sûr, répondit Hannah sans percuter. Ça me ferait très plaisir, Norman. »

Ce n'est qu'en retournant s'asseoir qu'elle réalisa ce qui s'était passé. Norman l'avait invitée à dîner. Delores avait remporté la moitié de son pari. Elle regarda Mike à la dérobée. Aucun risque de ce côté-là, pensa-t-elle. Ses Nike pourries avaient un bel avenir devant elles.

La soirée se termina vers 22 heures. Bill et Mike prenaient leur service le lendemain à 8 heures et Norman recevait un patient très tôt. Ils ramenèrent Delores à sa voiture et Hannah resta encore un petit moment pour aider Andrea à jeter les assiettes en carton et les boîtes de pizza. Quand tout fut débarrassé et que Bill eut sorti les poubelles sur le trottoir, Hannah enfila ses bottes, embrassa sa sœur et son beau-frère et se dirigea vers son véhicule en marchant dans la neige molle.

« Hannah ?

– Tiens, Mike ! fit-elle, surprise de voir Mike Kingston adossé contre le capot rouge cerise de son break. Je vous croyais parti.

– Non. Je voulais vous parler, Hannah. »

Il s'exprimait bizarrement, comme s'il avait la gorge serrée. Hannah s'inquiéta aussitôt.

« Ah bon ? Mais de quoi ?

– Je vous apprécie, Hannah. »

Hannah ne savait que répondre. Qu'entendait-il par-là ?

« Moi aussi, je vous apprécie, Mike.

– Et j'aimerais vous connaître mieux. »

Hannah commençait à se demander si la situation n'était pas en train de lui échapper.

« Moi aussi j'aimerais vous connaître mieux. »

Mike sourit et tout son visage s'illumina.

« Me voilà rassuré. J'ignore encore comment vos concitoyens occupent leurs week-ends, mais si je trouve un endroit sympa, que diriez-vous de m'y accompagner samedi soir ? »

Hannah en resta bouche bée.

« Vous m'invitez à sortir avec vous samedi soir ?

– Ça m'en a tout l'air. J'imagine qu'on trouvera de quoi s'amuser. Qu'en pensez-vous ?

– Je n'en doute pas. »

Des images d'oreillers moelleux, de draps en satin froissés apparurent dans son esprit. Elle les chassa bien vite. Ce n'était qu'un réflexe animal, s'admonesta-t-elle, parce que Mike était terriblement beau et sexy. Et elle, terriblement… disponible.

Mike sourit encore.

« Je ferais mieux de rentrer si je veux être en forme demain à 6 heures.

– 6 heures ? s'étonna-t-elle. Je croyais que vous aviez rendez-vous au poste de police à 8.

– C'est le cas, mais mon nouvel immeuble est équipé d'une salle de sport et j'ai l'habitude de faire un peu d'exercice avant d'aller au boulot. Souhaitez-vous que je vous suive jusque chez vous ? »

Hannah dut repousser une autre image mentale. Elle avait dû mal entendre. Mike n'avait pas pu dire *ça*.

« Pourquoi voulez-vous me suivre ?

– J'ai en tête plusieurs raisons possibles mais ce serait trop long. Disons juste que je pense à votre sécurité. Vous êtes seule et il fait nuit.

– N'ayez pas d'inquiétude, Mike. Nous sommes à Lake Eden. Il n'y a pas de crimes, chez nous.

– Non, à part un double homicide de temps à autre ! » s'esclaffa-t-il.

Hannah éclata de rire.

« Vous marquez un point. Mais bon, ça reste exceptionnel. Je n'ai rien à craindre, je vous assure. Allez, rentrez chez vous et dormez bien.

– C'est mon intention. »

Mike rejoignit sa voiture, se mit au volant, alluma le moteur et baissa sa vitre.

« Je vous appellerai demain à la boutique pour convenir d'un rendez-vous.

– J'y serai toute la journée. »

Hannah lui fit un signe de la main en le regardant s'éloigner. Quand elle s'assit au volant, les dernières paroles de Mike résonnèrent dans sa tête. Il l'avait invitée à sortir avec lui et elle avait accepté.

« Et puis zut ! » Hannah tendit la main, attrapa sa paire de tennis sur le siège passager, descendit de voiture et s'avança jusqu'à la poubelle que Bill avait sortie en prévision du ramassage matinal. Delores jubilerait lorsqu'elle apprendrait que la soirée s'était terminée par deux invitations, comme elle l'avait prévu.

Deux rendez-vous en une soirée – c'était pas mal du tout ! Hannah troqua son expression soucieuse contre un sourire, puis elle ouvrit la poubelle et y déposa la paire de Nike qui l'avait fidèlement accompagnée durant cinq ans.

Barreaux au citron

Préchauffer le four à 180°,
la grille en position médiane.

2 tasses de farine (inutile de tamiser)
1 tasse de beurre froid (2 plaquettes, ½ livre)
½ tasse de sucre glace (inutile de tamiser sauf s'il y a des grumeaux)
4 œufs battus (à la fourchette)
2 tasses de sucre blanc (semoule)
8 cuillerées à soupe de jus de citron (½ tasse)
1 cuillerée à thé de zeste de citron (finement haché) (en option)
½ cuillerée à thé de sel
1 cuillerée à thé de levure chimique
4 cuillerées à soupe de farine (soit ¼ de tasse – inutile de tamiser)

Couper les deux plaquettes de beurre en huit morceaux. Les placer avec la farine et le sucre glace dans un robot et mixer jusqu'à obtenir une pâte friable (comme pour une tarte). Étaler cette pâte sur une plaque 22 x 33 (plaque à pâtisserie standard) enduite de matière grasse et tasser du bout des doigts.

Cuire à 180° pendant quinze à vingt minutes ou jusqu'à ce que les bords soient légèrement dorés. Sortir du four. (Sans éteindre !)

Mélanger les œufs et le sucre semoule. Ajouter le jus de citron (et le zeste éventuellement), le sel, la levure chimique. Mélanger. Incorporer la farine et mélanger soigneusement. (La mixture doit être un peu liquide.)

Verser cette préparation sur la pâte mi-cuite et remettre au four à 180° pendant trente à trente-cinq minutes. Sortir la plaque et saupoudrer de sucre glace.

Attendre que le gâteau refroidisse puis le couper en morceaux étroits et allongés, comme des barreaux.

Ces barreaux ont été servis lors de la soirée pizza organisée après l'emménagement de Mike Kingston. Le lendemain du jour où Bill a résolu l'affaire de double homicide et décroché sa promotion. (Je suis une belle-sœur en or. J'ai fait en sorte qu'il récolte tous les honneurs.)

INDEX DES RECETTES

Tournez la page,
vous découvrirez une nouvelle énigme
et encore plus de recettes signées Joanne Fluke !

Le Cookie Jar
Lake Eden, MN

Joanne Fluke
Les enquêtes pâtissières de Hannah Swensen
Kensington Publishing Corporation
New York, NY

Chère Joanne,

Vous me manquez beaucoup. J'ai l'impression que des siècles ont passé depuis que vous nous avez quittés pour vous installer en Californie du Sud. Quand reviendrez-vous saluer vos amis de Lake Eden ? Vous n'imaginez pas à quel point je regrette les cafés que nous buvions ensemble le matin au comptoir du Cookie Jar.

Je suis ravie que vous vous soyez enfin décidée à raconter l'histoire de Candy ! Je croyais que vous l'écririez en même temps qu'elle se déroulait, c'est-à-dire quelques semaines après que j'ai aidé Bill à résoudre son premier double homicide. Mais je suppose que vous étiez trop occupée à composer les autres volumes de ma biographie.

Maintenant que j'y repense, je crois savoir pourquoi vous avez tant attendu. C'est parce que personne n'y meurt. C'est vrai, Jo… Dans tous vos livres, des gens sont assassinés. Et dans des circonstances pour le moins dramatiques. Pas besoin d'être docteur en psychologie pour comprendre que vous êtes obsédée par les homicides. Même M. Bascomb, notre maire, l'a remarqué. Vous serez d'accord avec moi, Lake Eden est un petit paradis malgré les faits divers sordides qui s'y déroulent parfois. Et je ne voudrais pas que vos lecteurs croient que nous vivons dans la capitale mondiale du crime. Autre chose… pourriez-vous insister sur un point ? Trouver des cadavres ne me procure aucun plaisir, en dépit de ce que pense ma mère.

Merci pour cette super chronique de ma vie et encore merci pour l'histoire de Candy. Je suis vraiment contente d'avoir résolu l'énigme de son identité. Maintenant, il faut que je file. Moshe a faim, le téléphone sonne (ma mère sans doute) et je vais être en retard au Cookie Jar. Vous êtes bien placée pour savoir que le temps passe vite à Lake Eden, sauf quand on est bloqué derrière un chasse-neige sur Old Lake Road.

Hannah Swensen

PS : s'il vous venait l'idée de m'enlever cinq kilos dans votre prochain ouvrage, ne vous gênez pas. Je vous en serais très reconnaissante.

Joyeux Noël, Candy

Joanne Fluke

CHAPITRE 1

« À ce soir, Moshe. » Hannah Swensen se pencha sur la gamelle de son colocataire félin pour y déposer quelques croquettes au saumon en forme de petits poissons. Depuis un an, chaque matin, elle suivait le même rituel au moment de quitter son chat, un gros mâle de douze kilos. Ce jour-là, tandis qu'elle fermait sa porte à clé avant de descendre au parking en sous-sol, une pensée saugrenue lui traversa l'esprit. Si les croquettes au saumon étaient en forme de poisson, quelle forme pouvaient bien avoir les croquettes au foie ? L'image d'un foie humain s'afficha dans sa tête. *C'est bon, laisse tomber*, se dit-elle.

Dix minutes plus tard, Hannah roulait vers le centre-ville de Lake Eden, Minnesota. À 4 h 30, le paysage hivernal était splendide. Comme une poussière de diamant répandue sur la chaussée, la neige fraîche scintillait dans le faisceau de ses phares. Les flocons qui tombaient mollement capitonnaient le décor à la manière d'un édredon, étouffant si bien les bruits qu'elle n'entendait rien à part le grondement sourd de son moteur et le chuintement des pneus dans la poudreuse. Pas d'autres véhicules que le sien. L'aube était encore loin. Rien ne bougeait dans l'espace glacé.

Hannah avait l'impression d'être la dernière femme sur terre et de traverser la nuit sur un traîneau magique rouge cerise laissant dans son sillage des arômes de vanille, de cannelle et de chocolat.

On se serait cru dans un conte de fées ; un seul détail clochait, mais pas des moindres. Hannah avait tellement froid que ses dents jouaient des castagnettes sur un rythme qui n'aurait pas déplu au directeur de la fanfare du lycée Jordan. Le chauffage était en panne et, comme chaque matin depuis une semaine, elle se promit de le faire réparer dès qu'elle aurait un peu de temps (ou d'argent) devant elle. En attendant ce jour, elle se contenterait d'une paire de gants bien chauds et de sa parka la plus épaisse.

Presque arrivée, se dit Hannah en s'arrêtant au coin d'Old Lake Road et de Carter Avenue. Le feu venait de passer au rouge. Aux heures d'affluence, Old Lake Road était souvent encombrée. Carter Avenue, en revanche, ne desservait qu'une seule maison bâtie au cœur d'un bois de conifères. Vaste et luxueuse, cette propriété appartenait aux beaux-parents du maire Bascomb, d'où le feu de circulation que, disait-on partout en ville, l'édile avait fait poser à la demande de sa femme.

Sachant qu'elle en avait pour un petit moment, Hannah agita ses orteils glacés au fond de ses bottes et se mit à compter. Elle compta jusqu'à cent, puis deux cents. Pourquoi ne pas avoir installé un détecteur de mouvement sur ce satané feu tricolore ? maugréa-t-elle en arrivant à cinq cents. Elle en était à rédiger dans sa tête un courrier destiné au rédacteur en chef du *Lake Eden Journal* quand le vert s'alluma.

Cinq minutes plus tard, elle pénétrait dans les rues sombres et silencieuses du centre-ville. Les habitants dormaient à poings fermés. Elle en aurait fait autant si elle ne s'était donné pour mission de servir chaque jour à ses clients des cookies fabriqués le matin même, avant l'ouverture de la pâtisserie.

Il n'y avait personne sur les trottoirs et pas davantage dans les boutiques, malgré les lampes qui brillaient derrière les vitrines. La plupart des commerçants les laissaient allumées depuis que le shérif Grant avait publié un article sur la prévention des cambriolages dans le *Lake Eden Journal*. D'ici une heure, Hal ouvrirait son café pour accueillir les ouvriers de l'usine DelRay venant relever leurs collègues de l'équipe de nuit.

Hannah s'engagea sur Main Street. Elle allait bifurquer sur la 4e quand elle vit une guirlande lumineuse clignoter dans sa propre vitrine. Elle était pourtant certaine d'avoir tout éteint la veille en partant. L'avait-elle oubliée dans sa hâte de rentrer chez elle ? Hannah espérait que cette étourderie ne grèverait pas trop sa facture d'électricité. Cela dit, une centaine de mini-ampoules ne devait pas consommer tant que cela. Peut-être ne verrait-elle même pas la différence. D'habitude, elle faisait très attention à ces choses-là et vérifiait plutôt deux fois qu'une.

En s'enfonçant dans la ruelle, Hannah roulait au pas pour tenter d'éviter les ornières qu'avait creusées dans la neige le camion venu livrer des dons à l'association caritative Helping Hands. Cent mètres et une douzaine de cahots plus tard, elle s'arrêta sur sa place de parking à l'arrière de son magasin.

Se brancher ou ne pas se brancher ? Telle était la question. Rayne Phillips, le Monsieur météo de la radio KCOW, avait promis que les températures monteraient jusqu'à zéro. Hannah descendit de voiture et resta deux secondes à contempler les grosses prises de courant alignées sur le mur blanc à hauteur de pare-chocs. Si Rayne avait raison, il était inutile de brancher le chauffe-moteur. Mais s'il s'était gouré et que l'essence gelait au point de devenir épaisse comme du chewing-gum, son break refuserait de la ramener chez elle en fin de journée.

Hannah passa encore un moment à s'interroger puis éclata de rire. Rayne Phillips avait plus souvent tort que raison. Alors autant écouter la voix de la sagesse. Elle n'avait rien contre Cyril Murphy, le garagiste, mais elle connaissait le coût d'un dépannage.

Hannah brancha donc le chauffe-moteur et s'éloigna. Devant la porte du fournil, elle s'arrêta net. La poignée était revêtue d'une fine pellicule de givre, comme si une main tiède l'avait récemment saisie. Étrange. Son assistante, Lisa Herman, ne commençait jamais si tôt. Et à supposer qu'elle ait fait exception à la règle, Hannah aurait vu sa voiture garée dans la ruelle. À moins, bien sûr, qu'elle n'ait pas pu démarrer et que des voisins l'aient déposée en ville.

Hannah hésita un bref instant. La présence de Lisa expliquerait les lumières dans la vitrine. Elle les allumait dès qu'elle arrivait et bloquait en position ouverte la porte battante séparant la boutique du fournil pour profiter du spectacle tout en travaillant.

Piétiner devant cette porte n'était pas seulement stupide, se houspilla-t-elle, c'était aussi la meilleure façon d'attraper froid. Pourquoi ne pas entrer au lieu de rester là à gamberger ? Hannah abaissa la poignée, poussa le battant et alluma les lumières. Elle dut cligner des yeux plusieurs fois avant de se résoudre à l'évidence.

Lisa était bien passée par là. Pour preuve, la vaisselle sale n'était plus entassée dans l'évier et le sol brillait comme si on venait de le laver. En temps normal, Hannah et Lisa s'acquittaient de ces tâches le soir avant de rentrer chez elles. Mais la veille, elles étaient parties plus tôt qu'à l'accoutumée, l'une parce qu'elle était pressée, l'autre parce qu'elle recevait à dîner deux amis de son père. De deux choses l'une : soit les lutins de la fable avaient quitté la boutique du cordonnier pour s'installer au Cookie Jar, soit Lisa était revenue en pleine nuit pour faire la vaisselle et briquer le carrelage !

Peut-être avait-elle mis le café en route ? Hannah coula un regard vers la cafetière, mais non, la petite lumière rouge ne brillait pas. Elle franchit la porte battante pour en avoir le cœur net. Le grand percolateur trente tasses était toujours posé à l'envers sur une serviette, comme elles le laissaient chaque soir après l'avoir nettoyé et séché. Lisa aimait le café autant que Hannah. Si elle était arrivée de bonne heure, elle l'aurait préparé.

Un frisson lui parcourut l'échine mais pas à cause du froid. Elle venait de remarquer que la guirlande lumineuse était éteinte, alors qu'elle clignotait encore dix minutes auparavant. Les petits lutins avaient dû décamper alors qu'elle se garait dans la ruelle. Si elle s'était dépêchée, elle aurait pu les croiser !

Puis, se souvenant de la pellicule de givre sur la poignée de la porte, Hannah écarta sa théorie fumeuse.

C'était une créature en chair et en os qui s'était introduite chez elle, un être humain qui ouvrait les portes en se servant de ses mains, ne buvait pas de café mais adorait faire le ménage chez les autres, même quand il gelait à pierre fendre dehors. Mais qui ?

Lisa arriva à 6 h 45, avec quinze minutes d'avance, et trouva Hannah assise à l'îlot central, une tasse de café posée devant elle.

« Bonjour, Hannah », lança-t-elle en suspendant son manteau à la patère près de la porte. Puis elle retira ses bottes, enfila ses chaussures de travail et ajouta : « Tu as nettoyé la cuisine et préparé les fournées sans m'attendre ? »

Hannah secoua la tête.

« J'ai préparé les fournées mais je n'ai pas nettoyé la cuisine. Quand je suis arrivée peu avant cinq heures, c'était déjà fait. Je me suis dit que c'était toi, que tu ne pouvais pas dormir et que…

– Absolument pas, l'interrompit Lisa. Et je ne suis pas somnambule non plus. Je me demande qui… » Elle s'arrêta en fronçant les sourcils. « Quelque chose a disparu ?

– Non, pas que je sache. En plus, cette mystérieuse créature adepte du ménage nous a laissé un cadeau. Les voleurs n'ont pas ce genre de pratique.

– Quel cadeau ? »

Hannah pointa le doigt.

« Des "bonbons au sucre roux". C'est écrit sur le bout de papier qui les accompagne. Regarde, ils sont dans l'assiette près de la cafetière.

– Tu les as goûtés ?

– Bien sûr. Et ils sont délicieux.

– Bon, alors je vais essayer moi aussi.

– Parce que j'en ai mangé et que je ne suis pas morte empoisonnée ?

– Tout à fait », s'esclaffa Lisa. Elle prit un bonbon, le mit dans sa bouche, mastiqua et se versa une tasse de café. « Pas mal. Ça me rappelle les bonbons au sucre d'érable que mon père achetait autrefois. Avec une petite différence, pourtant. J'aimerais bien connaître les ingrédients.

– Je t'en prie », lui répondit Hannah en tirant un tabouret pour que Lisa s'asseye auprès d'elle.

Elle lui tendit le papier où figurait la recette.

« C'est super ! s'écria Lisa. Je suis vraiment contente qu'elle nous ait laissé cela.

– Elle ?

– Oui, je crois. C'est une écriture féminine. »

Hannah esquissa un sourire.

« Tu dis ça parce qu'elle est lisible ?

– Oui, mais pas seulement. Les lettres sont délicatement formées. Les hommes que je connais ont une écriture beaucoup plus large.

– Ça ne prouve rien, à mon avis. Mon père écrivait en pattes de mouche. Il pouvait faire tenir des tas de mots sur les étiquettes des tiroirs, alors que moi je devais utiliser des abréviations. Je crois que c'est plutôt lié à l'enseignement. Autrefois, les gens mettaient un point d'honneur à bien écrire. Prends les documents datant du XIXe siècle, par exemple. Ils sont merveilleusement calligraphiés, avec des pleins, des déliés. Songe aussi aux manuscrits enluminés du Moyen Âge.

– Tu as raison, reconnut Lisa. Ma remarque était sexiste.

– Assurément. Il n'en reste pas moins que je suis d'accord avec toi.

– Ah bon ?

– Oui. C'est une femme qui a écrit cette recette.

– Pourquoi ?

– Parce que rares sont les hommes qui utilisent de l'encre turquoise. »

Lisa prit une bonne rasade de café.

« Attends, j'ai dû rater un truc. » Elle avala une autre gorgée. « Si tu étais d'accord avec moi depuis le début, pourquoi m'avoir contredite ?

– Parce que j'adore argumenter. Ça réveille mes petites cellules grises, et aujourd'hui on en aura besoin.

– Pour découvrir qui a pénétré ici et nettoyé la cuisine, tu veux dire ?

– Oui. Mais pas seulement.

– Quoi d'autre ?

– Pour trouver le moyen de lui faire comprendre que la prochaine fois elle devra lancer le café. »

BONBONS AU SUCRE ROUX

1re note de Hannah : d'après Candy, cette recette s'intitulait à l'origine bonbons au sucre « roussi ». Au fil des ans, « roussi » est devenu « roux ». Précisons toutefois que ces bonbons ne contiennent pas un gramme de sucre roux.

Se munir d'un thermomètre à sucre. J'utilise le modèle composé d'un tube en verre et d'une attache métallique coulissante qui s'accroche au rebord des casseroles. Dans la recette, on recommande une casserole trois quarts, mais je préfère prendre ma casserole quatre quarts. C'est plus prudent car en bouillonnant le sucre peut déborder.

1 tasse de babeurre
2 ½ tasses de sucre blanc (semoule)
1 cuillerée à thé de bicarbonate de soude
2 cuillerées à soupe (⅛ de tasse) de sirop Karo
½ tasse de beurre à température ambiante (1 plaquette, ¼ livre)

Avant de commencer, prendre une casserole trois quarts, clipper votre thermomètre à sucre sur le rebord, attache coulissante à l'extérieur, et le faire glisser jusqu'à ce que le bout soit à un centimètre du fond de la casserole. (S'il touche le fond, la prise de température sera faussée.)

Dans la casserole, mettre le babeurre, le sucre, le bicarbonate de soude et le sirop blanc Karo sans cesser de mélanger. La préparation doit être homogène.

Faire chauffer à feu moyen. Remuer en continu jusqu'à ce que le mélange commence à bouillir. (Vous en avez pour une dizaine de minutes, donc prenez un tabouret et installez-vous confortablement pendant que vous tournez.)

Retirer la casserole du feu mais n'éteignez pas. Vous la remettrez bientôt à chauffer.

Ajouter le beurre au mélange sirupeux et remuer. (Attention, il peut y avoir des projections.) Reposer la casserole sur le feu et surveiller. À PARTIR DE LÀ, PLUS BESOIN DE REMUER. Donnez juste un tour de cuiller quand vous l'estimez nécessaire. Le thermomètre à sucre doit monter à 115°. En attendant, servez-vous une tasse de plasma suédois accompagné d'un de ces délicieux cookies que vous avez confectionnés la veille.

Quand votre thermomètre atteint 115°, remuer une dernière fois, retirer du feu et laisser refroidir. Attendre que le mélange soit à température ambiante, puis tourner avec une cuiller en bois jusqu'à ce qu'il prenne un aspect crémeux.

Étalez des feuilles de papier sulfurisé. Puisez de petites quantités de pâte à bonbon au moyen d'une cuiller et disposez-les en ligne sur le papier.

Si vos bonbons ne sont pas tous de la même taille, pas d'inquiétude. On commence souvent par les petits, pour goûter, et après on se jette sur les gros.

2e note de Hannah : si vous oubliez l'heure et que votre sucre a trop durci au fond de la casserole, remettez-la sur feu doux en remuant constamment jusqu'à obtenir de nouveau un mélange onctueux.

Note de Lisa : ce bonbon me rappelle ceux en forme de feuille d'érable que papa rapportait autrefois quand il allait voir l'oncle Fritz dans le Vermont. Je les adorais. Juste pour voir, j'ai ajouté à la préparation une cuillerée à thé d'essence d'érable et c'était vraiment bon !

Rendement : trois douzaines de délicieux bonbons.

CHAPITRE 2

Candice Roberts déroula son sac de couchage sous la guirlande clignotante, près de la vitrine du Cookie Jar. L'air tiède soufflé par le radiateur sentait si bon que son estomac se mit à gargouiller. Pourtant, elle n'avait pas faim. La femme rousse à qui appartenait la boutique lui avait laissé un sandwich au jambon et au fromage ainsi qu'un sachet de chips et des cornichons à l'aneth aigres-doux qui rappelaient ceux de mamie Roberts. Pour le dessert, Candy avait mangé six cookies sur les douze que contenait l'assiette posée dans la cuisine à son intention. Elle les avait fait passer avec du lait trouvé dans la chambre froide.

Une fois le sac de couchage correctement installé, Candy se glissa à l'intérieur en remerciant la providence de lui avoir offert un toit. Ce duvet était prévu pour des températures allant jusqu'à moins vingt, mais le thermomètre accroché derrière la fenêtre du fournil indiquait moins vingt-trois. Et le mercure menaçait de descendre encore d'ici à ce que le soleil se lève.

Une larme roula le long de sa joue et s'écrasa sur le rabat de la fermeture Éclair. C'était son père qui lui avait offert ce duvet lors du dernier Noël qu'ils avaient fêté ensemble. Il lui avait aussi donné une veste de chasse matelassée qui commençait à la serrer aux épaules et des moufles en peau de daim doublées de vraie fourrure. Son père avait grandi dans le Minnesota, et il lui avait promis de l'emmener camper en hiver sur les rives du lac Eden.

À la première larme succéda une deuxième puis une troisième. Elle n'irait plus jamais camper avec son père. Voilà un an, il s'était rendu à son cabinet pour une urgence. Sur le chemin du retour, un chauffard l'avait percuté et il était mort avant d'arriver à l'hôpital.

Durant une longue période, Candy avait cru ne jamais retrouver sa joie de vivre. Il lui manquait tellement. Mais elle avait beaucoup parlé avec sa mère et ça lui avait fait du bien. Pourtant, le sort semblait s'acharner car à peine avait-elle remonté la pente qu'un nouveau malheur s'était abattu sur elle.

Un sanglot lui souleva la poitrine. Quand elle eut versé toutes les larmes de son corps, Candy ferma ses paupières gonflées. Son père lui manquait mais rien ne le ramènerait à la vie. Sa mère lui manquait mais de longues années passeraient avant qu'elle la revoie.

« Vraiment, ça ne vous ennuie pas de faire un crochet par ma boutique ? » insista Hannah en plantant ses yeux dans ceux de Norman. Elle craignait qu'il n'ait accepté que par politesse. Norman l'avait emmenée dîner à l'Auberge de Lake Eden où Sally Laughlin, chef cuisinière et propriétaire des lieux, leur avait fait goûter les amuse-gueules qu'elle comptait servir pour le grand banquet de Noël, le vendredi suivant. L'auberge et l'appartement de Hannah se trouvaient sur la même route. En revanche, pour rejoindre Le Cookie Jar en centre-ville, il fallait faire un détour de quarante kilomètres.

« Pourquoi cela m'ennuierait-il ? » demanda Norman en répondant à sa question par une autre, pratique que Delores reprochait fréquemment à sa fille aînée. « Ainsi je passerai plus de temps avec vous. »

Sous la lumière pâle du tableau de bord, Hannah vit que son sourire était sincère. Elle lui sourit en retour et, quand ils prirent la direction de Lake Eden, la nuit d'hiver lui sembla tout à coup moins glacée.

« Vous savez, j'ai reçu une visite nocturne ce matin. Je peux vous en parler ?

– Une visite nocturne le *matin* ? » Il neigeait un peu. Norman mit les essuie-glaces. « N'y aurait-il pas comme une contradiction ?

– Pas du tout. Ça vous intéresse ?

– Oui, ça m'intéresse.

– Bon, alors je vous raconte. Ce matin, quand je suis passée en voiture devant ma boutique, la guirlande électrique était allumée dans la vitrine. Ensuite, j'ai remarqué une pellicule de givre sur la poignée de la porte de derrière, comme si une main tiède l'avait touchée peu de temps auparavant.

– Vous soupçonniez la présence d'un intrus dans votre pâtisserie et vous êtes entrée quand même ? »

Norman lui lança un regard de reproche.

« Bien sûr. Nous sommes à Lake Eden. Il n'y a pas de criminalité chez nous. »

Au lieu de répondre, Norman passa son index en travers de sa gorge.

« Bon, d'accord. Je reviens sur ce que j'ai dit. Il y a *un peu* de criminalité. Mais ce double homicide est l'exception qui confirme la règle. En hiver, les habitants de Lake Eden n'ont rien à craindre, du moins pour ce qui est des cambriolages.

– Il fait trop froid pour enfreindre la loi ?

– Oui, c'est l'une des raisons. Les gens passent tellement de temps à se réchauffer qu'ils ne pensent pas à commettre des larcins. Personnellement, en hiver, je ne verrouille jamais les portes de ma boutique, au cas où une personne sans abri aurait besoin d'un refuge contre le froid. »

Norman tourna la tête vers elle et sourit.

« Vous êtes une femme généreuse, Hannah. Imprudente mais généreuse.

– Eh bien, pour votre gouverne, je n'ai jamais eu de problème. Et ce matin, pas davantage. Mieux encore, la personne qui a passé la nuit dans Le Cookie Jar s'est réveillée de très bonne heure pour laver la vaisselle et le sol.

– Comme pour vous remercier de votre hospitalité ?

– Oui, sûrement. Elle a aussi fabriqué de délicieux bonbons et a laissé la recette. Ce qui nous a donné l'idée à Lisa et à moi de proposer des bonbons à nos clients pour les fêtes de fin d'année. Les confiseries faites maison sont tellement meilleures que celles qu'on vend en grande surface.

– Excellent. Si par hasard il vous prenait l'envie de fabriquer des English Toffees, j'en achèterais pour ma mère. C'est sa friandise préférée mais elle n'en a jamais trouvé qui vaillent ceux de sa mère.

– Ibby était la grande spécialiste des English Toffees. J'ai gardé une copie de sa recette.

– Qui est Ibby ?

– Une chargée de TD à la fac d'anglais. J'ai fait sa connaissance alors que je préparais mon doctorat. Ibby étudiait les poètes anglais métaphysiques du XVIIe siècle.

– Comme John Donne ? »

Hannah leva un pouce appréciateur.

« Chapeau.

– Et Thomas… Traherne ?

– Encore gagné. »

Hannah n'en revenait pas. Peu de gens connaissaient l'existence des poètes métaphysiques. Quant à en nommer deux…

« D'où tenez-vous ce savoir ?

– De ma mère.

– Votre mère s'intéresse à la poésie métaphysique ?

– Non, elle avait un faible pour *Une visite de saint Nicolas*.

– Ma mère aussi. Mais quel rapport avec Donne et Traherne ?

– Nous avions coutume de fêter Noël avec la famille au grand complet. Les oncles, les tantes, les cousins, etc. À l'âge de quatre ans, j'ai appris ce conte par cœur. J'aurais mieux fait de m'abstenir parce que ensuite, chaque année, ma mère me demandait de le réciter devant tout le monde.

– C'est gênant, oui, compatit Hannah. Surtout quand on n'en a pas envie.

– Gênant et dangereux.

– Pourquoi dangereux ?

– Parce que mes cousins n'appréciaient pas que je joue les vedettes. Alors, quand on nous autorisait à quitter la table, ils me sautaient dessus et je passais un mauvais quart d'heure. Un jour, j'en ai parlé à ma mère. Elle m'a juste dit de les ignorer, qu'ils étaient seulement jaloux.

– Alors, qu'avez-vous fait ?

– L'année d'après, une semaine avant Noël, j'ai mémorisé quatre poèmes métaphysiques, les plus longs que j'ai pu trouver.

– Et ça a marché ?

– Comme sur des roulettes. Ma mère ne m'a plus jamais demandé de réciter quoi que ce soit.

– Et vos cousins ?

– Le plus grand a pigé le truc, il en a parlé aux autres et nous sommes devenus les meilleurs amis du monde. » Norman fronça les sourcils. « Je n'imagine pas qu'on puisse choisir les poètes métaphysiques comme thème de recherche.

– Je ne comprenais pas non plus jusqu'à ce qu'Ibby m'explique pourquoi. Elle les a pris parce qu'ils n'étaient que sept.

– Mais John Donne a écrit pour dix.

– Certes. Et on ne peut pas dire que ses textes soient très divertissants. Ils traitent pour la plupart de sujets horriblement déprimants.

– Ah bon ? fit Norman avec un sourire en coin. Pourtant, il y en a un que je trouve assez rigolo. "Empreint de même, de ton emblème, Un globe chaque pleur, même un monde devient, Que tantôt vont tes pleurs, en se mêlant aux miens, Noyer, dissous mon ciel en tes flots diluviens."

– Les images sont belles, je dois le reconnaître, mais ça pleure trop à mon goût.

– Ce n'est pas faux. Comment Ibby s'y prenait-elle pour marier la poésie métaphysique et les English Toffees ?

– Elle en apportait en TD, histoire d'attirer du monde. Et ça marchait. Les étudiants ne rataient jamais une séance.

– Les profs de l'école dentaire auraient dû appliquer la même méthode. Les cours de facturation et de gestion commerciale auraient été moins barbants. » Norman s'arrêta dans la ruelle derrière Le Cookie Jar. « Si vous remettez la main sur cette recette, je vous en commanderai trente boîtes de deux cents grammes.

– Pour votre mère ?

– J'en donnerai une à ma mère et les vingt-neuf autres à mes patients, pour leurs étrennes.

– C'est très généreux mais... »

Hannah s'interrompit, l'air songeur.

« Mais quoi ?

– Ne le prenez pas mal, mais vous ne trouvez pas que c'est un peu limite ?

– Comment cela ?

– Un dentiste qui offre des confiseries... Vous et vos semblables avez plutôt tendance à nous déconseiller le sucre, non ?

– Pas exactement. Nous encourageons nos patients à se brosser les dents et à utiliser du fil dentaire après avoir consommé du sucre. On ne leur interdit pas de manger des bonbons. Si tout le monde se nourrissait correctement et respectait les règles d'hygiène, on n'aurait plus besoin de dentistes. Et je me retrouverais au chômage ! »

Hannah l'observa un instant. Elle se doutait qu'il plaisantait mais n'en était pas tout à fait sûre. Puis elle vit un sourire danser sur ses lèvres et comprit qu'il la faisait marcher.

« Je n'avais jamais envisagé la question sous cet angle. Mais apparemment, nous sommes dans le même bateau.

– Ah bon ?

– Si tout le monde mangeait sainement sans jamais faire d'écarts, moi aussi je me retrouverais au chômage ! »

CHAPITRE 3

Toujours assise dans la voiture de Norman, Hannah regardait fixement la porte arrière de sa boutique.

« Je me demande ce qu'elle fera quand elle nous entendra entrer.

– Elle s'enfuira.

– Vous croyez ?

– J'en suis sûr. D'après ce que vous dites, elle m'a l'air d'une personne intelligente. Elle sait donc ce qu'elle encourt en entrant dans un lieu privé à l'insu de son propriétaire.

– Mais elle est entrée uniquement parce qu'il faisait froid dehors.

– Je sais.

– Et en retour, elle a fait le ménage et des bonbons.

– Oui, mais ça fait quand même deux fois qu'elle s'introduit chez vous sans y être invitée.

– Une fois, corrigea Hannah.

– Les ampoules dans la vitrine sont allumées. Ça veut dire qu'elle est à l'intérieur, non ?

– Si. Mais ce soir, elle est venue avec ma permission.

– Vous lui avez laissé un mot ?

– Non, juste un sandwich et une assiette de cookies. Si je n'avais pas voulu d'elle, je n'aurais pas fait ça.

– Très bien. Disons qu'elle a compris que le sandwich et les cookies lui étaient destinés et qu'elle les a mangés. Maintenant, elle est couchée par terre dans un coin et elle essaie de dormir. Je persiste à croire qu'elle s'enfuira dès qu'elle entendra la porte s'ouvrir. »

Hannah prit le temps de réfléchir. Norman avait peut-être raison. Une personne assez désespérée pour s'introduire illégalement dans une boutique et dormir par terre pouvait considérer le sandwich et les cookies comme des appâts destinés à la piéger.

« Vous pensez que je devrais la laisser tranquille ?

– Absolument pas. D'après la couleur de l'encre qu'elle a utilisée pour écrire sa recette, il y a de fortes chances qu'il s'agisse d'une mineure. Sa famille doit être morte d'inquiétude. À mon avis, nous devrions essayer de la faire parler pour voir si on peut l'aider.

– Vous avez dit *nous*, fit remarquer Hannah. Dois-je entendre par là que vous souhaitez participer ?

– Je participe de fait puisque j'ai accepté de vous conduire ici. Qui sait, elle aura peut-être besoin de mes services. Imaginez qu'elle soit complexée à cause d'une mauvaise dentition ? »

Prise d'une furieuse envie de rire, Hannah dut se coller une main sur la bouche. C'était difficile de rester discret dans ces conditions. Norman était vraiment trop drôle. Elle l'aurait bien embrassé. Mais n'étant pas certaine qu'il interprète correctement son geste, elle préféra s'en abstenir.

« Oui, il faut qu'on lui parle, renchérit-elle, mais si, comme vous dites, elle prenait ses jambes à son cou ?

– C'est là que j'interviendrais. Vous entrez par-derrière. Moi, je fais le tour et je me poste devant la boutique. Si elle essaie de vous échapper par la rue, je l'intercepte et je vous la ramène.

– Entendu », dit Hannah. Cédant à sa première impulsion, elle le prit dans ses bras. C'était vraiment un chic type. « Quand faut y aller… »

Tout était calme dans la ruelle. Ils refermèrent délicatement les portières et marchèrent jusqu'à la porte du fournil.

« Attendez une minute avant d'entrer, murmura Norman. Quand je serai devant, je vous préviendrai en sifflant.

– Comme un oiseau ? C'est ce que faisaient les Indiens. Dans les films, du moins.

– Le seul oiseau dont je sais imiter le chant c'est l'emblème du Minnesota.

– Le plongeon huard ? s'exclama-t-elle en oubliant de chuchoter. Pourquoi avez-vous appris le chant du plongeon huard ?

– Ce n'est pas le moment.

– Mais si, je veux savoir. »

Norman eut l'air gêné.

« Pour pouvoir l'imiter pendant les fêtes qu'on organisait à l'école dentaire. Mais là, ce soir, ce serait inapproprié. Ça ressemble au rire d'une femme hystérique. Je vous jure, c'est effrayant. Non, je sifflerai normalement, ça vaut mieux.

– Bon, d'accord. »

Hannah prit position et attendit. Elle avait l'impression que Norman mettait des heures à faire le tour du bâtiment. Quand elle entendit le signal, elle poussa la porte, entra sur la pointe des pieds et tira le verrou. C'était un verrou à l'ancienne. Si jamais sa visiteuse nocturne essayait de fuir par cette porte, elle perdrait de précieuses secondes à tenter de l'ouvrir. Ce qui lui laisserait le temps de la rattraper.

Hannah commença par inspecter les moindres recoins de son laboratoire. Dans la penderie, personne. Dans le cabinet de toilette non plus. Pourtant quelqu'un avait utilisé la douche récemment. Des gouttes d'eau parsemaient encore la paroi vitrée et les serviettes étaient humides. Ne restait plus qu'à vérifier côté boutique.

Hannah poussa la porte de communication qui fort heureusement ne grinçait pas. Les lumières dans la vitrine clignotaient toujours. Son lutin domestique devait être tapi quelque part. Mais où ?

En s'approchant, Hannah nota un détail insolite. Un sac de couchage était étalé sous la guirlande lumineuse. Cette vision lui rappela son enfance quand, bercée par la conversation des adultes et le clignotement des lumières accrochées dans l'arbre, elle s'endormait en songeant que le Père Noël était déjà en chemin.

Le visage de la jeune fille était rosi par le sommeil et l'éclat de l'ampoule qui luisait au-dessus d'elle. Avec ses pommettes vermeilles, ses longs cils et ses lèvres entrouvertes, elle ressemblait à une poupée de porcelaine. Le silence était tel, malgré le frigo qui ronronnait derrière le comptoir, qu'on l'entendait respirer doucement.

Hannah resta un instant à contempler la scène puis décida de recourir à ses talents de détective. Les ongles de la jeune fille paraissaient propres, ainsi que ses vêtements et son duvet. Donc elle ne traînait pas dans les rues depuis très longtemps. Elle ne semblait pas sous-alimentée non plus. Son bras gauche, qui émergeait à moitié, était même légèrement potelé. En bref, elle avait l'air en bonne santé et plus jeune que Hannah l'avait imaginé.

Cela dit, tous les gens faisaient plus jeunes quand ils dormaient. Une fois les soucis et les contraintes effacés par le sommeil, un autre visage apparaissait, plus paisible, plus serein. Cette fille était-elle plus âgée qu'elle le paraissait ? Hannah en doutait. Ce n'était plus une enfant mais pas encore une adulte. Elle avait cette innocence propre aux adolescents qu'une croissance trop rapide rend maladroits et touchants.

Hannah n'avait pas envie de la réveiller, surtout pour lui annoncer qu'elle pouvait continuer à dormir. Comme ces infirmières qui secouaient les patients assoupis pour qu'ils prennent leurs somnifères. S'il s'agissait d'une fugueuse, peut-être n'avait-elle pas une vie très facile. Or, en ce moment même, elle souriait aux anges comme si elle rêvait de choses agréables. Pourtant, il fallait faire quelque chose, et vite. Il n'était pas question de laisser cette gamine dans la rue un jour de plus. Sans compter que Norman devait être en train de se transformer en glaçon.

« Réveille-toi, murmura-t-elle pour ne pas effrayer sa visiteuse. J'ai un truc à te dire. »

La jeune fille grommela et fit la grimace.

« Pas encore, maman. Laisse-moi dormir. »

Donc elle avait une mère. Hannah ajouta cet élément à la liste de ses constatations.

« Allez, réveille-toi. Tu pourras te rendormir après qu'on aura parlé. »

L'autre s'apprêtait à lui tourner le dos pour replonger dans le sommeil quand un signal d'alarme dut se déclencher dans sa tête. Elle se redressa sur son séant, ouvrit grand les yeux et vit Hannah.

« Qui êtes-vous ?

– Hannah Swensen. La propriétaire de cette boutique. Et toi ?

– Candy.

– Candy comment ?

– Candy R… peu importe comment je m'appelle. Ça ne vous regarde pas. » Elle s'extirpa du sac de couchage en gigotant et se mit debout. « S'il vous plaît, n'appelez pas la police. Je m'en vais tout de suite. »

Avant que Hannah puisse ouvrir la bouche pour lui dire de rester, Candy attrapa son sac de couchage, se rua vers la porte d'entrée, l'ouvrit et se précipita dehors.

« Ça alors ! » souffla Hannah, sidérée.

Elle n'avait jamais vu personne bouger aussi vite. Manifestement, la jeune fille avait tout prévu en cas de danger imminent : elle dormait tout habillée et le reste de ses affaires était sûrement caché au fond de son duvet. De son passage ne restait que l'espace qu'elle s'était ménagé en poussant une table et deux chaises.

« Laissez-moi partir ! S'il vous plaît, monsieur ! Je ne faisais rien de mal, je vous assure ! »

Hannah courut prêter main-forte à Norman qui avait intercepté la gamine avant qu'elle disparaisse dans la nuit.

« C'est bon, Candy. Nous n'appellerons pas la police. Et je t'autorise à passer la nuit ici.

– C'est vrai ? »

Candy avait toujours l'air affolée, mais se débattait moins. Elle essaya encore une fois de se libérer, sans trop de conviction.

« Que dirais-tu d'un chocolat chaud ? proposa Hannah en faisant signe à Norman de la ramener à l'intérieur. Tu risques de prendre froid en sortant comme ça, sans manteau. »

Candy hocha la tête.

« D'accord pour le chocolat, mais, vous savez, on ne prend pas froid juste en sortant dans le froid. Mon père disait que c'était une légende, une histoire que racontent les vieilles bonnes femmes.

– Je ne suis pas si vieille, pourtant ! » répliqua Hannah.

Elle fut récompensée par un éclat de rire. Candy avait gardé son sens de l'humour malgré son réveil brutal et sa fuite éperdue dans la nuit glacée.

« Ton père est médecin ?

– Vétérinaire. Mais il est mort. Vous n'avez pas averti les flics, c'est sûr ?

– Cette ville n'est pas bien grande. Si je les avais appelés, ils seraient déjà là. »

Candy se tourna vers Norman.

« Et vous ? Vous les avez appelés ?

– Moi non plus. Mon portable est resté dans la voiture. » Norman regarda les pieds de Candy. « Ça doit être difficile de se glisser dans un sac de couchage quand on porte des tennis ?

– Pas si on descend la fermeture Éclair jusqu'en bas. Le plus dur c'est d'en sortir. Les semelles collent à la doublure, du coup elle a tendance à remonter.

– Tu devrais mettre deux paires de chaussettes l'une sur l'autre. Comme ça, tes pieds resteraient au chaud et le problème de la doublure qui colle serait résolu. »

Candy fit non de la tête.

« Je ne les garde pas pour avoir chaud mais pour pouvoir m'enfuir rapidement. »

Hannah les écoutait parler tout en préparant le chocolat devant la cuisinière. En quelques phrases, Norman avait presque apprivoisé la jeune fugueuse.

« Tu n'as plus de raison de t'enfuir, maintenant. Hannah voudra bien que tu restes.

– Et en quel honneur ? »

Norman venait de lui fournir l'ouverture qu'elle espérait. Elle s'y engouffra.

« Parce que j'ai besoin d'un coup de main pour tenir la boutique. Tu as déjà travaillé comme serveuse ?

– Oui, répliqua Candy avant de se reprendre. Enfin, pas comme vous pensez. Mais j'en serai capable, c'est sûr. Je veux dire, je sais mettre la table, verser du café, présenter une assiette et tout le reste. Et je sais faire des bonbons, aussi. J'en fais depuis deux ans, depuis mes treize… elle s'interrompit pour déglutir… depuis que je suis petite. »

Hannah sourit. Soutirer des informations à une adolescente en manque de sommeil n'avait rien de bien compliqué. Elle savait déjà que son nom de famille commençait par *R*, qu'elle avait quinze ans, une mère en vie et un père décédé ayant exercé la profession de vétérinaire. Si ça continuait à ce rythme, ils connaîtraient toute l'histoire de Candy avant d'avoir fini leur chocolat.

« Tiens, c'est pour toi », dit Hannah en posant un bol sur le plan de travail. Elle revint sur ses pas et en remplit deux autres, pour Norman et pour elle. « J'ai des cookies de ce matin, si tu as encore faim. »

Candy rayonnait.

« Oh que oui, j'ai faim ! Enfin, je veux dire… oui, s'il vous plaît, merci. Ils sont drôlement bons, vos cookies.

– Merci à toi. »

Hannah sourit discrètement en allant chercher quelques exemplaires de sa toute dernière création. Candy semblait avoir reçu une bonne éducation, songea-t-elle en ajoutant l'info à sa liste virtuelle.

« J'expérimente une nouvelle recette. Vous pourriez être mes goûteurs, Norman et toi. Et si un nom vous vient en tête, je suis preneuse.

– Pas mal du tout, fit Norman en croquant une première bouchée. C'est de la framboise, n'est-ce pas ?

– Oui. J'ai utilisé de la confiture de framboise sans pépins. »

Candy termina son cookie, tendit la main pour en prendre un autre et s'arrêta net.

« Puis-je me resservir ? demanda-t-elle en fixant Hannah.

– Bien sûr. Autant que tu veux.

– J'aime bien parce que c'est croustillant dehors et moelleux dedans. »

Candy goûta encore et demanda :

« Vous pourriez en faire avec d'autres confitures ? Mûre ? Fraise ?

– Rien ne s'y oppose. Avec des myrtilles ce serait peut-être moins présentable mais, en théorie, on peut prendre n'importe quel fruit rouge.

– Tant mieux. Que diriez-vous de les appeler cookies aux fruits ravis ? Ça rime, c'est facile à retenir et, quand on en mange, on se sent joyeux, donc “ravis”.

– Excellente idée ! la complimenta Norman. Cookies aux fruits ravis. Je n'aurais pas trouvé mieux. Tu as un diplôme de marketing, avoue. »

Candy gloussa. Décidément, il était doué, songea Hannah, bluffée. S'il continuait à la faire rire, peut-être finirait-elle par leur dire d'où elle venait et ce qu'elle faisait toute seule à Lake Eden.

« Je n'ai pas de diplôme. Je n'ai même pas terminé le… » Candy s'interrompit et s'éclaircit la gorge. « Je n'ai même pas ma licence. »

Hannah jeta un coup d'œil à Norman. Ils avaient deviné l'un et l'autre ce que Candy avait failli avouer. *Je n'ai même pas terminé le lycée.*

Norman rebondit en posant la question que Hannah avait sur le bout de la langue :

« Quel âge as-tu, Candy ? »

Combien d'années Candy allait-elle ajouter à sa brève existence, se demanda-t-elle.

« Vingt ans ». Son aplomb laissait supposer qu'elle avait déjà eu recours à cette fable. « J'en aurai vingt et un le mois prochain. »

Hannah et Norman échangèrent un regard entendu. Visiblement, il pensait comme elle : poursuivre les questions ne servirait qu'à susciter davantage de mensonges. Mieux valait en rester là et faire comme s'ils la croyaient.

Norman feignit d'étouffer un bâillement et finit son chocolat chaud.

« Il faut rentrer, Hannah. Vous devez vous lever de bonne heure demain matin.

– D'accord, répondit l'intéressée puis se tournant vers Candy : Tu seras en sécurité ici. Ferme bien la porte derrière nous. Je reviendrai à 5 heures préparer les pâtes.

– Je vous aiderai. J'aime me lever tôt. Puis-je faire quelque chose avant votre arrivée ?

– Seulement si tu te lèves avant 5 heures.

– Pas de problème. Je serai debout à 4 h 30.

– Alors tu lanceras le café. » Hannah désigna la cafetière. « Tu trouveras tout ce qu'il faut dans le placard à gauche de l'évier.

– Très bien. Elle ressemble à la machine que papa avait dans son cabinet. Je saurai la faire marcher. Vous l'aimez comment ? Corsé ou léger ?

– Le plus fort possible. »

Candy hocha la tête.

« Je mets du café jusqu'en haut ?

– Ce sera parfait. Merci, Candy. » Hannah enfila son manteau et ses gants. « À plus tard, donc. »

Hannah et Norman sortirent, s'arrêtèrent un bref instant et, dès qu'ils entendirent Candy tirer le verrou, se dépêchèrent de grimper dans la voiture.

« Je vais mettre le chauffage », dit Norman en allumant le moteur et en réglant la température au maximum.

Quand ils firent marche arrière, Hannah eut un frisson, puis un autre plus violent quand ils remontèrent la ruelle. Mais lorsque Norman s'arrêta avant de s'engager sur la rue principale, elle n'avait plus froid. Au contraire, elle dut retirer ses gants et descendre un peu la fermeture de sa parka. Ce chauffage soufflait des vagues d'air tropical.

Hannah examina le pare-brise, comme si elle n'en croyait pas ses yeux. Sur le pare-brise de son break, la couche de givre ne se résorbait qu'au bout d'une dizaine de kilomètres. Sur celui de Norman, il n'y avait déjà plus rien, et ils n'avaient parcouru que cent mètres !

Juste pour être sûre, Hannah toucha l'un des boutons de la radio. Il était tiède.

« Je l'adore, dit-elle en soupirant.

– Pardon ?

– Votre système de chauffage. Si je pouvais le voler et le mettre dans mon break, je n'hésiterais pas un instant.

– Oui mais c'est moi qui serais gelé, pour le coup. On peut toutefois imaginer un compromis satisfaisant pour tous les deux.

– Qu'avez-vous encore inventé ?

– Je pourrais vous conduire au travail le matin et vous ramener le soir. Comme ça, nous serions au chaud vous et moi. »

Hannah sentait venir la suite mais décida de jouer l'innocente.

« Mais vous vivez en centre-ville et moi à la périphérie. Vous avez vraiment envie de faire deux allers-retours par jour ?

– Je pourrais n'en faire qu'un si je m'installais chez vous. »

Norman arbora un sourire démoniaque et leva plusieurs fois les sourcils, comme Groucho Marx.

Hannah éclata de rire.

« Dans vos rêves, Norman ! » répliqua-t-elle.

Mais au fond d'elle-même, elle trouvait ce compromis plutôt plaisant, et pas seulement à cause du froid.

COOKIES AUX FRUITS RAVIS

Ne pas préchauffer le four
– la pâte doit passer au frigo avant de cuire.

1 ½ tasse de beurre fondu (2 plaquettes, ¾ livre)
2 tasses de sucre blanc (semoule)
½ tasse de confiture de fruits rouges, framboise, myrtille, fraise, etc. (J'ai utilisé de la framboise Knott's sans pépins.)
2 œufs battus
½ cuillerée à thé de bicarbonate de soude
1 cuillerée à thé de sel
4 tasses de farine (non tamisée mais bien tassée)
⅓ de tasse de sucre blanc (semoule) pour après
⅓ de tasse de confiture pour après

Faites fondre le beurre dans un grand bol allant au four à micro-ondes. Ajoutez le sucre blanc et mélangez soigneusement. Laissez reposer pendant que vous passez à l'étape suivante.

Faites fondre la confiture au four à micro-ondes ou dans une casserole à feu doux jusqu'à obtenir un genre de sirop que vous verserez dans le bol contenant le beurre et le sucre.

Ajoutez les œufs battus, le bicarbonate de soude et le sel en remuant à chaque nouvel ingrédient.

Ajoutez la farine. Mélangez soigneusement. Couvrez le bol et laissez-le au frigo pendant au moins deux heures. (Toute la nuit c'est encore mieux.)

Préchauffez le four à 175°, la grille en position médiane.

Sortir la pâte du frigo.

Confectionner des boulettes de pâte de la taille d'une noix. Verser dans un bol le sucre blanc que vous avez réservé, y rouler vos boulettes de pâte puis les déposer sur une plaque à pâtisserie préalablement enduite de matière grasse. Douze boulettes pour une plaque standard. Écrasez-les délicatement au moyen d'une spatule graissée. Avec le pouce ou l'index, imprimer un creux au centre de chaque cookie et remplir ce creux avec une lichette de confiture (⅛ cuillerée à thé).

Cuire pendant dix à douze minutes à 175°. Laisser refroidir les cookies deux minutes sur la plaque à pâtisserie puis les transférer sur une grille.

Ces cookies peuvent se congeler. Enveloppez-les dans une feuille d'aluminium que vous placerez dans un sac à congélation. Un petit conseil, inscrivez

« brocolis » sur l'étiquette, sinon vos enfants les trouveront et les mangeront glacés.

Rendement : huit à dix douzaines en fonction de la taille des cookies.

CHAPITRE 4

Une personne plus imaginative qu'elle aurait vu des créatures mythiques se dessiner dans les défauts du plafond. Mais Hannah n'était pas d'humeur à inventer des chimères, pas plus qu'elle n'avait envie de compter les moutons, de réciter les tables de multiplication jusqu'à la redoutable table de sept, ou de ranger ses recettes de cookies par ordre alphabétique. Quand elle souffrait d'insomnie, elle préférait lire le règlement du comité d'hygiène du comté de Winnetka. En général, ça marchait, mais pas cette nuit-là. Et comme elle devait se lever cinq heures plus tard, il n'était pas question d'avaler un somnifère.

Hannah alluma sa lampe de chevet. Son compagnon de lit cligna des paupières et tourna vers elle ses grands yeux jaunes étonnés. Quand Norman l'avait déposée chez elle, tout à l'heure, elle avait été prise d'une telle fatigue qu'elle aurait presque filé sous la couette sans se déshabiller. Le contact douillet de sa taie d'oreiller en coton lui avait procuré un immense réconfort. Moshe s'était mis à ronronner auprès d'elle, acceptant dix secondes de caresses avant d'aller se lover sur ses pieds. Elle aurait dû s'endormir comme un bébé, bercée par le murmure de l'air tiède sortant des grilles de ventilation. Mais non, le processus d'endormissement s'était brutalement interrompu.

Hannah avait le cerveau en ébullition. Elle pensait à Candy, à sa mère sans doute folle d'inquiétude. Il fallait à tout prix qu'elle sache d'où venait cette gamine et pourquoi elle s'était enfuie de chez elle. Ensuite elle la rendrait à sa famille.

Comme elle en avait assez de fixer le plafond, elle s'assit au bord du lit, enfila ses pantoufles, sa robe de chambre, noua sa ceinture et sortit de la chambre. Elle réfléchissait toujours mieux quand elle s'activait devant les fourneaux. Et pendant qu'elle y était, pourquoi ne pas rechercher la recette d'Ibby ? Elle tenterait le coup et, si ses English Toffees étaient réussis, elle les ferait goûter à Norman dans la matinée.

« Tu viens ? » demanda-t-elle à son colocataire félin. Mais Moshe lui avait déjà chipé son oreiller et la contemplait à la manière d'un sphinx, les pattes de devant bien alignées, la tête droite, la mine dédaigneuse.

« Je prends ça pour un non », conclut Hannah avant de mettre le cap sur la cuisine.

Dès qu'elle alluma, la blancheur des murs et des appareils ménagers agressa ses yeux irrités par le manque de sommeil. Résistant à l'envie d'aller chercher ses lunettes de soleil, elle sortit une boîte d'un placard, souleva le couvercle marqué en grosses lettres rouges « RECETTES À ESSAYER » et, les paupières mi-closes, se pencha sur les fiches de couleur, d'épaisseur et de forme différentes entassées à l'intérieur. Impressionnée par l'ampleur de la tâche, elle déposa le tout sur la table de la cuisine, fit démarrer le café et remplaça la verseuse par un mug. Quand le mug fut rempli, elle remit la verseuse.

Faire défiler des recettes sans les lire revenait à manger un éclair avant de l'avoir fourré de crème pâtissière. Elle eut beau se gendarmer, c'était plus fort qu'elle. Plus d'une fois, elle succomba à la tentation et en sortit une qui lui faisait envie en se disant qu'elle l'essaierait bien tout de suite, ou pour le repas de Noël ou au cours des mois à venir.

Quand elle eut tout passé en revue, son mug était vide. Alors elle se leva pour s'offrir un deuxième café. La recette d'Ibby était introuvable, mais cela ne signifiait pas qu'elle l'avait perdue.

Il lui restait un endroit où chercher. Hannah passa dans le salon. Ses livres de cuisine étaient tous rangés là, sur les rayonnages de la bibliothèque. Le plus ancien lui venait de sa grand-mère paternelle, mamie Ingrid. À l'intérieur, sur la deuxième page de couverture, une enveloppe collée contenait encore d'autres recettes. Celle d'Ibby s'y trouvait sans doute.

L'enveloppe recelait des trésors que Hannah ajouta aux fiches qu'elle avait extraites de la boîte et posées sur la table de la cuisine. Mais toujours pas d'English Toffees. Agacée, elle se précipita dans la chambre d'amis et ouvrit le placard dans l'espoir d'exhumer le vieux sac à dos qu'elle utilisait quand elle était à la fac.

Ses recherches lui prirent un certain temps. Le placard était bourré de vieux habits et autres objets inutiles qu'elle n'avait pas eu le cœur de jeter. Quand enfin elle émergea des profondeurs, ses cheveux roux ébouriffés par leur rencontre avec un manteau noir en fausse fourrure ayant appartenu à sa grand-mère maternelle, Hannah brandissait comme un trophée un sac rouge couvert de badges en tissu portant le nom de pays exotiques où elle n'avait jamais mis les pieds.

« Victoire ! » s'écria-t-elle. Puis elle éteignit la lumière et porta sa trouvaille dans la cuisine. Le célibat avait un avantage. Elle pouvait parler toute seule sans qu'on la prenne pour une dingue. Et si jamais, chose fort improbable, quelqu'un l'entendait soliloquer, elle pouvait toujours prétendre qu'elle parlait au chat.

Hannah s'assit, prit une gorgée de café et contempla le sac. Sans livres à l'intérieur, il ressemblait à un ballon de plage qu'on retrouve dégonflé au début de l'été. Mais c'était sa dernière chance puisqu'elle avait regardé partout ailleurs.

« Quand faut y aller », dit Hannah à son interlocuteur invisible. En premier, elle trouva la poche en coton qui lui avait servi à transporter ses sandwichs. Il y avait quelque chose dedans. Si c'était une denrée alimentaire, la date de péremption devait être dépassée depuis belle lurette. Ensuite, elle repêcha des lunettes de soleil, plusieurs stylos et un cadenas dont elle avait oublié la combinaison. Elle allait renoncer quand ses doigts effleurèrent un papier, ou plutôt une fiche cartonnée.

Le cœur battant, elle extirpa sa précieuse découverte des profondeurs. La fameuse recette des English Toffees métaphysiques. Hannah n'avait qu'une hâte, l'essayer sur-le-champ.

Après qu'elle eut jeté un rapide coup d'œil à la liste des ingrédients, sa joie redoubla. Elle avait tout dans ses placards, même les Club Crackers. Elle en avait constitué un stock pour les fêtes car sa mère en raffolait.

En un tournemain, elle étala une feuille d'aluminium sur une plaque, l'aspergea de graisse alimentaire et la recouvrit d'une couche de crackers. Puis elle versa tout ce qu'il fallait pour faire du caramel dans une casserole qu'elle mit à feu doux. À présent, elle n'avait plus qu'à laisser fondre pendant cinq minutes en tournant avec une cuiller. Cette plage de calme lui permit de réfléchir plus posément au problème de Candy. L'avis d'un spécialiste aurait été le bienvenu, songea-t-elle. Par bonheur, elle en avait un dans la famille. Son beau-frère Bill n'était-il pas shérif adjoint ?

Hannah tourna les yeux vers la pendule. Il était 23 h 30 mais Bill ne se couchait jamais avant minuit. Avec un peu de chance, il décrocherait avant que la sonnerie réveille Andrea. Hannah saisit le téléphone, composa le numéro et attendit sans cesser de remuer.

« Il est sur la console près de l'entrée, dit la voix d'Andrea. Tu as dû le poser là pendant que tu cherchais tes clés et tu l'as oublié. Je te l'apporte d'un coup de voiture, si tu veux, mais ça veut dire que je dois réveiller Tracey et…

– C'est moi, Andrea, l'interrompit Hannah. Je suppose que Bill est parti travailler sans prendre ses sandwichs pour demain ?

– Oui. Il fait des heures sup. L'un de ses collègues est malade.

– Je peux lui apporter ses sandwichs, si ça t'arrange.

– C'est vraiment sympa, Hannah, mais tu n'es pas obligée. Au pire, il commandera une pizza. C'est ce qu'il a fait la dernière fois. » Il y eut un blanc puis Andrea reprit sur un ton hésitant : « Maintenant que j'y pense, il oublie systématiquement son déjeuner quand je lui prépare des sandwichs à la crème de fromage pimentée. Si je n'étais pas sûre du contraire, je croirais qu'il ne les aime pas… »

Et elle gloussa comme si elle venait de sortir une blague désopilante. Hannah resta coite. Elle avait déjà goûté les sandwichs à la crème de fromage pimentée de sa sœur. Une fois. Sur une échelle de un à dix, ils méritaient moins six.

« Qu'est-ce que tu fais debout à une heure pareille ? rembraya Andrea.

– Je prépare des toffees. S'ils sont réussis, je t'en garderai.

– Tu ne rates jamais rien. Et j'adore les toffees. C'est ceux avec du chocolat et des noix par-dessus ?

– Tout à fait.

– Oh, magnifique ! Bill en est fou lui aussi. Tu pourrais peut-être m'apprendre à en faire ? »

Quand les poules auront des dents, répondit Hannah en elle-même. Sa sœur était si nulle en cuisine qu'elle aurait rendu chèvre le plus patient des professeurs.

« Tu appelais pour un truc précis, j'imagine ? »

La question d'Andrea effaça l'image qui venait d'apparaître dans la tête de Hannah, celle d'un troupeau de chèvres chevauchées par des poules aux mâchoires bien garnies.

« Pas vraiment. Je voulais juste poser une question à Bill.

– Au sujet de Mike Kingston, je parie. » Mike Kingston était l'inspecteur récemment embauché par le shérif du comté. « Eh bien, je peux t'épargner cette peine. Mike a dit à Bill qu'il s'était beaucoup amusé l'autre soir au bowling avec toi. Il compte te proposer une autre sortie, le week-end prochain.

– C'est… super », bredouilla Hannah.

Apprendre de la bouche de sa sœur que le collègue de son beau-frère avait l'intention de la réinviter lui plaisait moyennement. Mais elle décida de ne pas se formaliser.

« Bon, si tu n'as rien d'autre à me demander, je retourne me coucher, conclut Andrea. Ma journée commence tôt demain matin.

– Tu te lèves de bonne heure ? »

Hannah n'en revenait pas. Andrea fixait elle-même ses horaires de travail à l'agence immobilière. Résultat, elle émergeait rarement avant 9 heures et ensuite passait une bonne heure à se préparer. Mais son patron n'y voyait aucun inconvénient puisque les clients ne se présentaient jamais avant midi.

« J'ai une visite à 13 heures, expliqua Andrea. Du coup, je dois me réveiller à sept.

– Tu as besoin de six heures pour te pomponner ?

– Ne sois pas bête ! C'est juste que demain après-midi il y a le grand banquet du cercle Dorcas et que Bertie est prise toute la matinée. Elle a quand même réussi à dégager un créneau pour moi, mais il faut que je sois au salon de coiffure à 8 heures pile. À ce propos…

– Oui, je suis dispo, l'interrompit Hannah qui savait d'avance ce qu'elle allait lui demander. Tu n'auras qu'à déposer Tracey avant d'aller chez Cut'n Curl. Je la conduirai à l'école, promis.

– Merci, Hannah. Tu es adorable, tu sais ?

– Je sais. C'est pour ça que Mike veut me réinviter.

– En fait… ce n'est pas vraiment pour ça, répliqua Andrea qui ne comprenait pas toujours ses traits d'humour. Il a dit à Bill que tu étais la fille la plus marrante qu'il ait jamais rencontrée. »

Hannah essaya d'imaginer une réponse pertinente mais c'était difficile. Valait-il mieux être marrante ou adorable ? Le sujet méritait qu'on s'y attarde. Et d'abord, était-ce un compliment ? Après tout, les clowns sont marrants mais on n'a pas forcément envie de sortir avec eux.

Le minuteur se mit à sonner, lui évitant de se faire des nœuds au cerveau. Hannah retira la casserole du feu.

« Il faut que je te laisse. Mon caramel crie au secours. On se voit tout à l'heure. »

En un clin d'œil, elle versa le mélange brûlant sur les crackers, mit la plaque au four, programma dix minutes de cuisson et s'assit à la table de la cuisine. Si les toffees étaient à la hauteur de ses espérances, elle en apporterait quelques-uns à Bill en partant au travail le lendemain matin. Par politesse, il lui proposerait une tasse de cet infect breuvage qui ressemblait à du café autant qu'un tracteur à une Formule 1. Mais peu lui importait, tout ce qu'elle voulait c'était passer quelques minutes avec lui pour pouvoir l'interroger sur les procédures policières applicables aux mineurs en fugue.

Quand le minuteur sonna de nouveau, Hannah sortit la plaque du four, la parsema de pépites de chocolat au lait, attendit qu'elles commencent à fondre et les étala au moyen d'une spatule. Après avoir répandu pardessus quelques pincées de noix de pécan hachées, elle mit la plaque au frigo, nettoya la cuisine et retourna se coucher en espérant trouver le sommeil.

Hélas, comme elle s'y attendait, Moshe était encore vautré sur son bel oreiller. Hannah s'allongea de l'autre côté du lit et prit celui du chat. Il était en mousse, et elle détestait les oreillers en mousse, surtout quand ils commençaient à vieillir et que la garniture se désagrégeait, formant des boules inconfortables. En plus, il ne sentait pas très bon. C'était presque pire que pas d'oreiller du tout, mais Hannah était trop épuisée pour revendiquer son territoire et l'oreiller en plumes d'oie qu'elle s'était acheté à grands frais au centre commercial des Trois Comtés. Elle tapota la chose en mousse, la coinça sous sa nuque en espérant ne pas se réveiller avec un torticolis et, bien qu'elle soit du mauvais côté, qu'elle ait gardé ses chaussons et que cet oreiller lui fasse l'effet d'un gros sac de guimauves pétrifiées, sombra aussitôt dans un profond sommeil.

ENGLISH TOFFEES MÉTAPHYSIQUES
(recette d'Ibby)

Préchauffer le four à 175°,
la grille en position médiane.

1 boîte de Club Crackers (475 g) ***
1 tasse de beurre (2 plaquettes, ½ livre)
1 tasse de sucre roux (bien tassé)
2 tasses de pépites de chocolat au lait (1 sachet de 340 g)
2 tasses de noix de pécan hachées (salées ou pas, c'est sans importance)

*** Une boîte de Club Crackers de 475 g contient trois paquets hermétiques. Vous n'en utiliserez qu'un. Si vous trouvez une boîte plus petite, n'hésitez pas, sinon ce n'est pas grave. On a toujours besoin de crackers à la maison, non ? S'il n'y en a pas près de chez vous, prenez n'importe quelle marque de biscuits apéritif. L'essentiel étant de constituer une première couche uniforme, croustillante et salée.

Étaler une feuille d'aluminium sur une plaque à pâtisserie de 35 x 25 cm. Si vous avez un moule à gâteau rectangulaire, c'est encore mieux. Si vous n'en avez pas, rabattez les bords de la feuille d'alu.

Asperger avec un aérosol antiadhésif. (Vous pourrez ainsi retirer facilement la feuille d'alu quand le bonbon aura durci.)

Étaler une couche de Club Crackers, côté salé au-dessus, sans laisser d'espace vide. (En cas de besoin, vous comblerez les trous avec des petits morceaux.) Réserver pendant que vous préparez la pâte à caramel.

1re note de Hannah : pas besoin d'un thermomètre à sucre pour cette recette.

Mélanger le beurre et le sucre roux dans une casserole. Porter à ébullition sur feu moyen en remuant constamment. Laissez bouillir pendant exactement cinq minutes sans cesser de tourner. Si ça éclabousse, baissez le feu. Si ça ne frémit pas assez, augmentez. L'essentiel étant de remuer constamment.

Verser le caramel sur les crackers de manière aussi régulière que possible.

2e note de Hannah : je verse le caramel du haut vers le bas et je recommence autant de fois que c'est nécessaire pour couvrir la longueur de la plaque, puis je la tourne et je fais pareil sur la largeur. Quand le moule est entièrement quadrillé de pâte à caramel

chaude, je comble les trous qui restent. Si vous en laissez quelques-uns, pas d'inquiétude, la pâte s'étalera d'elle-même en cuisant.

Laisser cuire dix minutes à 175°.

Sortir du four, disperser le reste des pépites de chocolat, laisser fondre une minute ou deux puis égaliser au moyen d'une spatule résistante à la chaleur, d'une cuiller en bois ou d'un couteau à glaçage.

Parsemer de noix de pécan hachées et mettre au frigo.

Quand la préparation est bien froide, retirez la feuille d'aluminium et brisez le caramel en morceaux de toutes tailles.

3e note de Hannah : Ibby distribuait ses toffees aux étudiants qui avaient obtenu les meilleures notes. Quand vous les aurez goûtés, vous comprendrez pourquoi j'ai gardé en tête au moins quelques vers de chacun des sept poètes métaphysiques.

CHAPITRE 5

La façade en briques rouges du poste de police s'illumina sous l'éclat de ses phares. C'était un bâtiment trapu, construit récemment par le comté de Winnetka. Pour faire des économies d'énergie, ses étroites fenêtres – une pour chaque bureau – ne s'ouvraient pas. Quels que soient la saison ou le temps qu'il faisait dehors, les locaux étaient maintenus à la température politiquement correcte de vingt degrés.

Les huit places de parking réservées aux visiteurs étaient libres. Comme elle avait oublié d'être idiote, Hannah choisit la plus proche de l'entrée principale. Puis elle attrapa un ballotin de toffees, trois sacs de cookies de la veille, descendit de voiture et se dépêcha d'entrer.

Une fois passée la porte principale, on se retrouvait dans un hall exigu tenant lieu de vestiaire, avec un meuble pour ranger les bottes et une rangée de patères pour les écharpes et les parkas. Il servait aussi de sas thermique, entre l'air glacé du dehors et le comptoir de réception, situé juste après la deuxième porte.

Tandis qu'elle se débarrassait, Hannah ne put s'empêcher de sourire. Les fonctionnaires du comté avaient payé des milliers de dollars un cabinet d'études spécialisé dans les systèmes d'isolation alors que n'importe quel pékin habitant une maison avec un porche fermé aurait pu leur expliquer la méthode sans réclamer un sou.

Hannah allait tourner la poignée quand la porte s'ouvrit. Bill était là devant elle.

« Entre, Hannah. Je t'ai vue arriver par la fenêtre de mon bureau.

– Bonjour, Bill, dit-elle en lui tendant le ballotin.

– Qu'est-ce que c'est ?

– Des English Toffees. Je les ai faits cette nuit. J'ai aussi apporté des cookies à partager avec tes collègues. Tu as du temps pour un café ? Il faut que je te parle d'un truc.

– Du temps, j'en ai à revendre. La nuit a été calme. Trop. C'était à vous donner le cafard. » Bill s'interrompit comme s'il réfléchissait. « Au fait, pourquoi on emploie cette expression ?

– Laquelle ?

– "Donner le cafard". Je ne m'étais jamais posé la question.

– Il semble que Baudelaire le premier ait employé le mot "cafard" pour désigner un état de déprime.

– Dans un poème, j'imagine.

– Oui, dans *La Destruction.* Publié en 1857 dans *Les Fleurs du mal* et… » Hannah se tut en voyant le regard ébahi de son beau-frère. « Qu'y a-t-il ?

– Je me demandais d'où tu sortais tout ça. »

Hannah haussa les épaules.

« J'ai dû le lire dans une revue et ça m'est resté en tête. Ce genre de chose m'arrive parfois.

– Je te crois sur parole. Va t'asseoir dans mon bureau, je vais chercher du café dans la salle de repos. Il est plus frais qu'au distributeur.

– Mais est-il meilleur ? » répliqua-t-elle avant de s'engager dans le couloir.

Elle le saurait bien assez tôt.

Sur la porte, Hannah vit un rectangle de plastique imitation cuivre marqué « William Todd, inspecteur » en caractères d'imprimerie. La pièce où travaillait Bill tenait plus du cagibi que d'autre chose. Elle se posa sur l'une des deux chaises vacantes. De leur côté, les simples adjoints devaient se contenter de partager une grande salle divisée en box par des cloisons basses. L'impression d'intimité qu'ils avaient en position assise disparaissait dès qu'ils se levaient mais pour communiquer, il leur suffisait de se mettre debout et de hurler jusqu'à ce que leur interlocuteur se retourne.

En passant inspecteur, Bill avait eu l'honneur de se voir attribuer un vrai bureau avec de vrais murs, une vraie porte qui fermait et une vraie fenêtre qui n'ouvrait pas mais offrait une vue imprenable sur le parking des visiteurs. Hannah jeta un coup d'œil par la vitre. Son break était là, éclairé par les projecteurs de la façade, sa carrosserie rouge virant au lie-de-vin sous la lumière bleue. Aucun autre « visiteur » n'était arrivé après elle et, comme il n'y avait pas d'arbres sur le terre-plein, la couche de neige intacte s'étirait en continu jusqu'à la route.

Hannah entendit des pas dans le couloir. Sans doute Bill avec le café. Elle colla un sourire sur sa bouche et respira à fond pour se donner du courage. Elle détestait mentir, même pour la bonne cause, et en général elle s'y prenait si mal qu'on la voyait venir à un kilomètre. En fait, elle se disait qu'après sa nuit blanche Bill serait sans doute trop fatigué pour piger que cette visite de courtoisie n'en était pas vraiment une.

« Regarde sur qui je suis tombé dans la salle de repos, dit Bill en entrant. Je l'ai averti que tu avais apporté des cookies et il a insisté pour se joindre à nous. »

Hannah s'attendait à voir Rick Murphy ou l'un des vieux collègues de Bill, mais ce fut Mike Kingston qu'elle découvrit en se retournant. Que faisait-il au boulot à une heure pareille ? se demanda-t-elle. En tant qu'inspecteur-chef, il travaillait uniquement de jour et n'était pas astreint aux heures supplémentaires, sauf en cas de surcharge ou…

« Bonjour, Mike, dit-elle en interrompant le fil de ses propres pensées.

– Bonjour, Hannah. » Il lui serra la main et prit la chaise à côté d'elle. « Vous êtes bien matinale.

– Comme tous les jours. J'ai des tas de choses à faire avant d'ouvrir ma boutique. »

Hannah croisa son regard bleu et dut se retenir pour ne pas lui sauter au cou. En plus de son charme fou, Mike était incroyablement charismatique.

« Vous êtes tombé du lit ? »

Quand Mike se mit à rire, elle comprit que sa question était un peu familière. Décidément, elle n'en ratait pas une.

« Euh, je veux dire, je ne m'attendais pas à vous voir si tôt.

– J'avais compris. En fait, je suis du matin, moi aussi. Et je préfère travailler au calme, quand il n'y a presque personne. Mais c'est Bill que vous vouliez voir, alors je vous laisse.

– Non ! Enfin… ça n'a rien de personnel. J'avais une question technique à lui poser. » Hannah respira et se mit à débiter le discours qu'elle avait préparé en venant. « La cousine de Lisa a fait une fugue. Elle n'a que quinze ans. Sa mère pense qu'elle se cache chez une amie et qu'elle reviendra quand elle en aura marre de partager la salle de bains. Mais elle voudrait savoir ce qui arrivera si la police la trouve avant. »

Bill sourit en prenant un cookie.

« C'est simple, Hannah. Elle est mineure, les collègues la renverront chez ses parents.

– Mais si elle refuse de leur dire qui sont ses parents et où ils vivent ?

– Ça complique un peu la donne. »

Il tendit le sac de cookies à Mike qui se servit et le lui rendit.

« Dans ce cas, les autorités la remettront aux services de protection de l'enfance qui la garderont jusqu'à ce que les parents soient identifiés. Ces cookies sont délicieux ! Comment tu les appelles ?

– Butter-Scotchies. Ils sont à base de caramel dur et de flocons d'avoine », répondit Hannah sur un ton désinvolte.

Elle voulait en savoir davantage mais sans dévoiler son jeu. Il n'aurait plus manqué que Bill ou Mike la percent à jour.

« Ils sont parfaits pour le petit déjeuner, dit Mike en replongeant la main dans le sac. Sans doute à cause des flocons d'avoine. Quand j'étais petit, ma mère m'en servait tous les matins. J'aurais fait moins d'histoires si elle les avait présentés sous cette forme. »

Hannah apprécia le compliment mais ne se laissa pas distraire plus longtemps.

« Par exemple, supposons que cette jeune fugueuse débarque ici, à Lake Eden, et que vous l'attrapiez. Elle refuse de vous donner son nom de famille, son adresse.

Elle ne veut même pas dire dans quel État elle habite. Elle prétend avoir plus de dix-huit ans mais ne peut pas le prouver, et en plus elle fait gamine. Quelles mesures prendriez-vous ?

– Je contacterais Lisa, je lui demanderais d'appeler sa tante, répondit Mike, et je lui confierais la jeune fille jusqu'à l'arrivée de ses parents. »

Hannah cacha son exaspération. Mike avait pris sa question au pied de la lettre. Elle essaya avec Bill.

« OK, oublie que j'ai parlé de Lisa. Ce n'était qu'un exemple. Revenons à la théorie. Si la jeune fille était une parfaite inconnue, que ferais-tu ?

– On l'interrogerait et ensuite on appellerait les services de protection de l'enfance qui la prendraient sous leur aile. Après quoi, l'enquête proprement dite démarrerait.

– Comment ça se passe concrètement ?

– On prend le registre des personnes disparues, intervint Mike, et on compare sa photo avec celles qui y figurent. Ensuite, on établit un rapport dans lequel on renseigne sa photo, les circonstances de son interpellation et tout ce qu'on sait sur elle. Après quoi, on passe ses empreintes dans le registre des mineurs. Si elle a déjà fugué, il est possible qu'elle y soit.

– Et c'est tout ? demanda Hannah, bouche bée. C'est tout ce que vous faites ?

– C'est tout ce qu'il nous est permis de faire, la corrigea Mike.

– Donc, si je comprends bien, elle restera enfermée dans le foyer pour mineurs du comté de Winnetka jusqu'à ce qu'on estime qu'elle a atteint ses dix-huit ans. »

Mike haussa les épaules.

« Ce sont des choses qui arrivent. Mais n'oublions pas que les mineurs ont souvent de bonnes raisons de fuguer. Parfois, ils sont mieux dans un foyer que chez eux avec leurs parents. »

Hannah avait travaillé bénévolement pour le foyer du comté de Winnetka. Les enfants y étaient bien traités et le personnel s'efforçait de rendre leur séjour agréable, mais le vieil édifice en granit restait un bâtiment officiel, à mille lieues d'une vraie maison.

« Il faut que je file, dit Mike en se levant. Que diriez-vous d'aller manger un burger, samedi soir ? On pourrait voir un film après.

– Avec plaisir, répondit Hannah, satisfaite de constater que sa voix n'avait pas tremblé et qu'elle n'avait rien fait qui puisse révéler à quel point elle était touchée par cette deuxième invitation.

– Disons 18 heures. Je vous raccompagne ?

– Nous la raccompagnerons tous les deux, s'immisça Bill. C'est le moins qu'on puisse faire pour la remercier de ses délicieux cookies. »

Hannah se sentait un peu bizarre avec Bill pendu à son bras gauche et Mike à son bras droit. Surtout lorsqu'ils remontèrent ensemble le couloir jusqu'au comptoir d'accueil. Si quelqu'un les avait vus passer, elle aurait dû expliquer qu'elle n'était pas en état d'arrestation, que l'inspecteur de gauche était son beau-frère et celui de droite l'homme qui lui avait donné rendez-vous pour le samedi suivant.

BUTTER-SCOTCHIES

Préchauffer le four à 175°,
la grille en position médiane.

1 tasse de beurre (fondu, 2 plaquettes, ½ livre)
1 tasse de sucre roux
1 tasse de sucre blanc (semoule)
2 œufs battus (à la fourchette)
1 cuillerée à thé de levure chimique
½ cuillerée à thé de bicarbonate de soude
½ cuillerée à thé de sel
1 cuillerée à thé d'extrait de vanille
2 tasses de farine (non tamisée – bien tassée)
2 tasses d'éclats de caramel dur (1 paquet de 300 g)
1 ½ tasse de flocons d'avoine (non préparés – j'ai utilisé des flocons Quaker's Quick 1-Minute)

Faire fondre le beurre dans un grand bol allant au four à micro-ondes. (Quatre-vingt-dix secondes sur maximum.) Ajouter les sucres et laisser refroidir quelques minutes. Incorporer les œufs battus, la levure chimique, le bicarbonate de soude, le sel, l'extrait de vanille.

Ajouter la farine, les éclats de caramel, les flocons d'avoine en mélangeant soigneusement entre chaque ingrédient. Laisser reposer la pâte à découvert pendant dix minutes environ, le temps que le beurre durcisse.

Avec vos mains ou une cuiller à thé, formez de petites boules de pâte que vous déposerez sur une plaque à pâtisserie préalablement enduite de matière grasse. Douze pour une plaque. Les aplatir légèrement pour leur éviter de rouler quand vous les mettrez au four. (Je préfère utiliser mes mains – ça donne des cookies plus ronds et plus réguliers.)

Cuire à 175° pendant douze à quinze minutes. Laisser refroidir sur la plaque pendant deux minutes avant de les transférer sur une grille métallique.

On peut les congeler. Il suffit pour cela de les envelopper dans du papier alu et de les glisser dans une poche prévue à cet effet.

Rendement : huit à neuf douzaines, selon la taille des cookies.

Note de Hannah : pour varier, on peut prendre une tasse d'éclats de caramel et une tasse de pépites de chocolat au lait. Carrie, l'amie de ma mère, les préfère comme ça.

CHAPITRE 6

« C'est quoi ce truc avec la tante de Lisa ?

– Andrea ?

– Oui, c'est moi. Bill vient de m'appeler. Il a dit que tu étais passée lui apporter des friandises et qu'en discutant de choses et d'autres cette histoire était venue sur le tapis. La cousine de Lisa a vraiment fait une fugue ?

– Eh bien, en réalité…

– Je m'en doutais. Dès que Bill m'a parlé de tes questions soi-disant théoriques, j'ai compris qu'il y avait anguille sous roche. Alors, où est-ce que tu la caches ? »

Hannah jeta un coup d'œil discret vers Candy qui aidait Lisa à remplir les bocaux à cookies. À 7 h 30, quand le téléphone avait sonné dans le labo, elle avait décroché en croyant entendre la voix de sa mère. Mais non, c'était Andrea qui l'appelait pour l'abreuver de questions.

« Ici. » Hannah poussa un petit soupir. Elle qui pensait avoir joué son rôle à la perfection. « Bill m'a percée à jour ?

– Non, Bill n'a rien remarqué. C'est moi. Je sais quand tu mens, Hannah.

– Ce n'était pas vraiment un mensonge.

– Peu importe. Allez, raconte. »

Hannah tira sur le fil du téléphone et passa côté boutique, hors de portée de voix. Déjà toute petite, Andrea la prenait souvent en flagrant délit de mensonge. En revanche, elle ne l'avait jamais dénoncée. Aujourd'hui encore, si Hannah lui faisait jurer le silence, Andrea tiendrait parole.

« Voilà deux jours, une jeune fille sans abri s'est introduite de nuit dans ma boutique pour se protéger du froid. Le lendemain, je lui ai laissé de quoi manger et, hier soir, j'ai réussi à la surprendre et à discuter avec elle. Je lui ai dit qu'elle pouvait rester, que je n'appellerais pas la police. Je suis presque sûre qu'elle s'est enfuie de chez elle.

– Elle est mineure ? demanda Andrea.

– Je le pense et Norman aussi.

– Norman l'a vue ?

– Nous avions rendez-vous hier soir. Il m'a aidée à la rattraper quand elle a cherché à m'échapper.

– Tu parles d'un rendez-vous ! »

Hannah gloussa.

« On n'a pas fait que ça ! Avant, on est allés dîner.

– Ça me rassure. Que comptes-tu faire d'elle ?

– La garder le temps de retrouver sa mère. Elle nous a dit que son père était décédé et je crois que c'est vrai.

– Tu vas te débrouiller toute seule ?

– Oui. Si je la remets aux autorités, elle se retrouvera dans un foyer.

– Malheureusement. » Andrea poussa un soupir où sa sœur perçut de la résignation. « OK, je vais t'aider. C'est un peu comme résoudre une affaire de meurtre, et nous avons fait nos preuves en la matière.

– Quel rapport avec un meurtre ? répliqua Hannah, partagée entre la curiosité et l'inquiétude.

– Au lieu d'un assassin, on cherche une mère.

– OK, je te suis, dit Hannah en regrettant d'avoir posé la question. Mais n'oublie pas que ton mari est inspecteur de police et que j'abrite une fugueuse. Tu es sûre de vouloir participer ?

– Évidemment ! Sans moi, comment ferais-tu pour soutirer des informations aux uns et aux autres ? Tu ne sais pas mentir. Tu n'as jamais été douée pour cela. »
Hannah ne chercha pas à nier. Sa sœur avait raison.
« Moi, en revanche, je suis une spécialiste ! »

À la place de sa sœur, Hannah ne se serait pas vantée de posséder une telle expertise. Mais elle préféra se taire plutôt que lancer le débat.

« Je prends tout en main, tu veux bien ? Après mon rendez-vous chez le coiffeur, je passerai à la boutique pour voir cette fille. Je te conseille d'ouvrir l'œil quand elle sera en présence de Tracey.

– C'est une gentille gosse, Andrea. Elle ne lui ferait jamais de mal.

– Tu me sous-estimes, Hannah. Si je t'ai conseillé d'ouvrir l'œil c'est pour autre chose. Si tu la sens particulièrement à l'aise avec Tracey, ça voudra peut-être dire qu'elle a un petit frère ou une petite sœur.

– Excellente idée ! s'exclama Hannah, consciente qu'il était temps de battre un peu sa coulpe. Bravo.

– Merci. Je suis plutôt bonne dans ce domaine.

– Certes. »

Hannah décida de reprendre les commandes.

« N'oublie pas de tourner ta langue sept fois dans ta bouche quand tu seras devant elle. Si elle découvre que tu es au courant, elle prendra ses jambes à son cou et disparaîtra pour de bon.

– Exact. Comment vas-tu expliquer sa présence dans ta boutique ?

– Je n'y ai pas encore songé.

– Alors laisse-moi faire. Les couvertures, ça me connaît. On pourrait la présenter comme… la benjamine d'Ellen.

– Ellen ?

– Ellen Wagner, la fille qui partageait ta chambre à la fac. J'ai fait sa connaissance le jour de ta remise de diplôme.

– Quelle mémoire ! Tu m'épates.

– Je me souviens moins d'elle que de la robe qu'elle portait. Les filles bien en chair devraient éviter les tissus imprimés à gros motifs, surtout quand ils sont de couleur vive. Elle était l'aînée d'une famille nombreuse, n'est-ce pas ?

– Oui, elle vivait dans le Dakota du Nord.

– Ça fera l'affaire. Pour qu'une couverture tienne la route, il faut y glisser une parcelle de vérité. Bref. Mettons qu'Ellen t'a appelée dernièrement pour te demander de bien vouloir embaucher sa petite sœur pour t'aider à la boutique pendant les fêtes. Et pourquoi t'a-t-elle demandé cela, me diras-tu ? Comment s'appelle ta fugueuse ? Son prénom ?

– Candy.

– OK. » Hannah l'entendit inspirer à fond. « Ellen t'a demandé d'embaucher Candy pour t'aider pendant les fêtes parce que son petit copain l'a quittée pour sa meilleure amie et que Candy ne supportait pas l'idée de passer Noël dans la même petite ville qu'eux.

– Ton histoire tient la route. D'autant plus qu'elle comporte une seconde parcelle de vérité.

– Laquelle ?

– À Lake Eden, tout le monde sait à quel point nous avons besoin d'aide, Lisa et moi, pendant les fêtes. On a tellement de boulot qu'on doit prendre rendez-vous avec la boîte de kleenex avant d'éternuer. »

* * *

Candy adorait travailler au Cookie Jar. Hannah était gentille et elle disait des choses drôles qui les faisaient rire, Lisa et elle. Candy ne s'était pas sentie aussi bien depuis qu'elle avait pris ses affaires et claqué la porte de chez elle. Un sourire se dessina sur ses lèvres tandis qu'elle écoutait Lisa lui expliquer comment fabriquer des cookies façon sucre d'orge. C'était facile. On aurait dit du modelage. Il suffisait de faire un boudin avec de la pâte blanche, un autre avec de la pâte rose et de les entortiller de manière à former une canne recourbée au sommet.

« Attention, ils ne cuisent que neuf minutes, l'avertit Hannah. Si on les laisse plus longtemps, la partie blanche devient marron.

– Au lieu de *marron*, ne devrait-on pas dire *dorée* ? » lança malicieusement Candy.

C'était l'adjectif que sa mère avait employé un jour qu'elle avait failli brûler un gâteau.

Hannah éclata de rire et se tourna vers Lisa.

« Elle ira loin, cette petite. Elle a déjà lu le guide de la mauvaise foi en pâtisserie. »

Candy termina la dernière plaque de cookies et la glissa dans le four. Ils étaient parfumés à l'amande ;

sa mère les aurait adorés. Il y avait une confiserie à deux cents mètres de chez eux. Tous les samedis matin, Candy allait lui acheter des chocolats fourrés à la pâte d'amande.

Ses yeux s'emplirent de larmes. Sa mère lui manquait terriblement. Pour se changer les idées, Candy se concentra sur les cookies qui cuisaient dans le four.

« Pas la peine de les surveiller, dit Lisa. Tu as réglé le minuteur, non ?

– Bien sûr. Neuf minutes. En fait, je ne regardais pas les cookies. »

Candy évacua ses larmes d'un clignement de paupières et lança à la cantonade :

« Voulez-vous que je vous donne une autre recette de bonbons ?

– Tu les connais toutes par cœur ? » demanda Lisa.

Candy hocha la tête.

« Pour moi, c'est facile. J'affiche la recette dans ma tête et je n'ai plus qu'à la lire. J'ai oublié comment ça s'appelle.

– La mémoire photographique, affirma Hannah, qui leur tournait le dos, occupée à broyer des bonbons à la menthe pour garnir les cookies façon sucre d'orge. C'est comme si ton cerveau était équipé d'un appareil photo. Il y a des fois où j'aimerais bien posséder ce don. Sauf qu'il y a un inconvénient.

– Lequel ?

– Les mémoires photographiques ne sont pas sélectives. C'est bien pratique pour les recettes ou les examens mais je suis sûre que tu mémorises aussi des tas de choses inutiles.

– C'est vrai ! gloussa Candy. Je me rappelle encore la plaque minéralogique de notre vieux break. Une plaque personnalisée marquée "Bestioles". Maman l'avait offerte à papa pour l'inauguration de sa clinique vétérinaire. »

Lisa éclata de rire.

« Bestioles ! C'est rigolo. Et le numéro de ton permis de conduire ? Tu l'as mémorisé aussi ?

– Je n'en ai pas… »

Candy s'interrompit. Elle était censée avoir vingt ans et donc un permis de conduire, comme tous les jeunes Américains.

« Celui-là, je l'ai oublié. Mais je peux vous réciter tous les livres de la Bible, et dans l'ordre. Je les ai appris un jour, avant d'aller voir grand-père Samuel. Il est pasteur méthodiste.

– Je parie que tu l'as bluffé », dit Hannah en tournant la tête pour lui sourire.

Candy acquiesça.

« Et maman aussi. Après ça, elle me demandait tout le temps de mémoriser des trucs pour elle.

– Quel genre de trucs ?

– La liste des commissions, par exemple. Juste au cas où elle oublierait de l'emporter. Et le numéro du cabinet de papa. Elle ne s'en souvenait jamais. Pourtant, je lui ai donné la méthode. Il n'y a que des un, des quatre et des huit. C'est trop facile, tout le monde est capable de retenir huit-un-quatre, huit-quatre-quatre-un. Mais elle continuait à tout mélanger. »

Candy se rembrunit subitement. Si elle en disait trop sur elle-même, Hannah ou Lisa auraient tôt fait de la démasquer.

« Quand les cookies seront cuits, voulez-vous que je prépare des bonbons roulés au chocolat et aux noix de pécan ? proposa-t-elle pour changer de sujet. Vous pourriez les faire goûter à vos clients. Qu'en pensez-vous ?

– C'est une bonne idée, dit Lisa. À ton avis, Hannah ?

– Je vote pour. Si tu as besoin d'un ingrédient que nous n'avons pas, je te donnerai de l'argent et tu iras l'acheter au Red Owl. »

Candy réfléchit une minute puis secoua la tête. Lors de sa première nuit au Cookie Jar, elle avait eu le temps d'inventorier le contenu des placards. Hannah possédait presque tout ce qu'il fallait.

« Avez-vous du beurre ?

– Nous en avons toujours, répondit Hannah. Grand-mère Ingrid avait coutume de dire que tout était meilleur avec plus de crème, plus de sucre et plus de beurre. »

Candy éclata de rire et grava cette devise amusante dans sa tête pour la rapporter à sa mère. Mais elle ne reverrait pas sa mère avant très longtemps, songea-t-elle aussitôt.

« Autre chose ? demanda Lisa tandis qu'un voile de tristesse passait sur le visage de Candy.

– Du chocolat noir, celui qui est enveloppé dans du papier blanc. Il m'en faut deux tablettes.

– Quel pourcentage de cacao ? Cent, cinquante-six ou quarante-huit ? » lui demanda Hannah.

Candy ne savait pas. Elle ignorait même qu'il existât trois sortes de chocolat enveloppé de papier blanc. Celui qu'elle connaissait dégageait une bonne odeur mais avait un goût horrible.

« Donnez-moi une seconde et je vous dirai comment est l'emballage. » Candy ferma les yeux pour mieux visionner la tablette rangée dans le placard de la cuisine familiale. « Un carton orange et marron avec *Baker's* marqué dessus en grosses lettres jaunes et, entre le marron et l'orange, une dame vêtue d'un tablier. Dans la partie orange, il est écrit : chocolat pâtissier, sans sucre, 100 % cacao. »

Candy ouvrit les yeux et cligna des paupières.

« Tu visionnais l'image dans ta tête, c'est cela ? dit Hannah.

– Oui. Vous en avez ?

– Oui, on en a. Autre chose ?

– Non, ça ira. Voulez-vous que je note la recette par précaution ?

– Oui, je veux bien, dit Hannah en lui tendant un stylo et l'un de ces blocs dont se servaient les secrétaires dans les films en noir et blanc que ses parents regardaient quand elle était enfant. Il vaut toujours mieux vérifier avant de se lancer. Si le résultat est satisfaisant, je l'intégrerai à notre liste de spécialités. N'oublie pas de marquer ton nom. Ainsi, tout le monde saura que c'est toi qui en es la créatrice. »

Candy prit le bloc et se mit au travail. Quand elle eut terminé, elle traça docilement son prénom en haut de la page. Elle allait ajouter son nom de famille quand elle réalisa qu'elle n'était pas en train de faire un devoir sur table à l'école. Ayant déjà tracé la première lettre, elle la ratura en se promettant de faire plus attention la prochaine fois.

COOKIES FAÇON SUCRE D'ORGE

Préchauffer le four à 190°,
la grille en position médiane.

Garniture :
½ tasse de bonbons à la menthe broyés ***
½ tasse de sucre blanc (semoule)

Pâte :
1 tasse de beurre ramolli (2 plaquettes, ½ livre)
1 tasse de sucre glace
1 œuf battu (à la fourchette)
1 cuillerée à thé de sel
1 ½ cuillerée à thé d'extrait d'amande
1 cuillerée à thé d'extrait de vanille
2 ½ tasses de farine (bien tassée)
½ cuillerée à thé de colorant alimentaire rouge

*** Vous pouvez prendre des bonbons à la menthe rouge et blanc en forme de boutons, des sucres d'orge classiques ou toute autre pastille mentholée pouvant être broyée. Vous pouvez même utiliser ces minuscules coussins qu'on présente dans de jolis bols à côté des fruits secs, lors des mariages à Lake Eden.

1re note de Hannah : Lisa et moi préférons utiliser les gros bonbons à la menthe rouge et blanc, parce qu'ils fondent dans la bouche et sont beaucoup plus faciles à broyer.

Pour la garniture, mettre les bonbons dans un sac en plastique épais et les écraser au moyen d'un rouleau à pâtisserie ou d'un petit maillet. Il faut ½ tasse de bonbons broyés pour décorer tous les cookies.

Dans un petit bol, mélanger la ½ tasse de bonbons broyés et la ½ tasse de sucre blanc. Réserver.

Pour la pâte, vous aurez besoin de deux bols, un petit et un moyen.

Dans le moyen, mélanger le beurre ramolli, le sucre glace, l'œuf battu, le sel et les extraits d'amande et de vanille jusqu'à ce que la mixture soit bien homogène. Ajouter la farine peu à peu, sans cesser de tourner.

Faire une boule avec la pâte et la diviser en deux moitiés. Mettre la première dans le petit bol et recouvrir d'un film plastique pour lui éviter de sécher. Elle constituera la partie blanche de vos cookies façon sucre d'orge.

Incorporer le colorant rouge à l'autre moitié de pâte (celle qui est restée dans le bol moyen) et malaxer jusqu'à obtenir une couleur uniforme. Elle constituera la partie blanche de vos cookies façon sucre d'orge.

Saupoudrer de farine une planche à pain ou à découper rectangulaire.

Prélever une cuillerée à thé de pâte blanche dans le petit bol. La rouler entre vos mains afin d'obtenir une baguette de dix centimètres de long.

Recommencer l'opération mais avec la pâte rouge.

Posez les deux baguettes de pâte côte à côte sur la planche farinée et tressez-les de manière à former une corde bicolore ayant l'aspect d'un sucre d'orge. Pincez les extrémités pour les maintenir collées ensemble.

Placez le cookie sur une plaque à pâtisserie de taille standard NON GRAISSÉE et recourbez l'une des extrémités pour lui donner une forme de canne. La plaque doit pouvoir contenir trois rangées de quatre cookies.

2e note de Hannah : lors de notre premier essai, nous avons roulé une douzaine de baguettes blanches puis une douzaine de rouges. Mais la pâte a séché et les « tresses » rouge et blanc se sont décollées. Depuis, nous confectionnons les « sucres d'orge » l'un après l'autre et nous gardons le reste de la pâte sous un film plastique. Je recommande vivement cette méthode.

Pendant que les douze premiers cookies sont en train de cuire, prenez soin de protéger la pâte qui servira aux fournées suivantes.

Avant d'enfourner, étalez une feuille de papier alu sur votre plan de travail et placez une grille par-dessus. Vous y déposerez vos cookies encore chauds pour procéder à leur garniture. Quand ils auront refroidi, vous les transférerez dans une boîte tapissée d'une feuille d'alu ou sur un plateau et vous récupérerez le sucre et les petits morceaux de bonbons tombés entre les barres de la grille. Rien ne doit se perdre.

Cuire à 190° pendant neuf minutes. (Les sortir juste avant qu'ils commencent à dorer.)

Transférer les cookies de la plaque sur la grille métallique. Pendant qu'ils sont encore brûlants, les saupoudrer avec le mélange sucre/bonbons broyés.

Répéter les diverses opérations jusqu'à ce qu'il n'y ait plus de pâte.

Rendement : environ quatre douzaines, en fonction de la taille des cookies.

BONBONS ROULÉS AU CHOCOLAT ET AUX NOIX DE PÉCAN

1re note de Hannah : pas besoin de thermomètre à sucre pour cette recette.

1 boîte de 400 g de lait concentré (SUCRÉ, c'est important)
2 carrés de 30 g de chocolat 100 % cacao (j'ai pris du Baker's)
2 ½ tasses de pépites de chocolat 56 % de cacao (450 g)
1 cuillerée à thé de beurre
1 cuillerée à thé d'extrait de vanille ***
1 pincée de sel
250 g d'abricots (ou d'ananas, ou de cerises ou autres) secs
1 ½ tasse de noix de pécan grossièrement hachées (mesurer après les avoir hachées)

2e note de Hannah : si vous n'avez pas de chocolat 100 % cacao, aucune importance. Prenez 3 tasses de pépites de chocolat à 56 % au lieu de 2 ½.

***** N'importe quel fruit séché fera l'affaire. Lisa a essayé avec de l'ananas et de l'extrait d'ananas à la place de la vanille. C'était délicieux.**

Couper les fruits séchés en cubes de la taille d'un petit pois. Hacher les noix de pécan de façon à obtenir 1 ½ tasse. (C'est plus facile avec un robot ménager mais un couteau et une planche à découper peuvent suffire.)

Râper les carrés de chocolat 100 % cacao. (Ils fondront plus vite.) Vider la boîte de lait concentré sucré dans une casserole. Ajouter les copeaux de chocolat 100 % et les pépites de chocolat 56 %.

Faire fondre à feu doux sans oublier de tourner. Retirer la casserole.

Incorporer le beurre, l'extrait d'arôme, le sel et les fruits séchés. (Réserver les noix pour plus tard, quand vous confectionnerez les rouleaux.)

Mettre la casserole au frigo pendant trente à quarante minutes.

Sortir la casserole, partager la pâte en deux parties égales que vous déposerez sur deux feuilles de papier sulfurisé longues de soixante centimètres.

Rouler la pâte afin d'obtenir un cylindre d'environ cinquante centimètres de long sur quatre de diamètre.

Passez les cylindres sur les noix de pécan hachées en veillant à répartir la garniture de manière uniforme. Si besoin, appuyer légèrement pour que les noix adhèrent à la surface.

Envelopper les deux cylindres dans une nouvelle feuille de papier sulfurisé, fermer les extrémités en les tirebouchonnant et mettre au frigo pendant au moins deux heures.

Quand la préparation a durci, avec un couteau bien aiguisé, couper des tranches de 1,5 cm de large.

Rendement : environ quarante-huit bonbons.

CHAPITRE 7

« Au revoir, tante Hannah. À plus tard ! » Le baiser de Tracey atterrit sur le menton de Hannah. L'enfant se jeta dans les bras de Lisa puis salua Candy avec la main.

« Au revoir. J'ai été contente de te rencontrer.

– Moi aussi, répondit Candy avec un gentil sourire. Et désolée pour tout à l'heure.

– C'est pas grave. Tu pouvais pas savoir. Et moi non plus ! »

Candy et Tracey éclatèrent de rire. Hannah regarda sa nièce sortir par la porte de derrière avec Janice Cox, son institutrice. Janice était venue chercher sa commande et avait proposé d'emmener Tracey à la maternelle.

« Allez, Candy. Viens m'aider à dresser les tables, dit Lisa en entraînant côté boutique l'adolescente qui prétendait avoir vingt ans. Après cela, on fera l'ouverture et je te montrerai comment on passe d'une table à l'autre avec la cafetière. »

Quand elle fut seule, Hannah prit un stylo, ouvrit le bloc où elle consignait les indices et autres réflexions sur Candy et inscrivit : *Fille unique ?* De toute évidence, Candy n'avait pas beaucoup d'expérience avec les jeunes enfants. Quand Tracey avait proposé de l'aider à préparer la pâte des moelleux chocolat-menthe prévus pour le goûter de Noël des Reines du patchwork, Candy s'était contentée de lui tendre la recette en lui demandant de mesurer le sucre roux.

Si Hannah avait entendu leur échange, elle serait allée chercher le verre doseur et l'aurait donné à Tracey en lui indiquant la quantité exacte. Sa nièce savait mesurer le sucre roux. Ce n'était pas la première fois qu'elle aidait en cuisine. Elle pouvait même identifier le *sucre roux* dans la liste des ingrédients gravée sur le verre. Seulement voilà, la recette des moelleux chocolat-menthe préconisait deux tiers de tasse de sucre roux. Tracey savait compter jusqu'à vingt mais ne connaissait pas les fractions. Si Candy avait eu un petit frère ou une petite sœur, ou si elle avait passé du temps avec des bambins de cinq ou six ans, elle aurait su qu'à cet âge, non seulement la plupart des enfants ne savent pas lire mais que la notion de fraction leur est étrangère.

Hannah rangea le bloc au fond de son sac et entreprit de garnir les bocaux d'exposition. Dix minutes plus tard, ils étaient tous entreposés dans la boutique quand Andrea fit irruption par la porte de derrière.

« Eh bien ? » demanda-t-elle à brûle-pourpoint.

Elle ferma la porte, fit quelques pas et pivota gracieusement sur elle-même, comme un mannequin dans un défilé de mode.

« Qu'en penses-tu ?

– Superbe », répondit Hannah en admirant autant la coiffure de sa sœur, un chignon alambiqué avec des boucles de chaque côté du visage, que sa tenue vestimentaire, un tailleur en laine corail orné d'un col de fourrure.

En tant que rousse, Hannah n'aurait jamais porté de l'orange, sauf pour aider Jon Walker, le pharmacien, à écouler son stock de lunettes de soleil. D'ailleurs, c'était interdit par la loi. Ou cela devrait l'être.

« Je trouve que le caramel se marie bien avec, pas toi ? »

L'espace d'un instant, Hannah crut que sa sœur parlait des cookies qu'elle avait apportés au poste de police. Elle ne comprit sa méprise qu'en voyant Andrea lever un pied chaussé d'une délicate bottine en cuir caramel.

« Très jolies, dit Hannah en se demandant comment Andrea faisait pour marcher avec des talons aussi hauts. J'espère que tu ne fais pas visiter une ferme, ce matin.

– Non, pourquoi cette question ?

– Ces bottines me semblent peu adaptées aux terrains boueux et aux congères.

– Détrompe-toi. Les talons hauts se plantent dans le sol et empêchent de glisser. »

Les images d'un documentaire sur l'alpinisme lui revinrent en mémoire, surtout la scène concernant l'usage des pitons d'escalade. Aussitôt, elle imagina sa sœur sur une pente abrupte de l'Himalaya, plantant allégrement ses talons pointus dans la neige et, loin derrière elle, une colonne de sherpas et d'alpinistes tellement épuisés qu'ils n'arrivaient pas à la suivre.

« Pourquoi tu souris comme ça ? »

Devinant qu'Andrea n'apprécierait pas la comparaison à sa juste valeur, Hannah composa une réponse inoffensive.

« Je serais bien incapable de faire un pas avec ces trucs aux pieds, alors pour ce qui est des congères…

– Je m'en doute un peu. Si au moins tu t'étais entraînée ! Rappelle-toi quand j'arpentais le tapis du salon. »

Hannah n'avait pas oublié. Et ce souvenir lui arracha un autre sourire. Andrea avait parcouru des kilomètres sur ce tapis vert citron. Toujours perchée sur des échasses mais dans des tenues chaque fois différentes. Tantôt elle mettait un jean et des talons, tantôt un short et des talons (là, c'était en été), tantôt un pyjama et des talons.

« Si tu m'avais imitée, tu serais aussi à l'aise que moi.

– Non, c'est faux. Je n'ai ni le sens de l'équilibre ni l'envie de me rompre le cou.

– Libre à toi. » Andrea tapota le sac qu'elle portait en bandoulière. « Il n'est pas de la même marque que les bottines mais je crois que ça ira.

– Oui, certainement », répondit Hannah.

La question ne l'avait jamais préoccupée mais, à en croire sa mère et sa sœur, des accessoires mal assortis étaient une insulte au bon goût.

« Bill m'a appelée voilà deux minutes. Il devrait passer par ici, m'a-t-il dit. Lisa est au courant, j'imagine.

– Pour sa tante fictive ? Oui. Elle sait également que Candy est une fugueuse et qu'elle est censée être la jeune sœur de ma voisine de chambre à la fac.

– Et Candy ? Sait-elle qui elle est censée être ?

– Pas encore. J'espérais que tu le lui dirais. Après tout, c'est toi qui as créé ce rôle pour elle.

– Bon, très bien. Où est-elle ?

– Côté boutique. Elle donne un coup de main à Lisa. Je vais la chercher. Mais sois prudente. Elle est toujours un peu nerveuse et je crains qu'elle ne s'enfuie encore si tu fais une… »

Hannah s'interrompit. La porte battante venait de pivoter sur ses gonds. Candy apparut et, sans regarder ni à droite ni à gauche, fonça vers la sortie et décampa.

« Zut ! souffla Hannah. Je crois que… »

Pour la deuxième fois consécutive, elle s'interrompit au milieu d'une phrase mais pour une autre raison, ce coup-ci. Norman s'encadrait sur le seuil, tenant Candy par le bras.

« J'ai comme une impression de déjà-vu. Pas toi ? Ça devient lassant, ajouta-t-il avec un grand sourire. Pourquoi t'enfuir comme ça ? Je croyais que les choses s'étaient arrangées entre Hannah et toi.

– Elle a appelé les flics ! hoqueta Candy. Elle avait promis de ne pas le faire mais elle…

– Non, je n'ai rien fait, la coupa Hannah.

– Et celui qui vient d'entrer dans la boutique ? En plus, Lisa lui a dit bonjour. Donc elle est de mèche !

– Bill ? demanda Hannah en se tournant vers sa sœur.

– Bill, confirma Andrea. Je ferais mieux de le rejoindre avant qu'il entre ici. »

Elle se leva de son tabouret et, s'adressant à Candy :

« Enchantée de te rencontrer, Candy. Bill est mon mari. Il ne t'ennuiera pas. Je vais lui dire que tu es la sœur d'une copine de fac de Hannah.

– Qu'est-ce que c'est que cette histoire ? fit Candy, perplexe.

– Hannah t'expliquera. Mais sache que tu n'as pas à t'inquiéter. Tu ne passeras pas les fêtes de Noël dans le foyer pour mineurs du comté. »

MOELLEUX CHOCOLAT-MENTHE

Préchauffer le four à 175°,
la grille en position médiane.

Deux carrés de 30 g de chocolat pâtissier 100 % cacao
½ tasse de beurre (une plaquette, ¼ livre) à température ambiante
⅔ de tasse de sucre roux, bien tassé
⅓ de tasse de sucre blanc (semoule)
½ cuillerée à thé de levure chimique
½ cuillerée à thé de sel
1 gros œuf
1 cuillerée à thé d'extrait de menthe
½ cuillerée à thé d'extrait de chocolat (si vous n'en trouvez pas, prenez de l'extrait de vanille)
¾ de tasse de crème aigre
2 tasses de farine (bien tassée)
¾ de tasse de noix de pécan grossièrement hachées

Étaler une feuille d'aluminium sur la plaque à pâtisserie et l'asperger avec de l'antiadhésif. Laisser dépasser la feuille sur le pourtour, de manière à pouvoir la soulever par la suite. (Quand vous ferez glisser les cookies après les avoir sortis du four.)

Placer les carrés de chocolat dans un petit bol allant au four à micro-ondes. (J'utilise un verre doseur de 450 g.) Laisser fondre pendant quatre-vingt-dix secondes sur maximum. Tourner jusqu'à ce que la texture soit bien lisse et réservez le temps de préparer votre pâte à cookies.

1re note de Hannah : pour pétrir cette pâte, utilisez un mixeur électrique, de préférence. On peut le faire à la main mais ça demande de l'huile de coude.

Mettre le beurre et les sucres dans le bol du mixeur. Pétrir à vitesse moyenne pendant une minute.

Quand la pâte est bien homogène, ajouter la levure chimique, le sel, et battre à vitesse moyenne pendant encore une minute.

Ajouter l'œuf et battre à vitesse moyenne jusqu'à incorporation (une minute devrait suffire). Verser les extraits de menthe et de chocolat. Mélanger au mixeur pendant environ trente secondes.

Couper le mixeur, racler les parois du bol, verser le chocolat fondu et mélanger pendant une minute à vitesse moyenne.

Couper le mixeur. Racler les parois du bol. Rallumer le mixeur sur vitesse minimale et incorporer la moitié de la farine. Quand c'est fait, ajouter la crème aigre.

Racler le bol et verser le reste de la farine. Battez jusqu'à ce qu'elle soit totalement incorporée.

Retirer le bol du mixeur, prendre une cuiller et tourner la pâte tout en versant les morceaux de noix de pécan. (Avec une spatule en caoutchouc dur de préférence.)

Avec une cuiller à thé, prélevez des noisettes de pâte que vous déposerez sur la plaque à pâtisserie recouverte d'aluminium. Douze cookies pour une plaque de taille standard. (Si la pâte est trop collante pour être travaillée, mettez-la au frigo pendant une demi-heure et réessayez.) Cuire les cookies à 175° pendant dix à douze minutes, ou jusqu'à ce qu'ils lèvent et deviennent fermes.

Retirer la feuille d'aluminium et la déposer sur une grille métallique où vous laisserez refroidir les cookies pendant que les suivants seront au four. Quand la deuxième fournée est prête, mettez de côté les cookies refroidis et procédez comme précédemment. Répéter l'opération jusqu'à ce qu'il n'y ait plus de pâte.

Quand tous les cookies sont froids, posez-les sur un papier sulfurisé et démarrez le glaçage.

Glaçage beurre chocolat :

2 carrés de 30 g de chocolat pâtissier 100 % cacao, fondus

1/3 de tasse de beurre, à température ambiante
2 tasses de sucre glace
1 ½ cuillerée à café d'extrait de vanille
2 cuillerées à soupe de crème (ou de lait)

Placer les carrés de chocolat dans un petit bol allant au four à micro-ondes. (J'utilise un verre doseur de 450 g.) Laissez fondre quatre-vingt-dix secondes sur maximum. Remuez et, quand la mixture est homogène, mettez-la de côté pour qu'elle refroidisse.

Quand le chocolat est froid, incorporer le beurre, puis le sucre glace. (Inutile de le tamiser à moins qu'il y ait des grumeaux.)

Ajouter l'extrait de vanille et la crème. Battez jusqu'à ce que le mélange atteigne la consistance recherchée.

2e note de Hannah : ce glaçage est impossible à rater. Si la matière est trop épaisse, ajoutez un peu de crème. Si elle est trop fluide, ajoutez un peu de sucre glace.

Étaler le glaçage sur les cookies et laisser durcir. (Si vous êtes comme moi, vous n'aurez pas la patience d'attendre et vous en goûterez un, histoire de vérifier bien entendu.)

Quand le glaçage est dur, disposez les cookies sur un joli plat et dégustez. S'il en reste, conservez-les dans une boîte en prenant soin de séparer les couches avec du papier sulfurisé.

3e note de Hannah : quand Lisa manque de temps pour faire le glaçage, elle saupoudre les cookies encore tièdes avec du sucre glace. Elle recommence quand ils sont froids et le tour est joué.

Rendement : environ six douzaines de cookies.

CHAPITRE 8

Quatre jours avant Noël. Hal & Rose's Café était décoré pour la circonstance. Le sapin en métal argenté qui trônait dans un coin changeait de couleur toutes les dix secondes sous le faisceau d'un projecteur muni d'une roue chromatique. Rouge, puis bleu, puis vert, puis jaune. Et rebelote. Hal avait acheté cet arbre dans les années 1970 au père de Hannah quand ce dernier tenait la quincaillerie de Lake Eden. Presque trente ans plus tard, il était comme neuf.

Hannah, Andrea et Norman étaient installés dans le box du fond, sous les guirlandes multicolores qui quadrillaient le plafond. Un petit poinsettia artificiel garnissait le centre de chaque table. Des formes en carton bariolées – représentant des luges, des couronnes de houx, des bonshommes de neige – étaient scotchées aux dossiers des banquettes.

Si l'on exceptait les éternels joueurs de poker auxquels Hal prêtait la salle de banquet, à l'arrière, le restaurant était vide. À 14 h 15, il était trop tard pour déjeuner et trop tôt pour les hamburgers-frites que les lycéens s'offraient à la sortie des cours. Même Rose s'était éclipsée. Après avoir rempli leurs tasses et laissé la cafetière sur la table, elle était montée chez elle, à l'étage du dessus, pour emballer ses cadeaux de Noël.

« Alors, qu'avons-nous sur elle pour l'instant ? » demanda Andrea en soufflant sur son café.

Hannah sortit son bloc sténo et s'éclaircit la gorge. Pour pouvoir assister à cette réunion au sommet, elle avait confié la boutique à Lisa et à Candy, sachant qu'elles se débrouilleraient très bien sans elle. Au bout d'une semaine, Candy faisait déjà partie du paysage. Les habitués avaient avalé la fable d'Andrea et, même si Bill semblait nourrir quelques réserves, Hannah était prête à parier qu'il n'interviendrait pas. Elle le voyait mal prendre la décision d'enfermer Candy dans le foyer pour mineurs quelques jours avant Noël, d'autant plus qu'à présent la jeune fille occupait la chambre d'amis chez Hannah.

« Elle a dans les quinze ans, ne possède pas de permis de conduire et vit avec sa mère. Son père est décédé ; il était vétérinaire. »

Andrea secoua la tête.

« Nous n'en sommes pas absolument sûrs.

– Sûrs de quoi ? répondit Hannah en fronçant les sourcils.

– Que son père soit décédé.

– Pourquoi irait-elle inventer un truc pareil ? demanda Norman.

– Ça arrive en cas de divorce. J'ai vu un reportage là-dessus. C'est fou le nombre de gamins qui refusent d'admettre que leurs parents ne vivent plus ensemble. Souvent, ils préfèrent dire que l'un des deux est mort. »

Norman prit un air perplexe.

« Mais pourquoi ?

– Pour clore toute discussion. Si quelqu'un dit, *mon père est mort*, son interlocuteur répondra : *oh, désolé*, et changera de sujet. Si quelqu'un dit : *mes parents sont divorcés*, il s'expose à des questions comme : *Tu vis avec ton père ou ta mère ? Tu le ou la vois tous les combien ?* Ce genre de choses. »

Norman hocha la tête.

« Ça tient debout, mais je pense tout de même qu'il est décédé.

– Moi aussi. » Hannah se pencha de nouveau sur son bloc. « Et je suis presque certaine qu'elle s'appelle bien Candy. Elle réagit à ce prénom même quand elle est distraite et elle le prononce très naturellement. Quant à son nom de famille, je sais qu'il commence par la lettre *R*.

– Elle te l'a dit ? s'étonna Andrea.

– Oui, mais pas volontairement. La première nuit, quand je l'ai réveillée et que je lui ai demandé comment elle s'appelait, elle a dit Candy R... et s'est arrêtée net. Puis elle m'a balancé que je n'avais pas besoin de le savoir.

– Alors, disons que son nom de famille commence par *R*, décida Norman. Quoi d'autre ?

– J'ignore si ce détail est utile mais elle a une excellente mémoire. Une mémoire photographique. Elle a voulu m'en donner un exemple et, sans que je lui demande rien, a évoqué la plaque d'immatriculation du break de son père. Une plaque personnalisée marquée *Bestioles* que sa femme lui a offerte. Ensuite, elle a cité le numéro de téléphone du cabinet vétérinaire. Huit-un-quatre, huit-quatre-quatre-un.

– Super indice ! s'écria Andrea en levant le pouce.

– Pas vraiment, sauf si son père est toujours en vie et le cabinet toujours ouvert.

– Un cabinet médical ou vétérinaire peut continuer à fonctionner après le décès du praticien qui le tenait, intervint Norman. C'est même souvent le cas. Prenez celui de mon père. Si je ne m'y étais pas installé, ma mère l'aurait cédé à un autre dentiste. Et à tous les coups, il n'aurait pas changé de numéro de téléphone. Ç'aurait été stupide puisque les patients de mon père l'avaient inscrit dans leur répertoire. Quand on reprend un cabinet, qu'est-ce qu'on rachète au bout du compte, sinon les instruments et la patientèle ? »

Andrea lui adressa un sourire radieux.

« Norman a raison, Hannah. Regarde Bertie, par exemple. Elle n'a pas lancé Cut'n Curl à partir de rien. Elle a acheté le matériel de coiffure laissé par la précédente propriétaire, ainsi que sa clientèle. Et je sais qu'elle a gardé le numéro de téléphone.

– Bon, admettons que le cabinet soit toujours à ce numéro. Mais ça ne résout pas tout. »

Hannah jugea inutile de préciser qu'il existait une petite différence entre un cabinet médical et un institut de beauté.

« Quel est le souci ? s'enquit Norman.

– Candy ne m'a pas donné l'indicatif de zone. »

Andrea écarta le problème d'un geste.

« Pas grave. Je veux dire, ce n'est pas comme s'il y avait des centaines d'indicatifs de zone.

– Il y en a plus de deux cent soixante et je te fais grâce du Canada. J'ai vérifié dans l'annuaire. Composer tous ces numéros nous prendra des heures.

– Je m'en charge, proposa Andrea. Mon appareil est muni d'une touche de recomposition automatique. Ça devrait aider. Je n'aurai qu'à taper l'indicatif de zone et le téléphone fera le reste. »

Hannah secoua la tête.

« OK, si tu crois pouvoir le faire… mais que dira Bill quand il verra votre prochaine facture ?

– Il ne dira rien parce qu'elle sera du même montant que celle de ce mois-ci.

– Vous avez un portable avec un forfait illimité sans frais d'itinérance ? supposa Norman.

– Exactement. Je m'y mets dès que je rentre chez moi et jusqu'à ce que Bill revienne du travail. Fais-moi confiance, Hannah. Si nécessaire, j'appellerai toute la nuit pendant que Bill dormira.

– Le cabinet n'est sans doute pas ouvert la nuit, objecta Hannah.

– Je m'en doute, mais ils ont certainement un répondeur automatique. As-tu d'autres infos sur la famille de Candy ? »

Hannah replongea dans ses notes.

« Sa mère lui a appris à fabriquer des confiseries… comme vous le savez déjà. J'ai relevé encore une chose, mais ça ne nous avance guère. » Hannah pointa une ligne sur son bloc. « Son grand-père Samuel est pasteur méthodiste. J'ignore s'il s'agit du père de sa mère ou de son père.

– Pour l'instant, le numéro de téléphone est notre meilleur atout, conclut Norman. J'irai sur Internet voir si on peut tracer une plaque minéralogique mais je n'y crois pas trop. Il faudrait d'abord savoir dans quel État elle a été délivrée. Et si sa mère a revendu le break après la mort de son mari, la plaque a pu être remise en circulation.

– D'après moi, la famille de Candy ne vit pas dans le Minnesota, dit Hannah. L'autre soir, nous avons regardé les nouvelles régionales à la télévision, avant qu'elle aille se coucher, et je l'ai trouvée plutôt sereine. »

Norman hocha la tête.

« Ce qui n'aurait pas été le cas si elle avait craint de voir sa photo affichée à l'écran, comme c'est le cas quand un mineur disparaît dans un État donné.

– Tout à fait. Ah oui, j'allais oublier. La chaîne a diffusé un extrait du dernier discours du gouverneur et Candy m'a demandé son nom.

– Donc, c'est sûr, elle n'est pas originaire du Minnesota, décida Andrea. D'où vient-elle, d'après toi ?

– De quelque part dans le Midwest. Sans doute à un jour ou deux de Lake Eden par bus ou par auto-stop. Je peux me tromper mais, la nuit où nous l'avons trouvée, ses vêtements étaient propres et son sac de couchage presque neuf.

– Tout cela me paraît logique, leur dit Andrea en finissant son café avant de s'extraire de la banquette. Je pense que tu as raison, Hannah, elle vient du Midwest. D'ailleurs, elle n'a pas d'accent particulier. Je commencerai par les Dakota du Nord et du Sud et ensuite j'étendrai mes recherches aux États avoisinants. Où puis-je te joindre, si jamais je décroche le gros lot ?

– À la boutique jusqu'à 18 heures. Nous fermons à dix-sept mais je dois préparer une double fournée de fondants coco pour la fête de Noël que Sally organise vendredi soir. Vous en serez, Norman ?

– Oui. Vous m'accorderez une danse ?

– Avec plaisir », répondit Hannah en essayant de paraître aimable.

Norman était un chic type mais n'avait rien d'un bon danseur.

« Et Candy ? Viendra-t-elle ? demanda Andrea.

– Bien sûr. Je lui ai dit que c'était l'une des plus grandes fêtes de l'année. Depuis, elle bout d'impatience.

– Elle a de quoi se vêtir ?

– Pas encore, mais j'en ai parlé à Claire et demain je l'emmène choisir une robe au Beau Monde.

– N'oublie pas les chaussures. Avec une tenue chic, elle ne peut pas porter des baskets.

– Je n'oublierai pas », promit Hannah, reconnaissante.

Elle ne l'aurait jamais avoué mais elle n'avait absolument pas songé à lui acheter une paire de chaussures.

« Donc tu seras chez toi vers… 18 h 30 ?

– À peu près, oui.

– OK. » Andrea fit demi-tour pour partir puis se ravisa. « Quand j'aurai trouvé la mère de Candy, que dois-je lui dire ? »

Hannah réfléchit un instant puis se souvint des paroles de Mike. Quand un mineur fuguait c'était parfois pour de bonnes raisons.

« Si elle n'habite pas trop loin, essaie de la faire venir ici. Dis-lui que si je lui ramène Candy sans avoir percé l'abcès, elle fuguera de nouveau. Et cette fois, elle pourrait avoir de vrais problèmes.

– Entendu. Mais si elle ne veut pas venir ?

– Alors j'irai la voir, où qu'elle soit. »

Hannah se sentait responsable de Candy, comme poussée par un instinct de protection dont elle n'avait jamais fait l'expérience, sauf une fois peut-être, le jour où elle avait tenu dans ses mains une portée de chatons nouveau-nés.

« Tu dois lui faire comprendre que je ne laisserai partir Candy qu'après m'être assurée que tout va bien pour elle. »

FONDANTS COCO

Ne pas préchauffer le four
– la pâte doit passer au frigo avant de cuire.

1 tasse de pépites de chocolat (1 paquet de 170 g)
1 tasse de beurre (2 plaquettes, ½ livre)
½ tasse de sucre roux
1 ½ tasse de sucre blanc (semoule)
2 cuillerées à thé d'extrait de vanille
½ cuillerée à thé de sel
1 cuillerée à thé de bicarbonate de soude
2 œufs battus (à la fourchette)
3 ½ tasses de farine (non tamisée, bien tassée)

Mettre les pépites de chocolat et le beurre dans un bol et faire fondre deux minutes au four à micro-ondes réglé sur maximum. Tourner jusqu'à ce que le mélange soit fluide et laisser refroidir pendant que vous procédez à la deuxième étape.

Verser le sucre roux et le sucre blanc dans un grand bol. Ajouter la vanille, le sel et le bicarbonate de soude. Incorporer les deux œufs battus.

Quand le mélange chocolat/beurre est froid au toucher, l'ajouter aux deux sucres en tournant longuement.

Ajouter la farine peu à peu sans cesser de tourner.

Couvrir le bol et le mettre au frigo pendant au moins une heure. (Toute la nuit c'est bien aussi.)

La garniture à la noix de coco doit refroidir elle aussi. Il faut donc s'y atteler tout de suite.

GARNITURE À LA NOIX DE COCO :

2 tasses de noix de coco râpée
1 tasse de sucre blanc (semoule)
1 tasse de farine (non tamisée, bien tassée)
½ plaquette de beurre froid (¼ de tasse, ⅛ de livre)
2 œufs battus

Dans un robot ménager (lame en acier), mixer la noix de coco avec le sucre et la farine. Donner plusieurs impulsions de manière à ce que les flocons de noix de coco ne dépassent pas cinq millimètres.

Couper le beurre en quatre morceaux, les ajouter au mélange et donner encore une impulsion. La pâte doit avoir l'aspect du gruau.

Casser les œufs dans une tasse, les battre à la fourchette, les verser dans le bol du robot et mixer jusqu'à incorporation.

(Si vous n'avez pas de robot ménager, inutile d'aller en acheter un. Les flocons de coco seront moins fins, ce sera moins joli mais c'est tout. Pour réaliser cette recette sans robot, prenez un bol, incorporez tous les ingrédients, sauf le beurre, et mélanger soigneusement. Ensuite seulement, ajouter le beurre fondu.)

Couvrir et laisser le mélange à la noix de coco au frigo pendant au moins une heure. (Toute la nuit c'est bien aussi.)

Préchauffer le four à 175°, la grille en position médiane.

Avec la pâte de chocolat, confectionner à la main des petites boules de deux centimètres de diamètre. Les placer sur une plaque à pâtisserie enduite de matière grasse, compter douze cookies pour une plaque de taille standard. Appuyer légèrement sur chacune des boules avec le talon d'une main très propre.

Avec le mélange coco, confectionner des boules un peu plus petites. Les déposer sur celles que vous venez d'aplatir et appuyer.

Reprenez la pâte de chocolat, confectionnez encore douze boules et posez-les sur les couches de noix de coco. Pressez légèrement comme si vous fabriquiez de minuscules sandwichs au pain de mie.

Cuire à 175° pendant neuf à onze minutes. Laisser refroidir les cookies sur la plaque pendant au moins deux minutes. Quand ils sont assez fermes pour être déplacés, retirez de la plaque avec une spatule et mettez-les sur une grille jusqu'à ce qu'ils soient complètement froids.

Rendement : cinq à six douzaines de délicieux cookies.

S'il vous reste encore de la pâte de coco, faites des petites boules, posez une pépite de chocolat au lait sur chacune d'elles, pressez délicatement et mettez au four à 175° pendant dix minutes.

Norman dit que le mélange coco-chocolat est une aubaine pour ses affaires. (Il plaisante… je crois.)

CHAPITRE 9

La sonnerie du téléphone retentit à 7 heures du matin dans le fournil. Hannah se précipita. Elle avait passé la nuit sur des charbons ardents tant elle était impatiente de savoir ce qu'avaient donné les recherches d'Andrea.

« Le Cookie Jar, Hannah à l'appareil, dit-elle en espérant entendre la voix de sa sœur et non celle d'un client qu'elle devrait envoyer balader parce que son carnet de commandes était rempli jusqu'à Noël.

– Elle est à côté de toi ? »

C'était bien Andrea. Sans même recourir à la télépathie sororale, Hannah comprit qu'elle parlait de Candy.

« Exact.

– Retrouve-moi chez Hal et Rose dans quinze minutes, je serai dans le box du fond. Prétexte que tu dois livrer des cookies, ou un truc dans le genre. J'ai une grande nouvelle à t'annoncer ! »

Quand sa sœur raccrocha, Hannah fronça les sourcils. Andrea adorait les effets dramatiques, donc pour l'instant, mieux valait ne pas s'emballer. Cela dit, si elle avait effectivement localisé la mère de Candy, Hannah serait la première à applaudir sa performance.

« Il y a un problème ? demanda Lisa en remarquant son air soucieux.

– Encore une commande à livrer d'urgence. Mais je serai de retour avant l'ouverture. Il me faut trois douzaines de cookies. Tu veux bien me les emballer, Candy ?

– Bien sûr. » La jeune fille saisit un sac à anses, l'ouvrit d'un geste expert et enfila un gant de service. « Lesquels voulez-vous ?

– Prends ceux qui te tomberont sous la main. Tu connais sûrement le dicton : “faute de grives on mange des merles”. »

« Je les adore ! Comment tu les appelles déjà ? »

Andrea chercha au fond du sac le petit frère des trois cookies qu'elle venait de boulotter.

« Fondants coco. Alors, c'est pour aujourd'hui ou pour demain ?

– Patience. »

Andrea jeta un coup d'œil circulaire mais personne dans la salle ne leur prêtait la moindre attention. Au comptoir, les habitués avalaient tasse après tasse du savoureux café de Rose. En fond sonore, des bruits de balai indiquaient que Hal nettoyait la salle de poker. Le seul box occupé en plus du leur était trop éloigné pour que les deux hommes attablés entendent leur conversation. Cyril Murphy et le père Coultas y dégustaient un copieux petit déjeuner composé d'œufs frits et de bacon, aliments riches en cholestérol que la femme de Cyril et la gouvernante du prêtre auraient désapprouvés.

« Alors, tu as trouvé le cabinet vétérinaire ? insista Hannah.

– Bien sûr que je l'ai trouvé. Il est à Des Moines, dans l'Iowa. J'ai laissé mes coordonnées sur le répondeur mais l'actuel vétérinaire a attendu qu'il soit 20 heures pour me rappeler.

– Et il t'a donné le numéro du domicile de Candy ?

– Non, il ne l'avait pas. Mais il m'a dit le nom de son prédécesseur. Le père de Candy était le Dr Allen Roberts. Il a disparu l'année dernière. Candy disait vrai.

– Je n'ai jamais cru qu'elle mentait. »

Hannah secoua la tête en voyant Rose la regarder en brandissant la cafetière. Son mug était presque vide mais, maintenant qu'Andrea s'était décidée à parler, elle ne voulait plus d'interruption.

« Donc j'avais raison, le nom de famille de Candy commençait bien par *R*.

– Certes. J'ai contacté les renseignements mais ils n'avaient pas d'Allen Roberts. Je me suis dit que la mère de Candy avait dû mettre la ligne à son propre nom après le décès de son mari. Donc j'ai demandé la liste de tous les Roberts vivant à Des Moines.

– Il y en a beaucoup, j'imagine.

– Pas mal, oui ! J'ignorais que ce patronyme était si courant. L'opérateur m'en a donné plusieurs douzaines. Je m'y suis mise aussitôt mais j'ai dû m'interrompre quand Bill est rentré.

– Mais tu as quand même fini par trouver la mère de Candy ? dit Hannah pour revenir au sujet principal.

– Juste avant de t'appeler, ce matin. Elle pleurait au téléphone. Elle se faisait un sang d'encre pour Candy et elle était tellement contente d'avoir de ses nouvelles. »

Hannah préférait ne pas imaginer l'angoisse de cette pauvre femme.

« Tu lui as demandé de venir ici pour que nous tentions de redresser la situation ensemble ?

– Oui, et elle a accepté. Je l'ai mise en attente et j'ai appelé Sally à l'auberge pour savoir s'il lui restait des chambres. Elle en avait. Alors Deana a dit qu'ils prendraient la route sans attendre.

– *Ils* prendraient la route ? s'étonna Hannah.

– Ils sont trois. Deana est la mère de Candy, tu l'as compris de toi-même. Mais il y a aussi son nouveau mari, Larry. Et la fille de Larry, Allison. »

Hannah prit un air songeur.

« Quand la mère de Candy s'est-elle remariée ?

– Le jour où Candy est partie. Je sais ce que tu penses, Hannah. Moi aussi je crois que les deux événements sont liés. »

Hannah soupira. Candy avait vécu tant de bouleversements au cours d'une seule et même année. Elle la plaignait de tout son cœur.

« Son père meurt, sa mère épouse un autre homme, elle apprend qu'elle va devoir vivre avec une demi-sœur… Il y a de quoi démolir plus forte qu'elle. Candy a-t-elle laissé un mot ?

– Oui. Deana l'apporte. Il paraît qu'elle fond en larmes chaque fois qu'elle le lit. »

Maman,

Je t'aime tant. Je veux juste que tu sois heureuse. Je sais que tu aimes Larry et qu'il te fait rire comme papa le faisait autrefois. Je suis vraiment contente que tu l'aies épousé. Il n'a pas essayé de remplacer papa et il a eu raison. Je sais que ça lui est égal si je l'appelle par son prénom. S'il y avait juste toi et Larry, je pense que tout irait bien. Mais ce n'est pas le cas.

C'est Allison, le problème. Je me sens nulle à côté d'elle. Larry dit qu'elle est parfaite, qu'elle a gagné des tas de prix au conservatoire. En plus, elle est belle, elle chante mieux que les artistes à la télévision et elle figure chaque année au tableau d'honneur. Tout le contraire de moi. Je sais que Larry fera tout pour éviter de nous comparer, mais ce sera plus fort que lui.

Ça ne marchera pas, maman. Je ne chante pas juste, je ne joue pas de la flûte, je ne suis pas la première de ma classe. Voilà pourquoi je dois disparaître. Nous sommes si différentes qu'Allison finira par me détester. On se disputera, et toi, tu prendras ma défense. Ça créera des conflits entre Larry et toi et je ne veux pas que tu sois obligée de choisir entre ton mari et ta fille.

Ne t'inquiète pas. Je trouverai du boulot, tout ira bien. J'ai l'air plus vieille que je ne suis et je n'ai pas peur de travailler dur. Quand Allison aura son bac et qu'elle partira pour la fac, je reviendrai te voir. En attendant, je t'écrirai de temps à autre pour te donner de mes nouvelles.

Je t'en prie, maman, ne me cherche pas. Ça gâcherait tout.

Je t'aime, Candy

Hannah leva la tête et découvrit face à elle trois personnes assises dans la pièce de réception que Sally avait baptisée salon Tournesol à cause des motifs ornant le papier peint. Les trois paires d'yeux qui l'observaient avec inquiétude appartenaient à Deana, Larry et Allison.

« Tout est de ma faute », dit Larry en plissant le front. C'était un homme séduisant portant des lunettes et une petite barbe bien taillée. « Je voulais qu'elle apprécie Allison, alors j'ai tenté de la présenter sous un jour favorable. J'imagine que j'en ai trop fait. »

Deana était la copie conforme de Candy, avec quelques années de plus.

« Mais non, répondit-elle en secouant la tête. C'est moi qui n'ai rien compris. J'aurais dû savoir qu'elle réagirait mal à l'idée de me partager avec une autre fille de son âge. C'est un tel changement pour elle. En tant que fille unique, elle a toujours été au centre de mon attention. »

Hannah jeta un œil sur Allison qui contemplait le bout de ses chaussures sans oser faire un geste. Elle était plutôt mignonne, un peu ronde, certes, mais élégamment vêtue d'une tenue sportswear de couleur claire. Non seulement elle ne ressemblait pas à la jeune beauté que Candy décrivait dans sa lettre, mais Hannah était prête à parier qu'elle chantait moyennement et n'avait rien d'une surdouée.

« Qu'en penses-tu, Allison ?

– Je regrette qu'elle soit partie comme ça, répondit la jeune fille avec une tristesse non feinte. Papa a toujours eu tendance à me porter aux nues. Sans doute parce qu'il m'aime et ne voit pas mes défauts. Mais je suis une fille comme les autres et Candy s'en serait aperçue si elle ne s'était pas sauvée avant qu'on fasse connaissance. On aurait pu être amies si elle m'avait donné ma chance. »

Rassurée, Hannah saisit la balle au bond.

« Je vais te la donner, cette chance.

– Comment ?

– Tu vas rencontrer Candy dans un endroit neutre et tu verras si ça marche entre vous.

– Ça ne marchera pas, s'obstina Allison. Elle a décidé une fois pour toutes que je ne ferais jamais partie de sa vie. »

Un petit sourire se dessina sur le visage de Hannah, signe qu'un plan s'échafaudait dans sa tête. L'idée avait germé deux minutes auparavant, quand Allison avait dit qu'elle n'avait jamais rencontré Candy.

« Elle ne sait pas à quoi tu ressembles, n'est-ce pas ?

– Non. Elle s'est enfuie la veille de mon arrivée à Des Moines.

– On lui a montré une photo de toi ?

– Je ne crois pas. Ou alors une vieille. Cette année, mes photos de classe étaient horribles et, l'année dernière, elles étaient pires encore. Je les ai tout de suite déchirées pour que personne ne les voie, même pas mon père.

– Parfait. » Hannah se tourna vers Larry. « Pouvez-vous rester à Lake Eden jusqu'à samedi matin ?

– Bien sûr. Nous resterons aussi longtemps qu'il le faudra, si c'est pour convaincre Candy de rentrer à Des Moines avec nous.

– Je veux voir ma fille, supplia Deana, au bord des larmes.

– Je n'en doute pas, mais si vous apparaissez comme ça devant elle, vous risquez d'obtenir le contraire de ce que vous espérez. Candy se braquera encore plus et, cette fois, elle s'enfuira pour de bon. J'ai un plan, mais vous devrez faire preuve de patience. Il faut que je prenne quelques dispositions au préalable.

– Combien de temps ?

– Vingt-quatre heures. Demain soir, comme chaque année à la même date, Sally organise une grande fête de Noël. Tous les clients de l'auberge sont invités, ainsi que la plupart des habitants de Lake Eden. Je viendrai avec Candy. » Hannah se pencha et ajouta en baissant la voix : « Maintenant, écoutez. Voilà comment nous allons procéder… »

Candy souriait aux anges. Visiblement, Le Beau Monde lui plaisait beaucoup. Tout à l'heure, Hannah et elle étaient sorties par l'arrière du Cookie Jar pour rejoindre Claire dans sa boutique. Les mannequins dans la vitrine portaient de si jolies robes. Et Hannah avait promis de lui en acheter une pour la fête du lendemain soir.

Maman adorerait ce magasin ! songea Candy en admirant la moquette épaisse, l'éclairage tamisé, les rayonnages bien pourvus. Ici, pas de chemisiers à moitié décrochés des cintres, pas d'étagères encombrées de fringues roulées en boule. Les pulls étaient tous soigneusement pliés dans des casiers marqués d'un petit chiffre doré indiquant leur taille. Et au lieu de vous fatiguer à chercher un modèle, vous demandiez à la gérante qui vous aidait à choisir.

Des sièges étaient regroupés au centre pour accueillir, supposait-elle, les messieurs qui attendaient que leur femme ou leur copine sorte des cabines d'essayage et défile devant eux. Hannah était assise sur une chaise vert amande, Candy sur un tabouret en satin rose. Elle regardait Claire passer en revue les merveilles suspendues sur un portant, sélectionner deux ou trois robes et finir par en décrocher une.

« Celle-ci devrait bien t'aller, Candy. » La robe qu'elle tenait dans ses bras était tout simplement magnifique. « Il te faut des couleurs profondes, riches. Je pense que ce lie-de-vin s'harmonisera parfaitement avec ta carnation et tes cheveux. Tu es d'accord ?

– Oh oui », répondit Candy dans un souffle.

Elle était conquise. Pour avoir le privilège d'essayer cette robe, elle aurait volontiers admis que la Terre était plate.

« As-tu besoin d'aide ? lui demanda Hannah.

– Non, merci. Je vais me débrouiller. »

Claire déposa la robe sur ses bras tendus. En se dirigeant vers les cabines d'essayage, Candy aurait presque sauté de joie. Le tissu était si léger, si chatoyant.

Il lui fallut à peine une seconde pour enlever son jean et son pull. Après quoi, avec des gestes extrêmement lents et délicats, elle descendit la fermeture Éclair, leva la robe au-dessus de sa tête et l'enfila. Quand elle glissa le long de son corps, Candy crut entendre résonner une musique céleste. Elle remonta la fermeture, se dressa sur la pointe des pieds et tourna sur elle-même en gloussant de plaisir. Comme elle était belle dans cette tenue ! Elle avait presque du mal à se reconnaître. Et elle faisait plus âgée, au moins dix-sept ans, voire vingt comme elle l'avait prétendu devant Hannah et Norman. Elle ressemblait à Cendrillon avant d'aller au bal !

« On peut voir ? » lança Hannah.

Candy poussa vite le rideau et sortit de la cabine.

« Elle est délicieuse sur toi », déclara la patronne du Beau Monde.

Mais Candy s'inquiétait surtout de la réaction de Hannah. Elle avait eu beau chercher, elle n'avait pas trouvé l'étiquette du prix, ce qui présageait une somme astronomique. Sa nouvelle amie avait promis de la lui offrir, mais ne risquait-elle pas de déchanter au moment de passer à la caisse ?

« Tu as vraiment l'œil, Claire », dit Hannah. Puis, se tournant vers Candy : « Elle te va à ravir. C'est exactement ce qu'il te faut pour demain soir. Qu'en penses-tu ?

– Oui, elle est belle, avoua Candy en soupirant à fendre l'âme. Mais… elle doit aussi valoir très cher.

– Pas du tout. »

Claire et Hannah avaient répondu en chœur. Elles se regardèrent et éclatèrent de rire. Candy elle-même ne put éviter de sourire.

« Claire me fait des prix, expliqua Hannah. C'est comme ça entre voisines.

– Donnant donnant, renchérit Claire. Hannah sait que je suis gourmande et, quand elle prépare mes cookies préférés, elle m'en apporte toujours quelques-uns. »

Candy partit d'un rire cristallin. C'était donc vrai, cette robe qui lui donnait une allure de princesse allait bientôt lui appartenir. Une seule chose aurait pu rendre son bonheur parfait : la présence de sa mère.

CHAPITRE 10

Candy venait de remplir le pot à café et s'apprêtait à faire le tour des tables quand une jolie femme avec un gros ventre entra dans la pâtisserie.

« Puis-je vous aider ? proposa Candy comme on le lui avait appris.

– Oui, je veux bien ! Il faut que je parle à Hannah. Elle est dans son laboratoire ?

– Oui, bien sûr, mais…

– Bonjour, Sally », intervint Lisa en saisissant le pot des mains de Candy. Et, s'adressant à cette dernière : « C'est bon, je m'occupe du café. Veux-tu aller voir à l'arrière s'il reste des macarons à la cerise ? On en manque. Et accompagne Sally par la même occasion, s'il te plaît. »

Candy acquiesça et pivota sur les talons.

« Je suis Sally, la patronne de l'Auberge de Lake Eden, dit la nouvelle venue en lui emboîtant le pas.

– Moi, c'est Candy. J'aide Hannah et Lisa pendant les vacances. C'est vous qui donnez cette grande fête, ce soir ?

– C'est moi. Ou peut-être devrais-je dire : "C'était moi." »

Sally soupira discrètement au moment où Candy poussa la porte battante et s'effaça devant elle.

Hannah se tenait penchée sur une plaque de barreaux au citron. Elle leva les yeux, baissa son couteau et salua Sally d'un signe de tête.

« Qu'est-ce que tu fais ici ? Je croyais que tu devais décorer ta salle ?

– Je serais en train de le faire si j'avais un peu d'aide. Mais ce n'est pas le cas.

– Attends, je ne comprends pas. Tu disais avoir embauché trois lycéennes.

– En effet, mais toutes les trois m'ont appelée ce matin. La première est malade, la deuxième est punie parce qu'elle est rentrée chez elle à pas d'heure hier soir, et la troisième a glissé sur une plaque de verglas et s'est fracturé le pouce. J'ai quand même réussi à trouver une remplaçante mais elle refuse de se coltiner tout le boulot. »

Hannah tourna son regard vers Candy.

« Voudrais-tu aider Mme Laughlin à décorer la salle ?

– Bien sûr, si vous n'avez pas besoin de moi. Mais je ne sais pas si je suis très douée pour ça.

– Si tu es capable de poser une guirlande sur un arbre sans qu'elle retombe, je t'engage, s'esclaffa Sally.

– Bon, d'accord. »

Hannah décrocha la parka de Candy et la lui lança.

« Je viendrai te chercher à 17 h 30, nous repasserons à l'appartement pour nous habiller. Ça te va ? »

Candy hocha la tête.

« Parfait.

– Merci, Hannah, dit Sally avant de se tourner vers sa recrue. Et merci à toi, Candy. Ma voiture est garée devant Le Cookie Jar. Le temps presse. Il faut y aller. »

« Candy ? Je te présente Sonny. » Sally esquissa un geste pour désigner l'adolescente qui s'était levée en les voyant entrer dans le hall de l'auberge. « Sonny ? Voici Candy.

– Bonjour, Sonny », murmura Candy avec un sourire hésitant.

Sonny avait environ son âge, quelques kilos en trop et un jogging de couleur claire, peu adapté aux travaux qu'elles étaient censées accomplir. Mais d'emblée, elle la trouva sympathique.

« Contente de te rencontrer, répondit Sonny en lui retournant son sourire.

– Sonny a les photos des décorations de l'année dernière, annonça Sally. L'idée c'est de faire la même chose, sauf que les guirlandes lumineuses dans les arbres seront multicolores au lieu de blanches. Et nous avons opté pour des boules dorées à la place des boules argentées.

– Compris », déclara Sonny.

Pour sa part, faute d'avoir vu les photos en question, Candy n'avait rien saisi des explications de Sally.

« Venez avec moi. Je vous montre, et après, vous continuerez toutes seules », dit Sally.

Les deux filles la suivirent dans la salle de restaurant. Après avoir allumé les lumières, elle désigna les boîtes empilées contre le mur du fond.

« Tout ce dont vous avez besoin se trouve dans ces cartons. Le personnel de service a installé les tables ce matin. Il vous reste à disposer les nappes et les chemins de table. Au fait, j'allais oublier… sur les chemins de table, je veux des nœuds dorés, pas argentés.

– Où serez-vous si nous avons une question à poser ? demanda Sonny.

– En cuisine. Vous n'aurez qu'à repasser par où nous sommes entrées et ensuite tourner à droite. C'est au bout du couloir, derrière les portes battantes.

– Merci, madame Laughlin, dit Candy en espérant se montrer à la hauteur de la tâche.

– Appelle-moi Sally. Il y a un frigo avec des sodas dans le coin, là-bas, et j'ai demandé à l'un de mes employés de vous apporter un casse-croûte dans une heure pour vous redonner de l'énergie. »

Une fois Sally partie, Candy regarda les nombreuses tables vides et la douzaine de sapins hauts de presque deux mètres qui les entouraient.

« C'est un boulot gigantesque, gémit-elle.

– Pas de panique. On va y arriver, la rassura Sonny. Nous avons cinq heures devant nous.

– Et pas une seconde à perdre. Montre-moi ces photos, que je voie à quel résultat on est censées parvenir.

– Les voici. »

Sonny laissa tomber un classeur sur une table, tira une chaise et fit signe à Candy de s'asseoir auprès d'elle.

« On va les étaler les unes à côté des autres pour les avoir tout le temps sous les yeux et s'y référer en cas de doute. Ça limitera les risques d'erreur.

– Tu es géniale, fit Candy, impressionnée.

– Merci. Moi qui croyais que j'étais seulement jolie. »

Candy éclata de rire et le regretta aussitôt. Sonny allait peut-être penser qu'elle se moquait. Mais le regard pétillant d'humour de sa nouvelle camarade apaisa ses craintes.

« À ton avis, il vaut mieux travailler ensemble ou commencer chacune de son côté et se retrouver au milieu ?

– Travaillons ensemble. La présentation sera plus harmonieuse. Et aussi, ce sera plus drôle. Par quoi allons-nous commencer ? Les tables ou les arbres ? »

Candy réfléchit un instant.

« Les arbres. Ce qui laissera les tables libres pour y poser les cartons. J'imagine qu'ils sont poussiéreux après une année passée au fond d'un placard.

– Toi non plus tu n'es pas seulement jolie. Sauf qu'en fait, tu l'es.

– Je suis quoi ?

– Jolie. Je donnerais tout ce que je possède pour avoir tes cheveux. Les miens sont raides comme des baguettes.

– Et moi je donnerais tout ce que je possède pour avoir tes yeux. Tes cils sont si longs ! » Candy s'interrompit et reprit avec un petit rire. « Comment dit-on déjà ? L'herbe est toujours plus verte ailleurs ? »

Sonny se leva en souriant jusqu'aux oreilles.

« Oui, je crois. Moi, j'aurais plutôt envie de dire : "Prends ma place un jour ou deux et on en reparle." Bon, regardons ce qu'il y a dans ces boîtes. »

« Alors, comment ça se passe ? demanda Hannah en étirant au maximum le fil du téléphone pour pouvoir discuter avec Sally et en même temps sortir du four ses cookies aux raisins et à la farine d'avoine. Elles s'entendent bien ?

– Comme des larronnes en foire. Chaque fois que je passe la tête par la porte, je les vois qui rigolent.

– Super. Mais le travail avance quand même ?

– Mieux que cela. Il ne leur reste qu'un sapin à décorer, et après, elles attaqueront les tables. Si elles terminent tôt, elles auront encore plus de temps pour discuter. »

« Tu as sali ton jogging, dit Candy en regardant, consternée, les traces de poussière sur le pantalon de Sonny. Tu aurais dû mettre un vieux jean.

– Je n'ai pas le droit.

– Quoi ?

– Enfin, je suppose qu'aujourd'hui ce serait possible mais je n'en possède pas. En pension, les jeans étaient interdits.

– Mais alors, qu'est-ce que tu portais ? » demanda Candy, interloquée.

Elle-même n'aurait pas supporté d'en être privée.

« Pendant les cours, un uniforme. Durant mes heures de liberté, un pantalon ou une jupe en tergal. Le week-end aussi. Et bien sûr, un pyjama la nuit. »

Candy secoua la tête d'un air écœuré.

« Ils croyaient que les jeans allaient vous corrompre ?

– Peut-être. Dans cette pension, on était censées se comporter comme des dames. Ça faisait partie des règles. Et des règles, il y en avait des tas. »

Muette d'horreur, Candy se contenta de grimper au sommet de l'escabeau pour accrocher le dernier ange au faîte du dernier arbre.

« Je suis bien contente de n'avoir pas connu la pension, dit-elle après être redescendue. Je crois que je serais morte.

– Au début, moi aussi je croyais que j'allais mourir. Mais en fait non, et ça m'a appris plein de choses.

– Comme quoi, par exemple ?

– Comme la manière de tenir une boîte de guirlandes dans le bon sens pour éviter de tout renverser. »

CHAPITRE 11

La fête battait son plein et la décoration était vraiment réussie. Candy, qui tenait le buffet des desserts, se sentait très en beauté dans sa belle robe neuve. Ses caramels aux trois chocolats disparaissaient à toute vitesse. Sur le présentoir en argent où Sally les avait posés, ils attiraient tous les regards avec leurs trois couches superposées – chocolat noir, chocolat blanc avec morceaux de noix et chocolat au lait. Norman les avait pris en photo en lui promettant d'en faire un tirage. Tout à l'heure, quand elles s'étaient quittées une fois leur tâche accomplie, Sonny lui avait demandé de lui en garder.

Sentant qu'on lui tapotait l'épaule, Candy se retourna et découvrit Sonny vêtue d'un pull bleu pastel et d'une jupe assortie.

« Tu y as pensé ?

– Chose promise, chose due. »

Candy montra son petit sac à main doré.

« J'en ai pris deux gros avant qu'on les emporte. Ils sont là-dedans.

– Je ne pense pas que deux caramels suffiront pour une vraie dégustation. Je vais en manger un tout de suite, juste pour te donner un premier avis. Au fait, ta robe est superbe. Tu as l'air d'une princesse.

– Merci. Toi aussi, tu es magnifique », répondit Candy avec sincérité.

En effet, le bleu pastel lui allait à merveille et elle avait bien fait de friser ses cheveux à la pointe.

« OK. C'est parti. »

Sonny se servit. À voir l'expression qui se peignit sur son visage, le caramel aux trois chocolats répondait à ses attentes, voire les dépassait.

« Le test est-il concluant ? demanda Candy.

– Quel test ? J'en suis dingue. » Sonny en prit un autre. « Je n'ai jamais goûté de meilleurs caramels au chocolat.

– C'est facile à faire. Je t'apprendrai.

– Non, merci. Je suis nulle. Un jour, j'ai voulu faire à manger pour mon père et les voisins ont dû appeler les pompiers. Depuis, je n'ai plus remis les pieds dans une cuisine.

– J'ignorais qu'il y avait une caserne de pompiers à Lake Eden !

– Oh, c'était ailleurs. Nous sommes de passage. Et toi ? Tu vis ici ?

– Non, je suis comme toi, de passage. »

Candy se souvint de la couverture qu'Andrea lui avait concoctée.

« Mon copain m'a larguée pour se mettre avec ma meilleure amie. J'avais besoin de changer d'air.

– D'air et surtout de copain !

– Très juste », s'esclaffa Candy.

La fête était nettement plus drôle depuis l'arrivée de Sonny.

« Allons prendre un Coca et asseyons-nous là-bas, dit-elle en désignant la table libre près du sapin qu'elles avaient décoré en dernier.

– Ça marche. Je m'occupe des canettes, tu réserves la place. »

Candy fonça vers la table et s'assit pour montrer qu'elle était prise. Sonny arriva avec les boissons. Quand elles eurent ouvert les canettes, Candy lui demanda :

« Et toi ? Tu as un copain ?

– Pas encore, mais je crois aux miracles. »

Candy fut prise d'un fou rire qui lui fit monter les larmes aux yeux.

« Dommage qu'on ne fréquente pas la même école. Dans ma classe, je connais un gars qui te plairait.

– Ça me fait une belle jambe. À moins qu'il ne soit inscrit au lycée Hamilton de Des Moines.

– C'est là que j'étudie ! s'écria Candy en oubliant toute précaution. Mais je ne t'ai jamais vue.

– C'est normal. Je ne commencerai les cours qu'au mois de janvier.

– Tes parents viennent d'emménager à Des Moines ?

– Pas vraiment. Mon père y vit depuis un certain temps mais, après la mort de ma mère, il m'a inscrite dans cette pension dont je t'ai parlé. Il ne savait pas trop quoi faire de moi, tu sais ? Je veux dire… j'étais petite quand c'est arrivé.

– Quelle horreur ! Maintenant que tu as grandi et que tu sais te débrouiller seule, tu vis de nouveau avec lui ?

– En quelque sorte. »

Devinant que Sonny ne lui disait pas tout, Candy se pencha vers elle.

« Raconte.

– Papa s'est remarié, alors il m'a fait venir. »

Candy sentit une boule se former au fond sa gorge. L'histoire de Sonny ressemblait étrangement à la sienne. Elles avaient l'une et l'autre subi la perte d'un parent et le remariage du parent survivant.

« Qu'y a-t-il ? Tu fais une drôle de tête.

– C'est juste que nos histoires sont quasiment les mêmes, mais en sens inverse. Mon père est mort et ma mère s'est remariée. La seule différence c'est que le nouveau mari de ma mère a déjà une fille.

– Donc, tout à coup, tu t'es retrouvée affublée d'une demi-sœur ?

– Exact.

– Comment est-elle ? Horrible, non ? »

Candy déglutit. Elle avait vraiment besoin de s'épancher et Sonny était si gentille.

« Larry – c'est mon beau-père – n'arrête pas de dire qu'elle est parfaite. Elle est belle, elle chante comme une professionnelle, elle figure chaque année au tableau d'honneur et…

– Mais toi, qu'est-ce que tu penses d'elle ? la coupa Sonny.

– Je… »

Candy s'interrompit et cligna les paupières pour chasser les larmes qui s'accumulaient dans ses yeux.

« Je ne sais pas. Je suis partie avant son arrivée.

– Sans même la rencontrer ? »

Candy sentait qu'elle allait craquer. Pour éviter cela, elle fixait obstinément l'ange perché au faîte du sapin.

« Nous sommes trop différentes. Elle m'aurait détestée.

– Tu en es sûre ?

– Certaine. Elle n'est pas comme toi et moi. »

Sonny se pencha vers elle.

« Si j'avais une baguette magique et que je me transformais en ta demi-sœur, ça te plairait ?

– Ce serait génial. Mais tu n'as pas de baguette magique et nous vivons dans la réalité, pas dans un conte de fées.

– Je le sais bien, et pourtant, je suis ta demi-sœur. »

Candy resta bouche bée.

« Mais c'est impossible ! Elle s'appelle Allison !

– Oui, et mon surnom c'est Sonny. »

L'espace d'un instant, Candy fut incapable de faire un geste. Puis elle s'affaissa sur sa chaise, se prit la tête entre les mains et fondit en larmes.

« J'ai vraiment déconné, pas vrai ? articula-t-elle entre deux sanglots.

– Je ne le dirais pas comme ça parce que je suis une fille bien élevée, mais toi, ne te gêne surtout pas. »

Candy éclata de rire en s'essuyant les joues avec une serviette.

« Maman est ici ? Elle me manque tellement !

– Elle est ici, et mon père aussi. Ils attendent dans le hall de l'auberge. Tu veux les voir, maintenant ? »

Candy hocha la tête.

« Tu m'accompagnes, dis ?

– Bien sûr, si tu veux de moi.

– Je veux de toi. »

Candy respira à fond et, quand elle eut un peu repris ses esprits, proposa :

« On ferait bien de leur présenter un front uni dès à présent. Comme ça, ils nous laisseront plus de liberté. »

« On dirait que tout s'arrange, lança Norman en voyant Allison et Candy traverser la salle, bras dessus bras dessous.

– C'est aussi mon impression, répondit Hannah avec un soupir de soulagement.

– Où vont-elles ?

– Dans le hall, retrouver leur parent respectif. »

Norman lui saisit la main.

« Je suis bien content que vous l'ayez prise sous votre aile, Hannah.

– Tout le plaisir a été pour moi. Cette gamine est charmante et ses caramels à tomber. Au fait, vous les avez goûtés ? »

Norman hocha la tête.

« Je cherche l'adjectif qui va bien. *Somptueux*, peut-être. J'ai l'impression que vous la regretterez.

– Je la regrette déjà, mais pas autant que Moshe. Il dormait avec elle et, dans la chambre d'amis, l'édredon est en soie. Maintenant il va devoir revenir dans la mienne et retrouver son vieil oreiller en mousse. »

CARAMELS AUX TROIS CHOCOLATS

1re note de Hannah : pas besoin d'un thermomètre à sucre pour ce caramel, ni d'un vrai four si vous n'avez qu'un four à micro-ondes.

1 tasse (170 g) de pépites de chocolat 56 % de cacao (j'ai utilisé des Ghirardelli's)
1 tasse (170 g) de pépites de chocolat blanc (j'ai utilisé des Ghirardelli's)
1 tasse (170 g) de pépites de chocolat au lait (j'ai utilisé des Ghirardelli's)
1 boîte de 400 g de lait concentré sucré
6 cuillerées à soupe de beurre

Tapisser un moule carré de vingt centimètres de côté avec du papier sulfurisé OU une feuille d'aluminium aspergée de graisse alimentaire.

Ce gâteau est réalisable dans un four à micro-ondes ou sur la plaque de votre cuisinière. Ces deux méthodes fonctionnent pareillement.

Si vous choisissez la cuisinière, prenez une grosse casserole à fond épais et remuer constamment en mélangeant vos ingrédients.

Dans la version micro-ondes, j'ai mis tous mes ingrédients dans un verre doseur en pyrex et j'ai laissé soixante-dix secondes à puissance maximale. Les pépites de chocolat conservent leur forme même fondues, donc ne vous fiez pas à leur apparence.

2e note de Hannah : une boîte de 400 g de lait concentré sucré équivaut à 1 tasse 1/3 environ. Pour faire simple, dites-vous que la boîte contient 3 demi-tasses et tout ira bien.

Mélanger les ingrédients suivants :
1 tasse de pépites de chocolat à 56 %
½ tasse de lait concentré sucré
2 cuillerées à soupe de beurre

Remuer pour vérifier que la pâte est bien homogène puis verser au fond du moule carré préparé comme indiqué ci-dessus. Laisser refroidir sur le plan de travail jusqu'à ce que la préparation soit légèrement dure au toucher puis…

Mélanger les ingrédients suivants :
1 tasse de pépites de chocolat blanc
½ tasse de lait concentré sucré
2 cuillerées à soupe de beurre

Remuer pour vérifier que la pâte est bien homogène puis verser sur la première couche. Laisser refroidir sur le plan de travail jusqu'à ce que la préparation soit légèrement dure au toucher puis…

Mélanger les ingrédients suivants :
1 tasse de pépites de chocolat au lait
Le reste du lait concentré sucré
2 cuillerées à soupe de beurre

Verser la pâte sur la deuxième couche, lisser la surface à l'aide d'une spatule en caoutchouc et laisser durcir au réfrigérateur pendant deux bonnes heures. (Toute la nuit c'est encore mieux.) Démouler sur une planche à découper et trancher en petits cubes de la taille d'une bouchée.

3e note de Hannah : Mike préfère quand j'incorpore des noix de macadamia hachées à la couche de chocolat blanc, Norman quand je mélange des noix de pécan hachées au chocolat noir. Je suppose que cela révèle quelque chose de leurs personnalités mais j'ignore quoi.

Index des recettes

CONVERSION DES VOLUMES

États-Unis	**France**
½ cuillerée à thé	2 millilitres
1 cuillerée à thé	5 millilitres
1 cuillerée à soupe	15 millilitres
¼ tasse	50 millilitres
⅓ tasse	75 millilitres
½ tasse	125 millilitres
¾ tasse	175 millilitres
1 tasse	250 millilitres

Les Éditions Points s'engagent pour la protection de l'environnement et une production française responsable

Ce livre a été imprimé en France, sur un papier certifié issu de forêts gérées durablement, chez un imprimeur labellisé Imprim'Vert, marque créée en partenariat avec l'Agence de l'Eau, l'ADEME (Agence de l'Environnement et de la Maîtrise de l'Énergie) et l'UNIC (Union Nationale de l'Imprimerie et de la Communication).

La marque Imprim'Vert apporte trois garanties essentielles :

- La suppression totale de l'utilisation de produits toxiques
- La sécurisation des stockages de produits et de déchets dangereux
- La collecte et le traitement de produits dangereux

RÉALISATION : NORD COMPO À VILLENEUVE-D'ASCQ
IMPRESSION : CPI FRANCE
DÉPÔT LÉGAL : MAI 2023. N° 153606 (3052198)
IMPRIMÉ EN FRANCE

Éditions Points

Collection Points Cosy Mystery

P6500. Sa Majesté mène l'enquête
tome 1 : Bal tragique à Windsor
S.J. Bennett

P6501. Sa Majesté mène l'enquête
tome 2 : Bain de minuit à Buckingham
S.J. Bennett

P6502. Au service secret de Marie-Antoinette
tome 1 : L'Enquête du Barry
Frédéric Lenormand

P6503. Au service secret de Marie-Antoinette
tome 2 : Pas de répit pour la Reine
Frédéric Lenormand

P6504. Au service secret de Marie-Antoinette
tome 3 : La mariée était en Rose Bertin
Frédéric Lenormand

P6505. Au service secret de Marie-Antoinette
tome 4 : La Femme au pistolet d'or
Frédéric Lenormand

Éditions Points

Collection Points Policier

DERNIERS TITRES PARUS

P1831. La Voix, *Arnaldur Indridason*
P1832. Petits Meurtres entre moines, *Frédéric Lenormand*
P1833. Madame Ti mène l'enquête, *Frédéric Lenormand*
P1834. La Mémoire courte, *Louis-Ferdinand Despreez*
P1835. Les Morts du Karst, *Veit Heinichen*
P1883. Dissimulation de preuves, *Donna Leon*
P1884. Une erreur judiciaire, *Anne Holt*
P1885. Honteuse, *Karin Alvtegen*
P1886. La Mort du privé, *Michael Koryta*
P1907. Drama City, *George P. Pelecanos*
P1913. Saveurs assassines, *Kalpana Swaminathan*
P1914. La Quatrième Plaie, *Patrick Bard*
P1935. Echo Park, *Michael Connelly*
P1939. De soie et de sang, *Qiu Xiaolong*
P1940. Les Thermes, *Manuel Vázquez Montalbán*
P1941. Femme qui tombe du ciel, *Kirk Mitchell*
P1942. Passé parfait, *Leonardo Padura*
P1963. Jack l'Éventreur démasqué, *Sophie Herfort*
P1964. Chicago banlieue sud, *Sara Paretsky*
P1965. L'Illusion du péché, *Alexandra Marinina*
P1988. Double Homicide, *Faye et Jonathan Kellerman*
P1989. La Couleur du deuil, *Ravi Shankar Etteth*
P1990. Le Mur du silence, *Håkan Nesser*
P2042. 5 octobre, 23 h 33, *Donald Harstad*
P2043. La Griffe du chien, *Don Wislow*
P2044. Mort d'un cuisinier chinois, *Frédéric Lenormand*
P2056. De sang et d'ébène, *Donna Leon*
P2057. Passage du Désir, *Dominique Sylvain*
P2058. L'Absence de l'ogre, *Dominique Sylvain*
P2059. Le Labyrinthe grec, *Manuel Vázquez Montalbán*
P2060. Vents de carême, *Leonardo Padura*
P2061. Cela n'arrive jamais, *Anne Holt*
P2065. Commis d'office, *Hannelore Cayre*
P2139. La Danseuse de Mao, *Qiu Xiaolong*
P2140. L'Homme délaissé, *C.J. Box*
P2141. Les Jardins de la mort, *George P. Pelecanos*
P2142. Avril rouge, *Santiago Roncagliolo*
P2157. À genoux, *Michael Connelly*

P2158. Baka !, *Dominique Sylvain*
P2169. L'Homme du lac, *Arnaldur Indridason*
P2170. Et que justice soit faite, *Michael Koryta*
P2172. Le Noir qui marche à pied, *Louis-Ferdinand Despreez*
P2181. Mort sur liste d'attente, *Veit Heinichen*
P2189. Les Oiseaux de Bangkok, *Manuel Vázquez Montalbán*
P2215. Fureur assassine, *Jonathan Kellerman*
P2216. Misterioso, *Arne Dahl*
P2229. Brandebourg, *Henry Porter*
P2254. Meurtres en bleu marine, *C. J. Box*
P2255. Le Dresseur d'insectes, *Arni Thorarinsson*
P2256. La Saison des massacres, *Giancarlo de Cataldo*
P2271. Quatre Jours avant Noël, *Donald Harstad*
P2272. Petite Bombe noire, *Christopher Brookmyre*
P2276. Homicide special, *Miles Corwin*
P2277. Mort d'un Chinois à La Havane, *Leonardo Padura*
P2288. L'Art délicat du deuil, *Frédéric Lenormand*
P2290. Lemmer, l'invisible, *Deon Meyer*
P2291. Requiem pour une cité de verre, *Donna Leon*
P2292. La Fille du samouraï, *Dominique Sylvain*
P2296. Le Livre noir des serial killers, *Stéphane Bourgoin*
P2297. Une tombe accueillante, *Michael Koryta*
P2298. Roldán, ni mort ni vif, *Manuel Vásquez Montalbán*
P2299. Le Petit Frère, *Manuel Vásquez Montalbán*
P2321. La Malédiction du lamantin, *Moussa Konaté*
P2333. Le Transfuge, *Robert Littell*
P2354. Comédies en tout genre, *Jonathan Kellerman*
P2355. L'Athlète, *Knut Faldbakken*
P2356. Le Diable de Blind River, *Steve Hamilton*
P2381. Un mort à l'Hôtel Koryo, *James Church*
P2382. Ciels de foudre, *C. J. Box*
P2397. Le Verdict du plomb, *Michael Connelly*
P2398. Heureux au jeu, *Lawrence Block*
P2399. Corbeau à Hollywood, *Joseph Wambaugh*
P2407. Hiver arctique, *Arnaldur Indridason*
P2408. Sœurs de sang, *Dominique Sylvain*
P2426. Blonde de nuit, *Thomas Perry*
P2430. Petit Bréviaire du braqueur, *Christopher Brookmyre*
P2431. Un jour en mai, *George Pelecanos*
P2434. À l'ombre de la mort, *Veit Heinichen*
P2435. Ce que savent les morts, *Laura Lippman*
P2454. Crimes d'amour et de haine, *Faye et Jonathan Kellerman*
P2455. Publicité meurtrière, *Petros Markaris*
P2456. Le Club du crime parfait, *Andrés Trapiello*
P2457. Mort d'un maître de go, *Frédéric Lenormand*
P2492. Fakirs, *Antonin Varenne*

P2493. Madame la présidente, *Anne Holt*
P2494. Zone de tir libre, *C.J. Box*
P2513. Six heures plus tard, *Donald Harstad*
P2525. Le Cantique des innocents, *Donna Leon*
P2526. Manta Corridor, *Dominique Sylvain*
P2527. Les Sœurs, *Robert Littell*
P2528. Profileuse. Une femme sur la trace des serial killers, *Stéphane Bourgoin*
P2529. Venise sur les traces de Brunetti. 12 promenades au fil des romans de Donna Leon, *Toni Sepeda*
P2530. Les Brumes du passé, *Leonardo Padura*
P2531. Les Mers du Sud, *Manuel Vázquez Montalbán*
P2532. Funestes carambolages, *Håkan Nesser*
P2579. 13 heures, *Deon Meyer*
P2589. Dix petits démons chinois, *Frédéric Lenormand*
P2607. Les Courants fourbes du lac Tai, *Qiu Xiaolong*
P2608. Le Poisson mouillé, *Volker Kutscher*
P2609. Faux et usage de faux, *Elvin Post*
P2612. Meurtre et Obsession, *Jonathan Kellerman*
P2623. L'Épouvantail, *Michael Connelly*
P2632. Hypothermie, *Arnaldur Indridason*
P2633. La Nuit de Tomahawk, *Michael Koryta*
P2634. Les Raisons du doute, *Gianrico Carofiglio*
P2655. Mère Russie, *Robert Littell*
P2658. Le Prédateur, *C.J. Box*
P2659. Keller en cavale, *Lawrence Block*
P2680. Hiver, *Mons Kallentoft*
P2681. Habillé pour tuer, *Jonathan Kellerman*
P2682. Un festin de hyènes, *Michael Stanley*
P2692. Guide de survie d'un juge en Chine, *Frédéric Lenormand*
P2706. Donne-moi tes yeux, *Torsten Pettersson*
P2717. Un nommé Peter Karras, *George P. Pelecanos*
P2718. Haine, *Anne Holt*
P2726. Le Septième Fils, *Arni Thorarinsson*
P2740. Un espion d'hier et de demain, *Robert Littell*
P2741. L'Homme inquiet, *Henning Mankell*
P2742. La Petite Fille de ses rêves, *Donna Leon*
P2744. La Nuit sauvage, *Terri Jentz*
P2747. Eva Moreno, *Håkan Nesser*
P2748. La 7e Victime, *Alexandra Marinina*
P2749. Mauvais fils, *George P. Pelecanos*
P2751. La Femme congelée, *Jon Michelet*
P2753. Brunetti passe à table. Recettes et récits *Roberta Pianaro et Donna Leon*
P2754. Les Leçons du mal, *Thomas H. Cook*

P2788. Jeux de vilains, *Jonathan Kellerman*
P2798. Les Neuf Dragons, *Michael Connelly*
P2804. Secondes noires, *Karin Fossum*
P2805. Ultimes Rituels, *Yrsa Sigurdardottir*
P2808. Frontière mouvante, *Knut Faldbakken*
P2809. Je ne porte pas mon nom, *Anna Grue*
P2810. Tueurs, *Stéphane Bourgoin*
P2811. La Nuit de Geronimo, *Dominique Sylvain*
P2823. Les Enquêtes de Brunetti, *Donna Leon*
P2825. Été, *Mons Kallentoft*
P2828. La Rivière noire, *Arnaldur Indridason*
P2841. Trois semaines pour un adieu, *C.J. Box*
P2842. Orphelins de sang, *Patrick Bard*
P2868. Automne, *Mons Kallentoft*
P2869. Du sang sur l'autel, *Thomas H. Cook*
P2870. Le Vingt et Unième Cas, *Håkan Nesser*
P2882. Tatouage, *Manuel Vázquez Montalbán*
P2897. Philby. Portrait de l'espion en jeune homme *Robert Littell*
P2920. Les Anges perdus, *Jonathan Kellerman*
P2922. Les Enquêtes d'Erlendur, *Arnaldur Indridason*
P2933. Disparues, *Chris Mooney*
P2934. La Prisonnière de la tour. Et autres nouvelles *Boris Akounine*
P2936. Le Chinois, *Henning Mankell*
P2937. La Femme au masque de chair, *Donna Leon*
P2938. Comme neige, *Jon Michelet*
P2939. Par amitié, *George P. Pelecanos*
P2963. La Mort muette, *Volker Kutscher*
P2990. Mes conversations avec les tueurs, *Stéphane Bourgoin*
P2991. Double meurtre à Borodi Lane, *Jonathan Kellerman*
P2992. Poussière tu seras, *Sam Millar*
P3002. Le Chapelet de jade, *Boris Akounine*
P3007. Printemps, *Mons Kallentoft*
P3015. La Peau de l'autre, *David Carkeet*
P3028. La Muraille de lave, *Arnaldur Indridason*
P3035. À la trace, *Deon Meyer*
P3043. Sur le fil du rasoir, *Oliver Harris*
P3051. L'Empreinte des morts, *C.J. Box*
P3052. Qui a tué l'ayatollah Kanuni ?, *Naïri Nahapétian*
P3053. Cyber China, *Qiu Xiaolong*
P3065. Frissons d'assises. L'instant où le procès bascule *Stéphane Durand-Souffland*
P3091. Les Joyaux du paradis, *Donna Leon*
P3103. Le Dernier Lapon, *Olivier Truc*
P3115. Meurtre au Comité central, *Manuel Vázquez Montalbán*

P3123. Liquidations à la grecque, *Petros Markaris*
P3124. Baltimore, *David Simon*
P3125. Je sais qui tu es, *Yrsa Sigurdardóttir*
P3141. Le Baiser de Judas, *Anna Grue*
P3142. L'Ange du matin, *Arni Thorarinsson*
P3149. Le Roi Lézard, *Dominique Sylvain*
P3161. La Faille souterraine. Et autres enquêtes
Henning Mankell
P3162. Les Deux Premières Enquêtes cultes de Wallander : Meurtriers sans visage & Les Chiens de Riga
Henning Mankell
P3163. Brunetti et le mauvais augure, *Donna Leon*
P3164. La Cinquième Saison, *Mons Kallentoft*
P3165. Panique sur la Grande Muraille & Le Mystère du jardin chinois, *Frédéric Lenormand*
P3166. Rouge est le sang, *Sam Millar*
P3167. L'Énigme de Flatey, *Viktor Arnar Ingólfsson*
P3168. Goldstein, *Volker Kutscher*
P3219. Guerre sale, *Dominique Sylvain*
P3220. Arab Jazz, *Karim Miské*
P3228. Avant la fin du monde, *Boris Akounine*
P3229. Au fond de ton cœur, *Torsten Pettersson*
P3234. Une belle saloperie, *Robert Littell*
P3235. Fin de course, *C.J. Box*
P3251. Étranges Rivages, *Arnaldur Indridason*
P3267. Les Tricheurs, *Jonathan Kellerman*
P3268. Dernier refrain à Ispahan, *Naïri Nahapétian*
P3279. Kind of Blue, *Miles Corwin*
P3280. La fille qui avait de la neige dans les cheveux
Ninni Schulman
P3295. Sept pépins de grenade, *Jane Bradley*
P3296. À qui se fier ?, *Peter Spiegelman*
P3315. Techno Bobo, *Dominique Sylvain*
P3316. Première station avant l'abattoir, *Romain Slocombe*
P3317. Bien mal acquis, *Yrsa Sigurdardottir*
P3330. Le Justicier d'Athènes, *Petros Markaris*
P3331. La Solitude du manager, *Manuel Vázquez Montalbán*
P3349. 7 jours, *Deon Meyer*
P3350. Homme sans chien, *Håkan Nesser*
P3351. Dernier verre à Manhattan, *Don Winslow*
P3374. Mon parrain de Brooklyn, *Hesh Kestin*
P3389. Piégés dans le Yellowstone, *C.J. Box*
P3390. On the Brinks, *Sam Millar*
P3399. Deux veuves pour un testament, *Donna Leon*
P4004. Terminus Belz, *Emmanuel Grand*
P4005. Les Anges aquatiques, *Mons Kallentoft*

P4006. Strad, *Dominique Sylvain*
P4007. Les Chiens de Belfast, *Sam Millar*
P4008. Marée d'équinoxe, *Cilla et Rolf Börjlind*
P4050. L'Inconnue du bar, *Jonathan Kellerman*
P4051. Une disparition inquiétante, *Dror Mishani*
P4065. Thé vert et arsenic, *Frédéric Lenormand*
P4068. Pain, éducation, liberté, *Petros Markaris*
P4088. Meurtre à Tombouctou, *Moussa Konaté*
P4089. L'Empreinte massaï, *Richard Crompton*
P4093. Le Duel, *Arnaldur Indridason*
P4101. Dark Horse, *Craig Johnson*
P4102. Dragon bleu, tigre blanc, *Qiu Xiaolong*
P4114. Le garçon qui ne pleurait plus, *Ninni Schulman*
P4115. Trottoirs du crépuscule, *Karen Campbell*
P4117. Dawa, *Julien Suaudeau*
P4127. Vent froid, *C.J. Box*
P4159. Une main encombrante, *Henning Mankell*
P4160. Un été avec Kim Novak, *Håkan Nesser*
P4171. Le Détroit du Loup, *Olivier Truc*
P4188. L'Ombre des chats, *Arni Thorarinsson*
P4189. Le Gâteau mexicain, *Antonin Varenne*
P4210. La Lionne blanche & L'homme qui souriait
Henning Mankell
P4211. Kobra, *Deon Meyer*
P4212. Point Dume, *Dan Fante*
P4224. Les Nuits de Reykjavik, *Arnaldur Indridason*
P4225. L'Inconnu du Grand Canal, *Donna Leon*
P4226. Little Bird, *Craig Johnson*
P4227. Une si jolie petite fille. Les crimes de Mary Bell
Gitta Sereny
P4228. La Madone de Notre-Dame, *Alexis Ragougneau*
P4229. Midnight Alley, *Miles Corwin*
P4230. La Ville des morts, *Sara Gran*
P4231. Un Chinois ne ment jamais & Diplomatie en kimono
Frédéric Lenormand
P4232. Le Passager d'Istanbul, *Joseph Kanon*
P4233. Retour à Watersbridge, *James Scott*
P4234. Petits meurtres à l'étouffée, *Noël Balen et Vanessa Barrot*
P4285. La Revanche du petit juge, *Mimmo Gangemi*
P4286. Les Écailles d'or, *Parker Bilal*
P4287. Les Loups blessés, *Christophe Molmy*
P4295. La Cabane des pendus, *Gordon Ferris*
P4305. Un type bien. Correspondance 1921-1960
Dashiell Hammett
P4313. Le Cannibale de Crumlin Road, *Sam Millar*
P4326. Molosses, *Craig Johnson*

P4334. Tango Parano, *Hervé Le Corre*

P4341. Un maniaque dans la ville, *Jonathan Kellerman*

P4342. Du sang sur l'arc-en-ciel, *Mike Nicol*

P4351. Au bout de la route, l'enfer, *C.J. Box*

P4352. Le garçon qui ne parlait pas, *Donna Leon*

P4353. Les Couleurs de la ville, *Liam McIlvanney*

P4363. Ombres et Soleil, *Dominique Sylvain*

P4367. La Rose d'Alexandrie, *Manuel Vázquez Montalbán*

P4393. Battues, *Antonin Varenne*

P4417. À chaque jour suffit son crime, *Stéphane Bourgoin*

P4425. Des garçons bien élevés, *Tony Parsons*

P4430. Opération Napoléon, *Arnaldur Indridason*

P4461. Épilogue meurtrier, *Petros Markaris*

P4467. En vrille, *Deon Meyer*

P4468. Le Camp des morts, *Craig Johnson*

P4476. Les Justiciers de Glasgow, *Gordon Ferris*

P4477. L'Équation du chat, *Christine Adamo*

P4482. Une contrée paisible et froide, *Clayton Lindemuth*

P4486. Brunetti entre les lignes, *Donna Leon*

P4487. Suburra, *Carlo Bonini et Giancarlo De Cataldo*

P4488. Le Pacte du petit juge, *Mimmo Gangemi*

P4516. Meurtres rituels à Imbaba, *Parker Bilal*

P4526. Snjór, *Ragnar Jónasson*

P4527. La Violence en embuscade, *Dror Mishani*

P4528. L'Archange du chaos, *Dominique Sylvain*

P4529. Évangile pour un gueux, *Alexis Ragougneau*

P4530. Baad, *Cédric Bannel*

P4531. Le Fleuve des brumes, *Valerio Varesi*

P4532. Dodgers, *Bill Beverly*

P4547. L'Innocence pervertie, *Thomas H. Cook*

P4549. Sex Beast. Sur la trace du pire tueur en série de tous les temps, *Stéphane Bourgoin*

P4560. Des petits os si propres, *Jonathan Kellerman*

P4561. Un sale hiver, *Sam Millar*

P4562. La Peine capitale, *Santiago Roncagliolo*

P4568. La crème était presque parfaite, *Noël Balen et Vanessa Barrot*

P4577. L.A. nocturne, *Miles Corwin*

P4578. Le Lagon noir, *Arnaldur Indridason*

P4585. Le Crime, *Arni Thorarinsson*

P4593. Là où vont les morts, *Liam McIlvanney*

P4602. L'Empoisonneuse d'Istanbul, *Petros Markaris*

P4611. Tous les démons sont ici, *Craig Johnson*

P4616. Lagos Lady, *Leye Adenle*

P4617. L'Affaire des coupeurs de têtes, *Moussa Konaté*

P4618. La Fiancée massaï, *Richard Crompton*

P4629. Sur les hauteurs du mont Crève-Cœur, *Thomas H. Cook*
P4640. L'Affaire Léon Sadorski, *Romain Slocombe*
P4644. Les Doutes d'Avraham, *Dror Mishani*
P4649. Brunetti en trois actes, *Donna Leon*
P4650. La Mésange et l'Ogresse, *Harold Cobert*
P4655. La Montagne rouge, *Olivier Truc*
P4656. Les Adeptes, *Ingar Johnsrud*
P4660. Tokyo Vice, *Jake Adelstein*
P4661. Mauvais Coûts, *Jacky Schwartzmann*
P4664. Divorce à la chinoise & Meurtres sur le fleuve Jaune *Frédéric Lenormand*
P4665. Il était une fois l'inspecteur Chen, *Qiu Xiaolong*
P4701. Cartel, *Don Winslow*
P4719. Les Anges sans visage, *Tony Parsons*
P4724. Rome brûle, *Carlo Bonini et Giancarlo De Cataldo*
P4730. Dans l'ombre, *Arnaldur Indridason*
P4738. La Longue Marche du juge Ti & Médecine chinoise à l'usage des assassins, *Frédéric Lenormand*
P4757. Mörk, *Ragnar Jónasson*
P4758. Kabukicho, *Dominique Sylvain*
P4759. L'Affaire Isobel Vine, *Tony Cavanaugh*
P4760. La Daronne, *Hannelore Cayre*
P4761. À vol d'oiseau, *Craig Johnson*
P4762. Abattez les grands arbres, *Christophe Guillaumot*
P4763. Kaboul Express, *Cédric Bannel*
P4771. La Maison des brouillards, *Eric Berg*
P4772. La Pension de la via Saffi, *Valerio Varesi*
P4781. Les Sœurs ennemies, *Jonathan Kellerman*
P4782. Des enfants tuent un enfant. L'affaire James Bulger *Gitta Sereny*
P4783. La Fin de l'histoire, *Luis Sepúlveda*
P4801. Les Pièges de l'exil, *Philip Kerr*
P4807. Karst, *David Humbert*
P4808. Mise à jour, *Julien Capron*
P4817. La Femme à droite sur la photo, *Valentin Musso*
P4827. Le Polar de l'été, *Luc Chomarat*
P4830. Banditsky ! Chroniques du crime organisé à Saint-Pétersbourg, *Andreï Constantinov*
P4848. L'Étoile jaune de l'inspecteur Sadorski, *Romain Slocombe*
P4851. Si belle, mais si morte, *Rosa Mogliasso*
P4853. Danser dans la poussière, *Thomas H. Cook*
P4859. Missing : New York, *Don Winslow*
P4861. Minuit sur le canal San Boldo, *Donna Leon*
P4868. Justice soit-elle, *Marie Vindy*
P4881. Vulnérables, *Richard Krawiec*
P4882. La Femme de l'ombre, *Arnaldur Indridason*

P4883. L'Année du lion, *Deon Meyer*
P4884. La Chance du perdant, *Christophe Guillaumot*
P4885. Demain c'est loin, *Jacky Schwartzmann*
P4886. Les Géants, *Benoît Minville*
P4887. L'Homme de Kaboul, *Cédric Bannel*
P4907. Le Dernier des yakuzas, *Jake Adelstein*
P4918. Les Chemins de la haine, *Eva Dolan*
P4924. La Dent du serpent, *Craig Johnson*
P4925. Quelque part entre le bien et le mal, *Christophe Molmy*
P4937. Nátt, *Ragnar Jónasson*
P4942. Offshore, *Petros Markaris*
P4958. La Griffe du chat, *Sophie Chabanel*
P4959. Les Ombres de Montelupo, *Valerio Varesi*
P4960. Le Collectionneur d'herbe, *Francisco José Viegas*
P4961. La Sirène qui fume, *Benjamin Dierstein*
P4962. La Promesse, *Tony Cavanaugh*
P4963. Tuez-les tous... mais pas ici, *Pierre Pouchairet*
P4964. Judas, *Astrid Holleeder*
P4965. Bleu de Prusse, *Philip Kerr*
P4966. Les Planificateurs, *Kim Un-Su*
P4978. Qaanaaq, *Mo Malø*
P4982. Meurtres à Pooklyn, *Mod Dunn*
P4983. Iboga, *Christian Blanchard*
P4995. Moi, serial killer. Les terrifiantes confessions de 12 tueurs en série, *Stéphane Bourgoin*
P5023. Passage des ombres, *Arnaldur Indridason*
P5024. Les Saisons inversées, *Renaud S. Lyautey*
P5025. Dernier Été pour Lisa, *Valentin Musso*
P5026. Le Jeu de la défense, *André Buffard*
P5027. Esclaves de la haute couture, *Thomas H. Cook*
P5028. Crimes de sang-froid, *Collectif*
P5029. Missing : Germany, *Don Winslow*
P5030. Killeuse, *Jonathan Kellerman*
P5031. #HELP, *Sinéad Crowley*
P5054. Sótt, *Ragnar Jónasson*
P5055. Sadorski et l'ange du péché, *Romain Slocombe*
P5067. Dégradation, *Benjamin Myers*
P5068. Les Disparus de la lagune, *Donna Leon*
P5093. Les Fils de la poussière, *Arnaldur Indridason*
P5094. Treize Jours, *Arni Thorarinsson*
P5095. Tuer Jupiter, *François Médéline*
P5096. Pension complète, *Jacky Schwartzmann*
P5097. Jacqui, *Peter Loughran*
P5098. Jours de crimes, *Stéphane Durand-Souffland et Pascale Robert-Diard*
P5099. Esclaves de la haute couture, *Thomas H. Cook*

P5100. Chine, retiens ton souffle, *Qiu Xiaolong*
P5101. Exhumation, *Jesse et Jonathan Kellerman*
P5102. Lola, *Melissa Scrivner Love*
P5123. Tout autre nom, *Craig Johnson*
P5124. Requiem, *Tony Cavanaugh*
P5125. Ce que savait la nuit, *Arnaldur Indridason*
P5126. Scalp, *Cyril Herry*
P5127. Haine pour haine, *Eva Dolan*
P5128. Trois Jours, *Petros Markaris*
P5167. Diskø, *Mo Malø*
P5168. Sombre avec moi, *Chris Brookmyre*
P5169. Les Infidèles, *Dominique Sylvain*
P5170. L'Agent du chaos, *Giancarlo De Cataldo*
P5171. Le Goût de la viande, *Gildas Guyot*
P5172. Les Effarés, *Hervé Le Corre*
P5173. J'ai vendu mon âme en bitcoins
Jake Adelstein
P5174. La Dame de Reykjavik, *Ragnar Jónasson*
P5175. La Mort du Khazar rouge, *Shlomo Sand*
P5176. Le Blues du chat, *Sophie Chabanel*
P5177. Les Mains vides, *Valerio Varesi*
P5213. Le Cœur et la Chair, *Ambrose Parry*
P5214. Dernier tacle, *Emmanuel Petit, Gilles Del Pappas*
P5215. Crime et Délice, *Jonathan Kellerman*
P5216. Le Sang noir des hommes, *Julien Suaudeau*
P5217. À l'ombre de l'eau, *Maïko Kato*
P5218. Vik, *Ragnar Jónasson*
P5219. Koba, *Robert Littell*
P5248. Il était une fois dans l'Est, *Arpád Soltész*
P5249. La Tentation du pardon, *Donna Leon*
P5250. Ah, les braves gens !, *Franz Bartelt*
P5251. Crois-le !, *Patrice Guirao*
P5252. Lyao-Ly, *Patrice Guirao*
P5253. À sang perdu, *Rae Delbianco*
P5282. L'Artiste, *Antonin Varenne*
P5283. Les Roses de la nuit, *Arnaldur Indridason*
P5284. Le Diable et Sherlock Holmes, *David Grann*
P5285. Coups de vieux, *Dominique Forma*
P5286. L'Offrande grecque, *Philip Kerr*
P5310. Hammett Détective, *Stéphanie Benson, Benjamin et Julien Guérif, Jérôme Leroy, Marcus Malte, Jean-Hugues Oppel, Benoît Séverac, Marc Villard, Tim Willocks*
P5311. L'Arbre aux fées, *B. Michael Radburn*
P5312. Le Coffre, *Jacky Schwartzmann, Lucian-Dragos Bogdan*
P5313. Le Manteau de neige, *Nicolas Leclerc*
P5314. L'Île au secret, *Ragnar Jónasson*

P5335. L'Homme aux murmures, *Alex North*
P5336. Jeux de dames, *André Buffard*
P5337. Les Fantômes de Reykjavik
Arnaldur Indridason
P5338. La Défaite des idoles, *Benjamin Dierstein*
P5339. Les Ombres de la toile, *Christopher Brookmyre*
P5340. Dry Bones, *Craig Johnson*
P5341. Une femme de rêve, *Dominique Sylvain*
P5342. Les Oubliés de Londres, *Eva Dolan*
P5343. Chinatown Beat, *Henry Chang*
P5344. Sang chaud, *Kim Un-Su*
P5345. Si tu nous regardes, *Patrice Guirao*
P5346. Tu vois !, *Patrice Guirao*
P5347. Du sang sur l'asphalte, *Sara Gran*
P5348. Cool Killer, *Sébastien Dourver*
P5378. Angkar, *Christian Blanchard*
P5379. Que tombe le silence, *Christophe Guillaumot*
P5380. Nuuk, *Mo Malø*
P5381. Or, encens et poussière, *Valerio Varesi*
P5382. Le Goût du rouge à lèvres de ma mère, *Gabrielle Massat*
P5383. Richesse oblige, *Hannelore Cayre*
P5384. Breakdown, *Jonathan Kellerman*
P5385. Mauvaise graine, *Nicolas Jaillet*
P5386. Le Séminaire des assassins, *Petros Markaris*
P5387. Y. La Trilogie de K, *Serge Quadruppani*
P5388. Norlande, *Jérôme Leroy*
P5418. Le Bal des porcs, *Arpád Soltész*
P5419. Après le jour, *Christophe Molmy*
P5420. Quand un fils nous est donné, *Donna Leon*
P5421. Sigló, *Ragnar Jónasson*
P5422. La Gestapo Sadorski, *Romain Slocombe*
P5473. L'Emprise du chat, *Sophie Chabanel*
P5474. Somb, *Max Monnehay*
P5503. De cendres et d'or. Une enquête du ranger Taylor Bridges
B. Michael Radburn
P5504. Un dernier ballon pour la route, *Benjamin Dierstein*
P5505. Laisse pas traîner ton fils, *Rachid Santaki*
P5506. La Dernière Tempête, *Ragnar Jónasson*
P5507. Un dîner chez Min, *Xiaolong Qiu*
P5546. Dernier Tour lancé, *Antonin Varenne*
P5547. La Pierre du remords, *Arnaldur Indridason*
P5548. L'Ange déchu, *Chris Brookmyre*
P5549. Seul avec la nuit, *Christian Blanchard*
P5550. Une évidence trompeuse, *Craig Johnson*
P5551. Marseille 73, *Dominique Manotti*
P5552. Elma, *Eva Björg Ægisdóttir*
P5553. L'Ange rouge, *François Médéline*

P5554. Terminus Leipzig, *Jérôme Leroy, Max Annas*
P5555. Carnets d'enquête d'un beau gosse nécromant
Jung Jaehan
P5556. La Bête en cage, *Nicolas Leclerc*
P5557. Les Chiens de Pasvik, *Olivier Truc*
P5558. Xavier Dupont de Ligonnès. La grande enquête
Pierre Boisson, Maxime Chamoux, Sylvain Gouverneur, Thibault Raisse ·
P5580. La Maison du commandant, *Valerio Varesi*
P5581. Serial Bomber, *Robert Pobi*
P5582. L'Art de mourir, *Ambrose Parry*
P5583. Un flic bien trop honnête, *Franz Bartelt*
P5584. Le Second Disciple, *Kenan Görgün*
P5585. Maldonnes, *Serge Quadruppani*
P5586. L'Ami des ombres, *Alex North*
P5587. Resurrection Bay, *Emma Viskic*
P5588. En eaux dangereuses, *Donna Leon*
P5589. Disparaître / Dans la nature, *Evan Ratliff*
P5590. Trente Grammes, *Gabrielle Massat*
P5591. Heartbreak Hotel, *Jonathan Kellerman*
P5592. Mort aux hypocrites, *Petros Markaris*
P5593. Koba, *Robert Littell*
P5636. Le Serment, *Arttu Tuominen*
P5637. Indio, *Cesare Battisti*
P5638. L'Eau rouge, *Jurica Pavičić*
P5639. Analphabète, *Mick Kitson*
P5640. Larmes de fond, *Pierre Pouchairet*
P5641. L'inspecteur Sadorski libère Paris, *Romain Slocombe*
P5642. L'Os de Lebowski, *Vincent Maillard*
P5668. Un tueur sur mesure, *Sam Millar*
P5696. La Forcenée. La trilogie de K, *Serge Quadruppan*
P5697. Dix âmes, pas plus, *Ragnar Jónasson*
P5698. Tais-toi et meurs, *Alain Mabanckou*
P5699. La Cour des mirages, *Benjamin Dierstein*
P5881. Macha ou l'évasion, *Jérôme Leroy*
P5882. L'Équarrisseur, *Nadine Matheson*
P5889. Crépuscule à Casablanca. Une enquête de Gabrielle Kaplan, *Melvina Mestre*
P5890. L'Inconnue du port, *Olivier Truc, Rosa Montero*
P5891. In fine mundi, *Andrès Serrano*
P5892. Le Mur des silences, *Arnaldur Indridason*
P5893. Western Star, *Craig Johnson*
P5894. Le Grand Jeu, *Percy Kemp*
P5896. King Zeno, *Nathaniel Rich*
P5905. Les filles qui mentent, *Eva Björg Ægisdóttir*
P5906. Alba Nera, *Giancarlo De Cataldo*
P5910. Je suis le feu, *Max Monnehay*